U0077614

謹以此書獻給蒙妮

一位樂於攜手同奔天路的賢妻

上帝賜給我最特殊的禮物

給同走天路客的一席話

歡迎加入我們遊覽的行列。今年我們利用365日的時間，藉著羅馬書與保羅同行。在一整年中，按部就班，逐節研究羅馬書，探討它對我們人生的意義。

研究羅馬書，提供全年中每日的靈糧，因為它概括了基督徒信仰和人生不可或缺的層面。此外，它將每一項要道和生活方式中的教訓，放置在福音的結構上。

六年前，我們透過「福山寶訓與耶穌同行」那本書，組織了一次類似的旅行，藉著山邊寶訓與耶穌同行。我深信你在這次與保羅同遊的旅程上，會和上次的旅遊一樣得益並深具啟發性。

上大學以來，我便決心寫一本有關羅馬書的著述。多年來我夜以繼日的深入研究，今年為你的禱告，即當你瀏覽和默想這本最重要的文獻（保羅達羅馬人書）時，能獲得上帝豐厚的賜福。

這本書所以能及時出版，乃由於我的祕書蒙妮・伯麗絲，和評閱宣報出版社的編輯，格烈・費爾勒、潔妮・詹遜、李傑・柯奮等人鼎力相助的成果。

喬治・賴特

羅馬書之旅

旅

第一階段
與保羅會面（羅1:1－17）
一月一日
至
一月廿四日

P.005-P.028

第二階段
罪的問題（羅1:18－3:20）
正月廿五日
至
三月七日

P.029-P.071

程

第三階段
稱義的好消息（羅3:21－5:21）
三月八日
至
五月十二日

P.072-P.138

第四階段
敬虔之道（羅6:1－8:39）
五月十三日
至
八月二日

P.139-P.221

一

第五階段
為眾人而備的救恩（羅9:1－11:36）
八月三日
至
九月廿五日

P.222-P.276

覽

第六階段
活出上帝的愛（羅12:1－15:13）
九月廿六日
至
十一月廿七日

P.277-P.340

第七階段
臨別的勉言（羅15:14－16:27）
十一月廿八日
至
十二月三十一日

表

P.341-P.375

羅馬書之旅

第一階段

與保羅會面

（羅1:1－17）

一月一日

至

一月廿四日

歷史上最具影響力的一本書

✠保羅達羅馬人書。書題

甚麼！今天沒有經文？

沒錯！因為一整年的開始，我們研究這本在基督教界最具影響力的文獻時，我要你們全神貫注這主題。這本在原文命名為「達羅馬人書」的小書，一再改變教會的趨勢和世界的歷史。

例如，中古時代最大的呼聲，是希臘主教奧古斯丁。他寫著說：「我在自我捆鎖（情慾與罪）的桎梏下輾轉掙扎。」他接著又說：「當我仆跌在某棵無花果樹下，讓我的眼淚盡情發洩時，忽然間，我聽見有聲音一再對我說：『拿起聖經來讀，拿起聖經來讀。』」

奧古斯丁即刻回應，拿起聖經，讀出那首先落入他眼中的話：「不可荒宴醉酒，不可好色邪蕩，不可爭競嫉妒；總要披戴主耶穌基督，不要為肉體安排，去放縱私慾」（羅13:13, 14）。在羅馬書中，奧古斯丁遇見了那位救人脫離罪惡的救主耶穌，制勝了他那獨特的罪。

一千多年之後，馬丁路德也有同樣的經驗。他的心靈雖飽受折磨，但他卻說：「倘若有一個僧侶能憑著他的苦行上天，那便是我。」可是靠宗教的儀式根本無法作到。他被逼進絕對失望中，直到他在羅馬書裏找到基督的義。他寫著說：「於是，我覺得我是重生了，並從打開的門進入樂園。整本聖經帶有煥然一新的意味。」其結局是宗教的改革運動。兩百年之後，那位多年來在掙扎中追求公義的約翰·衛斯理，發現自己陷入極端的失望中。就在那種情況下，他於1738年5月24日，走進位於倫敦艾爾勒斯街的教堂。他在那裏聽見有人讀出路德對羅馬書的導言，於是他落筆說：「我的心出奇的溫暖。我覺得我已信靠基督，而唯獨基督能帶來救恩。我得著保證，祂已除去我的罪，並救我脫離罪和死亡之律。」其結局是衛理公會運動的興起。

請記住！閱讀羅馬書改變人生。今年我的禱告，即透過每日閱讀羅馬書，更新我們每一個人的人生。

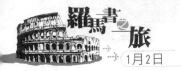

誰願意成為奴隸？

❖耶穌基督的僕人（奴隸）保羅。羅1:1。

多麼奇特的書信開場白！

保羅從來不會講拐彎抹角的話。他從不掩飾自己對耶穌的忠誠。相反地，他把它戴在額上。在這書信的開端，他指出我們認識他最重要一件事，就是他是一位基督徒——他的本身和一切所有的，都屬乎耶穌。因此作為耶穌的奴隸，可能是保羅這一封最重要書信的主旨。

現代許多譯者，把奴隸譯為僕人，企圖減輕其低賤性。但希臘字原文，本來就是「奴隸」的意思。保羅告訴我們，他不是雇工，為工資替耶穌工作，而是奴隸，完全屬於祂。

有關奴隸的概念，即保羅寫給羅馬教會書信的中心。因此，當他在羅馬書3:24，提及有關上帝救贖罪人時，他用了市場上的用語。在他的日子，「救贖」意味著從市場上購買，尤其是指購買一個奴隸而言。保羅一生和信息的中心，就是基督用軀體地十字架上的寶血，把他贖出來。

基督徒是上帝之奴隸的概念，又在羅馬書第六章出現。保羅在那裏告訴他的讀者，每一個人都是奴隸，不是屬乎基督，便是屬於撒但，即我們都屬於某人，沒有一個人是完全獨立自主的。因此，每一個「作罪的奴僕（奴隸），以至於死；或作順命的奴僕（奴隸），以至成義」（參閱 羅6:16－23）。

但是保羅告訴我們，作基督的奴隸並非受捆綁，相反的，我們獲得自由，它的最高潮就是永生（第23節）。因此保羅筆下的奴隸，乃是個好消息。

我們又如何呢？我要別人認為我是甚麼呢？我的成就？我的佳形美容？我的財富？我有基督徒的品德？

這不是我該迴避的一個問題。正如保羅一樣，它處在我的人生和其意義的中心。今日是對上帝開誠佈公的日子——當然也必須自我坦誠。

主耶穌啊，請幫助我看出自己的無助，我因受造和被贖而完全屬乎你，像保羅一樣，完全並絕對是你的「奴隸」！

甚麼是使徒？

✠ 保羅，奉召為使徒。羅1:1。

你曾否想過「使徒」一詞是甚麼意思？或者只是你腦海中的一個辭彙，而不知其重要性？字典給聖經中這名詞的定義，即「奉差遣的人」。

但使徒，並不是指奉差遣到某個地方的基督徒，也不是「門徒」的同義詞。相反的，聖經中的使徒，是擁有偉大權勢的門徒。根據徒1:15－26的話，使徒是自己親自認識主耶穌，並見證「耶穌復活」的人。此外，使徒必須「不是藉著人，乃是藉著耶穌基督，與叫祂從死裏復活的父上帝」（加1:1）的人，並接受呼召的門徒。

保羅一再強調上帝呼召他作使徒（參閱林前1:1；林後1:1）。

哦！在此你是否看出一個問題？或者甚至很矛盾？

保羅首先說他是個「奴隸」，接著又宣稱自己是個「使徒」。第一個名詞帶有極其卑微的意思，表示保羅自覺微不足道。第二個頭銜卻帶有莫大的權勢——這種權力使保羅能和耶穌在世所揀選的門徒平起平坐。

實際上保羅自稱使徒，在某種意義上，和他自認是上帝的奴隸，是一致並互相配合的，因為舊約聖經中約書亞和其他先知，也被稱為上帝的「奴隸（僕人）」（書24:29；摩3:7）。因此保羅自稱是奴隸和使徒，乃把自己列在先知地位繼承先知的使命，使他能強調他「素來所傳的福音不是出於人的意思。因為我不是從人領受的，也不是人教導我的，乃是從耶穌基督啟示來的」（加1:11,12）。

保羅沒有懷疑他的信息是從上帝來的。我們是否準備好接受那信息？我們是否作好準備，讓我們在內心和意念上，接受上帝權威性的話語。更重要的一點，我們是否準備接受羅馬書，因為它涵蓋我們宗教經驗和日常生活上，所需要的勉勵與勸戒？當我們藉著保羅給羅馬人書的走廊上，與他同行時，讓我們懇切禱告，使我們對上帝的話和祂的旨意起共鳴。

特派作甚麼？

特派傳上帝的福音。羅1:1。

保羅將有關自己的事告訴羅馬人。到目前為止，他聲明自己是：（1）耶穌基督的奴隸，（2）上帝呼召他作為使徒。

現在，（3）他自稱自己被特派傳上帝的福音。

我們可從第三個識別身分的因素上，找到兩個概念。首先，保羅是受「特派」傳福音。那是一個非常有趣的片語，因為「特派」或「分別出來」，帶有好像法利賽人（分別出來的人）的根本意義。安得斯・賴葛倫在這種思路下寫著：「保羅甚至在成為基督徒前，便受到『特派』。正如他是一個法利賽人，便為律法而分別自己。但現在上帝特派他從事一件完全不同的事……那為律法分別自己的保羅，現在上帝特派他，成為福音的使者。」因此這封書信的第一節，就在親近上帝的方式上，於律法和福音之間，挑起一種緊張不安的關係，而這種緊張，不斷地在這封書信上出現。

保羅在第三項描述自己的第二個觀點，即有關「上帝的福音」。在那段片語中，我們不但知道「福音」的作用，而且更知道福音來自上帝。

在此，我們不想大肆討論福音（即是「好消息」）這個名詞。既然那名詞和其背後的意義，是羅馬書的中心主題，我們將在逐步研究時再詳細討論。我們現在所要注意的，即福音來自上帝。「上帝」是書信中最重要的一個名詞，上帝不但呼召了保羅，更是福音的創始者。保羅和其他的使徒沒有製造這福音。是上帝啟示福音，並呼召和特派他們加以傳揚。

上帝是福音的創始者，這事實是保羅在羅馬書1:1－6中，所分析的六部分之一。我們將在以後幾天中，逐步研究其餘的各點。目前最重要的，是要看出福音的信息，是保羅一生中最珍惜的。福音讓保羅由法利賽人成為基督徒。福音號召他獻身來傳揚這個好消息，那呼召令也是給我們的。福音在保羅身上所成就的，也要同樣塑造我們一切所作和所想的，正如保羅在羅馬書1:16指出的，上帝的福音帶有「大能」。

福音並非事後補救

特派傳上帝的福音，這福音是上帝從前藉眾先知在聖經上所應許的。羅1:1, 2。

保羅要我們知道有關福音的第二件事，就是它不是一種新穎的，或門徒所發明的東西。相反的，整本舊約聖經，指向基督和祂的工作。有關這事的第一個暗示，出現在創世記3:15中，上帝在那裏應許女人的後裔，將在最後擊敗魔鬼；最後是記載於瑪拉基書4:5，應許彌賽亞先鋒的來到。

簡單的說：「福音是上帝從前藉眾先知在聖經上所應許的」這事，乃明白整本舊約聖經的關鍵。舊約聖經指向基督，而新約聖經則詳加說明，並擴大上帝的好消息，是如何發生在耶穌的身上。

施洗約翰第一次看見耶穌時呼喊說：「看哪，上帝的羔羊，除去世人罪孽的！」（約1:29），或保羅指出耶穌是我們「逾越節的羔羊」（林前5:7），並非是一件意外的事。舊約聖經的中心表號即獻祭的系統，它預指基督代替犧牲，為世人的罪而死。

耶穌為世人而死——祂為我們代死，使我們因祂而活——是保羅了解福音的唯一基礎。

舊約聖經所應許的福音，為新約聖經的許多講章提供了中心要旨。我們可從以下的講道看出端倪：彼得在使徒行傳第二章五旬節的講道；保羅在使徒行傳第十三章的講道；腓利與埃提阿伯太監論到以賽亞書五十三章的對話，提及羊被牽到宰殺之地（徒8:32, 33）。

耶穌親自幫助祂的跟隨者，看出舊約聖經指出祂的工作。耶穌在往以馬忤斯的路上與兩位門徒會談，聖經告訴我們：「（耶穌）於是從摩西和眾先知起，凡經上所指著自己的話都給他們講解明白了」（路24:27）。

天父啊，今日我們感謝你，因為你不但差遣耶穌來到世上，更讓我們把信心拋碇在舊約聖經歷史的迴廊上。謝謝你讓我們知道，福音不是事後補救，而是從亙古便存在你心中。

耶穌是誰？（一）

特派傳上帝的福音。論到祂兒子我主耶穌基督。按肉體說，是從大衛後裔生的。羅1:1－3。

保羅對他所特派傳揚的福音，作出六點初步的分析，這節經文正好在中間。他首先分析福音來自上帝，其次是舊約聖經預言福音的出現，第三點（今日的經文）指出，耶穌是福音的焦點。

但耶穌是誰？保羅在羅1:3－5，回答了這個問題。其答案的第一部分，指出耶穌按肉體或人性來說是大衛的子孫。

現在你可能正在想，這是談論耶穌的一種奇怪說法。我們不都具有人性嗎？沒錯，但和耶穌的人性不同。

在今天的經文中，保羅告訴我們兩件有關耶穌的事——第一件是以直接的形式說出，另一點是以比較含蓄的暗示形態指出。那含蓄的暗示，是以「按肉體說」來表達。保羅提醒我們一件事實，就是耶穌不只是人——大衛的子孫，祂同時是上帝的兒子。馬太福音其中一項偉大的教導，指出耶穌是馬利亞，但不是約瑟的兒子——那就是說，祂是聖靈藉馬利亞所生的兒子（太1:18）。因此，耶穌並不完全和其他人一樣，祂既是人，也是神，或者有如馬太所表達的，「上帝與我們同在」（第23節）。道成肉身的耶穌所處的地位，就是「要將自己的百姓從罪惡裏救出來」（第21節）。

感謝上帝！耶穌不僅是大衛的子孫，同時更是上帝的聖子，因此祂成為上帝救贖的代理人。那是真正的好消息。

但耶穌具有大衛子孫的身分也是重要的。根據撒母耳記下7:12,13，「大衛的後裔」，是普世所共認的彌賽亞的頭銜，因為上帝應許永遠建立大衛的寶座。

耶利米先知指著那被接受的頭銜預言：「耶和華說：『日子將到，我要給大衛興起一個公義的苗裔；祂必掌王權，行事有智慧，在地上施行公平和公義……祂的名必稱為「耶和華我們的義」』」（耶23:5,6）。

保羅把羅馬書建立在耶穌是「我們的義」、我們的盼望、我們的救主等事實上。

耶穌是誰？（二）

按聖善的靈說，（耶穌基督我們的主）因從死裏復活，以大能顯明是上帝的兒子。羅1:4。

耶穌是大衛的子孫，但更重要的，祂「因從死裏復活，以大能顯明是上帝的兒子。」這個好消息的中心要點，不但集中在祂道成肉身的事上，同時也把焦點放在祂的復活上。

沒有甚麼東西，比一位死的救主更沒有用，那不是好消息。倘若基督來到世上，只是過良好（甚至完全）的人生，並殺身成仁，那麼，祂只不過是另一位良好的英雄人物，卻和他人並無兩樣。

保羅告訴我們的好消息，即耶穌不但是一位來到這不公平世界的好人，祂的復活，表明祂是上帝的大能兒子。這個大好的消息即耶穌活著，繼續為那些接受祂的人工作。

基督復活是保羅的焦點所在。他在哥林多前書15:1－4，特別指出基督的復活，乃福音信息的一個不可或缺的部分，並強調「若基督沒有復活，我們所傳的便是枉然，你們所信的也是枉然」（第14節）。

基督教教義建立在基督已制勝死亡的事實上，而這種事實，把那些哀泣的髑髏地的門徒，變為一群無畏的佈道士，我們可以從使徒行傳的頭幾章清楚看出來。他們終於看出，耶穌真的是基督，也是他們的主和救主。祂從死裏復活，證明了這件事。

耶穌告訴我們：「不要懼怕！我是首先的，我是末後的，又是那存活的；我曾死過，現在又活了，直活到永永遠遠；並且拿著死亡和陰間的鑰匙」（啟1:17,18）。祂復活的福音，也是給我們的好消息。祂的復活給我們一種保證，祂為我們帶來勝利。即使我們站在親人的墳墓前（帖前4:13－18），我們也因而有盼望。耶穌「成為睡了之人初熟的果子」（林前15:20）。那些接受祂的人，將在祂再來的時候復活（第23,52節）。

耶穌的復活是歷史的鉸鏈。安得斯．賴葛指出：「在這事之前，祂是軟弱和卑微的上帝之子。但祂藉著復活，成為大有能力的上帝之子。」

主啊，我們今天因力量、盼望、福音而感謝你。

信服甚麼？

按聖善的靈說，因從死裏復活，以大能顯明是上帝的兒子。我們從祂受了恩惠並使徒的職份，在萬國之中叫人為祂的名信服真道（英文修訂標準版聖經本，把中文和合版的最後四字，譯為「順從的信心」）。羅1:4, 5。

保羅初步分析福音的第五個要點，就是福音的目的在「順從的信心」。這是特別令人感到驚奇的片語，因為它同時出現在羅馬書的開端和結尾的地方（羅16:26）。因此，「順從的信心」是整本羅馬書的中心要義，它概括了整本書。

請等一等，你可能這麼想：羅馬書的整個中心要點，是單獨由信心而來的稱義，但保羅在此似乎是說，稱義不單是靠信心，同時也是由於「順從的信心」。我們所面對的，是不是一位有些精神錯亂的使徒？

事實並不是這樣。英文新國際版聖經洞悉了保羅的心意，將「順從的信心」，譯為「那來自信心的順從」。保羅宣稱人不可能自認耶穌是救主後，不承認祂是我們生命的主宰。凡是因耶穌的恩典白白稱義的人，無不以承認耶穌為主作為他們信心上的回應。亞伯拉罕的情形便是這樣，他「因著信……就遵命」（來11:8）。

請記住一件事實，我們在此所提的，不是一種律法主義的順從，而是因信所帶來的順從。保羅在整本羅馬書中教導，順從來自與耶穌保持一種得救之信的關係。保羅在此堅決指出，基督徒的真正順從來自信心，並且和遵從耶穌為主的得救關係掛上了鉤。因此他寫著說：「凡不出於信心的都是罪」（羅14:23）。任何所謂的信心，若不是來自與上帝保持一種信心的關係，就無異是來自沒有重生的自傲，自以為能夠不靠上帝成為好人。

保羅在羅馬書1:1-5，對福音初步分析中的最後一點，就是福音的目的，是在普世榮耀基督的聖名。

因此我們傳揚福音的首要目的，就是讓人有信心，然後是順從的信心，但我們最終的目的，正如約翰·施德特所寫，即「更榮耀耶穌基督的聖名」。

主啊，幫助我，使我不但有信心，更讓那種信心，指引我的言行舉止榮耀你的聖名。

誰呼召誰？

�֎ 其中也有你們這蒙召屬耶穌基督的人。羅1:6。

在羅馬書1:6，保羅突然轉變話題。他在首五節中提及自己的事和他對福音的了解。就在第六節，他開始把焦點放在收信人——羅馬信徒——的身上。

這節經文包含兩個偉大的理念。第一上帝已呼召了羅馬人，那是有力的見解。有時我們以為自己必須先有所作為，然後上帝才能愛我們。我記得很久以前，讀到一則某個小報的頭條新聞說：「哈比為求寬恕爬行九百英里」。

許多人對上帝抱有類似的概念。倘若我爬得夠遠，做得夠努力，或做得更好，也許最後祂會悅納我。但保羅的看法剛好相反，他清楚指出，上帝在我們個人得救的事上，採取主動的作為。上帝呼召我們。

聖經從起初到最後都這樣描述。在伊甸園中尋找亞當和夏娃的就是上帝；路加福音記載的，尋找迷羊、失錢、和浪子的也是上帝；上帝也在大馬色的路上引起保羅的注意。在路加福音19:10耶穌對撒該講話時，直接了當的說：「人子來，為要尋找、拯救失喪的人。」

救恩是上帝採取主動。「上帝愛世人，甚至將祂的獨生子賜給他們，叫一切信祂的，不至滅亡，反得永生。」（約3:16）「惟有基督在我們還作罪人的時候為我們死，上帝的愛就在此向我們顯明了。」（羅5:8）那主動尋找的是上帝，祂主動呼召世人，我們只要回應祂的呼召。

羅馬書1:6第二個中心要點，就是那些回應上帝恩召的人，乃「屬耶穌基督的人」。「屬」這個字可回溯到第一節，保羅在那裏告訴我們，他是基督的奴隸。屬乎某人，意味著那人擁有絕對主權。因此每一位羅馬基督徒好像保羅一樣，是基督的奴隸，因為耶穌已用自己的寶血，購買或贖回了他們。對我們來說也不例外。

主啊，我們因你的恩召和救贖感謝你。今天懇請幫助我，使我所過的生活，讓那些在我周圍的人，看出我是屬乎你，唯獨屬於你。此外，請使用我，向那些尚未認識你的人，傳達你的恩召。

貝林泉的聖喬治

✠你們在羅馬、為上帝所愛、奉召作聖徒的眾人。羅1:6。

想想看，羅馬的信徒，不但受召，而且奉召作「聖徒」。

當你聽到「聖徒」這個名詞時，你心裏作何想法？一位超凡的人？一位有如德蕾莎的修女？為信仰而殉道的人？一位擁有基督信仰的英雄，有如聖彼得或聖保羅？

聖經的回答迥然不同，那名詞字根的意義是「分別出來」，其理念是基督徒為上帝所分別出來。這話在希臘文也帶有聖潔的意義。因此一位聖徒，即上帝所分別出來成為聖潔的人。

「聖徒」和「成聖」來自同一個字根，同時帶有被分別出來，作為聖潔之用的意思。因此在舊約聖經中，上帝將曠野的聖幕、所羅門的聖殿、利未支派和祭司制度，加以分別出來，使其成聖並為祂所悅納。主耶和華也指示摩西，吩咐以色列舉族「自潔（獻身）」歸祂（出19:10）。因此，以色列人是上帝在舊約聖經時代的聖徒。

新約聖經時代，把那些相信耶穌是救主和主的人列為聖徒。因此，保羅甚至稱相當混亂之哥林多教會的人，「蒙召作聖徒」（林前1:2）。我也是！那真是個好消息。正如保羅在羅馬書1:1所說的，上帝呼召我們，將我們分別出來，為祂作神聖的服務。

在某種意義上，我們這些作為聖徒的，都從某些事物（「屬世」的原則和道途）被召出來。但更重要的，即每一位聖徒受召歸向上帝。

上帝的聖徒是祂的選民，這是今日課文的主題。我是貝林泉的聖喬治。你可能是赫傑斯鎮的聖戴理，或是雪梨的聖藍絲。但我們都有一個共同點，我們都是上帝的僕人，我們都是被分別出來行祂旨意的人，我們蒙召被放在上帝救贖的道路上。

我的反應是甚麼？

上帝啊，今日懇請掌管我，作為榮耀你的器皿。幫助我學像你。阿們。

三個特別的辭彙

✣願恩惠、平安從我們的父上帝並主耶穌基督歸與你們。羅1:7。

保羅向羅馬教會基督徒問候的話，就在羅馬書1:7結束。但我們從他的總結發現三個理念，這是書信其餘部分的中心要旨。

第一個辭彙是「恩典（即『恩惠』grace）」，保羅在羅馬書中用了超過廿次。在基督徒的意義上，恩典是上帝賜給我們的救贖恩賜。保羅在羅馬書6:23清楚地指出，救恩是一種恩賜：「因為罪的工價乃是死；惟有上帝的恩賜，在我們的主基督耶穌裏，乃是永生。」上帝本著祂的愛，並沒有將我們應得的（死亡）賜給我們，而是給我們所不應得的（永生），那便是恩典。

第二個辭彙是「平安」。在保羅的思想中，平安與恩典相輔而行，相得益彰。因此他在羅馬書5:1提到，「我們既因信稱義，就藉著我們的主耶穌基督得與上帝相和（平安）。」

平安是新約聖經中一種美麗的辭彙。對第一世紀的異教世界來說，平安是沒有戰亂。但在新約聖經中，平安帶有絕對的意義，和希伯來的shalom概念有相似之處。希伯來人和新約聖經的作者認為，平安是呈現著一種肯定的福氣多過於沒有禍患。

在保羅的問候詞中，平安（如使用）時常緊接著恩典。唯有上帝的恩典，能為人心帶來真正的平安。

我們今天的經文中，第三個偉大的辭彙是「父」。在整本新約聖經中，這名詞表示上帝對祂兒女的愛與眷顧。上帝沒有漠視我們的禍患，祂既是我們的天父，便以一位真正父親之愛的能力，隨時站在我們身旁看顧我們。當保羅在羅馬書第八章論及有關基督徒是上帝之家的成員時，上帝作為父親的概念達到最高潮。保羅強調當那些事發生時，任何事物「都不能叫我們與上帝的愛隔絕」（羅8:39）。

保羅以「恩典」和「平安」來問候信徒，這並非第一遭。我們可從亞倫祝福以色列人的話中找到。

「願耶和華賜福給你，保護你。

願耶和華使祂的臉光照你，賜恩給你。

願耶和華向你仰臉，賜你平安」（民6:24－26）。

一個值得擁有的名聲

> ✤ 第一，我靠著耶穌基督，為你們眾人感謝我的上帝，因你們的信德傳遍了天下。羅1:8。

在羅馬書1:8，我們發現保羅從一般問候，轉向手上所要辦的事。他首先稱讚羅馬的信徒，在此有一個值得我們效學的教訓，我們都會看到人的長處和短處，我想保羅和羅馬的信徒也有同樣的看法。他本來可以從他們所作或所信的加以挑剔，但他卻寧可採用積極而不是消極的方法。

我多麼期望每人都學會這個教訓。不幸的，我知道有些教友，常以消極的方式向我致意。他們本可以採用好的字眼，卻時常對世界、教會、或其他的人吹毛求疵。有時候，這些「喜樂的使徒」，甚至專挑我的毛病。他們所講的或許很重要，或真有其事，但以人的心理來說，我發現假如我們採用積極的說法，會較順耳。在我們建立好雙方關係之後，另一種方式或許才有空間可運用。

保羅的書信在聯誼和溝通上，足以教導我們某些原則。你在家中或在工作場所可以實踐它，在別人身上發掘或提及他們的長處，開始從積極的方面下手。我們中間某些人，本著我們的名聲、我們積極的態度和言語，可能向那些要和我們交往的人，發出震撼性的波濤。如果是這樣，讚美上帝！上帝甚至要在祂聖徒的談吐上改變他們。保羅，謝謝你這個附帶的教訓。

第八節的中心教訓也是重要的，他宣稱羅馬信徒所具純正信仰的名聲，已傳遍遐邇，他們的「信德傳遍了天下」，那是一個值得擁有的名聲。

保羅的稱讚，應在我們的心思上激起問題。當有人提及我們時，他們會有甚麼說法？當他們提及我們的地方教會時，他們心中作何想法？

佈道會並不是在一位偉大的佈道家終於來到我們城中才開始，而是從我們這些有信仰的男、女和兒童的名聲開始。

主啊，幫助我！不但在態度和溝通上更像保羅，而且協助我知道，如何將我的光照射我周圍的人，並知道如何培養具有信心之人的名聲。

代禱的服務

> ✠我在祂兒子福音上，用心靈所事奉的上帝，可以見證我怎樣不住地（在禱告中；英文新國際版聖經如此翻譯）提到你們。羅1:9。

正如我們昨天所讀的，保羅對羅馬的信徒不但積極的稱讚，而且要他們知道，他不住地為他們禱告。保羅是一位代禱的人。

保羅清楚知道一件事實，就是「祈禱能挪動全能者的膀臂」（天路，第141面）。他利用許多時間為人代禱，因為他知道他的禱告服務，對人有莫大的幫助。

歷代以來都有許多人，因為看出代禱的能力，而受激勵為別人代求。這更是作母親的真正寫照。懷愛倫寫著說：「奧古斯丁的母親為她兒子的悔改禱告。她看出沒有任何證據，顯示上帝的靈正在感動他的心，但她並沒有氣餒和失望。她在上帝面前，把手指放在經文上，呈上祂說過的話，竭盡母親所能做的祈求。她那深切的自卑，一再懇摯祈求；她那毫不動搖的信心，終於獲得勝利，於是上帝按照她心中的願望，讓她如願以償。今日，祂仍然一樣的急欲垂聽祂子民的禱告。祂的「膀臂並非縮短，不能拯救，耳朵並非發沉，不能聽見，」（賽59:1）；假若基督徒的父母極力尋求祂，祂將使他們的口中充滿智慧的話（來幫助他們的兒女），並因自己聖名的緣故，為他們兒女的悔改，施展祂的大能」（教會證言，卷五，原文第322,323面）。

奧古斯丁看來實在無可救藥，他深陷在情慾與酗酒的網羅中，似乎不可能是教會領導層的候選人。但上帝垂聽他母親的禱告，他在往後的年日，緊接耶穌與保羅之後，成為教會最有名的領袖。

為人代禱是非常重要的。保羅就是因為這個緣故，不住地為羅馬的信徒禱告。

我的情況又如何呢？誰在我代禱的名單中呢？是我兒女？我父母？我的牧師？我的鄰舍？我的教會？我的國家？

我是否追隨保羅的榜樣？耶穌甚至說，我們要為逼迫我們的禱告（太5:44）。神蹟的世代還沒有過去，上帝能使用我們的禱告來改變世界。我們會讓祂這麼作嗎？

保羅書信目的

在禱告之間常常懇求，或者照上帝的旨意，終能得平坦的道路往你們那裏去。羅1:10。

保羅的佈道工作，來到重大的十字路口。他的佈道領域，目前已包括加拉太、亞洲、馬其頓和亞該亞等羅馬行省（大約包括土耳其、希臘、馬其頓等現在的國家），而他正預備前往西班牙佈道。

但保羅在前往西班牙之前，需要探訪兩個地方。第一個地方是耶路撒冷，他要把從外邦教會所收到的捐獻，送給那地方貧窮的猶太籍基督徒。第二個地點，就是在前往西班牙途中，探訪羅馬（羅15:23－28）。

預備這兩次的探訪，導致保羅寫這封信給羅馬的基督徒。他寫信至少有三個目的。首先他要羅馬信徒，在他為耶路撒冷的猶太籍基督徒服務時，為他禱告，使他能「脫離在猶太不順從的人」（羅15:30,31）。保羅到耶路撒冷不是一件小事。在那裏非基督徒的心目中，他是一個製造麻煩的人，許多基督徒看他是一位不奉行猶太遺傳的自由主義者。顯然一些人恐怕接受這樣的資助，似乎是同意他對神學上的觀點，因此保羅要求羅馬人代禱。

無論如何，保羅進一步要求羅馬的信徒，「幫助」他到西班牙的使命（第24節）。這種呼求幫助，是導致保羅寫這封信的第二個理由。顯然，他希望他們能在這次的西班牙行程上，以他們鼓舞性的禱告及經濟幫助他。

為了要得他們的幫助，保羅覺得他必須表白他作使徒的位分，因此他寫了這封信表達他的觀點，有如柯倫費所說的「福音內在的邏輯」。

保羅希望藉著講解福音，完成他的第三個目的，彌補羅馬教會中，猶太與外邦基督徒間明顯的裂痕，指出救恩的好消息是給所有世人的（參閱羅1:16,17;11:32）。

據我們所知，保羅並沒有實現西班牙之旅，但這封達羅馬人書卻影響了教會達二千年之久。

保羅佈道的核心

✖因為我切切地想見你們，要把些屬靈的恩賜分給你們，使你們可以堅固。羅1:11。

使徒保羅一生的目的，就是佈道──為別人服務。

當他計畫去羅馬時，並不是以旅遊者的身分，去參觀著名的阿比安大道、羅馬有名的法院、圓形競技場、戰車競賽。不，他主要目的，在為羅馬的基督徒，帶來屬天的福氣。正如他所說的，與他們分享一些「屬靈的恩賜」。

為他人服務是保羅人生經歷的關鍵所在。我們可從哥林多後書，栩栩如生看出他無私的犧牲，正如他所寫的：「我也甘心樂意為你們的靈魂費財費力。難道我越發愛你們，就越發少得你們的愛嗎？」（林後12:15）。

或許保羅愛人的慈悲精神，可從他寫給帖撒羅尼迦教會的第一封書信，看出其一般。他寫著說：「只在你們中間存心溫柔，如同母親乳養自己的孩子。我們既是這樣愛你們，不但願意將上帝的福音給你們，連自己的性命也願意給你們，因你們是我們所疼愛的。弟兄們，你們記念我們的辛苦勞碌，晝夜做工，傳上帝的福音給你們，免得叫你們一人受累」（帖前2:7─9）。

保羅要分享「屬靈的恩賜」，這種同樣出於愛的服務精神，也浮現在羅馬書中。屬靈的恩賜這一辭彙，可能是暗示一種特別的靈恩，或者好像稍後在羅馬書12:6─8所指的預言或樂善好施，但信中還把屬靈的恩賜用在其他方式上。例如保羅在羅馬書5:15提及，因信稱義是一種恩賜。他在羅馬書1:11所用的片語，乃指那些建立屬靈生活的事物。

這是保羅一生的中心目標──他要把人建立在基督身上。他不但要為羅馬的信徒這麼作，也願意作在我個人身上。

當然，他能親身探訪羅馬的信徒。但有一件美好的消息，今日他仍然在我們中間──不是親身，而是藉著他的書信。

保羅，感謝你對我的服務。願主幫助我把這福氣轉傳給人。

服務是一條雙向路

> ✠這樣，我在你們中間，因你與我彼此的信心，就可以同得安慰。羅1:12。

這是一種無比的謙卑！

請聽這位偉大使徒的的話！請聽這位在大馬色路上，直接接受上帝呼召的人！請聽這位大大為上帝所用的人！請聽在世界文明歷史上，其中一位最具影響力之人的聲音！

保羅從不認為，自己屬靈造詣強過那些坐在台下的人。他希望向他們學習，同時教導他們，以收教學相長之效。對保羅來說，服務是一條雙向道。

宗教改革家約翰·加爾文在回顧這節經文時說：「看看他那敬虔的心，如何自我謙卑，使他不致拒絕向沒有經驗的初信者學習；他不否定在基督的教會中，有人沒有任何的屬靈恩賜，就不能做出任何貢獻，使我們得好處。但由於我們的嫉妒和自傲，攔阻了我們彼此分享成果。這是由於我們自以為是的想法，這種空洞名聲所引起的毒素，使人漠視而不顧他人，每人認為自己所擁有的，可以自足而不依賴別人。」

屬靈上的自傲是一種最不好的疾病。耶穌提及八福時，首先訓勉說：「虛心的人有福了！因為天國是他們的」（太5:3），這不是一件偶然的事。祂知道唯有虛心的人，才能聽從祂的聲音。

在保持偉大與謙卑之間的平衡上，彼得時時出差錯，但終於勸勉教會的領袖，不要「轄制所託付你們的，乃是作群羊的榜樣。到了牧長顯現的時候，你們必得那永不衰殘的榮耀冠冕」（彼前5:3, 4）。

我們不要以有色的眼光看待教會，重視或輕視教友，而是看為一個互助互利的團體，每人都是他人的僕人和教師。

那就是保羅的理想。他不但給人祝福，同時從他所服務的人中得益。

主啊，幫助我具有服務和謙卑的精神，即那構成保羅服務的根基。

保羅，一位果農

✠弟兄們，我不願意你們不知道，我屢次定意往你們那裏去，要在你們中間得些果子，如同在其餘的外邦人中一樣；只是到如今仍有阻隔。羅1:13。

查理不住的懇求，希望在聖誕節得到一輛腳踏車。他的家很貧窮，他不但想要，而且真的需要一輛腳踏車。聖誕節到了，但沒有帶來腳踏車。一位不算機敏的朋友對查理說：「啊，我看出上帝沒有答應你需要腳踏車的祈求。」

那孩子回答說：「有，祂回答了，但祂說不。」

不是我們所有的禱告，都蒙正面的應允。那一定是保羅的經驗，他幾次虔誠的祈求，計畫到羅馬，但都不能成行。他想要前往，但上帝還沒有準備讓他前去。

但現在，保羅終於得到一個向西前進的綠燈訊號。這無異是保羅在精神上的開胃菜。他的第一個念頭是，他或許能在羅馬收成一些「果實」。

聖經用「果實」這個辭彙，至少在三種方式上代表屬靈的事物。首先，它代表一個為聖靈所充滿的人，在態度上所表現的一種隱喻。因此加拉太書5:22列出「聖靈所結的果子」，就是「仁愛、喜樂、和平、忍耐、恩慈、良善、信實、溫柔、（和）節制。」

第二個意義牽涉到基督徒的作為。保羅向羅馬人提及有關「成聖的果子」。

第三個屬靈果子的意義，在新約聖經中，是指歸主信徒的增加。因為這個緣故，保羅提及以拜尼土，是亞細亞第一位歸主信徒「初結的果子」（羅16:5）。

無可懷疑的，第三個意義，正是保羅對今日經文的心意。保羅要上帝使用他來幫助羅馬教會，把新信徒帶入教會。他的心意永遠是懷抱救靈的意念。令保羅心滿意足的，莫過於帶領個人與耶穌保持一種救贖的關係。

然而雖然這麼說，但並沒有排除有關果實的前兩個意義。保羅也極力幫助人在果實與靈性上（品格上的特徵），在他們的日常生活上（行為），能在基督裏成熟。

今日保羅仍然如此待我；讓我不住地把一生獻給基督，並在品格上越來越像祂。

三個「我」字

✠無論是希臘人、化外人、聰明人、愚拙人，我都欠他們的債，所以情願盡我的力量，將福音也傳給你們在羅馬的人。羅1:14, 15。

羅馬書1:14－16記述保羅的關懷，將福音傳給羅馬人的三句強有力的話：

第14節：「我都欠他們的債」

第15節：「情願盡我的力量」

第16節：「我不以福音為恥」

約翰·施德特指出這三句斷然的話會那麼獨特的原因，是由於它們和今日在教會中許多人的態度完全相反。「今日的人將對外佈道，看為一種有選擇性的額外任務，以及（如果他們參與佈道）認為可因而得著上帝的恩寵。」

保羅的態度在今天給了我們一則教訓。他佈道成功的祕訣，部分是由於他確信，他傳揚福音乃分內之職。對他而言，那是分內之事，沒有任何選擇的餘地，而是欠了基督的債，因為耶穌獻出祂的生命，讓他可以得著永生。

但保羅並沒有將這種分內之事，看為是一種可怕的責任。他反而「情願」傳揚福音，讓別人看出那真理，如何祝福了他的一生。論及耶穌的事時，保羅是難以閉口不言的。這種「情願」令他積極傳道。

就在第14和第15節開始，我們要提及羅馬書的中心主題。首先這段經文指出，保羅的信息是要一視同仁的傳給希臘人、化外人、聰明人、愚拙人。簡單的說，他有信息給猶太人、外邦人、聰明和飽學之士、以及那些不學無術的人。正如我們就要看出的，保羅在羅馬書的主題，其中心要義是，上帝的恩典和慈愛是給世人的。保羅將在羅馬書1:16詳細闡明這點。

羅馬書1:15的另一觀點，並將在第16和第17節加以發揮的，就是有關「福音」的主題。我們已從羅馬書1:3知道，「福音」的最好同義詞是「好消息」。

保羅之所以急於傳講，乃由於他看出那好消息，好過任何人所能想像的。

保羅無法靜坐不動，他不得不把有關耶穌的事告訴眾人。

第三個「我」字

❇ **我不以福音為恥。羅1:16。**

有關保羅的第三個「我」字，剛聽來有些奇異。為何他或者任何人，要因那事而感到羞恥？畢竟他曾在其他地方，自稱因福音的信息而感到光榮和喜樂（參閱加6:14；羅5:2, 11）。

這個階段，保羅之所以在書信中提及他不以福音為恥，或許問題的答案，是由於有些羅馬人，輕看這福音信息的質樸無華。至少在哥林多教會正是如此，那地方某些人，認為傳講一位被釘的救主，乃是一件「愚拙」的事（林前1:18）。事實上，在稍後幾節經文中，他提起「傳釘十字架的基督，在猶太人為絆腳石，在外邦人為愚拙」（林前1:23）。又有一次，有人在雅典聽見他傳講「從死裏復活」的救主，就「譏誚他」（徒17:32）。

傳講一位藉著童女懷孕而成為人的上帝，好像一位罪犯被釘死在十字架上，然後從死裏復活又升到高天之上，並且將來還要回到世上的信息，對當日那些所謂飽學之士，似乎是不可理喻的事。在任何世代中，一些自認飽學之士，會憑著他們自以為高人一等的態度和作風，令人多少感到厭惡。

保羅時代的人，另一個原因對傳講基督的事感到遲疑，即由於遭受言語上的辱罵之外，還時常帶來肉體上的逼迫。威廉‧巴克理指出，「保羅在腓立比被監禁、逐出帖撒羅尼迦、偷渡出庇哩亞、並在雅典受嘲笑。」

更甚者，這位使徒可能其貌不揚，沒有佳形美容以服眾。在《保羅和特克拉行傳》這本偽經中，早期的遺傳描述他是「一位身材矮小，禿頭蘿蔔腿……一字眉毛和鉤狀鼻樑的人」（第二段）。

簡潔地說，保羅所面對的問題，正像你我在為我們的主作見證時所遭遇的一樣。為主作見證從來不是輕易和毫無痛苦的，我們時常置身在被嘲弄和恥笑的危險中。

然而保羅卻「情願」傳揚這信息。此外，他不但沒有因福音而感到羞愧，反而引以為榮。為甚麼？當保羅在談到有關我們上帝的大能和救贖時，他會在羅馬書1:16, 17回答這個問題。他一旦完全回答，我們便有以福音為榮的正當理由。

闡釋福音

❇ 福音。羅1:16。

你可能希奇我們今日的經文，是那麼簡短。
好得很！就這麼保持希奇吧。我要你專心一致地思想「福音」這個名詞，心無二用。

讓我們徹底了解這個名詞。福音！我們已多次知道它是譯自希臘文的「好消息」。但今天，我們要發掘保羅對這個名詞的最好定義。

首先他在羅馬書1:16,17給了福音一個定義，說：「這福音本是上帝的大能，要救一切相信的，先是猶太人，後是希臘人。因為上帝的義正在這福音上顯明出來；這義是本於信，以致於信。如經上所記：『義人必因信得生。』」

第二個定義出現在哥林多前書15:1－4：「弟兄們，我如今把先前所傳給你們的福音告訴你們知道；這福音你們也領受了，又靠著站立得住……我當日所領受又傳給你們的：第一，就是基督照聖經所說，為我們的罪死了，而且埋葬了；又照聖經所說，第三天復活了。」

第三段經文，雖然沒有提及「福音」一詞，卻有其含意。「你們得救是本乎恩，也因著信；這並不是出於自己，乃是上帝所賜的；也不是出於行為，免得有人自誇」（弗2:8,9）。

還有，「但如今，上帝的義在律法以外已經顯明出來……就是上帝的義，因信耶穌基督加給一切相信的人……如今卻蒙上帝的恩典，因基督耶穌的救贖，就白白地稱義。上帝設立耶穌作挽回祭，是憑著耶穌的血，藉著人的信，要顯明上帝的義……。」（羅3:21－25）。

請反覆閱讀這些經文，沉思默想它們的意義，品嘗「恩典」和「信心」等偉大的福音辭彙，並謹記基督的犧牲、代死和復活，構成了保羅對福音的了解之根基。

它雖是短短的一個片語，但對你我的意義卻非常重大，它實際上改變了整個世界。感謝上帝藉著耶穌而來的恩賜，感謝上帝賜下這好消息。

上帝的大能

❖這福音本是上帝的大能，要救一切相信的。羅1:16。

我首先感受到的，乃是幾英里之外的一座山上，發出一道刺眼欲瞎的光芒。接著我看到空中爆發出一朵極大無比、由塵埃與廢物所組成的煙霧。就在那時，第一陣聲浪震動了我的車，我知道那是來自一個巨大的爆炸。

無可懷疑的，這次爆炸的原因，是由於炸藥。英文的炸藥（dynamite）一詞，來自希臘文的dunamis，意即「能力」。保羅在羅馬書1:16，把這個字和救贖的工作相提並論。他指出一種事實，就是福音帶有上帝無所不能的大能力，足以從罪中拯救所有的人，並賜給他們永遠的生命。

保羅不以福音為恥的原因，乃因福音的背後，為上帝的大能所支持。而使徒保羅在羅馬書的前幾章中，所要清楚指出的一件事，即人不能從罪的蹂躪中自救。不論他們如何嘗試，都無法掙脫那住在他們本性中的腐敗。

那便是上帝大能要介入的原因。祂能做到我們所不能做的。那是一件非常好的消息。

使徒保羅宣稱，上帝的能力是瞄準救贖而發的，那個字的意義，帶有救拔、保守、脫離、或拯救等意義。其根本的理念，即在救贖的事上，上帝的能力能救人脫離罪的懲罰。

救贖帶有積極和消極的含意。消極方面，它將——包括其他的東西——救人脫離上帝的忿怒（羅5:9）、免去對上帝的敵視（第10節）、除罪（太1:21）、避免淪亡（路19:10）、脫去虛妄的行為（彼前1:18）、不再受「奴僕的軛挾制」（加5:1）、不受邪靈的轄制（路8:36）。積極方面，救贖帶來與上帝的和好（羅5:9，10）和許許多多的福分。馬太告訴我們，耶穌來到世上，為要救出祂的子民（太1:21）。

救贖既是上帝一般性的工作，便帶有過去、現在和未來的含意。在某種意義上，因耶穌一勞永逸死在十字架上，已為我們成就和預備了救贖（來7:27）。但對那些接受上帝恩賜並學習與祂同行的人，也有現在的經驗（羅6:1－10）。再者，救贖更帶有未來的用意，它將在耶穌駕雲降臨時完全實現（帖前4:13－18；林前15:51－55）。

仁慈的寬度

要救一切相信的，先是猶太人，後是希利尼人。
羅1:16。

保羅說上帝定意「要救一切相信的，先是猶太人，後是希利尼人。」換句話說，其範疇包括全世界。根據猶太人的觀點，世上只有兩等人——猶太人和非猶太人。正如理宏・莫禮斯所說的：「這兩種組合包括全世界的人類。福音是為所有世人預備的，沒有種族歧視。」葛理費・多馬一針見血地說：「救恩是賜給每一個人，在每一個時候、每一個地方、每一種情況下，把人從各種罪中救拔出來。」一種普世化的需要，讓上帝作出普世化的準備。難怪保羅提及他對救恩的了解，指出救贖的作為是福音或好消息，沒有比這更好的東西。

然而救恩有個條件：那是要「救一切相信的（人）」。上帝不會把救恩硬塞給人。世人看出自己對福音大能的需要，以及福音對他們人生的潛能時，就必會接受。

但所有憑信接受上帝救恩的人，都處於同等的地位——他們成為主內的弟兄姊妹。猶太人沒有自己的福音，同樣的，外邦人也沒有個別的福音。基督的社區，排除了所有種族、經濟和社會的障礙。正如保羅寫信給加拉太的人說：「並不分猶太人、希利尼人，自主的、為奴的，或男或女，因為你們在基督耶穌裏都成為一了」（加3:28）。

救恩或恩慈是普及萬民的理念，乃全本羅馬書的重要主題。其實他這種概念，把猶太人和外邦人一起置於福音之下而達到最高潮，並在羅馬書9-11章中逐一加以闡明。他清楚指出，上帝「特意要憐恤眾人」（羅11:32）。

另一方面，保羅在某種意識上，相當清楚地指出，猶太人有某種優先權。耶穌也有同樣的教訓，因為祂指出救恩是從猶太人出來的（約4:22）。畢竟，上帝不但使用猶太人來保管舊約聖經中的約，祂同時藉著一位猶太人的母親，送給世人一位救主。

猶太人「為首」的主題，呈現在整本新約聖經中。因此，我們在使徒行傳1:8，讀到門徒從聖靈得著能力後開始為上帝作見證時，他們是先從猶太人開始，然後傳到地極。

今日我們應感謝上帝，因為上帝的恩慈也包括了我們。

路德的偉大經文

因為上帝的義正在這福音上顯明出來；這義是本於信，以致於信。羅1:17。

今日的經文是基督教歷史上，最具影響力的經文之一。第十六世紀初期的宗教改革運動，便是因為明白這節經文所點燃的。讓我們聽聽馬丁‧路德親口所說的話：「我渴望了解保羅寫給羅馬人的書信，但除了其中的一句話以外，沒有任何足以攔阻我的地方，那個片語就是『上帝的義』。我斷章取義，認為那是指一位公義的上帝，因為祂的守正不阿，於是公正的懲罰不義的人。我的情況是這樣，我雖是一位無可指責的神父，但我站在上帝面前，覺得只是一位受著良心困擾的罪人，而我沒有把握我的功德是否能夠緩和祂的怒氣。因此我沒有愛一位公正和忿怒的上帝，反而仇視並埋怨祂。然而我緊握住保羅，渴望知道他對那片語的意義。

我夜以繼日不斷地沉思默想，直到我領悟上帝的義，和『義人必因信得生』這句話的關係。於是我掌握了上帝的公義、公正，意味著祂本著祂的恩典和無限的慈愛，使我們因信稱義。就在那時，我覺得我重生了，並從恩典的門進入樂園。於是整本聖經對我有了一種新的意義。而以前那使我充滿怨恨的『上帝的義』，如今對我來說，卻具有一種不可言喻的甜蜜感，彰顯了更大的愛。保羅這句話，成了我進入天庭的門戶。」

羅馬書1:17從未在路德身上失去其功能，我們讀到善惡之爭記載說：「從那時起，他清楚地看出靠自己的行為得救是多麼愚妄，並看出自己必須經常信靠基督的功勞」（第117面）。

當我們知道希臘人用同一個字，來表達公義與公正時，便可能較易了解路德的困境。路德在公正與審判的意識下讀這個字，於是受其所制，因為不論他如何盡力的嘗試，都不夠好。他所看到的，只有上帝公正的審判。當他看出保羅所強調的，不是審判，而是因信而來的義時，他突破了他的困境。那日，路德從一位具有審判意識的信徒，成為一位具有恩典意識的基督徒，那種認識的變換，改變了整個世界，它也會改變你的一生。

信的中心要義

如經上所記：「義人必因信得生。」羅1:17。

保羅從羅馬書的「卷首到卷尾」，相當清楚地指出，救恩不外是一種信心的事。正如路德最後所看出的，救贖或公義並非來自作個好人，或企圖作個好人，而是相信福音拯救的大能（羅1:16）。

為了確認他的主張，保羅引用希伯來文聖經在哈巴谷書2:4的話：「義人必因信得生」。那句話在原文裏上下文頗富饒趣。那位先知申訴上帝使用殘暴的巴比倫，來懲罰以色列人的罪行。那種事如何能發生？上帝如何能用惡人來懲罰惡人？在那上下文中，上帝告訴哈巴谷說，那高傲的巴比倫最終將傾覆，而以色列人中的義人，將藉著他們的自卑，以及不住的倚靠上帝的大能和慈愛，憑信而活。

保羅借用了哈巴谷的話，把它引用在從罪中得救的事上。簡單的說，雖則不能藉著順從來獲得永生，卻能通過單純信靠上帝而得到。「義人必因信得生」。

路德在這一要點上對我們有所幫助，他說：「對保羅而言，信是一種心態，承認我們絕對不能過著一種崇高的生活，我們有賴於絕對倚靠上帝那充足的大能，預備空間，讓上帝施展其作為。」「義人必因信得生」，便是從那前景中引申出來的。

然而今日的經文中，尚藏有一種理念，因為這經文的另一個可被接受的翻譯，即「凡是公義的人，必因信而活。」這觀點是義人憑著他們的信度過一生。

雖然其上下文，帶有人如何成為義人的暗示，但是那些已經是義人的、因信而活的理念，也和保羅整體的教訓相符合。畢竟，得救的人過著一種更新的人生，是建立在逐日的根基上。他們既在悔改時就有了信心，便繼續日復一日的與上帝同行。因此他們是「本於信，以致於信」（羅1:17）。

主啊，今日我要因你的義和你支持的大能，感謝你。請幫助我過有信心的人生，因為我已因信得救。

羅馬書之旅

第二階段

罪的問題

（羅1:18－3:20）

一月廿五日

至

三月七日

與保羅同行的第二步驟

■原來，上帝的忿怒從天上顯明在一切不虔不義的人身上，就是那些行不義阻擋真理的人。羅1:18。

哎呀！到底發生了甚麼事？在過去的幾節經文中，我們讀到有關恩典、信心、和救恩，它所強調的是憐恤。但羅馬書1:18，打開了上帝忿怒的雷轟。

這種變化的關鍵，在於「原來」這個片語。「原來」把羅馬書1:16,17的傳講福音，和接下來的幾章，並它們論及罪的問題連貫在一起。「原來」這個片語，暗示由於世人罪孽的深重，我們需要藉著福音的大能，得著救贖的福音。

因此在羅馬書1:18，我們來到羅馬書的第一個重大分水嶺。第一到第十七節，我們讀到保羅介紹自己、他寫羅馬書的目的和他的福音。如今我們準備透過羅馬書，和保羅作出第二階段的同行。

我們第二個階段是由羅馬書1:18到3:20。保羅在這麼長的一段經文中，探討罪的嚴重性和其普遍性。他指出「世人（猶太人和希利尼人）都犯了罪」（羅3:23），因此所有的人都需要上帝恩典的救恩，而這救恩是藉著相信基督死在十字架上而來的（第21－26節）。

因此我們要把羅馬書1:18－3:20，看為上帝對罪之問題的診斷。其餘的部分，則是有關治療的主題。但在醫治之前，世人需要看出罪的嚴重性。罪是個極其可怕的問題，我們不能掉以輕心。它導致上帝用基督代死，作為解救這個淪亡世界的處方。

今日經文的中心點是「忿怒」。我們所面對的，即上帝聖德在施行審判的層面。雖則審判在最後的分析上，乃有關罪惡在末時被消滅，但它也涉及我們目前這個世界的罪所帶來的日常結果。

有一件事情是肯定的：上帝恨惡罪！祂恨惡所有會傷害祂子民和敵對祂所愛之事物。上帝本著祂的愛，必須處理罪的問題。保羅向我們指出，上帝之答案的中心要點，乃是基督的十字架。

其間，保羅在羅馬書1:18，開始論及有關罪的問題。

我們的天父，感謝你，因為你清楚地看出我們的問題所在，而你又是那麼眷顧我們，以致你差遣耶穌來到世上，負起拯救的使命。

上帝第二本書

❖ 自從造天地以來，上帝的永能和神性是明明可知的，雖是眼不能見，但藉著所造之物就可以曉得，叫人無可推諉。羅1:20。

這段有趣的經文告訴我們，甚至那些沒有聖經的人，也可從上帝得著某些有關祂是誰的知識。在前一節聖經中，保羅指出「上帝的事情，人所能知道的，原顯明在人心裏，因為上帝已經給他們顯明」（羅1:19）。第廿節指出上帝藉著祂的創造，顯示祂永恆的大能和神聖的本質。

這個重點是非常重要的，因為保羅在羅馬書這段經文中，向外邦人指出，他們雖處身在相當無知的情況中，但也需要為他們的背叛負起責任，因為他們已從自然界和他們的良知，認識有關上帝和祂的良善。

神學家將上帝藉著自然界啟示自己的事，定名為「一般的啟示」。當然，這種啟示法是相當不完整的。懷愛倫在提及這事時清楚地說：「自然界也尚在表彰它的創造者，但這一切的顯示祇是局部的不全的。並且我們在這墮落的狀態中，能力薄弱，眼光有限，也不能予以正確的解釋。因此我們需要上帝在祂寫作中所賜，關乎祂自己的更充分的啟示」（教育論，第16面）。神學家將上帝藉著聖經，更完美地自我啟示，定名為「特別的啟示」。

保羅時代的猶太人，擁有上帝的兩本書（一般與特別的啟示），但外邦人只有來自然界不完整的啟示。可是保羅爭辯說，即使是從自然界和良知而來的局部啟示，也令他們責無旁貸。

他在羅馬書1:18指出他們真正的問題，在於他們喜愛「不虔不義」，而不是想認識上帝和祂的良善，結果他們選擇「阻擋真理」。在第廿節的末段，保羅指出他們是無可推諉的。

在此的重點指出，上帝給予每個人某些有關祂和祂的良善的知識。我們每一個人，不論我們的知識是多麼有限，都有責任按照上帝所提供的知識來生活。

天父啊，請幫助我，好好使用你所賜給我的亮光。

兩種被忽視的特權

> ✠因為，他們雖然知道上帝，卻不當作上帝榮耀祂，也不感謝祂。羅1:21。

這是一個悲劇。雖然上帝創造大工的奇妙，和萬物互相效力的錯綜複雜的事實，衝擊著每一個人，但歷代以來，大多數的人沒有榮耀祂，也沒有因他們所得到的無窮福惠而感激祂。由於這個原因，伴隨著羅馬書1:19,20所描述的蓄意背叛，保羅在羅馬書第一章其餘的經文中，描述了罪所帶來每下愈況的悲慘結局。但在檢討消極負面影響以前，讓我們先把焦點放在積極的正面上。

首先，榮耀或尊崇萬物的創造主上帝是我們的特權。聖經不斷勸勉信徒要榮耀主耶和華。因此詩人告訴我們：「你們要將榮耀、能力歸給耶和華，歸給耶和華！要將耶和華的名所當得的榮耀歸給祂，以聖潔的妝飾敬拜耶和華。」（詩29:1,2）保羅的勸勉，反映同樣的精神：「所以，你們或吃或喝，無論做甚麼，都要為榮耀上帝而行」。（林前10:31）。種讚揚或稱頌，甚至在天庭的領域，出現在啟示錄所描述的廿四位長老身上，他們俯伏敬拜上帝說：「我們的主，我們的上帝，你是配得榮耀、尊貴、權柄的；因為你創造了萬物，並且萬物是因你的旨意被創造而有的」（啟4:11）。

一個「正常」的世界，在我們敬拜和日常的生活上榮耀上帝，應是人心的一種自然反應。但這一點，加強了保羅在羅馬書1:18－32的辯證，我們並不住在一個正常的世界上。從亞當和夏娃以來，男女無不熱衷於高抬自己，勝過榮耀上帝。世人無不時時表現尼布甲尼撒王的精神，同意他的說法：「這大巴比倫不是我用大能大力建為京都，要顯我威嚴的榮耀嗎？」（但4:30）。

每個人的第二特權，是要因上帝的諸般恩賜而感謝祂。雖然我們住在一個充滿罪惡的世界裏，我們可以因身體大致正常運作、因消化過程的奇蹟，並因我們在管教孩子時心中所充滿的愛，而心存感謝。然而，再次像保羅所指出的，人們將一切美善源頭的上帝，棄之如敝屣。

主啊，請幫助我們，走在那尊崇和榮耀你聖名的路上，並因你不但賜下生命，且同時賜下令生命有意義的每種恩賜而感激你。阿們。

每下愈況的道路：第一步

他們的思念變為虛妄，無知的心就昏暗了。自稱為聰明，反成了愚拙。羅1:21, 22。

背叛上帝（羅1:18－20）和忽視稱頌與感謝，敗壞了我們。保羅在羅馬書1:21－32，列舉了因罪而來的一連串走下坡路的後果。首先，它敗壞了人心，雖然他們自以為聰明，但實際上卻是愚拙。游謹·彼得遜將第22, 23節翻譯得淋漓盡致：「當他們沒有認祂為上帝，拒絕敬拜祂，他們便自甘沉淪，墮入愚蠢和混亂的境界中，以致人生顯得毫無意義和沒有定向。他們自以為無所不知，但對人生的意義，實在一無所知」。

保羅說罪的第一後果，即人的思考力退化或失去其功能，而他們的心意也因而變得愚拙和模糊。這位使徒非常清楚古代世界在探討生命意義和目的時，人所懷抱的那種歪曲的哲理。

保羅寫羅馬書後兩千年的今日，人的哲學觀點並沒有多大改變。因此在第十八世紀的末葉，大衛·休恩竟敢宣稱他能在自己的書房裏，證明我們周圍的世界，因果關係這回事根本不存在。但他也指出，在他離開書房進入現實世界時，很難根據他所發現的哲理來生活。

一個世紀之後，費勒理·賴哲斯在他不幸自殺以前，總結說生命是沒有意義的。對他來說，歷史的目的是在培植超人，施展其弱肉強食的「權力」。稍後，德國阿諾夫·希特勒採用了他的哲理，為他的酷行辯護。

二十世紀則有所謂「突破性」的哲理，有如威廉·雅各的原理，認為凡是可行的都是真理；或保羅·史特拉的格言，認為「其他的人都可以下地獄」。史特拉也相當明顯的指出，「世上根本沒有所謂人性，因為沒有上帝來掌管……人只不過是一個自我塑造的人。」

世界既然不相信獨一真神，便經歷了一系列的哲理臆測，導致它無時無地，無不步步陷入更幽暗的虛空中。這一切都是由於人背棄上帝，帶來的所謂理智上的後果。

基督徒應每日榮耀上帝，因為祂不但永遠活著，更在每一方面自我彰顯，使生命有意義。

每下愈況的道路：第二步

> （他們）將不能朽壞之上帝的榮耀變為偶像，彷彿必朽壞的人和飛禽、走獸、昆蟲的樣式。羅1:23。

根據保羅的看法，那些因背棄上帝而導致愚拙的最好例證之一，即拜偶像之風的盛行。他暗示，沒有甚麼比漠視上帝，同時卻轉而敬拜受造物的形像，更沒有理智的事。

那種洞悉力並非源自保羅。以賽亞提及一個工匠，砍下一棵樹，「用以燒火；他自己取些烤火，又燒著烤餅，而且做神像跪拜，做雕刻的偶像向它叩拜。他把一分燒在火中，把一分烤肉吃飽。自己烤火說：『啊哈，我暖和了，我見火了。』他用剩下的做了一神，就是雕刻的偶像。他向這偶像俯伏叩拜，禱告它說：『求你拯救我，因你是我的神』」（賽44:15－17）。

古代一本命名為《所羅門的智慧》之書的作者，將拜偶像的愚拙進一步加以闡明。他提及有人造出一個木偶，用紅漆掩蓋其缺點，為它造個神龕，並用釘子「把它釘在牆上」。那拜偶像的人必須「採取防患未然的步驟，以免它掉落，因為他知道它不能自助：它需要人的幫助，因為它只是一個偶像。但他卻向它求告有關他的財物、妻子、兒女的事，不會自覺羞愧地向這個沒有生命的物體求助；他向一個虛弱的物體求健康，向一個死的物體求生命，向一個完全無能的物體求幫助，向一個不能走動一步的物體祈求旅途的平安」《所羅門的智慧》12:15－18）。

保羅和古猶太人認為，拜偶像之舉是最具諷刺性而且極度愚拙的。在羅馬書第一章，保羅指出這種愚拙，就是由於人背棄上帝所帶來的一種後果。那是他們敗壞思維的一種產品。

如今，身在廿一世紀的我們，已看出拜偶像的愚拙。是否我們已看出我們信靠甚麼？我們的財物？我們的佳形美容？我們的智慧？我們是否只是在製造更多的愚拙？

當前之計是讓我們自我檢討人生。如今是我們該清醒，並向那位造我們的上帝重新獻身的時刻。

每下愈況的道路：第三步

✕ 所以，上帝任憑他們逐著心裏的情慾行污穢的事⋯他們將上帝的真實變為虛謊，去敬拜事奉受造之物，不敬奉那造物的主——主乃是可稱頌的，直到永遠。羅1:24, 25。

罪 的中心問題是敬拜，這是從創世記到啟示錄一則顯然的真理。例如在末世的時候，其關鍵所在，將是人要「敬拜那創造天地海和眾水泉源的」（上帝），或「拜獸和獸像」（啟14:7,9）。這同一的動力，也在伊甸園發生，那時亞當和夏娃，可以自由選擇跟隨上帝，或聽從魔鬼的話。

既然敬拜是整本聖經的中心主題，那麼羅馬書1:25未曾譯出的一個字，便顯得非常重要。大多數聖經譯本，提及那些行走在邪惡之路上的，將「真實變為（許多中的一種）虛謊」。但在希臘原文卻是用定冠詞（在英文文法，a 或 an是不定冠詞，而 the 則是定冠詞）。因此保羅在此所說的，是將「真實變為（那種獨特的）虛謊」。拜偶像或假神，不是許多虛謊中的一種，而是那種獨特的虛謊。保羅指出假宗教的那種獨特的虛謊，帶來一種墮落的洪流，淹沒了我們的世界。

保羅在羅馬書1:24, 26, 28連續三次指出，上帝已將那些無恥的罪人，任憑他們放縱「心裏的情慾」、「羞恥的情慾」和「邪僻的心」。乍看之下，這似乎不像上帝的作為。上帝是否放任我們作惡？

了解這片語的關鍵，似乎在於「心裏的情慾」等辭彙。威廉‧巴克理指出，保羅在此所說的，是指「令人作出那難以形容和無恥的事。那是一種瘋狂的意念；假如不是由於那種意念，奪走了他那尊榮、精明和莊重的意識，便不可能作出他那絕不會作的事。」

這件事的根本問題，乃在於上帝給人一種自由選擇權。祂已聲明絕不干預那種自由。因此，上帝容許我們作出錯誤的選擇和可怕的事，祂不會救我們脫離那有害的後果。事實上，祂「任憑」我們自食罪的可怕惡果。祂令我們自作自受。

為甚麼？因為祂恨惡罪人嗎？絕不，因為祂愛他們，祂要他們驚醒過來，認清他們需要救恩。因此，即使上帝任憑人在罪中自我放縱，祂有一個仁愛的目的。當我們看出我們極大的需要時，上帝希望我們仰望祂，尋求憐恤與恩典。

每下愈況的道路：第四步

> ✖他們既然故意不認識上帝，上帝就任憑他們存邪僻的心，行那些不合理的事；裝滿了各樣不義、邪惡、貪婪、惡毒。羅1：28, 29。

這不是一幅美麗的圖畫。事實上，它好像一份小報的頭版新聞，多過於靈修和默想的經文。

但，慢著，這經文內容越來越糟。保羅列舉了一份醜名四播的人性腐敗：「（他們）裝滿了各樣不義、邪惡、貪婪、惡毒、滿心是嫉妒、凶殺、爭競、詭詐、毒恨；又是讒毀的、背後說人的、怨恨上帝的、侮慢人的、狂傲的、自誇的、捏造惡事的、違背父母的、無知的、背約的、無親情的、不憐憫人的。」（羅1：29－31）

使徒保羅在此指出，人在生活上離棄上帝時，所能發生的情形。人生的殘忍事實之一，就是罪衍生罪。一個人或一個社會一旦走上犯罪之路，便會積重難返，輕易的罪上加罪。事實上，他們隨即認為作惡是一件正常的事。

一個人開始犯罪時，會有好像威廉·巴克理所說的，對他們所作的，生發一種「戰慄性的自覺」。但隨著時間的過去，終於毫不猶豫地犯罪。犯罪於是成為生活的一種方式。

其結局，正如保羅稍後在羅馬書所指出的，就是那個人終於受腐敗之心意所控制，成為罪的奴隸。

這麼一來，我們會因以這種方式，使用上帝所賜的自由意志力，成為罪的奴隸。正如夏娃所發現的，罪時常是一種虛謊。雖然那蛇可能向她發出應許，假如她拒絕上帝和祂的旨意，她的眼睛就會明亮，並會像上帝，但結局卻不是具有神性，而是死亡。罪應許一個更充實和快樂的人生，卻帶來毀滅。那位浪子正是如此發現。他動身走上自由之道，想過個好日子，但最終卻落到連對豬吃的食物都垂涎三尺。就在那時聖經告訴我們，「他醒悟過來」，並真心決定回到父親的家（路15：17）。

請記住，這就是保羅羅馬書的要點。那不是一封有關罪，而是有關救恩的信。保羅指出，如果我們接受上帝所提供的，祂便會拯救我們。正如拒絕祂，導致我們會行在每下愈況之罪惡的道路上，同樣，接受祂便帶來公義。這就是羅馬書的信息，是我們今日的世界所迫切需要的。這也是我的人生經驗所要掌握的。

每下愈況的道路：第五步

他們雖知道上帝判定，行這樣事的人是當死的。羅1:32。

生命終必結束，這是確定不移的事實。那殘酷的收割者絕不停止工作，只要等一等，終必輪到你。

為甚麼？保羅在羅馬書6:23，提供了簡潔的答案：「罪的工價乃是死」。有一經文和今天的經文非常吻合。這與創世記2:17上帝對亞當的警告不謀而合。死亡是罪最終的結局，使我們和生命根源的上帝隔絕。

幸虧羅馬書6:23並不是以死亡的判決作為結束。上帝不想將罪人所該得的，合法的加以執行，那經文繼續說：「上帝的恩賜，在我們的主基督耶穌裏，乃是永生。」

雖然罪至終帶來死亡是不爭的事實，但那不是保羅所要談論的。那是個不好的消息。這位使徒要把好消息（福音）告訴我們，就是耶穌為每一罪人代死，衪「只一次獻上衪的身體」（來10:10），使我們可能得著永生。

懷愛倫在歷代願望恰當地寫著說：「基督忍受我們所該受的，使我們得以享受衪所配享受的。衪為我們的罪，——衪原是無分的——被定為罪，使我們因衪的義，——我們原是無分的——得稱為義。衪忍受我們的死，使我們得以接受衪的生。『因衪受的鞭傷我們得醫治』」（第26面）。

有關死亡的好消息，即耶穌已經勝過它。我們讀到啟示錄1:17,18有話說：「不要懼怕！我是首先的，我是末後的，又是那存活的；我曾死過，現在又活了，直活到永永遠遠；並且拿著死亡和陰間的鑰匙。」

基督不但勝過死亡；衪願意將那種勝利，賜給每位願意接受衪永生之「恩賜」的人。保羅寫著說：「死既是因一人（亞當）而來，死人復活也是因一人（基督）而來。在亞當裏眾人都死了；照樣，在基督裏眾人也都要復活」（林前15:21,22）。當基督復臨時，「號筒要響，死人要復活成為不朽壞的」（第52節）。

是的，罪真的帶來死亡。但對基督徒而言，死不是最終的結局。羅馬書爭辯說，基督徒從罪和罪的結局（死）被救拔出來。

難怪保羅稱他的信息為福音。

墮落敗壞的道路：第六步

✚ 他們不但自己去行，還喜歡別人去行。羅1:32。

世人會沉淪多深？罪的底線，最終的敗壞在何處？

保羅在羅馬書1:32的後半段暗示說：「他們不但自己去行」，有如1:24－31所列舉的惡事，更進一步「喜歡別人去行」。新英文聖經有如畫龍點睛，有力地指出保羅的觀點說：「他們實際讚揚這樣的作為。」

保羅‧艾迪米爾說：「在第卅二節，保羅的話可能讓我們感到詫異，因為保羅似乎認為贊同那些行為比實際的行動更壞。但保羅在此指出，那些作這種事的人，不但實行在自己生活上，更公開的加以表揚，鼓勵他人有樣學樣。保羅說，上帝的忿怒傾在這種人身上還不滿足，更企圖把他們的惡行，成為他人的行為準則。在此保羅所指責的，即那些人以各自的罪行，作為衡量他人公開行為的標準。」

這是很嚴重的問題。我們所處的社會是稱許和嘉獎惡行的。我們只要看看大家所謂的「娛樂」，便可窺其全貌。如果它不充滿色情和暴力，便不算符合眾望的娛樂。這種事，現代的社會與古代世界相同。當然，我們不再以人餵獅，或與大力士格鬥至死。不，我們做得更加精巧詭詐，外表披上美名作出更邪惡的事。

娛樂界述說社會的諸般實況，啟明有關基督徒對這主題的困惑看法。

羅馬書第一章的信息表明，上帝厭惡罪以及罪所帶來的死亡。祂要幫助人脫離人所贊許的惡行。祂不但渴望挽救他們的靈性，同時祂想更新他們的心意（羅12:2）。主耶和華要基督徒發出對生命建設性的稱許和嘉獎的影響力。祂要祂的作法成為社會行事為人的準則。我們既然身為基督徒，便有責任藉著我們所認可的那些事，來塑造社會。

醒來罷，「潔淨」先生與夫人

你這論斷人的，無論你是誰，也無可推諉。你在甚麼事上論斷人，就在甚麼事上定自己的罪；因你這論斷人的，自己所行卻和別人一樣。羅2:1。

自認高人一等是人的常情，畢竟，我沒有作保羅在第一章所列舉的罪。實際上，和下賤人比較，我還是相當不錯。

這種自義，正是保羅在羅馬書第二章前半部所攻擊的。羅馬書第一章後半部，述說那些厚顏無恥犯罪的人。他的描述引起那些坐在「前排」的人，以論斷式的語氣，同聲高喊「阿們」。但那種在道德上自義、高人一等的態度，正是保羅在羅馬書2:1－16所攻擊的對像。

這位鐵面無私的使徒總結說，所有世人都犯了罪（羅3:23）。他先處理了那些表面看來真的罪人，這種作法贏得了那些道德主義者的擁戴。他們站在保羅這一邊。就在這點上，保羅得到他們的全力支持，然而他掉轉槍口指向他們。

他同時指出他們也是罪人。當然，他們是很好的信徒，他們沒有自暴醜事。不，他們的罪是不明顯的。他們若與那些真正作惡的人比較，他們自認是好人。

但是——照保羅的看法——他們在上帝眼中卻乏善可陳。他們自以為在德行上高人一等，即使不自覺，也是罪跡斑斑。這種人所犯的是自義的罪，一種最沒有盼望的罪。我們在天路讀到有話說：「在上帝看來，再沒有比驕傲自負更可憎的；就人類而言，也再沒有比這更危險的了。在一切罪愆之中，這是最沒有希望的不治之症」（第123面）。這種自義的感覺，讓人覺得不須悔改或尋求上帝的恩典。

因此羅馬書第二章，乃是保羅爭辯的主要分水嶺。他針對娼妓、傷風敗俗、盜竊者喊話之後，現在準備面對信徒。

你是否已作好心理準備？親愛的信徒，保羅現在就要對你講話。他也渴望向你敲起暮鼓晨鐘。

不論在我的眼中自己多麼「好」，使徒保羅要我們每一位看出自己罪惡的沉重。他勸勉我們看出並自覺，我們所面對問題的詭詐和嚴重性，讓我們看出祂所賜下救恩的偉大，以及我們多麼需要它。

自義的罪

> ✖ 我們知道這樣行的人，上帝必照真理審判他。你這人哪，你論斷行這樣事的人，自己所行的卻和別人一樣，你以為能逃脫上帝的審判嗎？羅2:2, 3。

耶穌向那些仗著自己是義人，藐視別人的，設一個比喻，說：「有兩個人上殿裏去禱告：一個是法利賽人，一個是稅吏。法利賽人站著，自言自語地禱告說：『上帝啊，我感謝你，我不像別人勒索、不義、姦淫，也不像這個稅吏。我一個禮拜禁食兩次，凡我所得的都捐上十分之一。』那稅吏遠遠地站著，連舉目望天也不敢，只捶著胸說：『上帝啊，開恩可憐我這個罪人！』我告訴你們，這人回家去比那人倒算為義了；因為，凡自高的，必降為卑；自卑的，必升為高。」（路18:9－14）

世上最不費力的事，就是論斷別人。保羅在羅馬書2:1－3指出一種被扭曲的事實，就是人常易於責人，而寬以待己。

假如我的妻子或兒女，作出某種令人討厭的事，（例如穿著骯髒的鞋子，走在乾淨的地板上）我會馬上激動莫名，陷入一種忿怒的情緒中，卻原諒自己犯同樣的行為。畢竟，我是因趕時間而這麼作。約翰‧施得特指出，「我們甚至因同樣過失，原諒自己而指責別人，以獲得自我滿足。」哲學家多馬‧何畢斯提及，有些人之所以「對人吹毛求疵，為要顯示自矜自是的心態。」

好啦，你可能自欺欺人，但在此保羅告訴我們，你不可能誤導上帝，因為祂「必照真理審判」。這是一件簡單的事，正如保羅所強調的，不論他們到教會聚會多少次，或他們的罪是多麼的隱密，沒有人可以逃避上帝的審判。我們都是罪人，我們都要站在上帝的審判台前。每人都可自我選擇，憑著自己的良善或本著基督的義，出現在上帝面前。

我們的眼目可能偏愛自己，但當上帝不但要審察我們的作為，而且要洞悉我們心思意念時，祂有最完美的視力。

保羅的信息指出，我們應當自我卑微。

上帝恩慈的目的

■還是你藐視祂豐富的恩慈、寬容、忍耐，不曉得祂的恩慈是領你悔改呢！羅2:4。

這位有見識的心理學家保羅，在羅馬書第一章逐一列出外邦人的罪。猶太人對羅馬書第一章，絕對拍手贊同。因為外邦人實在沒有完全按照他們所得到的亮光去作，所以他們應得上帝的忿怒和審判。

接著保羅作出一件出人意料之事：他將槍口轉向猶太人，並其他的「好」人。他向他們指出，他們沒有例外，要受同樣的懲罰。

那種理念違犯了猶太人的論調。他們認為在和主耶和華的關係上，擁有某種特權。他們宣稱：「上帝在世上萬族中，唯獨愛以色列人。」「上帝將用一套準則審判外邦人，又用另一套對待猶太人。」「所有以色列人，在未來的世界都有分。」簡單地說，當日的猶太人相信除了猶太人以外，所有其他人理當受上帝審判。

保羅在羅馬書2:1－3對那種觀念提出挑戰。他強調說，沒有人可以豁免上帝的審判──不論他們的宗教或道德身分和地位。

今日的經文（羅2:4）保羅告訴猶太人說，他們陷入輕看上帝的良善、寬容和忍耐的危險中。保羅設法喚醒他們，讓他們看出自己的需要。猶太人不能因祂滿有恩典，便自以為有權利可以繼續犯罪。祂對他們的敗壞抱寬容的態度，並不意味著他們不必受審判。上帝的忍耐，也不意味著他們可以不受懲罰。

相反的，他們有必要因自己的高傲而悔改。他們不能以上帝的良善、寬容和恆久忍耐作為藉口，而保留在依然故我的屬靈境況中；反而應讓上帝的恩典啟迪他們，作出真誠的悔改。正如威廉‧巴克理所說的，「上帝的仁慈、上帝的眷愛，並不是讓我們自以為可以繼續犯罪，不受制裁，而是以愛突破我們的心，並引領我們真正悔改。」

今日是我們得救的日子。「我們若認自己的罪，上帝是信實的，是公義的，必要赦免我們的罪，洗淨我們一切的不義」（約壹1:9）。

靈性的動脈硬化症

> 你竟任著你剛硬不悔改的心，為自己積蓄忿怒，以致上帝震怒，顯他公義審判的日子來到。羅2:5。

今日經文關鍵是「竟」字，它和羅馬書2:4的勸戒形成一個對比。上帝的良善與仁慈並未帶來悔悟，反而導致相對的後果——它所產生的是頑梗、剛愎、頑強。

翻譯成頑強的希臘字，帶有「剛硬」的意思。從這同一字演變而來的，就是醫學辭彙的「硬化」。動脈硬化症是指動脈血管的變硬，其過程也可在屬靈的領域裏找到。它預表一些人的心已剛硬或硬化，以致對上帝的愛不起任何反應和感應。但屬靈的剛硬，比血管硬化的後果更具危險性。人體的動脈硬化，可能令人進入墳墓，但靈性的剛硬，卻可能令人喪失他的永生。

聖經不住地警戒我們，有關屬靈的硬化症。耶穌告訴祂的聽眾，由於「你（們）剛硬不悔改的心」，摩西應許他們休妻（太19:8）。同樣的，當那些自義的猶太會堂領袖，等候窺視耶穌是否在安息日醫病時，祂「怒目周圍看他們，憂愁他們的心剛硬」（可3:5）。

保羅將他對剛硬之心的評論，並最後審判的上下文連貫在一起。今日某些基督徒，企圖避免提及任何有關審判的事，聖經的作者則沒有這種顧忌。對保羅而言，最後的審判是一件必然之事，也是他的讀者所要準備面對的。

他們每人心中要緊記兩件事中的一件：悔悟或剛硬。他們需要這樣，我們也不例外。上帝的旨意是顯然的，祂要我們讓祂耕耘我們休耕的心田——具有一顆軟化和悔悟之心的新約經驗。祂藉著以西結應許說：「我也要賜給你們一個新心，將新靈放在你們裏面，又從你們的肉體中除掉石心，賜給你們肉心」（結36:26）。

上帝已經為人提供救恩，但祂不會強迫任何一個人。一切有賴於我們的回應，看看我們是否要因拒絕祂的建議，而硬化我們的心，或者以一種肯定的回應，接受祂所賜的一顆新心。

保羅是否搞錯了？

審判的日子來到。祂必照各人的行為報應各人。羅2:5, 6。

保羅是否搞糊塗了？他的感官是否停止運作？我們如何把今日的經文和其他經文的教訓，加以協調呢？

例如就在下一章，保羅寫著說：「凡有血氣的，沒有一個因行律法能在上帝面前稱義」（羅3:20）。他又在以弗所書指出，我們得救是本乎信而來的恩典，「不是出於行為，免得有人自誇」（弗2:8, 9）。

保羅如何能轉個身，便宣稱人將按他們所作的或所成就的受審判？

在回答這個問題以前，我們應指出，保羅的話實在是來自舊約聖經。他時常引用猶太人的經典，來說明某個要點。詩篇62:12說：「你照著各人所行的報應他。」耶穌採用那理念，加以引申說：「人子要在祂父的榮耀裏，同著眾使者降臨；那時候，祂要照各人的行為報應各人」（太16:27）。

保羅並沒有自我抵觸。在羅馬書1:16，他實在提及救恩只因信而來。但他現在並沒有因說救恩是來自好行為，而破壞了他的福音。相反的，他肯定有如約翰‧施德特所說的：「雖然稱義確實由相信而來，但審判卻是根據行為。」施德特繼續爭辯說，我們不難發現其原因。審判是一種公開的場合，而它的目的是在宣佈和辯護，多過於推斷上帝的決定。

施德特說：「在這麼一個必須頒布一種公開的裁決，並通過一種公開的宣判的場合，有需要……提出能作證的憑據來證明它們。而唯一所能提出的公開證據，即是我們的行為……我們心中是否存有得救的信心，決定於在我們生活上是否有好行為表現。」

因此保羅在此的教導指出，好行為並非我們得救的根源，而是我們與耶穌保持得救之關係的果實。保羅在羅馬書1:5和16:26稱它為「信服真道」。一個人的更新人生，是把心獻給耶穌而來的。那些已經向罪死的人，不會繼續在罪中活。相反的，他們將在「新生的樣式」中，與耶穌同行（羅6:1－12）。

更多的行為

❊ 凡恆心行善、尋求榮耀、尊貴,和不能朽壞之福的,就以永生報應他們;惟有結黨、不順從真理、反順從不義的,就以忿怒、惱恨報應他們。羅2:7, 8。

羅馬書2:7－10即第6節的意義。換句話說,那幾節經文即用來進一步闡明,最後審判是根據人的行為這一原則。耶穌在山邊寶訓,便是教導同一概念。「凡稱呼我『主啊,主啊』的人不能都進天國;惟獨遵行我天父旨意的人才能進去。當那日必有許多人對我說:『主啊,主啊,我們不是奉你的名傳道,奉你的名趕鬼,奉你的名行許多異能嗎?』我就明明地告訴他們說:『我從來不認識你們,你們這些作惡的人,離開我去吧!』

所以,凡聽見我這話就去行的,好比一個聰明人,把房子蓋在磐石上。雨淋,水沖,風吹,撞著那房子,房子總不倒塌,因為根基立在磐石上。凡聽見我這話不去行的,好比一個無知的人,把房子蓋在沙土上;雨淋、水沖、風吹,撞著那房子,房子就倒塌了,並且倒塌得很大」(太7:21－27)。

保羅和耶穌,兩者都關心基督徒要按上帝的旨意去行。口頭上的信,甚至所謂的基督化活動,都是不足夠的。

某些基督徒似乎有一種理念,認為談論報賞是不對的。但保羅在羅馬書2:7好像認為,人的「尋求榮耀、尊貴,不能朽壞之福」和「永生」是不對的。但另一方面,他首先反對,人可以藉著他們的好行為,來賺取這種報賞的概念。他清楚看出,那些東西是上帝的恩賜(羅6:23),人不可能藉著他們的努力,來獲得這些東西。但聖經並沒有反對基督徒,在他們日常生活的掙扎中,思念這些恩賜。上帝定意要我們在盡力「行善」時,賜給我們所需要的勇氣。

天父,感謝你在我們人生的每一階段,賜給我們足夠的亮光。幫助我們把那種亮光,安放在正確的位置上。幫助我們以正確的動機事奉你,使我們在基督復臨時,一切所作的都能合乎你的旨意。

沒有所謂特殊蒙恩的族類

> ※將患難、困苦加給一切作惡的人，先是猶太人，後是希臘人……因為上帝不偏待人。羅2:9—11。

不偏心！不徇私！

猶太人讀羅馬書信時，一定對這一點大皺眉頭。難道上帝不是揀選亞伯拉罕、以撒、雅各嗎？祂不是挑選以色列族，作為祂特別立約的民族，以及祂在世上的代表嗎？

祂的確揀選了他們，但那決定可以這麼說，並不是一張空白待填的支票。反之，上帝只有在以色列人遵行祂的旨意時，才能祝福他們。我們讀到申命記有話說：「你若留意聽從耶和華——你上帝的話，謹守遵行祂的一切誡命，就是我今日所吩咐你的，祂必使你超乎天下萬民之上。你若聽從耶和華——你上帝的話，這以下的福必追隨你……你若不聽從耶和華——你上帝的話，不謹守遵行祂的一切誡命律例，就是我今日所吩咐你的，這以下的咒詛都必追隨你，臨到你身上。」（申28:1—15）

可惜，以色列人從沒有重視上帝祝福他們，是帶有條件的，他們反而相信不論他們怎樣生活，都會一直是上帝所寵愛的民族。施洗約翰便是根據這種論調，向猶太人的領袖發出挑戰說：「上帝能從這些石頭中給亞伯拉罕興起子孫來。」（太3:9）而耶穌在世傳道時，曾為那些沒有回應的猶太人領袖哭泣（太23:37,38）。接著，在祂即將結束傳道的使命時，講了一個有關惡園戶的比喻，並說出其可怕的後果：「上帝的國必從你們（以色列）奪去，賜給那能結果子的百姓。」猶太人「看出祂是指著他們說的」（太21:43,45），但他們卻不相信祂，他們仍然深信他們的民族，有豁免受審判的特權。

在羅馬書第二章保羅所力爭的，便是這種論調。他說上帝是不徇私的，惟有在上帝的條件下，才會把祂的國度賜給世上的男女。

這是給教會的一個教訓。上帝要使用和祝福祂的百姓，但唯有當他們順從祂的旨意時，祂才能那麼作。正如古代的以色列族，上帝仍舊沒有任何寵愛的民族。祂的約永遠是以「若留意……必使你」的條件。末後，上帝必以祂的教會是否順從祂的旨意，來審判他們。

為每位預備的報賞

> 將……榮耀、尊貴、平安加給一切行善的人，先是猶太人，後是希利尼人。羅2:9, 10。

上帝要祝福祂所有的子民——包括猶太人和外邦人。正如我們在羅馬書2:9所讀到的，在「患難、困苦」上沒有偏心，在「榮耀、尊貴、平安」上也沒有徇私。人人都要面對審判。大家都要照他們的「行為」來評估（第6節），不論是「作惡」的（第9節）或「行善」的（第10節）。

保羅沒有漏掉任何人。從羅馬書第二章開始，他便一再強調，不論是猶太人或外邦人，他們在罪和救恩的事上，都站在同樣的地位。保羅建立一種論證，並在第三章的下半部達到高潮，指出每人（猶太人和外邦人）得救，完全有賴於基督的犧牲。

保羅指出，那些在末時的審判中（羅2:5, 6），被認為是行善（根據上帝的旨意而活）的人，將得著「榮耀、尊貴、平安」（第10節）。在其上下文中，榮耀並非是一種以自我為中心的人性自傲，而是在耶穌復臨時分享上帝的榮耀。保羅在第八章寫著說：「我想，現在的苦楚若比起將來要顯於我們的榮耀就不足介意了。受造之物切望等候上帝的眾子顯出來。」（羅8:18, 19）

「尊貴」，正如榮耀一樣，不是一種人為的成就，而是來自基督復臨時，上帝報賞祂子民的一種認識。祂將對每人說：「好，你這又良善又忠心的僕人，你在不多的事上有忠心，我要把許多事派你管理；可以進來享受你主人的快樂」（太25:21）。

當然，「平安」是上帝和得救的男女，最終和諧共處。那種平安的基礎，就是耶穌所描述的兩大誡命——愛上帝和愛我們的鄰舍（太22:37－40）。一件有趣的事，就是那有關律法的兩大原則，也正是人在最後審判中，能夠站立得住的行善。正如保羅提及有關「信服真道」（羅1:5；16:26），他同時也論到「使人生發仁愛的信心」（加5:6）。基督徒的信，即對上帝之愛的一種積極回應。在某種意義上，信心的人生，就是一種將愛轉達給人的生活。

沒有律法的審判

> ✖ 凡沒有律法犯了罪的，也必不按律法滅亡；凡在律法以下犯了罪的，也必按律法受審判。羅2:12。

乍看之下，今日的經文，似乎有些令人感到困惑。英文腓利斯的聖經譯本，有助於我們比較清楚看出其要義：「所有在沒有律法知識之下犯罪的人，將在沒有提及律法的情況下而死；然而凡是擁有律法的知識，卻因觸犯律法而犯罪的人，將按照律法受審判。」

為了解保羅的用意，我們必須記住其上下文。在羅馬書第一章，保羅論及有罪的外邦人被定罪，是理所當然的。接著他在第二章的前半段，提出一種富有革命性的理念，就是道德主義的猶太人同樣有罪，一樣要受到上帝的審判。

對猶太人而言，那是一種革命性的概念。他們難道不是上帝特選的子民嗎？雖然保羅深信他們是一群被呼召的族類，但這並不意味著他們可以免罪，或豁免上帝的懲罰。在此，猶太人和外邦人站在同一位置上，正如我們在羅馬書2:11所讀的，「上帝不偏待人」。

猶太籍讀者對這種不分彼此、一視同仁的看法提出異議。終究，猶太人與外邦人之間，存有一種重大的差異。猶太人擁有上帝的律法，那便足以證明他們是祂的寵兒，因此，上帝絕不能用審判外邦人的方式來審判他們。

錯了！保羅這麼説。我們當然不能指責外邦人，違犯一種他們從來沒有正式領受的律法；然而，正如保羅在羅馬書1:19, 20所提到，並在羅馬書2:15討論的，就是上帝已賜給他們一種是非的觀念，這也同樣是一件事實。上帝要按照祂所賜的良知來審判他們。那就是説，上帝要按照他們對祂所賜給他們之啟示的回應，來審判他們。

對猶太人而言也是一樣，但他們有一種更大審判的理由。他們不但和外邦人分享上帝藉著良知和自然界所賜的一般性啟示，他們更在律法上得著上帝特別的啟示。

因此上帝要讓每位接受祂啟示的人，對祂有所交待。另一方面，沒有人需要為他們所不知道的負責。

在這麼錯綜複雜的世界，我們的上帝實在是一位大公無私的天父。難怪啟示錄中的詩歌，高聲頌讚上帝施行統治的公正與信實（例如，參閱 啟19:1, 2）。

行律法稱義

> ✠原來在上帝面前，不是聽律法的為義，乃是行律法的稱義。羅2:13。

請注意保羅在此所用的「聽」字。在他那個時代，大多數的人都不能閱讀。他們週復一週在猶太會堂，聽人向他們讀出律法。

但他在此鄭重的指出，「聽」是不夠的，擁有律法是不夠的。自稱亞伯拉罕是你們的父、摩西是你們的先知、律法是你們的指南，這絕對不夠。

保羅在此盡其全力，想突破猶太人的排外主義。顯然有些猶太人認為，只要口頭上信律法，便是意味著永遠有保障。但使徒保羅不遺餘力加以攻擊，他們實在沒有遵行律法。帶來保障的，不是擁有律法或擁有猶太人的身分，而是「行律法」。

保羅就在那要點上，提出一個有趣的理念：人「乃是行律法的稱義」。他的話是甚麼意思？他是否在教導，我們可以靠順從律法稱義？

假如是這樣，他無異是在否定自己在下一章所要講的話，因為他說：「凡有血氣的，沒有一個因行律法能在上帝面前稱義」（羅3:20；比較加2:16）。

當然，人若能守全律法，便能靠著遵守律法稱義。但這一點正是保羅所要鄭重聲明的。所有世人都是罪人，沒有人能遵守全部律法。律法的作用不是一座梯子，使人可以爬上天庭，而是指出我們的罪，然後引領我們就近由基督而來的救恩（羅3:20－25）。實際上，企圖藉著遵守律法獲得救恩，尤其是當我們已掌握了耶穌在山邊寶訓中的真諦（太5:21－48），會令我們徹底的失敗和喪失。

倘若我們不是因遵守律法而稱義，那麼，保羅的話是甚麼意思呢？請記住，保羅在羅馬書第二章所提及的審判，是出自一本專為教導因信稱義的福音書。在那種脈絡下，只談論我們擁有律法、或我們是猶太人或復臨信徒、抑或任何東西，都是不足夠的。在此保羅所要強調的，乃是教導我們要按上帝的旨意生活。因為我們擁有基督，並不意味著我們可以過一種背逆的人生，並非是「因恩典得救就能暢所欲為」。相反的，假如我們因恩典而得救，我們自然會作上帝所喜悅的事。

良知所扮演的角色

✖ 這是顯出律法的功用刻在他們（外邦人）心裏，他們是非之心同作見證。羅2:15。

羅馬書2:14, 15，保羅離開辯論有關猶太人的主題，稍微改道，簡略提及有關外邦人的事。

在羅馬書2:13保羅指出，對猶太人而言，律法不在於聽見律法，而在乎遵守。於是引起一個有關外邦人對律法根本聞所未聞，又如何接受審判的問題。上帝如何評估他們？使徒保羅用第14, 15節的話回答那問題。我們讀到第14節說：「沒有律法的外邦人若順著本性行律法上的事，他們雖然沒有律法，自己就是自己的律法。」

保羅在此提出兩件事：（1）外邦人沒有摩西所寫的律法，（2）他們在內心擁有某種律法之標準的知識；那就是，他們根據自己的「本性」，知道律法所要求的一些事。在此保羅並非作出一種概括性的宣告，指出有時有些外邦人作出律法所要求的。因此，不是所有的人都是淫亂的、竊盜者或謀殺犯。實際上，按照一般的情況，有人覺得必須孝敬他們的父母、重視人性的純潔、保持廉潔，正如後六條誠命所要求的。因此，雖然外邦人沒有摩西的律法，他們的行為時常指出他們能辨別是非。

我們可能會問，他們根據甚麼有那種知識。保羅藉著第15節告訴我們，那是由於他們的良知，上帝確實把律法所要求的良知，寫在他們心中。請注意，保羅並沒有過分要求這種人性的良知。他只是作出某種建議，說良知在某種限度下，由上帝把是非的心意植入他們心中。

在這節經文中，我們發現良知是來自上帝的一種恩賜，用意在喚醒和引領我們。幸好，作為基督徒的我們，具有藉著閱讀聖經，擴大我們良知的特權。一種有確據的良知——不只是敏感的良知（林前10:25），或不夠敏銳的良知（提前4:2）——是值得珍愛的一種恩賜。

天父啊，懇請幫助我們，滋養我們良知的健全，學習如何配合你的話語和聖靈，運用我們的良知。

結束審判話題

✖ 在真正審判的日子裏，當上帝藉耶穌基督審判人隱秘之事的時候，這一切都將在考慮之列，是照著我的福音所說的。羅2:16（英文腓利斯聖經如此翻譯）。

今日的經文結束了保羅對審判的論題。如果你記得的話，在羅馬書1:32開始，他指出一些無法無天的罪人，理當被定死罪。那些「好」人（犯上較不嚴重之罪的人）和宗教人士（在這種情況下是指猶太人），無不對這種判斷感到高興。他們絕對同意死刑的裁決，那是天經地義的判詞。罪無可逭的人理當治死。

接著保羅下第二步棋，告訴那些「好」人和宗教人士說，他們也在審判之下。保羅用了15節的經文，來分析這種分門別類的宣告。他在羅馬書2:16總結他的議論說：「所以，按照我所傳的福音，上帝在末日要藉著基督耶穌，針對著人心中的隱祕，實行審判。」羅馬書2:16（現代中文譯本）。

保羅這話是甚麼意思？在羅馬書2:1－15的上下文中，他指出每人都要受到不徇私的審判（第11節）。那就是，上帝要根據每人所知道的，作出判斷。對猶太人而言，就是忠於上帝已經啟示的律法；對外邦人而言，則是根據他們是否忠於局部被啟迪的良知。

但我們不要忘記第13節的話，就是「行律法的稱義」。對那些認識律法的人而言，知識是不夠的。那些已得救的人，也必須按照上帝的道而行。這種事實帶我們回到羅馬書2:6，因為我們讀到在審判的時候，上帝「必照各人的行為報應各人」。

因此保羅對審判的了解，似乎相當清楚。所有世人都要面對它，不但根據自己的行為，也包括他們的「隱秘事」。所有世人，包括猶太人和外邦人，按照上帝的計算，所有世人都有罪。

然而這位使徒所關心的審判，並非到此結束。他真正關注的，乃由基督而來的完全，與白白賜下救恩的好消息。對保羅而言，審判之所以重要，即它指出每人的弱點與罪過。他指出凡人皆有罪的真理，要讓每人都覺得有需要他的福音。保羅的信息時常超越罪行與定罪，指向基督的救恩。

先受教而後施教

❌ （猶太人）深信自己是給瞎子領路的，是黑暗中人的光，是蠢笨人的師傅……你既是教導別人，還不教導自己嗎？羅2:19－21。

現在保羅已完成他對審判主題的陳述，但對猶太人所需要的，一種比他們的律法和遺產更大的義，尚言猶未盡。實際上第17節開始，他已確實增加其壓力，並在第二章的其餘部分，配合兩個要點，首先是猶太人與律法的關係（羅2:17－24）；其次是割禮的價值（第25－29節），來加以強調和引申。

第17節他開始論及這主題，指出猶太人自誇他們與上帝的關係，以及他們依仗律法的趨勢。接著在第18－21節，他申斥他們在有關律法的事上，認為高人一等。他責問他們，倘若他們充滿智慧，是偉大的教師，為何又那麼愚拙無知？或者引用他自己的話說：「你既是教導別人，還不教導自己嗎？」（第21節）。

那是一個非常好的問題。接著保羅在第21節餘下的部分，和第22節、23節引申其用意。

但在研討那幾節經文之前，讓我們先想一想他已經說過的。我既是這麼一位虔誠的人，為何又會認為我的知識超人一等呢？我的妻子或丈夫，為何從沒有按照正確的方法（我所作的方式）作呢？

那是個重要的問題。耶穌便是在山邊施教時，對他們發出類似的問題。祂問當日那些「好」人說：「為甚麼看見你弟兄眼中有刺，卻不想自己眼中有樑木呢？……先去掉自己眼中的樑木，然後才能看得清楚，去掉你弟兄眼中的刺。」（太7:3－5）

這種「好」人仍然在我們中間存在。懷愛倫論及有關那些人說：「撒但企圖和計畫，把那些會走極端的人帶入我們中間——就是思想狹窄、吹毛求疵，並以自我的觀點，來講解真理的人。他們先發制人，強迫人遵行硬性規定的職責，並在微不足道的事上矯枉過正，反而忽視律法上較重要的事——上帝的審判、仁慈、和愛心。」（醫藥佈道，原文第269面）

主啊，幫助我，在我教導別人之前，先全然受教於你。幫助我保持靈性上的平衡感。

天生假冒偽善

> ✖你講說人不可偷竊,自己還偷竊麼?你說人不可姦淫,自己還姦淫麼?……你指著律法誇口,自己倒犯律法,玷辱上帝麼?羅2:21-23。

世上最容易作的事情之一,就是假冒偽善。實際上,它似乎是與生俱來的。

我們喜歡向別人說教,因為我準確知道別人應怎麼作,我也不介意告訴他們該怎麼作,有時甚至不厭其煩、並樂此不疲地加以耳提面命。在這事上吾道不孤。保羅說,古時的猶太人也有同樣嗜好。

這位使徒指出,他們的問題,不是由於他們的信息,而是在於他們言不由衷、不能以身作則,說的是一套,做的又是另一套。耶穌一針見血指出:「他們能說,不能行」(太23:3)。

保羅指出他們問題癥結所在的幾個例證。他先問說:「你講說人不可偷竊,自己還偷竊麼?」這問題意味著他們並不例外。歷史上眾先知,必須一再面對那問題。以西結斥責他們「欺壓鄰舍奪取財物」(結22:12),阿摩司提及有些人「賣出用小升斗,收銀用大戥子,用詭詐的天平欺哄人」(摩8:5),而瑪拉基則指責他們在扣留十分之一和捐獻上,搶奪了上帝的財物(瑪3:8,9)。

在新約聖經時代,事情並沒有多大的改變。耶穌非議聖殿中銀錢兌換商,在殿中賣祭牲的人,將祂天父的殿變成賊窩(太21:13)。在另一個場合中,祂責備文士和法利賽人(自我委任的律法保護者)「侵吞寡婦的家產,假意做很長的禱告」(可12:40)。

保羅的其他例證指出同一事實,他的一系列問題,總結那些以律法自誇的人,實在沒有遵守律法。在這事上,他指出他們玷辱了上帝(羅2:23)。他根據羅馬書的論點指出,猶太人已被上帝定罪。

天父啊,我要重新把我的一生獻給你。幫助我不但有崇高的意念,並且加以實踐。當我一旦失足時,幫助我就近你,渴求你的公義。

敵對基督教義的最好論證

上帝的名在外邦人中，因你們受了褻瀆，正如經上所記的。羅2:24。

德國無神論哲學家尼采，有一次宣稱敵對基督教的最好論證是基督徒。我們如把這話加以延伸，指出敵對復臨教義的最好論證是復臨信徒，或敵對美以美會信仰的最好論證是美以美會信徒，或敵對路德會的最好論證是路德會的信徒，也沒有甚麼不公平的地方。人若鼓吹一種崇高的理念，卻沒有在生活上表現出來，便是憑著他們的生活作出一種反宣傳。我們大多數的人，都認識有人在教會裏德高望重，但在一週的其他日子卻尖酸刻薄。這種人令我們恥與為伍。而他們越假裝虔誠，我們便越發嗤之以鼻。

但是一位在虔誠上假冒偽善的教友，其危害之烈，遠超過人們所敢相信的。其最終的困境，就是假冒偽善不但在那人身上反映出來，更反照在那人自稱所事奉之上帝的身上。當保羅提及「上帝的名在外邦人中，因你們受了褻瀆」，便是針對假冒偽善的猶太人所說的。

使徒保羅論及在猶太人與律法之關係上，顯示其虧欠的事已來到一個終點站。他將這個結論，和以賽亞書52:5或以西結書36:22的引言，連貫在一起。這種假冒偽善的事，並非新奇之事，在猶太人的歷史上早已存在。

如果那時屢見不鮮，我們今日也是家常便飯。

上帝有求於祂子民的，是完全為祂而活。上帝的律法無可指責。保羅在羅馬書7:12坦然承認，律法是「聖潔」、「公義」和「良善」的。問題就出在那些以律法為榮，卻又陽奉陰違的人身上。

在羅馬書裏使徒保羅慎重的指出，擁有律法並不能使人超凡入聖。甚至是基督徒，雖然可能擁有「上帝（的）誡命」，卻仍然完全淪亡。

還有某些東西，某些律法之外的東西，是我們所需要的。而那種東西，正是保羅在羅馬書第二章所要逐步挖掘的。那種東西可在耶穌身上找到，因祂藉著祂的死和復活，為我們提供了一切所需要的答案，這是有關我們需要祂為我們成就的工作。

誤放的自信

⌘你若是行律法的，割禮固然於你有益；若是犯律法的，你的割禮就算不得割禮。羅馬書2:25。

今日經文是保羅反駁猶太人，自認為有豁免審判之事另一階段更廣泛的討論。如果猶太人擁有律法，不能免除上帝的審判，那麼在羅馬書2:25－29，保羅證明割禮也同樣無能為力。

猶太人把資金大量投資在割禮的儀式上。在猶太社會的圈子裏，這種禮儀要回溯到亞伯拉罕，這位猶太人之父的身上。當上帝和亞伯拉罕立約，讓他的後裔承受祂的應許時，祂設立割禮，作為立約的一種外在表號。所有猶太男嬰，要在出世後的第八天行割禮，「不受割禮的男子必從民中剪除，因他背了我的約」（創17:9－14）。

由於這個緣故，猶太人認為割禮具有無比的重要性。李恩・莫理士指出：「一個人正式接受割禮，又被納入聖約之中，竟然不能得救，真是一件不可思議的事。」換句話說，按照猶太人的想法，割禮擔保救恩。難怪拉比利未能夠這麼說：「從今以後，亞伯拉罕將坐在地獄的進口處，攔阻任何受割禮的以色列人下去。」而我們可從猶太人的米施拿（Mishnah）讀到，「所有以色列人，在未來的世界有分。」

今日經文中，保羅否定這種信念。他拒絕肉體的割禮有任何價值，並在羅馬書第二章和加拉太書5:3指出，除非一個人能遵守「全部的律法」，不然，割禮沒有任何重要性。

他的立場，直接向猶太人的安全感發出挑戰，因為他剛剛在羅馬書2:17－24指出，猶太人因違背律法，在上帝面前犯罪。接著在第25節，保羅總結他們若違背律法，行割禮也等於沒用。

那是非常嚴重的。如果他們不能倚靠律法或割禮得著救恩的保證，他們能作些甚麼？

保羅知道那問題的答案，他再也不能對這主題保持緘默。但他在闡明以前，必須對一些要點加以澄清。

割禮的大逆轉

所以那未受割禮的，若遵守律法的條例，他雖然未受割禮，豈不算是有割禮嗎？羅2:26。

昨天我們注意到，保羅推翻了猶太人認為割禮等於救恩的看法。今天，我們發現他還未完成對猶太信念系統的改革。他繼續向他們對割禮的神學理論，以及割禮為他們所帶來的保證發出挑戰。

昨天我們注意到，保羅在羅馬書2:25強調，如果那些受割禮的猶太人違背了律法，便等於沒有受割禮。今天第26節經文指出，他反其道來闡明，指出沒有受割禮的外邦人，如果遵守律法的要求，就被認為受了割禮。

那是甚麼意思？它並沒有指出，外邦人可以靠遵守律法而賺得救恩。保羅將在羅馬書第三章，明確否定有那種可能性。他只不過是說，在有關上帝的應許上，外邦人和猶太人站在同一立場。那種立場的推論，指出猶太人面對上帝的審判，和外邦人一模一樣。

保羅所說的，大大震撼猶太籍的讀者。根據遺傳的說法，他們要坐著審判那些沒受割禮的外邦人。但如今其所扮演的角色，可能作出一百八十度的轉變。上帝所認可的，不是割禮的外在表號，而是內心的獻身和遵行上帝旨意。

這種概念對廿一世紀的基督徒具有重大意義。許多人認為浸禮的功效，和猶太人對割禮的認識一模一樣。但浸禮沒有神蹟式的功能，它好像割禮一樣，只是一種外在的表號，表明內心獻身予上帝並遵行祂的旨意。

同樣的原則，也適用在名錄教友名冊的事上。屬於某個教會，不論是羅馬天主教、南方浸信會或基督復臨安息日會，都算不了甚麼。

正如保羅所說的，救恩來自憑信接受上帝的恩典。一位得救的人，會尋求上帝的旨意。在這種前提下，浸禮和教友名冊才顯得有意義。離開了它，這些表號便毫無價值。上帝所有的子民——不論猶太人或外邦人——在這些事上，其立足點完全一樣。

內心是行動的所在

> ❌ 因為外面作猶太人的，不是真猶太人；外面肉身
> 的割禮，也不是真割禮。羅2:28。

羅馬書2:27,28繼續論及割禮的大逆轉。保羅在羅馬書第一章，令猶太人自以為他們比邪惡的外邦人更好。但在羅馬書整個第二章中，他摧毀了猶太人的自信心。他先打破他們自認不受上帝最後審判的自信（羅2:1－16），接著剔除他們由於擁有律法而來的自傲（第17－24節）。跟著他又指出，他們以割禮作為進入天國的保證，乃是空洞而沒有價值的（第25,26節）。

最後保羅在第27節，大膽指出那些遵行律法的外邦人，會坐著審判猶太人。猶太人受教有關審判的每一件事，在此被顛覆的支離破碎。他們難道不是優越的族類，「真正的教會」，被揀選的子民嗎？難道他們不是要坐著，審判那些不潔淨和沒受割禮的外邦人嗎？保羅粉碎了他們心目中的一切偶像。

但稍等一下，保羅還沒講完呢！他在羅馬書2:28，著手闡明作為一個猶太人的意義，他說：「外面作猶太人的，不是真猶太人；外面肉身的割禮，也不是真割禮。」

在此保羅教導，血緣與形式，並非是成為上帝真正子民的關鍵，也不能令任何人豁免最後的審判。最重要的，這些事更非得救之鑰。在此保羅告訴我們，宗教不在乎外在的形式，他將在第29節告訴我們，宗教是一種內心的事。

我們很容易忙於從事日復一日的宗教活動、作對的事、以及赴教會聚會的事，同時卻忽略了日常的內心經驗。

今日是最好的時刻，讓我們重新獻身，從事內心的宗教，向上帝承認（在自覺有罪的光照下）我們需要祂，將早晨的靈修課程，放在應有的位置上，利用時間來沉思默想，讓祂多多指示我們，以禱告為一種優先的事，找出我們生存的中心要義。正如上帝顛倒了猶太人傳統上的優先順序，祂也要在我們身上作出同樣的事。

一顆受割禮的心

> ✄ 惟有裏面作的，才是真猶太人；真割禮也是心裏的，在乎靈。羅馬書2:29。

一顆受割禮的心？

聽來有些奇怪！幾個令人驚奇的組合字。今日的經文，總結了保羅對所謂猶太人的新定義，以及成為上帝選民的意義。昨天我們從羅馬書2:28看出，真正的宗教並非一種外在的形式。今天我們看到保羅強調，真正的宗教是一種內心的事。

保羅提及受割禮之心的概念並非標新立異，舊約聖經時常加以使用。例如摩西在申命記第三十章，提及如果猶太人認罪悔改，上帝要祝福他們。再者，「耶和華你上帝必將你心裏和你後裔心裏的污穢除掉（英文聖經的除掉是割禮），好叫你盡心盡性愛耶和華——你的上帝，使你可以存活」（申30:6）。在申命記10:16，摩西呼籲以色列人割掉他們內心的包皮，「不可再硬著頸項」。他再次於利未記26:41告訴百姓，倘若他們「未受割禮的心若謙卑了，他們也服了罪孽的刑罰」，上帝必祝福他們。

在此摩西所提及的對象是以色列的男性，而且也受過肉體的割禮。他們具有外在的表號，卻沒有內心的宗教經驗。如果用新約聖經的術語，我們可以說他們沒有悔改，他們所需要的，乃是一顆新的心和新的意念，他們必須重生。摩西指出，伴隨著那種悔改經驗而來的，必須是一種認罪、悔改，和作為上帝律法基礎的那種愛上帝的心。

羅馬書2:29保羅指出，身為猶太人，必須具有一種超越摩西所寫的律法主義經驗。換言之，他們在生活上，需要有聖靈更新的大能。耶穌用另一種方式來表達，所以祂對尼哥底母說：「人若不是從水和聖靈生的，就不能進上帝的國」（約3:5）。

宗教的要素，不外是一種心靈的事。保羅呼召他的猶太籍讀者（和我們），歸回那永遠的真理。他要我們體驗那真正的事物，而不是那似乎能滿足許多教友的低賤仿造物。

切勿讓罪跟你到教堂

✚ 真猶太人……的稱讚不是從人來的，乃是從上帝來的。羅2:29。

在羅馬書2:28, 29，保羅為真正的猶太人——上帝的選民——重新下了一個定義。他舉出四重性的對比，指出何謂真正的猶太人：（1）不是某種外在和可眼見的，而是內心和不可眼見的一種證據；（2）不是肉體，而是內心的割禮；（3）不僅和律法，也要與聖靈保持一種關係；（4）不想討人的歡喜，而是想得上帝的喜悅。

可惜，我們人類常以外表、眼可見、物質和表面化的事物為滿足。這便是上帝要我們在生活上改變的事情，這也是有關基督教義的重點。在羅馬書其餘的篇幅中，保羅幫助我們明白，上帝如何藉著祂的聖靈，改變我們的心思意念。羅馬書是一本有關上帝要如何改變我們的書，讓我們將那些對祂、對自己和對同胞看法的新理解學以致用。

但我們深入那研究以前，我必須利用一些時間，捫心自問一個有關今日經文的問題：我要誰來榮耀我——上帝或其他的人？我尋求誰的稱讚？我願意作些甚麼，或獻出些甚麼，以便得著那種恩寵，或聽見那種稱讚？

這些都是重大的問題。耶穌在山邊寶訓中面對那問題。祂在馬太福音第六章中，警告祂的猶太籍聽眾，不要為得到別人的稱讚而表現他們的虔誠，因此祂提及保羅在羅馬書2:29的同一問題。

這也不僅限於古時的猶太人，我們都面對同樣的問題。當然，我們既是「好」基督徒，我們便必須像耶穌一樣，祂不尋求人的絲毫稱讚，只要得天父的稱許。

問題是我們不是耶穌。我們喜歡聽別人稱讚我們是「好」基督徒，我們獻上宏偉動聽的禱告，我們是最好的講道者，罪甚至如影隨形地跟著我們進入教堂。

魔鬼便是藉著這種管道，無孔不入地加以滲透。也由於這個原因，每日悔改認罪便是一種必要的程序。

主啊，請幫助我，讓我將寶貴的自我，獻在你的祭壇上。幫助我藉著你的靈，唯獨誠心追求你的嘉獎。

反對理由之一：為何到教會？

✚這樣說來，猶太人有甚麼長處？割禮有甚麼益處呢？羅3:1。

第二章最後一節，保羅實際上已完成他的重點，指出人都需要基督的義——包括外邦人（第一章）和猶太人（第二章）。在此我們以為他會作出摘要結論，但他到羅馬書3:9－20才作結論，目前，他先用八節經文陳述題外話。

羅馬書第二章，保羅毫無掩飾地論及猶太人的事，引起某些重大的問題。他在羅馬書3:1－8，以一位猶太反對者的口吻，向他的神學提出四種挑戰。很顯然，保羅在其他地方傳道時，曾面對類似的反對。實際上雅各·杜恩指出，那些問題很可能是保羅在開始明白上帝恩典的福音時，自己所提出的。因此杜恩寫著說，我們發現這位猶太人「所表達的態度，是保羅清楚記起那正是他的問題。」因此在這種情形下，無異是身為法利賽人的掃羅，和基督徒的保羅互相辯論。

羅馬書3:1－8所涉及的乃是四輪辯論，各別提出四種反對，並分別一一加以解答。這種反對的中心要點，集中在猶太人的優越感和上帝是信實的關係上。在羅馬書第三章，保羅簡潔論及這個主題，但他會在羅馬書第9－11章深入加以探討。然而他在第三章裏所需要涉及的，只是指出，他在第二章所提及有關猶太人之罪的有力辯證，不能用來作為否定。

我們在羅馬書3:1讀到反對者本著第二章的論據，責問作為猶太人或接受割禮可能有甚麼益處？保羅將在羅馬書3:2回答這問題的第一部分，並會在第四章，本著亞伯拉罕論及第二部分。

我們作為基督徒的，在此發現了一個問題。如果我們接受洗禮，或屬於某教會（或甚至時常赴會）不能救我們，那麼，它們又有甚麼益處呢？你曾否問及這些問題？你應該問的！

根據我的猜測，保羅會用羅馬書3:2回答猶太人的話，來回答你的問題。他說：「大有好處！」我們有必要聆聽保羅在全本羅馬書的話，以便獲得全部的答案。

答案（一）聖經的福分

✖ 凡事大有好處：第一是上帝的聖言交託他們。羅3:2。

當保羅在羅馬書第二章，極力爭辯猶太人雖擁有律法和割禮的特權，卻毫無作用之後，我們期待他會對「作為一位猶太人有甚麼益處」的問題，大聲回答說：「沒有」。

然而相反的，我們出乎意料之外，聽見保羅大聲回答說：「是的」，或更準確的是「大有好處」（羅3:2）。

這點對保羅的猶太籍讀者，以及對保羅的神學理論，兩者都非常重要。正如錫克·巴雷特所指出的，「如果我們相信在舊約聖經時代，上帝真的在萬民中揀選了以色列人，並將特別的福氣賜給他們。那麼，把他們降低到和其他民族相提並論，無異是在指責舊約聖經是憑空捏造的，或控訴上帝在執行祂的計畫上失敗。因此，保羅在他的論題受到這種神學上的反對時，必須加以回應。」

這位使徒的回答是肯定的。他指出：「第一是上帝的聖言交託他們。」當他說「第一」時，我們期待接踵而來的，會有第二和第三等等，但保羅的好處清單上只有一項。他那唯獨的一項，卻帶來種種其他福氣的潛在可能性。

保羅宣稱，作為猶太人的主要好處，即上帝要藉著以色列族，將聖經賜給世人。他們藉著聖經，得到律法和割禮。但聖經多過這些——它尚有上帝的教訓，指出罪的深淵和外在的宗教問題。此外，猶太人的聖經尚具有基督再來的應許和救贖之道。

是的，猶太民族得著無可估計的福氣，乃其他族類望塵莫及的。可惜他們誤用了那福氣，正如保羅在第二章所指出的，但那事並不抵銷他們的特權。「（作為一個猶太人）大有好處」。

正如古代的猶太人有諸般的福氣，基督教會也不例外，因為後者不但得著猶太人的聖經，更擁有新約聖經。教會不但有先知的見證，更有使徒的教訓。

主啊，懇請幫助我們，在我們生活上，充分使用真道的福氣。幫助我們按照你的旨意，在我們的生活上塑造我們。

反對理由之二：有關上帝的信實

> ✖ 即便有不信的，這有何妨呢？難道他們的不信就
> 廢掉上帝的信（實）麼？斷乎不能！羅3:3, 4。

我們在羅馬書3:1, 2讀到，保羅論及猶太人的利益，指出他們的特權，乃是因為上帝把介紹聖經的任務交給他們。那種擁有聖經的特權，使他們大大的超越其他民族。正如某個作者這麼說：「由於猶太人擁有律法，便是他們強過異邦的地方，正如一位博學多聞的人，在生活上所享有的素質，強過一位不學無術的人。」

但那種特權，導致保羅的敵對者在心中發出第二個反對：如「有不信的，這有何妨呢？」假如某些猶太人沒有信心，不能適當回應上帝的仁慈，那又怎麼樣呢？由於他們缺少信心，或者沒有適當回應，是否會廢掉上帝的信實呢？上帝是否仍然會兌現祂在舊約聖經的應許，祝福那些愛祂的人，並懲罰惡人？

那問題對保羅和他的的聽眾是非常重要的，因為假如上帝不能兌現祂的應許，那麼無論甚麼東西都沒有意義。如果我們不能在上帝的作為上倚靠祂的信實，那麼我們不能倚靠任何東西。

在第四節，保羅以無比肯定的語氣斷然的說：「斷乎不能」。其他的英文聖經譯本，帶有「上帝禁止」，「絕對不能」，「不在你有生之年」，「千萬年不變」等的意思。我們更可從英文新國際版聖經，讀到這樣的翻譯：「根本不能，上帝是信實的，而人人是騙子。」其根本意義指出，即使每一個人都食言背約，上帝仍然會忠於祂的應許。

接著在羅馬書3:4，保羅引用詩篇51:4的話說：「我向你犯罪……以致你責備我的時候顯為公義，判斷我的時候顯為清正。」保羅之所以引用詩篇第五十一篇的話，乃指出上帝即使懲罰了大衛與拔示巴所犯的罪，但並沒有撤回祂對大衛的信實。因此上帝為祂的信實作出辯護，即使大衛不忠，上帝仍然忠於祂的應許。

我們每日當稱頌上帝，因為我們可以倚靠祂的信實。同樣，即使教會誤入歧途，或許多信徒證實不忠，我們仍然可以信賴祂在聖經中的應許。上帝的信實是個好消息，人不忠實，絕不會抵銷上帝的信實。

反對理由之三：有關上帝的公平

❖斷乎不是！若是這樣，上帝怎能審判世界呢？羅3:6。

保羅在羅馬書3:1－4，為兩種反對作出成功的辯護。第一（第1, 2節）是有關保羅的教訓，貶低了上帝揀選猶太人，作為祂的特殊選民的應許；第二（第3, 4節）是有關保羅的教訓，廢掉了上帝的信實。現在我們來到第三種反對：就是他的教訓，削弱了上帝的公正（第5, 6節）。

第三個反對和保羅的回答，在他的信息中，其細節不是極容易明白的，但保羅的總結論卻清楚明白。羅馬書3:5所反對的，就是如果我們的邪惡，讓上帝的正直與公義成為注視的焦點，並彰顯了祂的榮耀，那麼上帝懲罰罪人可能不完全正確。畢竟這種反對暗示，倘若我們沒有犯罪，便不能顯示上帝的公正。又假如我們因犯罪而為上帝效勞幫助祂，祂怎麼可以懲罰我們呢？

保羅似乎因提出這麼離譜的反對而感到不好意思，因此他加上一句話：「我且照著人的常話說」（第5節）。

這位使徒可能因被迫提出這麼愚拙的反對而有些難為情，但他在第六節的答案，卻是坦然無懼的。他重複用了第4節「斷乎不能」的話，指出他斷然不同意這麼愚笨的論調。接著他進一步指出，「若是這樣，上帝怎能審判世界呢？」在這交會點上，我們可能期待他講出肯定上帝是公正的話，但他和他的猶太同工，極確定上帝在審判時所扮演的角色，於是他以一個問題作為答案，暗示上帝實在公正無比，因此祂顯然配審判世界。

既然沒有任何猶太人，懷疑那要來的審判和上帝的公正，猶太人的反對便胎死腹中，羅馬書第二章保羅的論據因而成立。上帝真的有審判每一個人、包括猶太人的權柄。保羅所最肯定的兩件事：就是上帝是公正的，而且祂要審判世界。我們應滿心感謝，因為我們是被掌握在一位滿有慈愛的上帝手中。祂是如何公正呢？保羅在羅馬書3:21開始逐一揭露。

反對理由之四：有關廉價的恩典

> ✠為甚麼不說，我們可以作惡以成善呢？這是毀謗我們的人說我們有這話。這等人定罪是該當的。羅3:8。

「廉價的救恩！何等的甜蜜動聽，拯救像我這麼卑鄙的人！我曾經失喪，但現在藉恩典而得救，並可以隨心所欲地犯罪。」

雖然歌詞並不是這麼說，但至少反映了今日的經文，關於人反對保羅之教訓的第四個理由所表現的腐化論調。那些跟隨保羅的教訓，相信人只靠恩得救的人，在得救的事上，總認為人類的功勞沒有任何功用，更作出結論，認為我們是否犯罪無關宏旨。

這似乎是某些和保羅同時代的人——至少在那些敵對他的人中——精確得出的結論。保羅指出那種人說出「毀謗」的話，認為他教導基督徒可以盡量犯罪，使上帝的恩典顯得越多，以便在拯救那種卑鄙罪人的作為上，越加獲得稱讚與榮譽。

保羅拒絕回應這種愚拙不忠實的指控。他只說那些不擇手段、蓄意扭曲他的教訓的人，理當被定罪。

但那並不意味著他沒有答案。事實上，在羅馬書第六章，他重新論及那主題，將上帝的恩典和基督化的人生相提並論。但他在作出那講解之前，必須闡明自己對因信稱義的看法，並從羅馬書3:21到第五章整章，加以深入的探討。

事實上，保羅相信「高昂代價的恩典」。潘霍華為自己的基督化信仰，在抗拒希特勒而犧牲他生命的事上，幫助我們看出上帝恩典的高昂代價。代價高昂是「因為它令上帝犧牲祂的愛子」。「高昂代價的恩典，如埋在田裏的寶藏；為了要得著它，人寧願變賣他的一切所有……高昂代價的恩典，向我們發出慈愛的呼召，來跟從耶穌。」正如潘霍華所說的：「當基督呼召人時，祂吩咐那人就近祂並獻上他的生命。」跟從耶穌將改變我們人生的每一層面。當我們對耶穌的愛作出回應，並獻出我們一生遵循祂的旨意時，高昂代價的恩典要求我們獻上一切。

「罪人」是指每一個人

> ❖這卻怎麼樣呢？我們比他們強嗎？決不是的！因
> 我們已經證明：猶太人和希利尼人都在罪惡之下。
> 羅3:9。

啊，該告一段落的時候了。

我本以為保羅會在羅馬書1:18開始，在多方討論罪的問題之事上，永無休止地繼續下去。但現在他告訴我們，就要在這個主題上做結論性的休止符。

當然，他實在沒有意思在羅馬書3:1－8，繼續談論罪的主題，但他不得不針對反對他神學的人提出辯護。第9節實際上是延續羅馬書2:29所停頓的部分。在羅馬書第一章，我們一再讀到保羅指出外邦人是罪人，並處在被定罪的情況下。接著在第二章，他指出猶太人和其他有德行的人，也處在同一境況中。因此他看出猶太人和外邦人不相上下，所有世人都是罪人，都被上帝定罪。

保羅用了許多篇幅，指出凡人皆有罪，並被定罪，這對他是非常重要的，因為他要他的讀者明白那些要點。李恩‧莫理士指出其原因說：「除非有被拯救的人，不然，便沒有傳講救恩的必要，」或者可加以掌握。

這位使徒不惜長篇大論有關普世性的罪和定罪的問題，目的在為他討論上帝偉大的救贖計畫舖路。又正如他一再強調猶太人和外邦人都是罪人，他也反覆強調救恩是賜給所有的人。上帝偉大的救贖計畫，不分種族、膚色和其他的隔閡，祂的恩典白白賜給所有世人。

乍看之下，保羅在羅馬書3:9的話，聽來好像有些自相矛盾，因為他說猶太人並沒有好過其他的人，但他早已在第一節提及，他們有較大的特權。他在第一節所提的，是指權利和義務而言，與徇私無關。

主啊，求你幫助我們這群你現代的選民，不將額外的責任誤認為偏袒。讓我們知道自己多麼軟弱，學會自我謙卑。幫助我們看出，我們多麼需要你的恩典。幫助我們誠心接受那恩賜，並幫助我們定睛仰望你的大能，而不是倚靠我們的軟弱。

保羅的傾卸卡車

> ✠沒有義人，連一個也沒有。沒有明白的；沒有尋
> 求上帝的；都是偏離正路，一同變為無用。沒有行
> 善的，連一個也沒有。羅3:10-12。

保羅現在把他的傾卸卡車倒退，開始將猶太人的聖經，有如潮水般淹沒了他們。他簡直在問：你們以為擁有聖經，便是上帝特選的子民嗎？你們為甚麼不閱讀看看，它如何提及有關上帝選民的事？

接著而來的，他向他們提出一系列的引言，大半引自詩篇，記述在羅馬書3:10-18中。他採用猶太人的方法，根據他們所謂的「串珠」，列舉一連串的引言。

每句引言，都強調同一重點，就是他們的良善不如想像中那麼美好。第一個引言來自詩篇14:1-3的釋義，它列出六種罪狀。

第一，「沒有義人，連一個也沒有」（羅3:10）。「義」是羅馬書的一個關鍵字，它的精義是在上帝面前被看為正。保羅的重點指出，除了耶穌以外，世上沒有人，能過著一種無罪的人生——連一個都沒有。

第二，「沒有明白的」（第11節）。因此，我們世人不但道德上腐敗，屬靈上也是無知的。

第三，「沒有尋求上帝的」（第11節）。保羅除了指出人不但普遍邪惡，屬靈上無知，而且具有叛逆性，他們迴避袖。當然，他們不規避宗教上的責任。人們愛好虛華，喜愛作出一些令他們自覺虔誠的事。但有關專心尋求上帝的事，卻帶來莫大威脅，超出我們解決的能力。

第四，人們不但不尋求上帝，更故意規避袖，猶如在戰場上的士兵，往反方向而跑。

第五，保羅指責人本性是「無用」的（第12節）。這同一個字，用來指變質的牛奶。人性若缺少上帝，就變酸臭無用。

最後，「沒有行善的」（第12節）。這個控訴重申第一項責備，成為前五項指責的總結。

保羅要他的讀者，深切領略他們的需要，使我們能自我謙卑，並在十字架前虛心跪拜。

更多的「串珠」

> 他們的喉嚨是敞開的墳墓；他們用舌頭弄詭詐，嘴唇裏有虺蛇的毒氣。滿口是咒罵苦毒。羅馬書 3:13, 14。

偉大的佈道家慕迪，提及紐約一座監獄的典獄長，多次邀請他向被囚禁者講道。既然他們沒有適合講道的禮堂或其他地方，他唯有站在囚室通道的盡頭講道。在他講道的過程中，他根本看不到任何被監禁者的面貌。

證道之後，典獄長容許慕迪隔著囚室的鐵欄，和一些囚犯面對面交談。他立刻發現大多數的人，根本沒有注意聽講。

這位佈道家向一些囚犯問起他們被囚的原因，他們幾乎是異口同聲說他們無辜——不是有人作假見證，便是認錯人，或者法官或陪審團對他有偏見。沒有一個人承認有罪。

慕迪說他開始灰心了。然後來到一間囚室，裏面有一個囚犯淚流滿面。他問說：「你遭遇甚麼困難之事？」

他帶著失望與後悔的臉色，抬起頭來說：「我的罪大過我所能忍受的。」

慕迪回答說：「我為你感謝上帝。」

我們的罪大過我們所能忍受的。這是保羅自羅馬書首章的後半段開始，所要灌輸在我們心中的。

今日的課文，他繼續採用「串珠」的技巧，來強調他的信息。在羅馬書3:13, 14，他引用詩篇5:9；140:3和10:7的話。這三節經文的信息，都提及有關我們的口。

耶穌一再指出，人的品格，最終會在他們的言語上表達出來。我們讀到馬太福音12:34有話說：「因為心裏所充滿的，口裏就說出來。」另一場合中，祂教導他們說：「從心裏發出來的，這才污穢人」（太15:18）。雅各暗示最難控制的，莫過於我們的舌頭（雅3:8）。保羅有同樣的認識。我也不例外。

我們每日以自己的話定自己的罪。我們的罪，正如那位在獄中者的罪，大過我們所能忍受的。但那種認識，也正是上帝要我們所具有的認識。祂要求為我們承擔那些罪。

絕對劣根性的要道

殺人流血，他們的腳飛跑，所經過的路便行殘害暴虐的事。平安的路，他們未曾知道。羅3:15-17。

保羅還尚未完成串珠的話。今日的經文，實際上是羅馬書3:13,14的續文。保羅有系統地列舉人體的各種不同器官。因此，罪人的喉嚨是敞開的墳墓；他們的舌頭玩弄詭詐，他們的嘴唇發出有如虺蛇的毒液，他們的口吐出咒罵惡毒的話，他們的腳不僅追逐殘暴的事，而且飛跑去作。第18節將論及有關人眼目的事。　　罪污染了我們身體的每一肢體。它不但敗壞在羅馬書3:13-18所列舉的各個器官，也敗壞了我們的心智、情感、情慾、食慾、良知和意志力。罪所帶來的悲劇，就是保羅所列舉的人體器官，上帝造來原本用以惠及我們周圍的人。祂把它們賜給我們，為要我們用來榮耀祂，祝福我們的同胞。然而我們卻用來傷人害物和悖逆上帝，這就是聖經所教導的絕對劣根性。

　　絕對的劣根性，並不意味著我們壞事作盡、窮凶極惡。最近我聽到一則新聞報導。一位二十歲的婦女，在自己的車上被綁架。幾位誘拐者殘暴地對她拳打腳踢，以槍射擊她的胸部，用她自己的車碾過她的身體，並縱火把車燒毀。慘無人道！那些攻擊她的人，可說壞事作盡。

　　但聖經提及絕對的敗壞時，並非指這種情形而言。你不需要成為希特勒，才算是絕對敗壞。相反的，保羅告訴我們，罪敗壞了我們的人生、我們的身體、和我們心意上的每一部分。它影響了我們一切所有的。

　　也就是這個原因，上帝要贖回我們整體。祂來到世上，不僅要救我們的靈魂，而且要更新我們的心意，改變我們的態度，然後復甦我們的身體。正如罪影響了我們的整體，救恩同樣也影響了我們的全身。

　　那種救贖就從這個世界開始。祂要我們為祂獻上雙唇、雙腳和眼睛，使我們能為別人帶來福氣，並找到祂想要給我們的平安。

　　我們在天上的父，我們今天把整個自我獻給你，為你服務。幫助我們，按照你所要我們做到的，為我們周圍的人帶來福惠。但願你那更新和加添力量的靈，作為我們的嚮導和堡壘。阿們。

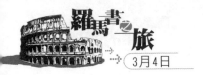

敬畏上帝

✠ **他們眼中不怕上帝。羅3:18。**

你所敬畏的是誰？

我一向敬畏父親。我至今仍會想起，父親時常不知從甚麼地方，突然一下子冒出來，抓住我的手臂，用力把我拉近他的身旁，只因我不尊敬我的母親而一再警告我。若有意違反家規，我必須先在四周掃視一下。我最不想碰見的事，就是受到他的訓斥。我對父親的權威、能力和義憤，存有一種內心的敬畏。

聖經中對敬畏上帝，有一些不同的意義。有些是正面的，但有些是負面的。

正面方面，意指對上帝畢恭畢敬。那種敬畏包括對祂的大能、榮耀和聖潔的一種認識。真正的敬拜，便是由這種敬畏而來。以賽亞的情形正是如此。這位先知寫著說：「禍哉！我滅亡了！因為我是嘴唇不潔的人，又住在嘴唇不潔的民中，又因我眼見大君王萬軍之耶和華」（賽6:5）。

我們真正認識上帝時，不但會看出祂的偉大，而且認明自己的貧困。正如以賽亞的情形一樣，對上帝的敬畏，引領我們敬拜和侍奉祂。

在箴言書1:7我們讀到有話說：「敬畏耶和華是知識的開端。」今日經文所提及的人，根本不敬畏上帝。因此他們不但缺少智慧，甚至連智慧的邊緣也碰不到。

敬畏上帝也帶有消極的意義。正如理宏・莫禮斯所說的：「作惡的人，如果能對那位決定他永恆命運的上帝，存敬畏的心，那就善莫大焉。」

最不幸的事，即在現代文明中，害怕鄰舍強過上帝。對上司或窮困的畏懼，多過對上帝的敬重。

主啊，請你幫助我，讓我能睜開我的眼目，使我能按照應有的比例來生活。幫助我看出，當我以健全的方式「敬畏」你的時候，我便沒有理由對任何人物心存恐懼。主啊，今日我願意再次把我的一生奉獻給你。我要作為你的兒女，使我能藉著我的生活，將你活出來。幫助我蘊育一種正確的「敬畏」心態，使我能擁有平安和屬靈的力量。

狡猾的信徒

> ✖ 我們曉得律法上的話都是對律法以下之人說的，好塞住各人的口，叫普世的人都伏在上帝審判之下。羅3:19。

今日內文，保羅已完成他串珠工作。他在羅馬書3:10－18中，將整車的引言傾倒在讀者身上。

如今在第19節，他期待猶太籍讀者發出一個問題，因為正如約翰‧加爾文所指出的，「他們認為律法不論是如何的不利於人，都是針對外邦人而設的，猶太人可以豁免一切世人所遭遇的常情。」

這位使徒認識他的同胞，也洞悉我們。到教會聚會的人，可能是一些世上最狡猾的人。我們時常企圖規避自己真正的情況，時常認為別人應定罪。甚至當我們提及天國時，我們時常用第一人稱，似乎我們已置身其內。難道我不是每週赴會嗎？難道我不是奉獻十分之一嗎？難道我不明白、不遵守安息日嗎？難道我不是過著聖潔的生活嗎？難道我不讀聖經嗎？

在過去兩千年來，事情並沒有多大的改變。那正是猶太人的想法。保羅傾下車上一系列引言，一定是對那些卑鄙、老化的外邦人所講的，但不適用我們這些已和上帝立約的人。

這正是保羅在羅馬書3:19所攻擊的。傾耳而聽！保羅對他的讀者說：律法（這是指整本舊約聖經而言）是針對那些在它之下的人而說的——換言之，就是猶太人。那些引言是指著你，這位猶太先生和夫人；或你，這位赴會的先生和夫人。

羅馬書3:10－18的經文，證實了甚麼？你就是朽肉！你已受審定罪。因此每張嘴都要啞口無言。正如柯倫費指出，「啞口無言的事實，引起被告在法庭受審的聯想，有機會為自己辯護時，卻因深知自己罪惡的沉重，而保持沉默。」他不能有所作為，唯有等待罪狀的宣判和執行。「普世的人（猶太人連同外邦人）都伏在上帝審判之下。」我們每位都不能倚靠我們屬靈的血緣。

我們應感謝上帝，因為第19節並非羅馬書的結尾，而是次一節經文的開始。保羅就要在第21節，開始陳述上帝對罪的解決方案。

律法作不到的事

❖ 所以凡有血氣的，沒有一個因行律法能在上帝面前稱義。羅3:20。

我們如何才能與上帝保持正確的關係？我們如何才能逃避罪的裁決？我們如何才能塑造完全的品格？這些都是每人永遠面對的挑戰。保羅的聽眾，不論是想專心靠賴律法，或想藉遵守律法，與上帝保持正確關係，都同樣面對這些問題。

企圖藉著苦修行善，與上帝保持正確關係，並非第一世紀猶太人的專利品。有一位名叫西面·施迪來斯（大約在公元390－459年）的人，為了尋求逃避罪惡之道，把自己全身埋在沙裏僅露出頭部。他這樣苦修之後，又想到一種更好的方法。這種修行成聖之法，就是獨自坐在一根高達六十呎的柱子上，以為這樣可以免掉所有試探。他處身在那根柱子上，共達三十六年之久，直到他去世。他不但餐風露宿，與害蟲野獸為伍，更在曠野的高空，苦待自己的身體。例如根據傳說，有一次他繼續不停的以腳碰觸前額，多達1,244次。

即使時至今日，我們仍然發現有這種「屬靈的運動員」。例如耶穌會的威廉·多爾，他儘可能虐待自己的身體，包括貼身穿著毛髮編織的衣衫、以蕁麻（一種有刺的植物）鞭打自己、半夜浸泡冰冷的水、或躺在禮堂冰冷的石頭上。當然，他還要抑制他那難以控制的食慾——一種有史以來不斷出現的嗜好。多爾在他的日記簿中，記錄他對糖果、蛋糕、蜂蜜、果醬和許多其他甜點的諸多試探：「多次對抗渴求蛋糕的試探。克服對果醬、蜂蜜、和糖果的食慾等等。」「上帝不斷驅策我完全放棄食用奶油的習慣。」

我和多爾、施迪來斯、以及保羅的猶太籍聽眾，有著類似的經驗。我還記得當我十九歲悔改成為基督徒時，我向上帝立約，要成為自耶穌以來第一位完全的基督徒。而我要如何完成這種偉業？當然，那是要藉著好行為。

那正是保羅要告訴我們的，這一切都行不通。那是許多人走過的道路，但最終只有引向挫折失敗。世人也許可以與試探保持距離，但他們仍然是罪人。唯有上帝憑著祂的恩典，才能夠為罪和救贖的問題，提供根本解決的方案。

誤用律法

✖ 因為律法本是叫人知罪。羅3:20。

律法對某種事物有價值，但對其他的事卻毫無價值可言。保羅在提摩太前書1:8寫著說：「律法原是好的，只要人用得合宜。」一件令人驚奇的事實，就是律法有正反兩方面的用途。「忠心赴會好教友」──有如我們一般──其中一個最大的試探，就是誤用上帝的律法。

最重要的是律法不能作到──它不能救我們。保羅告訴我們律法的功用，不是使人成聖，而是令人知道在甚麼地方作錯了。正如他在羅馬書7:7所說的：「只是非因律法，我就不知何為罪。」

雅各書1:23－25把律法比喻為一面鏡子。早上我出去上班以前，先照鏡一下，看看我的臉和頭髮，有沒有甚麼問題。鏡子告訴我，我的情況還不適合公開露面，因我的臉上有污點，或頭髮還沒有梳好。

現在鏡子的功用，在指出需要改善的地方。根據那種認識，我可以去拿肥皂、毛巾、梳子。但如要用鏡子擦掉我臉上的污點，或以鏡子梳我的頭髮，那是無濟於事的。鏡子的功用，即告訴我需要改善。

律法也是一樣。當我把自己和上帝的律法作一比較，我發現自己的生活有著諸般的虧欠，但律法不能糾正它們。律法另一個功用，指出我是一個罪人。律法指出我的問題和需要。英文腓利士譯本聖經，生動的翻譯羅馬書3:20說：「確實地說，律法的直尺，量出我們是多麼歪曲乖謬。」英文新生活聖經的譯法，也有所幫助：「沒有人能藉著遵行律法，在上帝眼中看為正直。因為我們越認識上帝的律法，便越清楚知道我們並沒有順從。」

律法並非是通天的梯子，但它卻讓我們知道有這麼一種梯子存在。律法指出，耶穌乃解決我們問題的真正方案。保羅就在這主題上，從廣泛分析罪的問題，轉而討論稱義的好消息。

第三階段

稱義的好消息

（羅3:21 - 5:21）

三月八日

至

五月十二日

與保羅同行的第三階段

∷但如今，上帝的義在律法以外已經顯明出來。羅3:21。

「但如今」就在這三個字上，我們來到羅馬書的第二個大轉捩點。正如你所能記起的，在第一階段上，我們遇見保羅和他的福音。在第二階段上，他有時不厭其煩地詳細指出，每人都是罪人，並邁向審判、上帝的忿怒、最終的死亡。

看來不是一幅很燦爛的前景，保羅的「但如今」便適時加以引進。馬丁・李宏指出，「在整本聖經中，再也沒有比『但如今』，這三個更有意義的字。」

為何有這麼一個斷然的片語出現？答案在其上下文中。在此，保羅令他的讀者，陷入絕望與無助的境界中。在羅馬書3:19，他指出每一個人，都站在上帝公正定罪之下。接著他又在第20節斷然指出，即使人決心行善，並熱切遵守律法，也不能在上帝眼中被看為義。就在這緊要關頭，保羅說出「但如今」這個片語。

他寫著說：「但如今，上帝的義在律法以外已經顯明出來。」保羅就憑著這三個字，立下開始瀏覽羅馬書的第三個階段。

這一階段，連接了保羅在羅馬書1:16, 17所提起的，因信稱義的主題，並在3:21－5:21的長篇大論中，引申這個偉大的信息。首先在羅馬書3:21－31中，他初步論及這主題，正如理恩・莫理士所宣稱的，可能是「曾寫過的最重要的一段話」。

保羅向我們介紹的救恩，在這一個密集的段落中，把焦點放在三個隱喻裏：（1）稱義（來自法庭的一個概念），（2）救贖（來自奴隸市場的一種景象），和（3）調解（有關獻祭系統的一個影像）。

這個好消息是：上帝已居間介入人類的事務。我們藉著律法所不能做到的事，祂已經為我們成就了。「但如今」這三個字，已指出一個事實，就是上帝藉著基督而來的救贖大工，已改變了世人的困境。

從羅馬書3:21開始，我們已進入保羅所了解之福音的中心地帶。根據這位使徒的觀點，有罪的人可能孱弱，但上帝卻是無所不能的——有能力使人稱義、有力量使人成聖、有權柄能榮耀那些接受祂恩典的人。

上帝永恆的計畫

✠ 上帝的義在律法以外已經顯明出來，有律法和先知為證。羅3:21。

藉著基督而來的救贖計畫，並非是亡羊補牢的事後措施。也不是一項新興的作為。保羅告訴我們，「有律法和先知（舊約聖經）為證」。《歷代願望》指出基督的一生，「都是遵照亙古以前所訂定的計畫而行」（第143面），便是指這同一件事而言。

舊約聖經見證那非由律法而來的義，最初的一線亮光，就是出自創世記3:15；上帝藉著這經文告訴我們，基督將要傷那古蛇的頭。保羅指出，在亞伯拉罕的經驗中，當上帝因他的信稱他為義時，那道光輝逐漸明亮，並在羅馬書第四章廣泛地加以討論。但或許在摩西五經中，有關救贖計畫最明顯的陳列櫃，即獻祭的系統。一件有趣的事，就是施洗約翰指出，基督是「上帝的羔羊，除去世人罪孽的」（約1:29），而保羅則描述基督為「我們逾越節的羔羊……已經被殺獻祭了。」（林前5:7）

當大衛倚靠上帝的慈悲來「塗抹」他的「過犯」，洗除他的罪過時（詩51:1,2），他提及「上帝的義在律法以外已經顯明出來」（羅3:21）。以賽亞書第53章，預告一位要承擔許多人的「過犯」（賽53:5），稱他們為義的神。再者同章指出，「祂為我們的過犯受害，為我們的罪孽壓傷。因祂受的刑罰，我們得平安；因祂受的鞭傷，我們得醫治」（第5節）。

耶利米在同一主題上，並不落人之後，他指那位要來的大衛苗裔，要被稱為「耶和華我們的義」（耶23:5,6）。而但以理書第九章最大預言之章指出，「你為（但以理）本國之民和你聖城，已經定了七十個七。要止住罪過，除淨罪惡，贖盡罪孽，引進永義，封住異象和預言，並膏至聖者」（但9:24）。

保羅知道他所講的是甚麼，藉著順從律法之外而來的救贖計畫，乃是貫穿全本舊約聖經的一個主題。這是保羅在他各個不同的書信中，一再重複的主題。如今也是他在羅馬書3:21－5:21，所要反復重申因信稱義的主題。

公義來自上帝

就是上帝的義，因信耶穌基督加給一切相信的人。羅3：22。

就在羅馬書3：22，我們開始研究保羅在羅馬書的爭辯中，一則首屈一指的中心要點。第21節指出，上帝的義是在「律法以外」。那是消極的一面，指出甚麼不是義。但就在第22節，我們來到積極的一面，就是保羅從羅馬書1：16，17以來，所急欲講解的。

保羅在那段信息中，說他「不以福音為恥；這福音本是上帝的大能，要救一切相信的，先是猶太人，後是希臘人。因為上帝的義正在這福音上顯明出來；這義是本於信，以致於信。」

保羅並沒有就此停止講解他的話是甚麼意思，但他首先有一件工作要完成。他要清楚的指出，每人都需要上帝的義，而我們不能以任何人為的條件或功勞——不能因為生為應許之民，抑或因為擁有或遵守律法——來換取。

律法的作用既然在指出罪（羅3：20），便沒有力量施行拯救，只能定罪。每一個人——即使是到教堂聚會的好猶太人——都在定罪之下，沒有任何其他出路。

如今，保羅既已逐一陳述了那些要點，便重新提起他在羅馬書1：16，17，有關因信稱義之福音的話。他現在已作好準備，講解他那句話的意義。我們也有聆聽的必要，因為我們終究在上帝賜予的恩典之外，沒有一線希望。

在羅馬書，義或稱義是重要辭彙，至少出現超過三十次。次高的經卷是哥林多前書和馬太福音，兩卷各有六次。今日經文「上帝的義」這片語，在羅馬書中出現八次，但在保羅其他所有的書信中，只有兩次。

「上帝的義」或「來自上帝的義」，具有上帝的聖德或祂的恩賜的意義。在羅馬書3：21，22的上下文中，帶有上帝對那些相信基督的人，所提供或賜予的義。在保羅的眼中，這種義是世人最大的需要。因此，這種義是保羅宣講好消息的中樞。它構成這位使徒對福音之認識的精華。

得救的條件

> ✠上帝的義，因信耶穌基督加給一切相信的人。
> 羅3:22。

救恩並非自動發生，人必須先接受它。它有一個條件，那條件就是昨天所讀的經文：「信耶穌基督」。今日的經文強調那個重點，上帝的義「給一切相信的人」。

但信心是甚麼？保羅告訴我們這種迫切需要的信是甚麼。西克・巴雷特在羅馬書的上下文中，幫助我們了解信的意義。他這麼說：「信的最好定義，不是想藉著律法（就是道德或宗教上）的方法，或人的自信，以及憑著自我無望的企圖，來建立自己與上帝的正確關係。他不把盼望專注在自己身上，而是指向上帝，」特別要仰望祂那藉著耶穌基督成就的拯救恩典。

我欲提出聖經中的信心，包括相信與倚靠，即以信為基楚的信靠。正如犯罪的第一步驟，牽涉到不倚靠上帝（創3:1－6），因此，第一步轉向祂的是倚靠性的信。信所掌握的事實，即我們必須倚靠上帝，因為祂心中以我們的利益為念，除祂以外，沒有甚麼東西絕對可信。

我們應注意，聖經中的信時常是絕對的，沒有所謂的中庸之道。因此雅各・鄧理坦率的說，信是超越律法的安排，「信是放棄絕望的自我，相信救主，就近救主……信放棄一切，緊握基督。」信是「整個人的情感，無條件沉醉在救主所彰顯的愛中。」

懷愛倫也提及類似的話說：「信就是倚靠上帝──相信祂愛我們，並知道甚麼是對我們最有益的。這樣，信就使我們不致隨從自己的計畫，而是揀選祂的道路。信是接受祂的智慧代替我們的愚拙；接受祂的能力代替我們的軟弱；接受祂的公義代替我們的罪惡。」（教育論，第245面）

主啊，幫助我，放棄我的道路，以你的道路為依歸。幫助我放棄對自我的信賴，一心一意信靠你。幫助我看出，你的道是唯一的道路，若沒有你和你在基督裏的恩賜，我便毫無希望。同時幫助我接受救贖的唯一條件。感謝你為「一切相信的人」所準備的義。

在甚麼之間沒有差別？

並沒有分別。因為世人都犯了罪，虧缺了上帝的榮耀。羅3:22, 23。

世人「並沒有分別」。

甚麼事沒有分別？就是曾生在世界上的世人（除了耶穌以外），都是罪人，都有虧欠。

但是你可能會想，我比別人好得多，真的嗎？在此讀保羅的上下文。哦，你的罪雖不像那些窮凶惡極觸犯律法的人，在眾目睽睽下公然犯法，但你和他們一樣，遠離「上帝的榮耀」沒有差別。

正如韓德烈·莫爾所指出的，上帝「道德的『榮耀』，那完美無瑕的聖德，加上祂那固有的要求，你必須完全配合祂，以便保有你與祂的和諧──無疑你在這點有了『虧欠』。娼妓、撒謊者、殺人犯，在這點上有了虧欠；但你也不例外。或許他們（從我們的錯誤觀點）站在礦床之底，而你則站在高山頂峰；但你和他們同樣沒有機會，觸摸那天上的星星。」

今日經文的動詞，可能為我們帶來教訓。「都犯了罪」在希臘文是描繪世人過去所犯的罪，但那並不意指罪只是過去的普遍現象。「虧缺」這個動詞卻是現在式，指出罪繼續的過程。因此罪的問題，在歷史性的時間與空間，都是真正的普世化。

初讀羅馬書3:23之時，我們可能認為這節經文放錯了地方，是勉強插入文句中，因為羅馬書3:21－31所談講的，並非有關罪而是論及救贖之道。似乎第23節，應該在羅馬書1:18－3:20，保羅論及罪之問題的部分結論。

但如仔細研讀羅馬書3:23上下文，便可看出這節經文的位置，比把它放在較前的位置更為有力。總之，保羅正確地把它安置在他論及因信稱義的中心地帶。它的上下文，強調了「沒有分別」的全部意義。正如我們都是罪人，我們世人都需要上帝的恩典。也唯有我們看出在上帝眼中，我們和那些最放蕩者之間並沒有分別時，我們才能得救。

有這種認識，才成就了我們救贖的第一步。不論我們喜歡與否，當保羅宣告其間「並沒有分別」時，他是正確無誤的。

稱義又是甚麼？

如今卻蒙上帝的恩典，因基督耶穌的救贖，就白白地稱義。羅3:24。

馬丁．路德認為，稱義乃全部聖經的中心要道。他宣告說，稱義是「所有其他要道的師傅、界尺、主宰、支配者和裁判。」它是獨特的基督教要道，「能與其他宗教分別」。保羅更將因信稱義，列為他福音的中心（參閱有如羅1:16,17；3:24－26；加2:16－21等經文）。

毫無疑問，路德和保羅都認為，稱義是救贖計畫的中心，一部分是由於審判的主題，貫穿於整本聖經中（例如傳12:14；但7:10,26；太25:31－46；羅2:5；啟14:7）。除了審判的要道之外，另一部分是由於這兩人的類似經驗。在他們人生的早期，兩人都心存法利賽人的觀點。兩人也在審判的天平上，想藉著累積的功德，獲得上帝的喜悅。但兩人都在嘗試一種不可能的事。

保羅和路德在那段法利賽人的日子裏，並非完全錯誤。畢竟稱義要求守全律法，失敗自然導致懲罰，即定罪和死亡（參閱羅6:23；4:15）。他們兩人都不能按照上帝的要求，完全遵守律法，也認為完全遵守律法的看法是正確的。

他們兩人看出稱義是上帝的恩賜後，即獲得大突破。

稱義這個法律上的辭彙，是定罪的反義詞，兩者都由法官宣判。稱義並非意指「達到義的地步」，而是「宣告為義」。它超越赦罪，因為赦罪只是豁免某種刑罰或債務，相反的，稱義是積極的宣判，聲稱悔改的罪人，擁有公義的身分。

路德指出這種交易，就是基督代我們成為罪，好使我們接受祂的義（林後5:21），以完成「奇妙的交換」。懷愛倫反映同一概念說：「（祂）替我們受死，現在情願將祂的公義賜給我們，擔當我們的罪。若是你願將身心獻給祂，接受祂為你的救主，那麼無論你的罪多麼重，上帝必因耶穌的緣故稱你為義。基督的聖德代替了你的品性，上帝就悅納你，好像你從未犯過罪一樣」（幸福階梯，第38面）。

悅納我好像從未犯過罪一樣！不但赦免，更是稱義，這便是因信稱義。那是上帝給我無比的恩賜。

救贖的代價

✜一切相信的人……因基督耶穌的救贖，就白白地
稱義。羅3:22—24。

今日我們要研究「救贖」這個辭彙。基督救贖我們意指甚麼？正
如昨天我們所看出的，假如稱義是法庭的隱喻，那麼，救贖便
是市場上的用語。讓我們設個比方。

我的母親曾經有一度，迷上了收集一種商店發出的綠色印花。
她在那家連鎖商店，每花一角錢，便收到一枚印花，並把它貼在特
製的小冊上。她手上也有一本貨品目錄，告訴她貼多少本印花小冊
子，便可換取甚麼貨品。當她收集了足夠的印花小冊，便把它們帶
到綠色印花店，以「贖回」她的禮物。這是一件有趣的事，綠色印
花店也被稱為「贖回中心」。

「贖回（救贖）」的最基本意義，即「購買」或「買回」。
「救贖」在古代通用的希臘文化上，其根源來自戰爭的作為。每次
戰爭之後，征服者會包圍戰敗者，把他們擄掠回國，賣為奴隸。然
而有時他們會發現在俘虜中，有些重要人物，而這些人物的價值，
在他們本國的價值，會高過被賣為奴隸。在這種情況下，他們會讓
敵人知道，提出某種價格讓敵國贖回。對方政府常會接受這種提
議，他們會籌款「買回（贖回）」特殊的戰爭俘虜。買回的代價被
稱為「贖價」，舊約聖經採用同一概念。因此，以色列中的奴隸，
可以由一位出得起代價的人贖回（利25:47—49）。

新約聖經將救贖的概念，應用到基督身上。羅馬書6:16提及，
罪人是罪的奴隸。但撒但所擄掠的，在罪的轄制下徒勞無益的掙
扎，不能像舊約時代的猶太人，在致富時可贖回自己（利25:49）。

就在那種脈絡下，保羅告訴我們，基督成了我們的救贖。正如
耶穌告訴祂門徒的話說：「人子來……要捨命作多人的贖價」（可
10:45）。保羅指出「基督既為我們受了咒詛，就贖出我們脫離律法
的咒詛」（加3:13）。彼得也提醒我們的被贖，不是憑著金子或銀
子，「乃是憑著基督的寶血，如同無瑕疵、無玷污的羔羊之血」
（彼前1:18, 19）。

挽回祭的代價重大

> ✠上帝設立耶穌作挽回祭，是憑著耶穌的血。羅
> 3:25。

挽回祭的代價重大。在此保羅不再用法庭的術語（稱義，羅3:24），以及市場上的用語（贖回，羅3:25），轉而採用救贖的第三種隱喻——挽回祭，來自祭壇的一種用語。

挽回祭的基本意義是「轉移忿怒」。在新約聖經出現的希臘世界，挽回祭帶有賄賂神明、鬼魔或死人，企圖贏得他們的恩寵，求取他們的祝福。那些神明既然「狂怒」，他們必須受到安撫。在舊約聖經時代，我們讀到摩押王看到戰爭對他不利，「便將那應當接續他作王的長子」，作為「燔祭」獻給他們的神基抹，希望贏得他的祝福（王下3:26,27）。

但我們絕不可將保羅所採用的這個辭彙，和異教的用法混為一談。有一個非常重大的要點，就是我們必須看出，聖經清楚指出基督流出祂的寶血，並不是為了平息上帝的忿怒。相反的，根據羅馬書3:25的說法，上帝「設立耶穌作挽回祭」，「這就是愛了」，約翰這麼說：「不是我們愛上帝，乃是上帝愛我們，差祂的兒子為我們的罪作了挽回祭」（約壹4:10）。

因此，十字架並不代表上帝改變祂對罪人的態度，而是對祂的大愛的一種崇高的表達法。我們讀到《幸福階梯》有話說：「天父愛我們，不是因贖價的重大；乃是因疼愛我們，才為我們預備了重大的贖價」（第7面）。

聖經採用挽回祭（贖價），和異教的用法完全不同。相反的，「上帝愛世人，甚至將祂的獨生子賜給他們，叫一切信祂的，不至滅亡，反得永生」（約3:16）。

上帝嚴格的看待罪，祂不能漠視罪的毀滅性，它正在摧毀祂的子民。上帝的忿怒就是祂對罪的判斷。在羅馬書第三章保羅指出，基督的死，是從那些因信接受祂犧牲的人身上，除去上帝公正的定罪。

今日的好消息是基督為我們代死，那大好的信息是基督為我個人而死。那無比的佳音，就是上帝藉著基督使人稱義、救贖人、獻上挽回祭。簡言之，上帝拯救所有不能自救的人。那就是你和我。

聖經中最重要的一個字

❊血。羅3:25。

你可能會問,今日的經文在那裏?我沒有給你任何經文。為甚麼?因為我要你全神貫注。我需要你心無二用,因為我們所要研究的,是聖經中最重要的字,尤其是有關基督的血,「作挽回祭」(羅3:25)。

今日許多人,不願談論有關基督為我們所作的犧牲,或者祂必須流血,以解決罪的問題。這種觀點自古便存在。該隱根本沒有這種理念(參閱創4:1-4;來11:4)。保羅急欲傳講福音的對象希臘人,也沒有這種觀念。在他們眼中,他們認為這根本是「愚拙」的事(林前1:18)。

然而聖經的作者,對這主題卻沒有任何不安或懷疑。那無瑕疵之羔羊的代替性犧牲,乃是舊約聖經的中心教訓。新約聖經的作者,更是毫無懷疑地告訴我們,那被獻的眾多羔羊,預表上帝的羔羊,即是耶穌的代死。

基督為我們所流的寶血和代死,是新約聖經對救贖之看法的中心要義。基督的死,不但是四本福音書每一本的中心焦點,而且保羅所引申的每一個主要隱喻,都和基督流血有密切關係。因此,「上帝設立耶穌作挽回祭,是憑著耶穌的血」(羅3:25);「我們藉這愛子的血得蒙救贖」(弗1:7);「現在我們既靠著祂的血稱義」(羅5:9);上帝「藉著祂(基督)在十字架上所流的血成就了和平,便藉著祂叫萬有……都與自己和好了」(西1:20)。

挽回祭、救贖、稱義與和好這四種概念,無不連結並建立在基督流出祂寶血的基礎上。約翰・施德特根據基督的寶血,是重大主題的中心要點這一事實,作出結論說:「那代替性的犧牲,並不是『贖罪的定律』,甚至也不是一種附加的觀念,在上述四種概念下,作為可供取捨的素質。代替性的犧牲,乃是每一種概念的精髓和救贖的中心要點。上述四種概念,若無代替性犧牲,就不可能成就。」

耶穌,感謝你替我而死。感謝你為我代死,讓我擁有你的生命。難怪保羅稱它為福音。難怪基督教的偉大詩歌,高舉基督的寶血。

與寶血相關的公義

❌ 耶穌的血，藉著人的信，要顯明上帝的義。羅3:25。

基督的十字架，不但是一種成就，而且是一種示範說明。它不僅實現贖罪的犧牲，同時表彰上帝的公義。在羅馬書3:25,26，保羅提及有關上帝公義的一些非常重要的事。

我們首先要注意的一件事，即聖經特別強調上帝的公義。其重要性不但在羅馬書第三章中表露無遺，同時在啟示錄的詩歌中，佔有顯著的地位。一件特別有意義的事，就是啟示錄將上帝的公義和辯護，與耶穌的死在十字架上，以及祂的公正審判，貫穿在一起。

啟示錄第四和第五章的詩歌，在天上寶殿/聖所，一再宣揚上帝配得稱頌的經文裏，托出這主題。「我們的主，我們的上帝，你是配得榮耀、尊貴、權柄的」（啟4:11）。在第五章中，約翰因沒有人『配得』打開那奧祕的書卷而哭泣。就在那時，羔羊進殿了，於是天上的生靈「唱新歌，說：『你配拿書卷，配揭開七印；因為你曾被殺，用自己的血從各族、各方、各民、各國中買了人來，叫他們歸於上帝』」（啟5:9）。於是千千萬萬的天軍，接著「大聲說：『曾被殺的羔羊是配得權柄、豐富、智慧、能力、尊貴、榮耀、頌讚的』」（第12節）。

我們當注意那些話直接指出，基督「配得」打開，那揭露祂贖罪之犧牲歷史的書卷。保羅在羅馬書3:24－26所宣稱的，便是上帝讓罪人稱義的公義。

啟示錄16:5稱讚上帝的「判斷是公義的」，這是天使在最後七大災難的審判前景下，對上帝是公義的第二輪敬拜頌詞（同時參閱啟16:7；15:3,4）。

基督復臨時出現第三輪的頌讚。啟示錄第十九章說：「哈利路亞！救恩、榮耀、權能都屬乎我們的上帝！祂的判斷是真實公義的」（啟19:1,2；比較第11節）。

上帝與撒但的大鬥爭中，上帝的公義不是一種外圍，而是中心主題。在一切所行的事上，祂彰顯出愛。

生在十字架之前的人又如何？

✖（上帝有必要顯明他的義），因為他用忍耐的心寬容人先時所犯的罪。羅3:25。

這是一節非常有趣的經文，因為它帶有「上帝要為人先時所犯的罪，賜給公義。」許多第十九世紀的復臨信徒，讀完這節經文之後，認為因信稱義乃指著過去的罪而言，現今的責任，則是要他們實踐。他們的誤解導致他們作出一種結論，認為因信稱義可赦免他們以前的罪，從此之後，他們必須靠行為稱義。

根據這節經文上下文，並無這樣的意義。請記住，在此是論到有關上帝的公義。保羅告訴我們，基督藉著死所完成的一件大事，乃在指出上帝是公義的。他特別指出因他公義，所以並不急於懲罰在聖經舊約時代的罪人，這種理念除了英文欽訂本聖經以外，都分明帶有這種意思。因此，美國新標準版聖經將這節經文，譯為基督死在十字架上，為「要彰顯他的公義，因為上帝以忍耐的心，寬容人先前所犯的罪。」

這是美妙的真理。上帝已告訴亞當和夏娃，他們吃禁果的那日會死（創2:17）。但他們沒有即刻死亡，上帝本著他的寬容（忍耐），使他們度完一生，以體會他的恩典。同樣，在摩西的日子，他寬待了以色列人，賜給他們一個獻祭的系統，作為他恩典的表號，指出來自上帝的羔羊，一勞永逸代死的救援已在途中。上帝沒有對罪作出即刻的反應，因為他知道他要差遣基督，他的死將吞滅罪的懲罰。他代死，不但為十字架之後的人，也包括有史以來的世人。

上帝永不改變，他至今仍然還沒有將罪人應得之分降給他們。相反的，正如對亞當和夏娃一樣，他仍然以恩典寬待我們。耶和華「所應許的尚未成就，有人以為他是耽延，其實不是耽延，乃是寬容你們，不願有一人沉淪，乃願人人都悔改」（彼後3:9）。

恩典不公平

❖（祂這麼作），好在今時顯明祂的義。羅3:26。

——件不爭的事實，就是世人都犯了罪，而且理當滅亡，然而上帝怎能把一些人接到天國，又在第二次的死消滅其他的人？這公平嗎？

還記得我第一次讀路加福音第十五章，有關浪子比喻的感受，這故事令我感到不平。天父上帝如何能那麼輕易寬恕他，恢復這逆子的身分？我認為那位作父親的，起碼應把他留在農場裏，長期的考驗，證明他的忠實。那位作兒子的，至少應在某種程度上，為他的罪付上代價。但作父親的，卻欣喜莫名地歡迎他回來，並立刻恢復他兒子的身分。公平在那裏？他沒有受到應有的懲罰。

從那位兄長生活的觀點，這問題更加兩極化了。如今這裏有一位好人，他從沒有擅離工作崗位，去嘗試罪的人生。相反的，他在家盡心竭力獻出他的一生，為父親工作。那位長兄作出一切該作的事，當他為父親恢復他弟弟的身分而鳴不平時，我也有同感。究竟，他回家又有甚麼可喜的地方？他有甚麼選擇的餘地？他已窮途末路，甚至要吃豬的食物，那是猶太人最低賤不過的事。那位長兄想說，他傾家蕩產，花天酒地揮霍了他的分，如今回來了，又想分享我該得之分。那有甚麼值得喜樂呢？

多麼滑稽的公正。那位兄長沒有得到他所該得的，還有甚麼比這更不公平的事？難道得著所該得的，不是公正的原則嗎？

這便是恩典介入的時候。你看，我們可把恩典闡釋為得著我們所不該得的。因此上帝本著祂的恩典，把生命賜給那些理當滅亡卻接受基督的人。當我們實在不配成為天家的成員時，祂使我們成為祂的兒女。上帝怎能這樣作而仍然公平？我們怎能信靠一位不實踐祂所設立之規律的神？

那些問題，指出上帝所面對之問題的實際性。明天我們將要研究，上帝如何賜給人所不該得的，而仍然被認為公正或公義。

今日，讓我們暫且因上帝賜給我們所不當得的而稱頌祂。假如祂公事公辦，我們便無法生存。

上帝的公義

> ■（上帝讓基督成為祭牲），好在今時顯明祂的
> 義，使人知道他自己為義，也稱信耶穌的人為義。
> 羅3:26。

善惡大鬥爭的中心主題，不是你或我個人的義，而是上帝的公義。正如我們昨天所指出的，上帝既然是公義的，又怎能把人看為從來沒有犯罪？

正如威廉・巴克理所指出的一種自然說法，「上帝是公義的，因此就定罪人為有罪」。這種論調，完全符合祂給予屬世審判官的指示，教訓他們要「定義人有理，定惡人有罪」（申25:1）。正如我們從箴言書所讀到的，任何認惡人為義，而「定義人為惡的」，是「為耶和華所憎惡」（箴17:15）。

上帝怎能破壞祂為屬世審判官所設立的法則，仍然保持祂的公義呢？那便是保羅在羅馬書3:21－26所要極力闡明的。

上帝藉著恩典，把人所不該得的赦免賜給他們，正顯明祂富有恩慈與憐恤。但是李恩・莫理士指出：「有些人可能受試探懷疑祂的公正。可是，保羅在羅馬書3:21－26卻說：『不是這樣』，十字架彰顯……上帝的公義……事實上，上帝不是以廣行赦免來顯示祂的公義，而是由於祂以某種特定的方式，就是十字架之道，來廣行赦免這事實……上帝在施行赦免時，並沒有撇棄祂所設立的道德律。」祂也沒有廢棄違背律法所帶來的懲罰（參閱羅3:23）。相反的，基督不但守全了上帝的律法，而且「替我們成為罪」，為我們代死，好叫我們得著祂的義（參閱林後5:21）。

上帝嚴格看待祂的律法，以及違背律法的懲罰。在十字架上，整個宇宙看出善惡兩種國度的操作。在髑髏地，上帝彰顯祂的可靠性，撒但卻因奪取了上帝無罪聖子的生命，就是那位自有人類以來，置身於罪的死亡懲罰之外的神，而原形畢露，暴露出他是個撒謊者和謀殺犯（約8:44）。

上帝本著十字架上的殘酷事實，顯示了祂的公正和仁愛，我們可以信賴祂的作為，因為祂自願為全宇宙的利益自我犧牲。三位一體真神就在十字架上，立下寬恕與公正的根基。由於十字架，上帝不但能使罪人稱義，而且保持祂的公義。

自誇的終點

✖ 既是這樣,那裏能誇口呢?沒有可誇的了。用何法沒有的呢?是用立功之法嗎?不是,乃用信主之法。羅3:27。

慕迪一再指出,假若任何人能憑他或她所做的進入天庭,那麼其他的人,絕聽不到其結局。

我想起一件最令人厭煩的事,莫過於聽百妲姑姑或約翰叔叔,述說他們過去一萬年來的事是如何的好。那種滔滔不絕的自說自誇,即使僅持續十分鐘,也令人感到嘔心。要聽人講述那種永無休止和長篇大論的大話,真令人度日如年生不如死,因而提醒我們,我們在世必須對某些事物加以忍耐。

我們最瞧不起的,莫過於聽人自吹自擂。然而事實上,我們都不由自主,茫然不知的那麼做。在罪惡的世界自我誇耀,是相當自然的事。

今日的經文,保羅警告我們,在天國沒有自誇的事存在。我喜歡英文腓力士聖經,對羅馬書3:27的翻譯:「如今,人對自我的成就,有甚麼值得誇口的呢?根本不值得一提。為甚麼呢?因為人不能遵守律法,這已完全抹殺了它。完全不值得自誇,因為整個事件,現今已放在不同的尺度上──是憑信而不是由於立功。」

保羅一再告訴我們,得救的人沒有甚麼值得自誇之事。沒有人可以因自己的好行為,使他配進天國。相反的,使徒保羅的福音教導我們,人憑接受基督的良善,得以進入天國。不僅接受祂的良善──更接受祂為我們代死。正如我們昨天所看出的,基督的死提供了一種緣由,使上帝把人所不該得的,賜給每位接受耶穌的人。恩典、生命、寬恕、稱義等,沒有一樣是我們配得的,然而上帝把它們當成恩物賜給我們。因此保羅宣稱,基督徒所有的誇口,要被排除在「信心的原則」之外。我們所要作的,只有就近上帝,感謝祂對我們的憐恤。

天上的聖徒有無限的頌讚,向天父和「被殺的羔羊」(啟5:12)發出,卻無一樣是為他們自己而發。

為甚麼要等到在天上才那麼作?當我們停止自視不凡,我們的教會將成為一處較快樂的聚集場所。當我們看出自己有賴於完全倚靠上帝,我們便會對那些不如我們「那麼好」的人,存寬容的心。實踐「沒有可誇」的原則,甚至能改變我們今生在世的生活。

上帝計畫的結局

❖所以我們看定了：人稱義是因著信，不在乎遵行律法。羅3:28。

到此為止，我們所讀到的，乃是一系列有力的爭辯。首先保羅舉例說明，每一位曾來到世上的人（不論外邦人或猶太人）都是罪人。其次他指出，不論生為立約之民的一分子或遵守律法，都不能對任何人有所幫助，因為律法的功用在指出罪，而不是通天之梯。第三，在羅馬書3:21－26這段緊湊的經文中，保羅揭露上帝藉著人相信耶穌來拯救他們。保羅以「因信耶穌靠恩典得救」，而非因行律法得贖的話，總結上帝的救贖。他的方程式是恩典＋信心＋零＝稱義。

後面五節經文（羅3:27－31）用來介紹三種隱意，或上帝救贖計畫的結局。第一種是我們昨天所開始研究的，就是因信靠恩典而來的上帝救贖之道，排除誇口的成分。因為上帝成就一切，所以得救的人沒有甚麼值得誇口，或自以為有功。上帝救贖之道，使我們謙卑地站在十字架之下。一首古舊的詩歌恰當地描述說：「我雙手沒有帶來任何東西，唯有緊握主的十字架。」在基督裏真正得救的人，看出自己沒有甚麼值得誇耀的地方。他們唯有完全接受不配得的神恩，並在祂的愛裏滿心喜樂。當那事臨到他們時，他們唯有沉默不語。

上帝偉大計畫的第二個結局，就是我們將要在羅馬書3:29,30中看到的，救恩是為人人而預備。

第三個結局，就是上帝救贖之道，實際高舉了律法，並非如某些人所主張的，認為律法是令基督徒作出不道德行為的緣由或違背的根據。正如我們在討論羅馬書3:25,26，有關上帝的公義時，我們看出上帝在祂偉大的計畫中，把律法納入其中。實際上，上帝所啟示的救贖計畫，指出祂是多麼嚴肅地重視祂自己的律法。祂實在不能漠視律法的要求，或其所帶來的懲罰。基督不但遵守律法，而且因我們違背律法，就為我們承擔了死的懲罰。

主啊，我們因你所預備的無比救恩而滿心感謝。我們知道我們不配領受你所作的。我們所能作的，只有因這麼大的救恩，而滿心喜樂並頌揚你的聖名。

一神論的拯救

> ♰上帝既是一位，祂就要因信稱那受割禮的為義，也要因信稱那未受割禮的為義。羅馬書3:30。

我可以想像在羅馬書3:29,30，保羅如何對他的猶太籍讀者，給予迎頭一棒的痛擊。他在此以一神論的前瞻，論及救贖的問題。

猶太人心目中最偉大的經文，即申命記6:4：「以色列啊，你要聽！耶和華我們上帝是獨一的主。」每天，每位以色列的男性都背誦這節經文，作為序碼（Shema，猶太教的禱告文）的一部分。毫無疑問，他們心中存有一神論的觀念，他們不但深信上帝只有一位，而且是獨一真神，也唯有一個民族，就是以色列族。迦南人有他們的神，埃及人也有他們的神明，唯獨以色列人屬於獨一的真神——雅巍（Yaweh），祂創造天、地和其中的萬物。

就在這要點上，保羅向他們發出挑戰，要他們重新思考。倘若真神只有一位，祂又是創造萬物的主宰，那麼，祂難道不也是外邦人的神嗎？或正如保羅在第29節所說的：「難道上帝只作猶太人的上帝嗎？不也是作外邦人的上帝嗎？」於是保羅發出唯一的結論說：「是的，祂也作外邦人的上帝。」

大多數的猶太人沒有這種想法。但保羅的理論發出壓倒性的力量。他們已忘記一點，他們雖然身為上帝特選的子民，但這事實並不摒棄外邦人。他們也包括在內，因為地上萬族都要因亞伯拉罕得福（參閱 創12:3）。

保羅肯定這重點之後，進一步在羅馬書3:30指出，上帝不但是世上萬族的真神，而且救贖計畫也是為全世界的人——猶太人與外邦人——而設的。

保羅不但指明，救贖計畫是為全人類而設立的，而且同樣拯救了猶太人和外邦人。所有世人，毫無例外，都因信——同一的信——而得救。正如我們在第二十節所讀到的，沒有人因守律法而得救。每位得救的人，無不因信而得救。

再一次，我們看出沒有任何自誇的餘地。是的，上帝仍然有特殊的教會，擁有特殊的信息，但那特殊性，帶來一項傳揚福音的責任。那不是一種特殊身分的表號，而是一種服務他人不可避免的責任。

信，鞏固了律法

> ✖ 這樣，我們因信廢了律法嗎？斷乎不是！更是堅固律法。羅3:31。

在某些讀者眼中，認為保羅將「律法」和「信心」放在相對的地位。他們可能害怕，他強調信心，會真正的「推翻」或廢除律法。

使徒保羅預測，有人會對他的神學作出那種反應，於是迅速並斷然地強調，那因信和本著恩典而來的救贖，不但不致廢除律法，而是更加堅固律法。

保羅的話是甚麼意思？其答案在乎今日經文的上下文中，如何使用律法這一辭彙。我們至少可以想出三種闡釋法。第一，如果保羅所說的律法，是指一般性的舊約聖經而言（猶太人時常認為舊約聖經是律法和先知的總綱），那麼在這上下文中，因信稱義的福音，將視為高舉因信稱義的道理，因為舊約聖經在教導因信稱義的真理。他在羅馬書3:21，已經陳明那種解釋法。假如正是這樣，那便是為他佈置了一個階梯，使他能在羅馬書第四章中，強調亞伯拉罕和大衛，兩者都是因信稱義。

第二，較狹義的說，假如律法是指摩西的律法而言，那麼，保羅把信心放在救贖計畫的正確位置上，而高舉了律法。正如他所看出的，律法的作用，乃在揭露和指責罪。如此，正如保羅在加拉太書3:21─25所爭論的，律法的功用，是在把罪人安置在他們的內疚感之下，直到基督來釋放他們。如此福音和律法攜手合作，就是福音稱那些被律法定罪的人為義。

第三，如果我們以上帝對道德的要求來看待律法（例如十條誡命），那麼某些讀者可能認為，他在教導敵對道德律，就是基督徒不再需要任何律法，由於他們是靠恩得救，於是可以任意犯罪。但保羅已在羅馬書3:8針對這種看法，約略加以指責，並將在羅馬書6─8章，廣泛地加以討論。那種指責，可能對保羅在羅馬書3:31的話，構成最大的問題。在這種意識下，那些靠恩得救之基督徒，將在他們的人生中，藉著聖靈成就「律法的義」（羅8:4）。

保羅最不敢想像的，即抱有廢除律法的用心。雖然律法不是救贖工具，但在上帝的宇宙中，佔有舉足輕重的位置。如此，信心鞏固了律法所扮演的正確角色。

亞伯拉罕這名字的含意

✠如此說來，我們的祖宗亞伯拉罕憑著肉體得了甚麼呢？羅4:1。

保羅已在羅馬書3:21－26，世人如何稱義中，闡明了他的基本看法，並在第27－31節向批評他的人作出辯護。在辯證中他提出有力證明，宣稱因信稱義是舊約的理論（參閱 羅1:2；3:21,31）。他為那種理論辯護的下一步驟，是提出舊約的例證。

第一個例證是亞伯拉罕。他再也不能提出比亞伯拉罕更重要更合適的人物。畢竟，亞伯拉罕被公認是猶太人的父，舊約聖經中最重要的一個人物。

想一想舊約聖經裏其他英雄人物，摩西幾近名列前矛。猶太人幾乎把他看為立法的神，他是上帝所特選的代表，帶領百姓脫離為奴之地。難道上帝不是面對面跟他交談嗎？或者想一想大衛，那位以色列最偉大的君王，他在古代的世界，把他的國家帶到登峰造極、無出其右的國勢，並為他的民族，留下一些最動人的詩篇，而且彌賽亞要出自他的後裔。另一位偉大人物以利亞，乃是最有名的先知之一。誰又能忘記但以理？他不但是一位傑出的政治家，更是上帝的先知。

然而所有這些信心英雄，都在亞伯拉罕之後。所有猶太人，都知道亞伯拉罕是他們的國父。他是他們命運的中心人物，是那位接受立約之應許的人。他是上帝保證，那位要成為多國之父的人。舊約聖經兩次提及他是上帝的「朋友」──這頭銜從沒有賜給他人。

這是保羅救贖要道考驗性的個案。假若他能證實亞伯拉罕是因信稱義，他便穩操勝算；但假如失敗了，他便一敗塗地。

因此在羅馬書的十六章中，他撥出一整章的篇幅，專題討論這個大過一切的重要人物。如果這時你能利用幾分鐘時間，讀完羅馬書第四章，對你有莫大的神益。當你這麼作的時候，請逐段亦步亦趨緊隨保羅的論證。當你讀的時候，想想他所列舉的要點，如何鞏固了他在羅馬書3:21－31的辯證。

亞伯拉罕所「誇口」的

✠因為假若亞伯拉罕是靠行為稱義，他便有值得誇口的地方，但不是在上帝面前。羅4:2（英文新重訂標準版聖經）。

猶太教師們有一種普遍的教導，認為這位偉大的族長，曾因行為而被稱義，保羅由此隱約指出並開始討論亞伯拉罕的問題。

猶太人根據他們對創世記26:5的了解（上帝賜福給亞伯拉罕，是因為「亞伯拉罕聽從我的話，遵守我的吩咐和我的命令、律例、法度」），認為那位族長是在全部律法頒佈以前，便加以遵守（吉魯辛4:14；「Kiddushin 是猶太人在安息日或節日前夕的祝福或禱告文」）。我們又可從猶太人的《大禧年》這本歷史書中，讀到有話說：「亞伯拉罕一切的作為，在耶和華眼中看為無可指責，並在他一生的年日中，因義而喜樂」（《大禧年》23:10）。在《瑪拿西的禱告文》這本書中，提及亞伯拉罕、以撒和雅各，不需要向上帝認罪，因為他們是義人和「沒有得罪你」（《瑪拿西的禱告文》8）。最後，《西拉（Sirach）的箴言》提及「亞伯拉罕是多國的一位偉大之父，並在榮耀上沒有一個人足以和他比較。他遵守至高者的律法，並和祂訂立合約。他以肉身保證了那約，並在他受考驗時，證明了他的忠實」（《西拉的箴言》44:19,20）。

在猶太人眼中，亞伯拉罕是一位完人。他遵守了全部律法，於是上帝和他立約。

假若那一切都是真的，那麼亞伯拉罕實在有值得誇口的地方。他便能因完成自己的義而引以為榮，並有權利「自吹自擂」。

保羅向這一切猶太人的思想架構發出挑戰。他說：「倘若亞伯拉罕是靠行為稱義，他便有值得誇口的地方。」接著他進一步說，亞伯拉罕在上帝面前，一無可誇之處。保羅於是用羅馬書4:3以及接下的經文，指出亞伯拉罕實在沒有可誇的根據。他證明猶太人在事實上誤解了他們的歷史。實際上，亞伯拉罕是因信，而非因行為稱義。

所有基督教派可以在此找到一個教訓，就是我們可以輕易地將我們在信仰上、教派裏、教會中的英雄人物，逐一列出加以尊崇。但事實上，所有世人都犯了罪，並靠恩典而得救。這是基督徒唯一閱讀歷史之道。恩典的福音不但是為「軟弱」的人而預備，它也是為每一個人，甚至是為亞伯拉罕而預備的。

信心或忠心？

> **經上說甚麼呢？說：「亞伯拉罕信上帝，這就算為他的義。」羅4:3。**

保羅有如往常一般，引經據典以證明他的要點，指出亞伯拉罕不能根據他的行為稱義而自誇。他引用的經文是創世記15:6。那節經文的上下文，指上帝應許亞伯拉罕，雖然他妻子的年紀老邁不能懷孕，但他必要得著一個兒子，他的直系後裔，要像天上的星那麼多（第4,5節）。亞伯拉罕相信上帝的應許，於是聖經告訴我們說：「這就算為他的義」。

顯然保羅是用創世記15:6，證明亞伯拉罕是因信而不是因行為稱義。但有趣的一件事是：那種解釋法，並不是當日猶太人所持守的。例如，在《瑪加比》2:52（Maccabees），我們讀到如下的問題說：「難道亞伯拉罕不是在考驗下，證明他的忠心，因而贏得義人之名嗎？」那問題把信心誤解為忠心，或一種可以獲得報賞的功勞。再者，生活在主前五十年代的拉比徐麥亞，用上帝的語氣說：「他們之父亞伯拉罕倚靠我的信，配得我為他們分開（紅）海的水，

正如經上所說的，『亞伯拉罕信上帝，這就算為他的義。』」

因此從基督時代，就開始習慣性地認為，亞伯拉罕的信乃是憑功勞所賺取的忠心。簡而言之，在他們心目中，亞伯拉罕的信是與好行為相提並論的。

保羅非常清楚這一點，然而他有意選創世記15:6，作出相反的結論。我們可能因而感到希奇，但保羅實在不得不採用他對這節經文的真正認識。他有必要給予他們當頭棒喝，指出創世記15:6的正確講解，證實了他的看法，亞伯拉罕並沒有甚麼值得誇口的地方，因為他是完全倚靠信而稱義，和好行為絕對沒有關係。保羅於是進一步在羅馬書4:4－8繼續加以闡明。

保羅是在和最大最難的謬論從事戰鬥。人的本性不喜歡為任何事去倚靠他人，我們喜歡相信我們足以照顧自己。結果我們盡一切努力，然後才會放棄自足的作為。然而，向我們的無助和上帝恩典的大能降服，就是得救的祕訣。

有關恩物與工價

❖ 做工的得工價，不算恩典，乃是該得的。羅4:4。

恩典與工價之間，存有很大的差別。聖誕節早晨，我將禮物分給我的孩子。他們從沒有為這些禮物付出代價。我選擇免費給他們一些東西，某些他們從沒有付出工作的代價，或憑力量賺取的東西。

另一方面，我通常在聖誕節那一週，從僱主那兒得到一張因工作而賺得的支票。那張支票不是禮物，那是我的工資。每一分錢都是由工作換來的，因此那是我服務的酬勞。

今日的經文中，保羅強調恩典與工價之間的不同。在羅馬書4:4裏，那個翻譯成恩物的辭彙，實際上是「恩典」。保羅在此，實際上是將恩典和行為作成對比。其中所引申的要點，指出恩典是免費的恩物。那不是工資或特價品──某種我們半價買來，或是我們以勞力換取、但沒有能力付上全部工價的東西。

不！恩典純粹是一種禮物，我們沒有付出勞力去換取，不是上帝彌補我們短缺的地方。

那麼你可能會想，這事和亞伯拉罕又有甚麼關係？正如我們昨天所看出的，若只說亞伯拉罕運用信心，便不一定能傳達保羅的用心，因為猶太人把信心和忠心順從上帝的吩咐混為一談。因此在他們眼中，亞伯拉罕的信心便是一種行為。因此若說亞伯拉罕因他信而得救，便可能被誤解。

保羅在羅馬書4:4，將他的辯證推廣到信靠恩典之外。他指出，亞伯拉罕並不靠任何行為得救，而是完全由於上帝恩典所賜。他的話，根本沒有被誤解的餘地。使徒保羅對亞伯拉罕得救的方式，剔除了所有模稜兩可的成分。

當然，保羅可以坦然地說，創世記沒有提及上帝欠了亞伯拉罕任何東西，因此他不可能因行為得救。但保羅沒有直截了當說出。在他看來，事情是那麼明顯，根本不需要進一步討論。

天父啊，幫助我，撇棄我的自負。幫助我停止和你討價還價。幫助我學習如何接受你恩賜的本質──白白的恩賜。

算為義

> ❖惟有不做工的，只信稱罪人為義的上帝，他的信
> 就算為義。羅4:5。

羅馬書第四章其中關鍵性的字是「算」這個字。英文欽訂本聖經把它譯成「算為」或「貸入」，而重訂標準版聖經則譯為「加入」。在羅馬書第四章裏，保羅共用了十次，羅馬書4:3－8六節經文中，便用了五次。當這個字用在經濟或商業的上下文時，它帶有將某些東西放入某人的賬戶之意。保羅寫信給腓利門，提及有關阿尼西母的事時，他便是以那種形式用了這個字。「他若虧負你，或欠你甚麼，都歸在我的賬上」（門18）。

保羅的說法，再也沒有比這個更清楚的了。上帝算罪人為義，不是根據他們所作的，而是藉著他們對祂的相信和信靠。他們的信算為他們的義，或貸入成為他們的義。我們就是根據這一章，得著了「算為義」這片語。當懷愛倫提及貸入的義或稱義，作為「堪入天國的資格」（告青年書，第19面）時，她便這麼應用。她也提及接受「貸入的義」，只是片刻的時間。換句話說，一個人因信接受上帝恩典的霎那間，主便把基督的義，貸入他們在天上名冊的賬上。當我們就近耶穌時，發生了甚麼事？「主耶和華將基督的義，貸入信徒的賬上，並在宇宙眾生之前，宣稱他為義」（信息選粹，卷一，原文第392面）。

羅馬書4:1－8是保羅最清楚的一段話，指出基督的義，如何轉達給憑信就近耶穌的罪人。在人憑信接受耶穌的剎那間，上帝便算他或她為義。

因信稱義是上帝在宇宙中最大奇蹟之一，它是保羅福音的心臟。保羅在這點上堅定無比。他絕不接受妥協，例如以信心加上行為，作為進入天國的資格。不，那是全靠恩典；那是一種恩賜，而不是一種交易。我們每人不能靠努力賺得它。就是這種教訓，使基督教有別於其他宗教，並有異於所有人類對道德的衡量。救恩百分之百來自上帝的恩賜。

大衛的見證

正如大衛稱那在行為以外蒙上帝算為義的人是有福的。羅4:6。

保羅把他的槍口，對準那些反對因信稱義的猶太同胞身上。假如亞伯拉罕是猶太人歷史上最偉大的人物，大衛也不會差太遠。在亞伯拉罕和摩西之後，大衛可能是最受尊敬的人物。他是以色列最偉大的君王、一位傑出的戰士、最顯赫的音樂家、詩人和先知。

此外，彌賽亞要出自大衛的後裔，基督要成為大衛的兒子。新約聖經的第一節經文，強調大衛在猶太人思想上的重要性：「亞伯拉罕的後裔，大衛的子孫，耶穌基督的家譜」（太1:1）。大衛好像亞伯拉罕一樣，乃是以色列立約歷史上的中心人物，上帝曾與這位牧羊出身的君王立下永遠的約。

因此保羅在羅馬書第四章，引用這兩位最重要的人物，來證明稱義是由於信而不是來自行為。我們必須注意，當保羅召喚第二位證人時，他顯然是遵循申命記19:15，那斷然的話說：「不可憑一個人的口作見證，總要憑兩三個人的口作見證才可定案。」保羅既然身為法利賽人和律法上的學者，他當然熟悉這一原則。因此他引出大衛，因為他認為大衛與亞伯拉罕，同是重要的人證。

他挑選大衛是另一有趣的原因。雖然亞伯拉罕有自己的弱點，但大致上，可能被認為有足夠的善行，配得救恩。毫無疑問的，大衛在靠行為得救的事上是不能成立的。我們一提起他的名字，難免會想起他先與別示巴的淫亂行為，而後又犯了謀殺之罪，以及那可怕的罪行，為他家所帶來的禍患。

簡短的說，倘若大衛要得救，只有憑著恩典。因此在保羅的辯證上，他是一個非常有力的例證。

那是一個好消息，十字架前的路已被鋪平了。不論我們的人生是如何的罪跡斑斑，不計我們過去是何等的污穢，我們都有同等的機會。上帝的慈愛廣大無邊，上帝願意拯救所有憑信就近祂的人。而且祂不但願意，祂更有能力。

稱義的一個負面

⌘得赦免其過、遮蓋其罪的，這人是有福的。主不算為有罪的，這人是有福的。羅4:7, 8。

正如我們昨天所指出的，大衛根本是不靠行為得救的好例證。另一方面，正如保羅所知道的，上帝的恩典和赦免，帶來一個非常恰當的例子。

大衛最可怕的罪，莫過於他和別示巴所犯的淫亂罪。他為了遮掩自己的罪行，更刻意安排一次冷酷的謀殺。但這種手段是紙包不住火的，它解決不了問題，實際上，它使事情更加惡化。罪行仍然存在，大衛知道唯有上帝才能除罪。

大衛稍後寫了兩篇懺悔的詩篇，以稱頌上帝的赦免，表達他被赦免的喜樂。詩篇第51和32篇，在以後各世代中，為那些身負重罪的人，帶來莫大的安慰。

在羅馬書第四章，保羅引用了詩篇32:1, 2的話。一件有趣的事，那段話甚至沒有隻字提及「義」。保羅之所以引用，乃由於它帶有「算為」或「貸入」的含意，就是羅馬書第四章的一個關鍵性辭彙。

然而最重要的片語，在大衛和亞伯拉罕的身上，其用法有不同。對後者來說，保羅告訴我們，上帝把他的信，算為他的義。但在大衛的身上，我們發現上帝沒有將他的罪，貸入或加在他的賬上。

因此，保羅在短短的幾節經文中，闡明了稱義的兩個層面——積極和消極的層面。首先，上帝算我們的信為義。第二，祂沒有把我們的罪，貸入我們的賬上。結果，那些藉著在基督裏的信而就近上帝的人，是真正的「潔淨」了。

上帝為大衛完成了他自己無能為力的事。祂赦免了大衛，遮蓋他的罪，而且沒有把他的罪貸入他的賬上。保羅在羅馬書第四章中，將大衛的經驗，義與稱義，並列在一起。

主啊，感謝你的積極與消極的兩方面——我們謙卑地憑信就近你時，將我們的信，算為我們的義，不把我們的罪，貸入我們的賬上。幫助我，記住你對我個人的恩惠。幫助我將你願意為人所作的，轉告其他的人。幫助我不致誤用那唯獨屬乎你的功勞、名聲和榮耀。

藉著割禮而來的救贖

◼ 如此看來，這福是單加給那受割禮的人嗎？不也是加給那未受割禮的人嗎？羅4:9。

有福了！保羅在羅馬書4:7,8，從大衛王的引言，挑出其中的福字說：「過犯得著赦免，罪惡得以遮掩的人有福了」（新國際版本英文聖經如此翻譯）。無可否認的，使徒保羅洞悉某些猶太籍的教師，認為福分只是給予受割禮的猶太人。一個外籍人士，自動在上帝賜福的名冊上被除名。

古猶太人將割禮儀式，看成一種不可或缺的禮節，這是一件令人難以了解的事。他們認為那極其重要，以致將他們的世界劃為楚河漢界兩大陣營——受割禮的（猶太人）和沒受割禮的（沒接受割禮的，都被視為外邦人）。

在猶太人眼中，割禮與救恩有秤不離鉈的直接關係。因此，我們在《大禧年》這本次經（偽經）中，讀到有話說：「凡是生而沒有按照耶和華與亞伯拉罕所立的約，在第八天接受肉體割禮的人，便不是立約之子，而是滅亡之子。因為他身上沒有任何記號，證明他是屬於耶和華的，因此他注定要被滅絕，從世上被消滅」（《大禧年》15:25）。在另一方面，米納慶拉比說：「我們的拉比說沒有受割禮的人，將入地獄。」

這種信念在猶太教條中，是那麼的根深蒂固，以致許多猶太教的改宗者，把它帶入基督教之內。

這一成套的信念，引出保羅所必須回答的兩個問題。第一個問題：有甚麼話論到亞伯拉罕？他是否因割禮而蒙福？第二個問題：有甚麼話論到外邦人？倘若他們沒有藉著割禮成為猶太人，他們是否能成為上帝的選民？保羅在羅馬書4:9－12，一一回答這兩個問題。

大家應注意，我們這些世人，如何能輕易倚靠外在的救贖表號，而不是依靠上帝所啟示的計畫。猶太人把他們的信靠，放在割禮的事上，反觀某些基督徒，同樣重蹈覆轍，將他們的信仰放在浸禮、彌撒、聖餐禮或其他外在的禮儀上。但是正如保羅一再強調的，救恩並非有賴於實踐一些禮儀或外表的禮節，而是在乎內在的心靈與誠實。

信心＋零

> 如此看來，這福是單加給那受割禮的人嗎？不也是加給那未受割禮的人嗎？因我們所說，亞伯拉罕的信，就算為他的義。是怎麼算的呢？是在他受割禮的時候呢？是在他未受割禮的時候呢？不是在受割禮的時候，乃是在未受割禮的時候。羅4:9, 10。

保羅藉著今天的經文，提醒我們回想他在羅馬書4:3的辯論，指出亞伯拉罕的信，是上帝稱他為義的根據。接著，保羅提出兩個似乎不為當日的猶太人，所曾想到的問題。

第一個問題：「這福是單加給那受割禮的人嗎？」第二個問題：「是在他受割禮的時候呢？是在他未受割禮的時候呢？」

這兩個問題，對保羅和他的誹謗者來說，都極其重要。他們可能就這點和保羅爭辯，指出他只根據自己的看法，證明亞伯拉罕已因信稱義。他們可能會認為：「應當不止如此，這樣對因信稱義的辯解過於簡單。必定有些事是我們必須作到的，亞伯拉罕一定作了某種程度的事。究竟，亞伯拉罕接受了割禮。這種禮節既然是立約的記號，必定成就了某些事情。」

人很容易有這種想法──設定我們要因信稱義，必須作到某種程度的事。有信心固然好，但信心加上行為則更圓滿。信心＋浸禮，或信心＋奉獻什一，或信心＋守安息日。一定還有更多的事要作，不可能那麼簡單。

保羅在羅馬書第四章所直言的，正是這種態度。他極力爭辯，人的稱義是上帝的恩賜，是任何「行為以外」的恩物（羅4:6）。

保羅強調說，亞伯拉罕的情況正是如此。他的結論可從舊約聖經的記載找到。創世記15:6宣稱，亞伯拉罕的因信稱義，是在創世記第17章記載他接受割禮命令前的十四年。

因此保羅的辯證成立，上帝稱亞伯拉罕為義並不是由於割禮。他只因信稱義，並不是信心＋割禮。

保羅的福音是急進的。他不但橫切了猶太人的思路，也切斷了我們的想法。當然，我們在稱義以前必須有某種作為，但保羅的答案是分明的。我們唯一要作的，是憑信就近上帝，藉著接受由基督在髑髏地的犧牲得著潔淨。

作為記號和印證

▓ （亞伯拉罕）受了割禮的記號，作他未受割禮的
時候因信稱義的印證。羅4:11。

我們在此面對另一個重大的問題。倘若割禮對我們的得救沒有
任何幫助，那麼，它又有甚麼作用？又假如割禮並非必要，為
何上帝吩咐猶太人作？保羅用兩個名詞來回答：割禮成為亞伯拉罕
因信稱義的「記號或印證」。

一個記號有兩種功用。第一，它指向超越本體之外更大的某種
事物。因此，倘若我在駕車的路上看見一個記號（路牌），上面寫
著：芝加哥100，我便知道芝加哥離我還有100英里。那記號不是芝
加哥，而是引領我們到那城市。雖然那記號小過那城，但它仍然有
其價值。

一個記號的第二個功用是指出擁有權。首先，它指向自身之
外，上帝向亞伯拉罕所立之約。再者，它指出擁有權，意味著他屬
乎上帝。

對基督徒來說，浸禮具有同等的意義。浸禮有如割禮，是一種
加入的儀式，指出藉著對基督之信而來的上帝立約之應許。此外，
浸禮是上帝擁有權的一種記號，指出基督徒是上帝的兒女，並且是
屬於祂的。

印記（印證）是一種圖章或標記，用來保證某種事物的確實
性。例如：某種重要的文件，必須拿到公證處，請公證人蓋印證
字，以證明它們是正本。同樣的，猶太人的割禮和基督徒的浸禮，
是保證上帝立約的應許，將在那些憑信接受祂的人身上成就。

割禮、浸禮，甚至是聖餐禮，各有其重要性，因為它們是某種
屬靈事件的記號和印記，但我們不應把它們看為是救贖的媒介。它
們只不過是外表的見證，指出救恩唯有藉著相信基督為我們所成就
的大工，才能獲得。

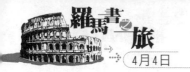
先祖亞伯拉罕，名下有更多的後裔

> ✠並且他受了割禮的記號，作他未受割禮的時候因信稱義的印證，叫他作一切未受割禮而信之人的父，使他們也算為義。羅4:11。

猶太人以談講「先祖亞伯拉罕」為榮。耶穌在財主與拉撒路的比喻中，提及那種觀念。比喻中的財主要求「我祖亞伯拉罕」，派拉撒路用指頭尖蘸點水，涼涼他的舌頭。那個比喻顯然指出，猶太人認為先祖亞伯拉罕，是天庭的把關者（路16:19－31）。

施洗約翰也採用猶太人思路，告訴他們不要多提「有亞伯拉罕為我們的祖宗」的話，因為「上帝能從這些石頭中，給亞伯拉罕興起子孫來」（路3:8）。

「先祖亞伯拉罕！」多麼甜美的一句話。它使猶太人有種安全感。然而他們聽到保羅提及，亞伯拉罕還沒有受割禮，上帝便稱他為義，並且他也是沒受割禮之人的先祖時，都覺得非常刺耳。

保羅的意思，是指上帝真正的子民，不是那些有血緣關係，或以割禮為表號的人，而是那些有如亞伯拉罕一樣，憑信接受上帝恩賜的人。使徒保羅孜孜不倦地強調加拉太書3:7所說的：「那以信為本的人，就是亞伯拉罕的子孫。」保羅在這段經文中進一步指出，上帝成就祂的應許，是通過這位先祖，藉著因信稱義來祝福萬邦。保羅再一次於第29節說：「你們既屬乎基督，就是亞伯拉罕的後裔，是照著應許承受產業的了。」

亞伯拉罕並不是聖經使用「先祖」這字的唯一一人。例如：雅八是牧養牲畜之人的祖師，而猶八則是一切彈琴吹簫之人的祖師（創4:20,21）。在這兩個實例上，聖經所強調的，是人的特質而不是血統的族裔。

保羅說，在屬靈的領域上也不例外。那些在基督裏憑信而活的人，是傚學亞伯拉罕，因此成為他屬靈的後裔。故此，先祖亞伯拉罕也是所有外邦信徒之父，他們都是屬於上帝之家。保羅在教導救恩的事上，斬釘截鐵地指出，不論是猶太人或外邦人，在上帝的面前都佔有同等的地位。當他們接受基督之後，都成了亞伯拉罕的子孫。

歸屬的代價

（亞伯拉罕）又作受割禮之人的父，就是那些不但受割禮，並且按我們的祖宗亞伯拉罕未受割禮而信之蹤跡去行的人。羅4:12。

威廉·葛理斯頓是十九世紀英國一位偉大的政治家，他講了一個有關在古董店看到一幅油畫的故事。那幅畫真的畫得維妙維肖。圖中畫的是一位貴族，穿著有縐領的古西班牙服裝，配有花邊袖口，頭上戴著羽毛帽。葛理斯頓想買下，但店主索價太高。

不久之後，葛理斯頓到一位富有商人的家去探訪，發現同樣一幅畫掛在牆上。家主注意到他那投入的表情，便告訴他那是自己的一位先祖，曾是英皇伊麗莎白王朝的一位部長。

葛理斯頓知道那是憑空捏造的，於是回答說：「只要付出三英鎊的代價，他便能成為我的先祖。」

你可能對你的先祖所知不多，他們可能富有或默默無聞，但有一件事是肯定的，你可以屬於世界上最偉大的家族，而不需要付上一分錢的代價，你只需去除自負、做作和虛構。

羅馬書4:11, 12清楚地告訴我們，亞伯拉罕不但是未受割禮者之父，而且也是受割禮者的先祖。沒有人能自動成為上帝的兒女，信心是進入這個家庭唯一的條件。

受割禮的人也包括在內，但並非他們的割禮使然。能進入天家的，並非是受割禮的人，而是受割禮的信徒——就是那些「按我們的祖宗亞伯拉罕未受割禮而信之蹤跡去行的人。」

保羅從沒有停止強調信心的重要性。受割禮或不受割禮（猶太人或外邦人）無關重要，但信心卻是不可或缺的。

使徒保羅的教訓，改變了亞伯拉罕在歷史上的地位。安德斯·倪革然指出，「猶太人將亞伯拉罕看為人類歷史的偉大分水嶺。但根據保羅的說法，亞伯拉罕藉著他的信，成為所有相信之人的偉大轉捩點。」

我們都是主內的弟兄姊妹。真正的基督教教義，是將種族、階級、國籍、支派、性別和所有的區別置之腦後。所有具有信心的人，都是亞伯拉罕的子孫。

上帝的應許

✥因為上帝應許亞伯拉罕和他後裔，必得承受世界，不是因律法，乃是因信而得的義。羅4:13。

保羅是一位不屈不撓的使徒，他並不輕易放棄定見。他一再強調他因信稱義的論題，單單來自於信心。他在羅馬書4:1－8證明亞伯拉罕的稱義，不是藉著行為而是單憑信心。接著他在第9－12節，力證亞伯拉罕的稱義，是由於信而不是因為割禮。接著，他從第13節開始，爭辯這位先祖的蒙福，是由於信而不是因為律法。保羅在結束他的爭辯之前，指明在獲得上帝應許的事上，恩典和律法是不相容的，恩典是上帝獨特的手段。

乍看之下，我們可能認為，保羅會在這段論述中，繼續用其年代式的辯證法。倘若亞伯拉罕蒙福，不是由於割禮的結果，乃是因為他在行割禮之前十四年，已得著那應許；那麼上帝在賜下應許四百三十年後才賜給律法，我們再說他的蒙福，不是來自他與律法的關係，不也是同樣的合理嗎？保羅在迦拉太書第三章用辯證法。但他在羅馬書第四章跟隨同一思路，指明上帝的應許，是由於恩典而不是律法。

應許的理念在保羅的思路上，佔有舉足輕重的地位。當然，那應許是上帝向亞伯拉罕發出的。它分三個階段發出。第一，亞伯拉罕將得著眾多的後裔，他們是來自許多不同的種族（創12:2；13:16；15:5；17:4－6,16－20）；第二，他要得迦南地為業（13:15－17；15:12－21；17:8）；第三，亞伯拉罕將成為上帝祝福普世之人的媒介（12:3；18:18；22:18）。

那些應許一概落在基督的教會身上，其中最大的是上帝的子民，將繼續住在地上。耶穌告訴我們，日子將到，那時祂要將「一切都更新了」（啟21:5）。到時上帝將「要擦去他們一切的眼淚；不再有死亡，也不再有悲哀、哭號、疼痛，因為以前的事都過去了」（啟21:4）。

教會仍然在等候亞伯拉罕之約的完全應驗，於是祈求說：「主耶穌啊，我願你來」（啟22:20）。

應許對抗律法

✖若是屬乎律法的人纔得為後嗣，信就歸於虛空，應許也就廢棄了。因為律法是惹動忿怒的。羅4:14, 15。

律法主義沒有功效。沒有任何人能藉著他們的行為，進入上帝的國度。

如何會這樣？為何我們不能藉著律法，進入上帝的國度得著救恩？

保羅為我們提供兩個解答。其中一個原因，是上帝從沒有為救任何人而立法。祂制定律法作為一種準則，讓我們遵守，但當它一旦被觸犯，正如保羅在羅馬書3:20所説的，它指出我們的罪。律法作證指責我們，指出我們犯法，並理當受那被觸犯之律法的懲罰（羅6:23），但律法之中沒有能救我們的成分。它沒有附帶救贖的計畫。律法只帶來憤怒和死亡。

因此這事實帶來保羅的第二個答案，上帝的應許能成就律法所不能作到的。祂的應許暗指恩典。那些因亞伯拉罕而得福的，不是因為他是一個完全的人，而是因為他是一個有信心的可憐罪人這事實。那種信心貫穿這位先祖的一生，因此，當亞伯拉罕將以撒帶往摩利亞山作為祭物時，他有信心相信上帝會預備一頭羔羊作為燔祭（創22:8）。另一種可能性，「亞伯拉罕因著信，被試驗的時候，就把以撒獻上；這便是那歡喜領受應許的，將自己的獨生的兒子獻上。論到這兒子，曾有話説：『從以撒生的纔要稱為你的後裔。』他以為上帝還能叫人從死裏復活；他也彷彿從死中得回他的兒子來」（來11:17－19）。這位族長不知道上帝會如何實現祂的旨意，但他深信上帝能夠也會實現祂的應許。他的信心昇華到他的視覺之上，是他在一生中所表現的強有力的信心，使亞伯拉罕成為上帝應許的領受者，讓他成為那些憑信而活者的先祖。

那應許不是他所賺取的，不！那是上帝給他的一種禮物。那不是來自律法，而是由於上帝的恩典。

保羅告訴我們，沒有兩條可以到天國的道路，只有一條——我們全力倚靠上帝的應許。律法之道和應許（恩典）之道是不相容的。當然，保羅沒有反對上帝的律法，他所反對的，是人用來作為得救的那些媒介。他要我們知道，唯有一條道路引至公義——藉著上帝所預備的羔羊。

扮演警官的律法

✚ 哪裏沒有律法，那裏就沒有過犯。羅4:15。

保羅再一次提起律法的功用。律法所扮演的其中一個角色，是建立界線。律法說：「這就是你立足之處。」「這是你應作的。」因此我們讀到十條誡命告訴我們，不應偷盜或姦淫，並且我們要敬畏上帝和孝敬我們的父母。律法設定品行的標準或界線。

但是，並非每一個人都喜歡為界線所約束，超過界線的情況為我們帶來「違背」這個片語。違背是罪，但卻是一種特別的款式。我們用「違背」這個片語，來指越過一條界線。因此它可用來指某個人，觸犯了一條清楚界定的誡命。

今日的經文指出，「哪裏沒有律法，那裏就沒有過犯。」這節經文在它的上下文中，具有甚麼意思？保羅顯然用一種負面的措辭，來肯定一種事實，就是有律法存在的地方，便有違規的事發生，導致忿怒的最終後果。

記住，他所說的對象，是指那些律法主義的猶太人，因為他們相信可以藉著遵守律法，來獲得上帝的應許。他清楚地告訴他們，那種事不能提供救恩。為甚麼？請看他的邏輯： 1. 他們擁有上帝的律法。 2. 但他們都違背了律法的要求。 3. 結果他們面對違背律法的懲罰。 4. 因此，如果他們沒有藉著接受上帝的恩典而得著幫助，他們肯定沒有希望。

保羅並不是說，有些地方沒有律法的存在。他在羅馬書1－3章指出，外邦人有律法存在他們的良知中，而猶太人則有上帝所啟示的律法。每一個人在某種形式上，都有祂律法的某些亮光。

保羅也沒有暗示，律法有甚麼瑕疵或守法有甚麼不當。絕對沒有。他反而是在教導「信服真道」（羅1:5；16:26），又聲明律法是「聖潔、公義、良善的」（羅7:12）。

他的用意指出，雖然律法是好的，但對賺取救恩卻一無用處。它只指出我們的罪（犯法），並指明我們需要對上帝的恩慈存心相信。律法的作用，是在提醒我們，讓我們看出我們有需要恩典的事實。可悲的是，我們有時以它來取代恩典。

有保證的應許

> ✠ 所以人得為後嗣是本乎信，因此就屬乎恩，叫應許定然歸給一切後裔；不但歸給那屬乎律法的，也歸給那效法亞伯拉罕之信的。羅4:16。

由於救贖或稱義的應許，不能由守律法而獲得，保羅宣稱，我們惟有靠信心才能得到。既然律法只能定罪，所以不能帶來任何希望。稱義和得救只能藉著信心，有如亞伯拉罕一般。

使徒保羅在今日的經文中，將信心和恩典連接在一起，似乎意味著那帶來應許和信心的恩典，是一種預備道路的催化劑，讓人接受上帝的恩賜。那就是說，恩典是一種禮物，而信心可說是領受恩典的手，使我們藉著它來接受那恩物。

由於應許是藉著恩典而來的，於是保羅告訴我們，那應許是「保證」或「確定的」，因此它是我們可信賴的。人的行事和人的應許是不可靠的，但藉著上帝的恩典，祂的救贖成為人不配領受的禮物。那種保證是給亞伯拉罕的「一切後裔」，就是所有的基督徒，不論他們是源自猶太人或外邦人。這條唯一救贖之道，是為所有人準備的。

那條道路在我們和別人分享時，應在我們的心中，並掛在我們的口上。懷愛倫寫著說：「你們這教導人的應當高舉耶穌，在講道、唱詩、祈禱上，都要高舉祂。要運用你全副的精力，向那模糊、惶惑、迷惘的人們指出『上帝的羔羊』。應當高舉那復活的救主，並對凡聽的人說，來就那「愛我們，為我們捨了自己」的主（弗5:2）。應當把救恩的科學，列為每次講道的重心，並作每首詩歌的主旨。每回祈求，也當將這事盡情的傾述出來。在你們所講的道中，不可另加別的來補充基督，因為祂乃是上帝的智慧與能力。要將生命的道表明出來，顯明耶穌是悔改之人的希望，相信之人的保障。要向那些在苦難及絕望中的人，顯示平安的道路，指明救主的全備恩典。」（傳道良助，第160面）。

請就在今日，因上帝向我們每一位接受耶穌為救主的人，賜予保證的應許而稱頌祂。倘若我們緊握上帝的恩典，祂必帶領我們通過一切的苦難。

天父啊，不論甚麼考驗和試探出現，請賜我恩典，以堅守你的恩典。

從亞伯蘭到亞伯拉罕

✚如經上所記：「我已經立你（亞伯拉罕）作多國的父。」羅4:17。

在今天經文的上下文中，指出一件事實，就是每一位最終會得救的，不論是猶太人或外邦人，不但是亞伯拉罕的子孫，同時也如他的方式得救——藉著相信上帝恩典的應許。那就是保羅一再強調，也是承受應許或被稱為義的不二法門。

我們已從先前所讀的經文中知道，保羅指出所有具有信心的人，都將成為亞伯拉罕家庭的成員。今日我們要回到舊約聖經，探討上帝給予亞伯拉罕的某些應許。今日經文中的話，出自創世記17:5。上帝就在把亞伯蘭的名字改為亞伯拉罕時，發出這應許。

這種改變名字的作為，帶有重大的意義。他本名的意思是「崇高的父」，但上帝現在稱他為「一大群人之父」。英文新生活譯本聖經，對創世記17:4－6的翻譯，有助於我們看出，上帝對這位族長應許的福氣，是多麼的廣泛：「這是我與你所立的約：我不但要令你作一族而且是許多民族的父！我更進一步，要把你的名字，從亞伯蘭改為亞伯拉罕，因為我已立你作多族的父。我必賜你無數的後裔，代表許多民族，其中包括許多君王！」

我們都是上帝向亞伯拉罕所立應許之約的受益者。他不但是有血緣關係之猶太人的父，同時也是米甸人、以東人、以實瑪利人和其他回教阿拉伯族之父。此外，遍及全世界憑信接受基督的無數基督徒，也是他屬靈的後裔。

十九和二十世紀廣泛的國外佈道運動，為上帝在數千年前向亞伯拉罕所立的約，作出許多貢獻。就是在那種意義下，生活於廿一世紀的基督徒，仍然在實現上帝的目的上有分。我們不但擁有亞伯拉罕的信，而且不遺餘力，將上帝的信息傳遍天涯海角，讓亞伯拉罕成為更多國家和民族的父。那種程序將繼續推廣，直到「這天國的福音要傳遍天下，對萬民作見證，然後末期纔來到」（太24:14）。

從無造有

> ✠亞伯拉罕所信的，是那叫死人復活、使無變為有的上帝，祂在主面前作我們世人的父。如經上所記：「我已經立你作多國的父。」羅4:17。

這段經文談到兩個片語，第一個片語是「叫死人復活……的上帝」；第二個片語是「使無變為有的上帝」。

保羅在這兩個片語中，帶有甚麼含意？第一個片語可能帶有幾個暗示。其中一個是在以西結書第37章，先知以西結發現自己身處在一個遍滿枯骨的山谷中，於是上帝問他那些枯骨是否可能會復活？那章聖經接著出現一個復活的異象。另一個暗示可能是指耶穌的復活，新約聖經多次在耶穌復活的背景下，賜生命給已死的人。

保羅可能再一次暗示，猶太人對外邦人的典型評估，和上帝可能把生命賜給他們的事實。

另外一更大的可能性，就是保羅認定每一個在基督之外的人，不論是猶太人或外邦人，都是在「過犯罪惡之中」，但在耶穌裏卻「活過來」（弗2:1）。在那種情況下，保羅可能指稱義是從屬靈死亡中活過來的事實。

所有的這些觀念，都可能存在保羅的思想中。但還有另一件事實，更接近今日經文的上下文。我們可看出那種寓意，出現在羅馬書4:19的解釋裏，它說到亞伯拉罕的身體和撒拉的子宮「如同已死」，唯獨上帝將他們「已死」的器官賜與生命，使他們成為多國的父母。

最後的解經法，也配合了上帝「使無變為有」的事實。這論調再次吻合了經文的上下文，就是上帝從亞伯拉罕和撒拉似乎不孕的結合，卻能帶來許多國家。當然，那「使無變為有」的事，同時提醒上帝創造的大能。

我們好像亞伯拉罕一樣，所事奉的是一位可敬畏的上帝。祂能從我們的生活上，由屬靈的死亡中帶來生命，也會在將來，從肉體的死亡帶來永遠的生命。每一個歸向耶穌的悔改，無不是一個神蹟，有如復活或創造的神奇。亞伯拉罕深信這位有能力塑造他一生的上帝，我們受邀分享那塑造人生的同一信心。

無可指望的指望

❖他在無可指望的時候，因信仍有指望，就得以作多國的父，正如先前所說，「你的後裔將要如此」。羅4:18。

「指望」是保羅的一個重要辭彙。它在新約聖經中出現53次，其中36次出現在保羅的書信中。在新約聖經的所有經卷裏，保羅在羅馬書中一共用了13次。

在保羅的書信中，「指望」有兩種絕對分明的意思。一邊是那些沒有指望的人，例如以弗所書2:12提及，那些「在所應許的諸約上是局外人，並且活在世上沒有指望，沒有上帝」的人。保羅在帖撒羅尼迦前書4:13再次寫著說：「論到睡了的人，我們不願意弟兄們不知道，恐怕你們憂傷，像那些沒有指望的人一樣。」他在那一節經文裏，安慰那些相信基督的人，指出死人將來要復活。他在描述那件大事之後，勸勉讀者要「用這些話彼此勸慰。」（帖前4:18）。

對保羅來說，那些沒有基督的人是沒有指望的。因此在他全部的書信中，他將信心和指望連接在一起。倘若那些不相信基督的人沒有指望，那麼，那些相信的人便有指望。

我們可從羅馬書中，讀到幾個有關保羅對指望的正面用法。那些相信的人，能夠「歡歡喜喜盼望上帝的榮耀」（羅5:2）。「盼望不至於羞恥」（羅5:5）。聖經記載上帝應對世人的方法：「叫我們因聖經所生的忍耐和安慰，可以得著盼望」（羅15:4）；使人有盼望的上帝，因信將諸般的喜樂、平安充滿你們的心，使你們藉著聖靈的能力大有盼望」（第13節）。

保羅將指望和對上帝的信，緊緊的連接在一起。亞伯拉罕也是一樣，他「在無可指望的時候，因信仍有指望，」讓上帝的應許得以實現。此處的意義是指亞伯拉罕的信，凌駕在他的視覺之上。他不計自己與撒拉肉體的狀況，誠心相信上帝的應許。那就是所謂的信心，也就是亞伯拉罕的信。信心越過我們眼所能見的，並邁向上帝所已經應許的。

正當我們等候耶穌第二次再來「所盼望的福」時（多2:13），這就是我們每一個人所必須具備的信心。

天父啊，請就在今天幫助我，具有亞伯拉罕的信心，就是洞悉那眼所不見的指望。

凌駕實況之上的信心

✖ 他將近百歲的時候，雖然想到自己的身體如同已死，撒拉的生育已經斷絕，他的信心還是不軟弱。羅4:19。

談論一個有關無能為力的境遇！

一段類似的經文，出現在那偉大的信心之章，就是希伯來書第十一章中：「因著信，連撒拉自己，雖然過了生育的歲數，還能懷孕，因他以為那應許他的是可信的。所以從一個彷彿已死的人就生出子孫，如同天上的星那樣眾多，海邊的沙那樣無數」（來11:11, 12）。

當我們讀羅馬書4:19和希伯來書11:11, 12時，兩種意念在我們的眼前閃現：死亡與信心。

兩位未來的父母都已垂死。縱眼所見盡是衰殘！然而保羅強調說，雖然純粹從人的觀點看來，那事實絕不可能存在，但亞伯拉罕絲毫沒有動搖他的信心。

信心並沒有對人生的實際景況視而不見。亞伯拉罕對自己的無能和他妻子的情況，知道得一清二楚。那些都是不爭的事實。

然而，信心並沒有受限於人對可能發生之事所作的評估內，因為我們可從羅馬書4:17，讀到上帝能夠「叫死人復活、使無變為有。」亞伯拉罕藉著信心看出，唯獨上帝能在沒有生命的地方賜下生命。

理宏·莫理斯指出：「從這一切生理上不孕的事實看來，這一對夫婦不可能在正常的情況下得著一個孩子。而要在那種情況下相信上帝的應許，必須具備一種超越對一般宗教之正面認識的態度；那是一種深奧之信的積極運作。」

我們可能會問：「亞伯拉罕的經驗，跟我又有甚麼關係？」至少，它意味著我不能將我的信心，建立在我周遭所見的現今世界之事實上。教會看來是否毫無生氣？一切看來基督是否永不再來？在一個擁有六十億人口的世界上，我那微薄的作為，是否毫無作用？

亞伯拉罕的「並且」

✖ 並且仰望上帝的應許，（亞伯拉罕）總沒有因不
信心裏起疑惑，反倒因信心裏得堅固，將榮耀歸給
上帝。羅4:20。

「並且」這個片語，是這節經文的關鍵所在，它向我們指出先前的上下文。這美好信息帶出其釋義：「亞伯拉罕並沒有把焦點放在他自己無能的事上，說：『一切沒有希望。這個百歲的身體，絕不能作為一個孩子的父親。』他也沒有因撒拉不孕的事實而放棄希望。他更沒有躡手躡足地繞著上帝的應許，小心翼翼的提出懷疑的問題。他投身在應許上，並堅強地挺身而起等候上帝，確信上帝必定按照祂所說的一一實現」（參閱羅4:18－21）。

「並且」亞伯拉罕不計這一切，向前邁進。論及我們又如何呢？上帝能對我的一切作為，說出「並且」這字嗎？我跟祂的關係如何？我是否將大部分的焦點，放在屬靈和其他的問題上，或者在上帝的大能和信實上？上帝是否能把「並且」用在我身上？如果不能，為甚麼？倘若不能，今日便是一個好時機，要求上帝的大能來堅固我的信心，使我能在亞伯拉罕的「並且」之內。

今日經文的第二個關鍵辭彙是「疑惑」。亞伯拉罕不像雅各書所提及的那種疑惑的人，作事沒有定見，有如海中的波浪，結果不能從上帝那裏得著甚麼（參閱雅1:5－8）。相反的，保羅告訴我們，亞伯拉罕肯定他所相信的是誰，而他那堅定不移的信心，讓上帝使他更堅固。

第三個關鍵辭彙是「堅固」。我們的經文指出，亞伯拉罕「信心裏得堅固」。信心不是一種靜態，而是一種動態，就是一種不斷擴展的素質。新的基督徒有信心，但成熟的基督徒，在他們越來越接近上帝、體驗祂歷年來的眷顧時，會在信心上得著堅固。這便是亞伯拉罕在創世記中的經驗。聖經描述亞伯拉罕有許多瑕疵，但他讓上帝藉著時間來堅固他，於是他在「信心裏得堅固」。

最後的一個關鍵辭彙是「榮耀」這個片語。亞伯拉罕為上帝在他一生中，為他所作和正在施行的美事，而將榮耀歸給祂。將頌讚和榮耀歸給上帝，是那些認識上帝是誰，和知道祂是如何愛他們之人的一種正常反應。將榮耀歸給上帝，就是我們以全然的心、意、靈來敬拜祂。

親愛的天父啊，今日我要因你為我一生所作的榮耀你的聖名。讓我今日不致動搖，並使我在基督裏長進。我雖有諸般的軟弱，但請你幫助我，成為亞伯拉罕「並且」裏的一分子。

亞伯拉罕是否真的相信？

⌘（亞伯拉罕）且滿心相信上帝所應許的必能做成。羅4:21。

保羅宣稱，亞伯拉罕「滿心相信上帝所應許的必能做成，」祂將從撒拉賜給他一個兒子（參閱創17:16）。

好啦，保羅，你如何應對創世記這本書？我們在那本書中讀到上帝發出應許之後，「亞伯拉罕就俯伏在地喜笑，心裏說：『一百歲的人還能得孩子嗎？撒拉已經九十歲了，還能生養嗎？』」接著，這位好心的族長忽然異想天開，自告奮勇的想助上帝一臂之力，提議讓以實瑪利（他與夏甲所生的兒子）成為應許之子（參閱創17:17,18）。究竟，人不能以上帝為愚拙，或者他可能聽錯了。

上帝就在那一點上，拉回原先的景象，並說：「不然，你妻子撒拉要給你生一個兒子，你要給他起名叫以撒。我要與他堅定所立的約，作他後裔永遠的約」（第19節）。

正如我們昨天所指出的，我們須要看出亞伯拉罕的信心，是一種動態和發展性的。首先，他作出我們每一個人可能會作的——他喜笑了！畢竟按照人的看法，上帝對有關亞伯拉罕和撒拉的旨意，是相當可笑的。我本身還沒百歲，而我的妻子也還沒有年屆九十，但我了解為何亞伯拉罕會喜笑。正如你所知道的大自然原則，這是人生不變的一種事實。

亞伯拉罕正像我們一樣，信心不會在他的身上一蹴而成，正如其餘的世人不能即時作到一般。信心不能在他身上自動成就，他知道我們所面對的問題和事實。

然而他的信心茁壯了，我們可以從撒拉還沒有懷孕以前，亞伯拉罕便為家中所有的男丁行割禮，作為立約的一種記號（第22－27節）看出。從創世記15:5的應許，到創世記21:2的應驗，不少的年日過去了。在那些長久的歲月中，亞伯拉罕一定為懷疑而掙扎。但他在信心上長進，而上帝也堅固了他（羅4:20,21）。當保羅告訴我們，亞伯拉罕「相信上帝所應許的必能做成」時，他所指的，是有關亞伯拉罕成熟的信心，而不是他的即刻反應。正如有一位作者這麼說：「不信是一時的，而信心則是恆久的。」

復活之信

�֍「算為他義」的這句話不是單為他寫的，也是為我們將來得算為義之人寫的，就是我們這信上帝使我們的主耶穌從死裏復活的人。羅4:23, 24。

天大的好消息！我們會如亞伯拉罕一樣得救。不是藉著行為、或是我們教會的權勢，抑或我們的洗禮、或者律法，而是由於相信藉著基督而來的上帝之應許。亞伯拉罕得以稱義，乃是上帝植入他身上的一種恩物。倘若我們願意通過信來接受，上帝也將以同樣的方式，把義賜給我們。

懷愛倫說：「基督的義算為我們的，並不是因為我們自己的任何功勞，而是上帝的恩賜，這是一種寶貴的真理。上帝與人類的仇敵不願叫這些真理明白傳揚出來，因為他知道，如果人完全領受了這真理，他的權勢就要被破壞了。如果他能統制人的心思，以致使疑惑、不信、黑暗，交織成那自稱為上帝兒子之人的經驗，他就能用試探勝過他們了。應當鼓勵人有單純的信心，相信上帝的話」（傳道良助，第161面）。

保羅探討幾個地方，宣稱舊約聖經的應許和教訓，也是為我們而預備的。例如在羅馬書15:4，他宣稱「聖經都是為教訓我們寫的，」又在哥林多前書10:11指出，發生在以色列歷史上的大事，是要「警戒我們這末世的人。」就在那種脈絡下，這位使徒告訴我們，「算為他義」這句話不是單為他（亞伯拉罕）寫的，也是為我們將來得算為義之人寫的。」

請注意，保羅將救人的信，和耶穌從死裏復活的事，連接在一起。在這位使徒的腦海中，基督的復活對早期教會的重要性，是不可能有過分強調的。使徒行傳這本書中的傳講，都是以那件大事為中心的。

基督的復活，保證上帝實在能把生命，賜給那些死在過犯和罪惡之中的人（羅4:17；弗2:1）。此外，祂的復活擔保那些相信祂的人，在末時要復活。因此保羅深信復活的大能，將指望和信心接連在一起。基督所完成的復活，是基督徒的指望，我們信心之根基的依據。亞伯拉罕遙望那個復活，但我們卻從新約聖經和早期教會中，見證了它。

耶穌為我們而死

耶穌被交給人，是為我們的過犯。羅4:25。

「耶穌被交給人，是為我們的過犯。」彼得在五旬節，宣告一段類似的話說：「祂既按著上帝的定旨先見被交與人，你們就藉著無法之人的手，把祂釘在十字架上，殺了」（徒2:23）。

當我們讀到那些類似的經文，我們有必要注意兩個要點。首先，基督的死，是上帝計畫中的一部分。今天的經文告訴我們，耶穌不只是死，而是「被交給人」來處死。誰把祂交給人？是猶太人領袖或羅馬官府？新約聖經暗指雙方狼狽為奸。但根據經文的焦點，那是上帝部分的計畫。羅馬書8:32相當清楚的指出，上帝「不愛惜自己的兒子，為我們眾人捨了。」上帝的部分計畫，是藉著基督的死，來完成人的救贖。因此啟示錄13:8指出，耶穌是「從創世以來……被殺之羔羊。」基督的死，不是一件意外之事。那是上帝從太初就有的計畫。

我們應從今日經文看出的第二點，是耶穌為我們的「過犯」而死。死是對罪的懲罰（創2:17；羅6:23），但基督沒有犯罪，所以不應受死。而今日的經文告訴我們，祂因我們的「過犯」而死——祂為我們代死。

那種思想提醒我記起了巴拉巴。請想一想，他正坐在囚室中，等候死刑令的頒發。他可能注視著雙手，想起釘子不久就要釘入他的掌心。每一種傳入他耳中的聲音，讓他聽來有如鎚子的響聲。接著，他聽到「釘死祂」的呼喊聲。

想像他那出乎意料之外的驚奇，當獄卒來到他的門口，告訴他現在已是一個自由的人，一群暴徒已要求把他釋放，而以耶穌代他被釘十字架而死。

假如他留在刑場，他將看出基督為他代死，巴拉巴是世上唯一的人，能夠說耶穌取代了他實質上的位置。但我們所有的人都能說，耶穌接受我們靈命上的地位。祂為我們的罪而死。祂為我們當死的罪而死，使我們能因祂的生命而活。

那信息是福音的中心要義。新約聖經的作者，針對這一點的看法是肯定的。

稱義與復活

✖ （耶穌）為我們稱義復活了。羅4:25。

沒有比一位死了的救主更一無用處的了！但新約聖經的一個大好消息，是耶穌已制勝了死亡。保羅就是為了那個原因，在哥林多前書15:1－3，將死亡與復活連接在一起，作為福音的「定義」。

但保羅宣稱，耶穌的「復活，是為叫我們稱義」，是甚麼意思呢？他在羅馬書3:24和5:9，把我們的稱義和基督的死相提並論，在這種啟迪下，那個問題顯得尤其重要。

最好的解釋是基督的死，已徹底解決了罪的問題，和罪所帶來有關死的懲罰。祂已為我們代死，祂在十字架上呼喊「成了」，意味著祂那從創世以來被殺之羔羊的大工，已經完成了。

但是有人曾經這麼問：「祂在代罪上的死，是否完全為上帝所接受？上帝是否接受了祂的贖罪功勞？」耶穌在墳墓裏休息的那三天中，這問題沒有得著回答。但上帝在讓基督復活的早晨，以清晰和響徹雲霄的聲音，向全宇宙宣告祂稱許基督的犧牲，祂的死已完成了任務，為凡因信接受祂犧牲的人，帶來救贖大工。

流便・杜雷針對這事說：「我仰望基督的十字架，我知道贖罪的大工已為我的罪完成；我觀看那打開的墳墓和復活升天的主，我知道那贖罪大工已被接受……我的罪雖有如山高，但那遮掩罪債的復活與救贖，卻有如天高。我的罪深如海洋，但那吞沒它們的復活和救贖的光，卻永恆的深遠。」

宗教改革家約翰・加爾文，對有關基督為我們的稱義而復活的事，提出一個有趣的建議，就是基督的死還不夠，祂同時須要「被接入天上的榮光中」，讓祂的「代求」，能將祂犧牲的果子，施用在我們身上。保羅在羅馬書8:34提出一個類似的理念，描述復活的基督坐在上帝的右邊，在天上施行代求的服務。

耶穌「被交給人，是為我們的過犯；復活，是為叫我們稱義。」

我們有與上帝相和的安寧

✖ 我們既因信稱義，就藉著我們的主耶穌基督得與上帝相和（安寧）。羅5:1。

多年前，《展望》這本雜誌，特別刊登了一篇「心靈之安寧」的文章。作者採訪了十六位美國名人，列述他們如何找到安寧。對暢銷書作家雅各·米傑諾來說，是從帶狗散步中得到。前總統候選人巴理·柯瓦特，則是從他的嗜好和在大峽谷漫步獲得。而哥倫比亞廣播公司的支柱瓦特·柯倫蓋，是從「駕小船出海」中找到。小沙米·戴畢斯，則自稱是在為別人「行善」的事上獲得。

當我們讀到這些獲得安寧的處方時，可顯然看出，他們非常主觀並依賴於有利的環境。但在那種主觀性質之上，指出一種共有的觀點，就是尋找心靈上的安寧非常重要。實際上，從事這種探索，不論是個人，抑或涉及國際、地方性或工業界，都是人類一種普世化的渴望，每一個人都不惜代價加以追求。

但在一般性安寧之上的，則是與上帝「相和」。世界所有偉大的宗教，都以那種目的作為出發點。保羅在羅馬書第一、二章中，暗示一種普世化的內疚感。如何贖出那種內疚感，討上帝的喜悅，不但激動了世界性的宗教，同時衍生了各種不同的世界性文獻。文化和語言可能有所不同，但人對心靈上的安寧，與上帝相和的基本需要，則凌駕在那些差異之上。

保羅在羅馬書5:1的話，回答了那種普世性的渴望。他在這節經文中，似乎提出二件事，用來和他在羅馬書第三、四章所論及的因信稱義主題，藉著「因此」兩字連接起來。第一件是那些憑信接受基督而得著救贖保證的意念。我們可以因知道我們與上帝相和，得著心靈上的安寧。這種有保證的安寧，不是基於主觀的感受，而是由於有如保羅在羅馬書第三、四章所爭辯的客觀憑證，就是基督在十字架上所成就的大工，和祂死而復活的實據（羅4:25）。

第二種意念是：我們之所以有安寧，因聖靈的果子，就是保羅在加拉太書第五章所描述的。因此稱義的一些功效，是喜樂與安寧（平安）。

基督的跟隨者知道，真正的安寧，唯有靠來自與上帝保持一種正確的關係。

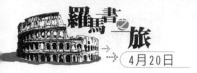

我們有一條通道

✖✖我們又藉著祂，因信得進入現在所站的這恩典中。羅5:2。

倘若與上帝相和是稱義的第一種果效，那麼接通上帝和上帝的恩典便是第二種。註經者對譯為「接通」的事有所爭論。有些人認為「接通」是一種不可或缺的概念，其他的人則比較中意「推薦」。實際上，兩種翻譯都有助於我們解開保羅的意念。

當我們說基督將我們推薦給上帝，意味著我們被帶領到一位接見君王的大堂上。我們不能憑著我們的功勞，進到上帝的座前，我們需要他人的推薦。因此，基督是那積極的催化劑，把我們帶到上帝的面前。那是祂的功勞而不是我們的，讓我們能來到萬王之王的接見大廳上。

在另一方面，「接通」的意思，似乎在這經文中佔有重要地位。作為一個基督徒，不但只是被推薦給上帝，而且具有繼續「進入現在所站的這恩典中」的特權。

基督已打開了一條通道，讓祂的跟隨者進入上帝寶座的殿中。正如希伯來書所說的，我們既然身為基督的跟隨者，便能「坦然無懼地來到施恩的寶座前，為要得憐恤，蒙恩惠，作隨時的幫助」（來4:16）。

以弗所書有同樣的信息。那些「不再作外人和客旅」的，可以「被一個聖靈所感，得以進到父面前」（弗2:18, 19）。再者，「我們因信耶穌，就在祂裏面放膽無懼，篤信不疑地來到上帝面前」（弗3:12）。

基督徒是一群有特權的人，因為他們可以藉著聖子，直接來到天父面前。先前與聖殿有關的舊約聖經中的祭祀，一般人沒有這種特權，唯有祭司才能進入正殿中，而唯有大祭司，才能一年一度進到上帝施恩座的至聖所裏面。

但如今我們藉著耶穌，不但有一種持久性的推薦，而且有一條通道，在我們有需要的時候，直接求告上帝。

我是否好好利用我的特權，多尋求上帝的同在？我們已藉著耶穌，在需要蒙憐恤或幫助的時候，可以「坦然無懼」就近天父。如今正是我們好好使用我們特權的時候。

我們有喜樂

✠我們……歡歡喜喜盼望上帝的榮耀。羅5:2。

我們正處在經文所說的，一連串「我們有……」的景況中。羅馬書5:1中，我們讀到那些因信稱義的人有安寧。第二節的上半段宣稱，他們有一條通道，我們又在下半段讀到他們有喜樂。

但請注意，我在你們面前玩弄了一次小把戲。使徒保羅在第五章中，並不是談論有關「他們有」。不，他相當明確和個人化的指出他們是誰。我們（那些藉著信，接受上帝救贖之道的人）有安寧、通道、喜樂。我們——那就是你和我——擁有某些值得喜樂的事。

實際上，在我們今日經文中的「歡歡喜喜」這個片語，和羅馬書3:27以及4:2的「誇口」，在原文是同一個字。但那兩處經文是在告訴我們，沒有人可以在他們守律法的成就上，有值得誇口的餘地，即使是亞伯拉罕，也不能因他的行為誇口。我們的稱義，是來自上帝的恩賜，而不是因為人的成就這事實，沒有任何空間，讓我們因自己屬靈的狀況自吹自擂。

但現在卻有了一種差異。羅馬書5:2勸我們要誇口。為甚麼有這種改變？因為基督徒不是在高舉他們自己的成就，而是由於上帝為他們所成就的，和將來在基督裏面，為他們所要作的。基督徒因他們之主的良善和恩惠而誇口，因為耶穌已賜給他們與上帝相和，以及不住與祂交通的特權，這是值得誇口的一件事。

就是在那種意思下，令譯經者以這個時常被譯為誇口和帶有那種意思的字，用來表達一種喜樂的態度。席克·巴雷特建議，這個字預表在上帝裏有「勝利、喜樂之信賴」的意思。   基督徒的喜樂，來自「我們分享上帝榮耀的盼望」。這一切如要靠我們自己，保羅已在羅馬書3:23告訴我們，所有的人都虧欠了上帝的榮耀。基督祈求祂的跟隨者，將看見祂的榮耀（約17:24），而司提反在臨死時真的看見它（徒7:55），但保羅告訴我們，它的最終實現還在將來（羅8:18）。但我們確定會眼見那將來，因為我們接受上帝在基督裏為我們所成就的。難怪作為基督徒的我們滿有喜樂。

基督徒是那些以自誇換取喜樂的人。今日和往後的每一日，都是那些接受上帝之救贖的大有喜樂的場合。

我們有苦難

> ✠（我們）就是在患難中也是歡歡喜喜的。羅
> 5:3。

那些讀到保羅之爭辯的人可能認為：你與上帝相和、你有通道接近上帝、你有喜樂。既然如此，為何基督徒和其他人，同樣遭受許多患難和困苦？那是一個人生的難關，做羅馬帝國內的基督徒，也不是一件容易的事。

保羅可能因預料有人會提出非議，於是先發制人，提出苦難的問題。他的猶太籍讀者，尤其會在這一點吹毛求疵，因為他們相信疾病和苦難是由罪而來。倘若基督徒與「上帝相和」，那麼，他們又如何面對疾病、逼迫和其他的困苦？這些苦難，可能令基督徒質疑他們所謂喜樂的實際性。

保羅按照一貫的作風，採取一種積極的手段，藉著宣稱我們也應在患難中喜樂或誇口，來應對這主題。那譯為「患難」的原文，是一個強有力的字。它並不是指輕微性的不方便，而是指真正重大的苦楚。希臘的原文是 thlipsis，意味著真正的壓力。同一個字，用來在壓榨器中壓碎橄欖，或壓擠葡萄以取其汁。

人生的患難在類似的情況中，不住的逼迫和壓擠基督徒。聖經清楚的指出，基督徒不能避免患難與悲劇的侵襲。就以施洗約翰為例，耶穌指出約翰是先知中最大的一位，但他在監獄中吃盡苦頭之後，終於以盤盛頭結束一生。約翰在那些患難的日子裏，甚至懷疑耶穌是否是要來的那一位。

羅馬人將使徒約翰浸入沸騰的油中，並把他放逐到拔摩海島上。而保羅更多次身受鞭打，幾乎因而喪生，甚至身罹痼疾，連懇求上帝也不能痊癒。

當然，患難能為人帶來兩種方向。它能擊潰人，有如橄欖在壓榨器中被壓碎一般。或者，他們能把禍患看為一種工具，用來打開靈命長進與發展的新機會。凡是能將它們看為長進之機會的人，甚至真的能因人生的壓力和患難，而歡喜或誇口。

患難附帶教訓

✖ 患難。羅5:3。

患難！它真是令人厭惡的東西！但我們都不能逃避——甚至努力與上帝同行的基督徒也不例外。昨天，我們讀到保羅提及基督徒，「歡歡喜喜」面對他們所遭遇的患難。

這種思想並不是保羅首創。耶穌在山邊寶訓的八福中說：「為義受逼迫的人有福了！因為天國是他們的。人若因我辱罵你們，逼迫你們，捏造各樣壞話毀謗你們，你們就有福了！應當歡喜快樂，因為你們在天上的賞賜是大的。在你們以前的先知，人也是這樣逼迫他們」（太5:10－12）。

那便是耶穌在八福中，一再強調的唯一之福。或許祂有必要那麼作，因為它是那麼難以忍受。為何要在面對苦難時歡喜快樂？經文中重複兩次「因為」，為我們提供了一種解釋法，緊隨著這兩個前置詞而來的，是一種事實，就是屬乎基督的人要承受天國。這個世界並非是久居之地，我們的患難終有一天要結束。

耶穌在路加福音6:23告訴我們，身為基督徒，不但要因面對患難而歡喜快樂，而且要實際的「歡喜跳躍」。當你受到侮辱、被人排斥、患上重病、被搶美金五千元時，試試那種祕訣。

這不是一種正常的反應！那是一種事實，但保羅和耶穌兩者都沒有說根據我們世界的標準，重生的基督徒是正常的人，他們之所以不正常，是由於他們有一位救主，作為他們人生的焦點。因此他們能因患難而歡喜快樂，因為他們不但知道那只是暫時的，更明白上帝能使我們化險為夷，遇難而安。

保羅在哥林多後書宣稱，他在面對自己的患難和似乎沒有得著回應的禱告時，基督告訴他說：「我的恩典彀你用的」，祂的大能在「人的軟弱上顯得完全」。這位使徒於是作出結論說：「我為基督的緣故，就以軟弱、凌辱、急難、逼迫、困苦為可喜樂的；因我甚麼時候軟弱，甚麼時候就剛強了」（林後12:9，10）。

請記住，保羅是在講發生在羅馬的事。我們很容易因我們的成就而自傲和自誇，但苦難有其位置。它們指出我們的無能為力，並驅使我們就近基督，就是我們得著力量和公義的源頭。因此基督徒甚至能在患難中歡喜快樂。

苦難的學校

因為知道患難生忍耐，忍耐生老練，老練生盼望。羅5:3, 4。

「因為」在今日的經文中，是一個重要的片語。它令我們回想先前所提的意念，基督徒不但應在他們的盼望上喜樂（羅5:2），而且應在他們的患難上歡欣（羅5:3）。保羅指出他們之所以應當喜樂的原因，乃是因為患難或壓力會在他們的生活上，啟動一種連鎖性的反應，當他們完全領悟時，惟有帶來感謝之恩。

那連環性的第一步驟，是患難能生忍耐。「忍耐」來自兩個希臘字，意味著實際住在或停留在某事之下。其理念是一個人除了在事事順遂外，也當在處處碰壁時，學會住在基督裏面。當人生面對重重的困難時，放手一丟是一件輕而易舉的事。但基督徒當藉著切身的經驗，發現不但不應以患難作為罷手的原因，反而要以苦難作為一種工具，使他們在信心上，與耶穌保持一種更親密的關係。一位處身共產國家的基督徒，如果被迫要他放棄信仰妥協，他會這麼說：「我們有如釘子：你鎚得越重，便把我們打得越深。」那就是忍耐，就是按基督的原則「住在其下」。

但忍耐不是事情的結束，它衍生老練（德行）。老練（德行）的原文本意，是用來熬煉貴重金屬的媒介，以煉淨它們表現它們的純度。正如冶金師用高度的火力，來融解銀子和金子，以移除其雜質，同樣的，上帝使用患難，來剔除祂子民屬靈上的渣滓。那些忍耐到底的，必然得潔淨。

我們不能在日常生活上，向所面對的苦難哭訴和乞憐，來得著品格上的力量。那是一條走上趨向軟弱和鬆懈的道路。我們的力量，來自藉著耶穌和上帝保持一種信心的關係，然後迎面對抗所遇見的問題。雅各告訴我們：「忍受試探的人是有福的，因為他經過試驗以後，必得生命的冠冕，這是主應許給那些愛祂之人的」（雅1:12）。

那鍊子的最後一環，是老練（德行）衍生盼望。那種理念將保羅帶回羅馬書5:2的話，他在那兒指出，信徒「歡歡歡喜喜盼望上帝的榮耀」。他將在第5節，繼續強調這種理念，指出對上帝存盼望的心，絕對不會令我們失望。我們甚至能在苦難中歡喜快樂，因為上帝絕不放棄我們於不顧。

盼望的新意義

盼望不至於羞恥，因為所賜給我們的聖靈，將上帝的愛澆灌在我們心裏。羅5:5。

盼望！那是甚麼意思？前幾天我聽見有人説，她盼望她的堂表姊妹會在下一個夏天來探訪她。我們對這一辭彙的使用，通常缺少肯定性，那只是有如一種期待。但保羅使用這個辭彙，並沒有帶著這種意味。對他來説，「盼望」是肯定的，盼望暗示沒有帶絲毫懷疑的成分。當他提到基督復臨的「有福盼望」時，他並沒有暗示那件大事，只是一種一廂情願的期待，事情有可能或不可能發生。不，絕不！基督復臨是一件千真萬確必定發生的事。其問題不是會不會發生，而是在甚麼時候發生。

使徒保羅也以同樣的語氣，在今日的經文使用「盼望」這一辭彙。他告訴羅馬的信徒，盼望不致於令他們失望（英文重訂標準版聖經，將羞恥譯為失望）。當然，他所指的是基督徒的盼望，而不是一般性的希望。

魏理·胡伯根據基督徒之盼望的肯定性，寫出他那不朽的福音詩：「我們有這個在我們內心燃燒著的盼望，就是盼望我主的再來。我們有這個唯獨基督才能給予的盼望，相信祂的聖言的應許。我們相信時候就在眼前，那時遠近的列邦將驚醒、呼喊、歡唱哈利路亞！基督是王！我們有這個在我們內心燃燒著的盼望，就是盼望我主的再來。」

保羅和魏理具有同樣的視野。那些把信心建立在基督身上的人，將不致失望。我們有確實的保證。

使徒保羅繼續説，我們身為基督徒有盼望，是「因為所賜給我們的聖靈，將上帝的愛澆灌在我們心裏。」「澆灌」並非是一個温和的動詞，它意味著「泛濫」。我們可以這麼説，上帝並沒有以眼藥的滴管，把祂的愛賜給我們，而是以傾盆大雨的洪流，浸透我們。

附帶説明，「愛」在保羅的書信中，是一個有趣的字。我們時常想起約翰是愛的使徒，但新約聖經中出現116個有關愛的辭彙，保羅就用了總數的三分之二。

他知道整個救贖計畫，是建立在上帝之愛的基礎上。祂是那麼愛世人，以致賜下祂的愛子。那種愛不但讓祂派來祂的聖子，而且保證我們的得救。

為不敬虔的人而死

> ✖ 因我們還軟弱的時候，基督就按所定的日期為罪人（英文重訂標準版聖經，譯罪人為不敬虔的人）死。羅5:6。

保羅才在前一節經文中提及，上帝的愛具有無遠弗屆的影響力，藉著聖靈浸透每個信徒的心靈；如今，他繼續在羅馬書5:6－8探討，藉著基督十字架所表現的那種愛，是何等的長闊高深。駱格拉斯·莫將保羅的爭辯，作出如下的結論：

甲. 最高超的人性之愛，將激動一個人，為一個真正的「仁人」，犧牲他或她的生命（第7節）；

乙. 基督為上帝所差派，不是為「義」人，或甚至是「仁」人，而是為那些悖逆和不配得的人而死（第6節）；

丙. 因此，上帝之愛的強度與可靠性，甚至遠超過世上最偉大的偉人（第8節）。

因此使徒保羅進一步提出證據，指出基督徒的盼望是不會落空的。一位在我們還和祂為仇的時候，就不惜為我們而死的上帝，絕不會輕易放棄我們。

今日的經文告訴我們，基督為那些「軟弱」和「不敬虔」的人而死。這兒的軟弱，是「無助」或「無能」的同義詞。保羅已在羅馬書第1－4章指出，世人如要靠自己賺取或贏得他們的救恩，無異有如緣木求魚無能為力。譯為「軟弱」的希臘字，時常用來指身體上的缺陷。英文欽訂本和中文和合本聖經，同樣把它譯為「殘疾」。《基督復臨安息日會聖經註釋》指出，「殘疾」的譯法，並非「不適合用來描繪一個罪人，在他接受上帝救恩和大能之前的景況。保羅所描繪未悔改之罪人的無能與無助，正好和他筆下稱義之信徒，因他在盼望、忍耐、德行、上帝之愛的保證下長進而歡喜快樂，形成一種對照。」

基督不但為軟弱的，同時也為不敬虔的人而死。他筆下不敬虔的人，並非意味著基督為一些壞過其他人的人而死。相反的，所有的人都是不敬虔的，一概需要祂的恩典。不敬虔並不一定等於無能。人們可能在賺取他們的救恩上無能或軟弱，但正如聖經和每日新聞所證明的，他們有充沛的能力來背叛上帝。

基督會走上十字架，為那些有能力作惡的人而死，真是一個奇蹟中的奇蹟。

我會為誰而死

> **為義人死，是少有的；為仁人死，或者有敢做的。羅5:7。**

我們必須根據前一節經文的上下文，提及基督為不敬虔的人而死，來鑑定這一節經文。那個相當令人感到詫異的理念，有必要引出第7,8節的話，讓保羅來探討基督之死的意義。

我們可從今日的經文，透視上帝之愛的長闊高深。它同時在我的心中帶來一個問題，我會為誰而死？我會為幫助甚麼人而真正的犧牲？我必須承認，從沒有人向我提出要求，要我在肉體上為任何人代死。但有時我會接到某種要求，幫助某一個人，例如：某人迫切需要幫助，以便過著一種安定的生活，或完成一位學生或年長者的願望。

當我接到要求，為某人的福利，在時間或金錢上作出某種重大許諾時，第一個進入我腦海的念頭是：「他們是否配得？」「他們是否是好人？」「他們是否會對社會作出正面貢獻？」「他們是否配得我的犧牲？」

是的，我們之中某些人，可能為其他人作出某種犧牲，但那是一種計算式的犧牲。就是那種顯著的差別，反映了上帝的愛。祂差派基督，為那些一無所值、不敬虔、忘恩負義的人而死。

深厚的感情，可能令一個人為另一個人犧牲生命。有一個故事，提及一位住在城中性格堅強的少年，他唯一的妹妹因癱瘓而急需動手術。她在手術之後，需要接受一次的輸血，於是醫生問那位相當焦急的哥哥，是否願意捐血，因為他和他妹妹的血液，同屬一種罕有的血型。

輸血手續完成後，醫生用手圍繞著那少年人，稱讚他非常勇敢，但他不知道那孩子的勇敢有多大，一直到那孩子問他一個問題。那孩子對醫藥知識一無所知，於是抬頭問醫生說：「我還要多久才會死。」他不知從甚麼地方得到一種念頭，認為如要救他的妹妹，他必須死，他那捐出的血液，意味著他的死亡，正如為她帶來生命一般。但無論如何他那麼作了！

諸如此類的故事，反映了我們所謂人性最偉大的愛——一個人可能為一位親愛的家人或某位「配得」的人而死。但羅馬書第5章告訴我們，耶穌並非替「配得」的人，而是為那些背叛祂和天父的人代死。就是那種愛，維持了基督徒的盼望。

那最大的愛

❖惟有基督在我們還作罪人的時候為我們死，上帝的愛就在此向我們顯明了。羅5:8。

基督為所有的罪人而死！保羅本著那強有力的事實，將他在羅馬書5:6所開始的理念，帶入高潮中。

他指出上帝的愛，遠超過世人的愛。十字架，在祂為不敬虔的人和罪人代死的意義上，彰顯了祂的愛。

一個罪人不只是和上帝的旨意格格不入，實際上，罪人就是一名背叛上帝的人。罪是親自敵對上帝。保羅說：「體貼肉體（沒悔改的人性）的，就是與上帝為仇」（羅8:7）。

罪不但是肉體上的，更是精神上的，它是蓄意違背上帝旨意的一種行動。罪是一種選擇，對上帝的排斥。因此，赫伯‧駱革拉斯能名正言順地說：「罪就像一位受造的人，握緊著拳頭向他的創造主示威；罪就是一位受造者不信上帝，否定祂是自己的生命之主。」伊梅爾‧布魯諾一針見血簡潔地說：「罪是一位作兒子的，憤怒地掌摑他父親的臉……那是作兒子的，自傲地認為自己的意念，高過父親的旨意。」

就在那些意念的啟迪下，我們才能開始看出上帝之愛的長、闊、高、深。在一張小卡片的一邊，列出約翰福音3:16的十二個部分，在另一邊則寫下對各該部分的描述，能令我們一目了然地看出，上帝對我們那種無可比擬的愛。它看來如下：

上帝　最大的施愛者　愛　最大的熱度　世人　最大的群體　甚至將…賜給他們　最大的作為　祂的獨生子　最大的恩物　叫一切最大的機會　信　最簡單的程序　祂的　最大的吸引力　不致滅亡　最大的應許　反　最大的差別　得　最大的確據　永生　最大的資產

歷代以來，教會中最偉大的福音詩歌，都把焦點放在上帝之愛的事上，它是否值得盼望？對保羅來說，歷代以來最偉大的一個事實，就是上帝的愛，而那愛的最大實例，就是基督的十字架。

聖經中最令人厭惡的教導

現在我們既靠著祂的血稱義，就更要藉著祂免去上帝的忿怒。羅5:9。

那是公元2000年4月15日下午一點半的時候，我剛好從教堂回到家中。

風捲殘雲般的吃了一頓微波午餐後，我便到車庫去找我那頑皮的小狗施各迪。有如往常，牠那溫順的身體回應了我的呼喊。牠充滿信心的看著我，毫不懷疑地相信我會在背後拿著一塊狗餅乾。

我輕輕的抱起小狗，把牠帶到地下室，因為我不願意讓鄰居看到當天我所要作的奇異工作。在作好保密的安排以後，我先把工具安排好，然後讓狗躺在我的身邊，並跪下來禱告。

接著，我把右手按在牠的頭上，然後承認我的罪。在其過程中，我左手握著一把磨利的刀，架在沒有任何懷疑之施各迪的咽喉上。就在一點五十分，一切事情圓滿結束。

那個經驗蹂躪了我。我已多年沒有傷害任何生物，更不用說徒手奪走一條生命。當我半昏迷的跪著時，我還能感到那狗的動脈，在跳動和噴出餘下的血液──每次的跳動，如雷轟般的喊出「罪的工價乃是死，罪的工價乃是死」的信息。我在非筆墨所能形容的作嘔下，東歪西倒的走到洗臉盆，企圖洗淨那無辜的施各迪為贖我罪而留在我手指上的血跡。

現在，就在你打電話通知人道組織協會之前，請聽我說，以上的過程全屬虛構。我之所以捏造那故事，為的是要你「領會」舊約聖經的獻祭系統──就是指向上帝的羔羊基督，要為世人的罪代死。

倘若這例證讓你作嘔，我便達到了我的目的──其目的在於強調罪的高昂代價，和加在基督身上的醜陋後果。請記住，祂為我的罪而死。祂死在我的地位上。祂為我取了死的懲罰，使我能得著祂的生命。

基督為罪人犧牲，可能是聖經中最令人嘔心的教訓。但也是最重要的，因為全盤的救贖計畫，建立在上帝羔羊的代死之事上。藉著基督的死，上帝為我成就了我不能為自己作的。

不再與上帝為仇

因為我們作仇敵的時候，且藉著上帝兒子的死，得與上帝和好。羅5:10。

保羅在羅馬書第5章，滔滔不絕地描述那些還沒有得救的人。他稱他們為「軟弱」的人（羅5:6），意味著他們不能自救；「不敬虔」的人（第6節），表示他們完全沒有向善的心；「罪人」（第8節），就是他們違背上帝的律法。

如今在那使人印象深刻的清單上，他加上「我們作（上帝的）仇敵」。新約聖經多次提及罪人是上帝的仇敵。腓立比書3:18講到那些人是「基督十字架的仇敵」。歌羅西書1:21提及，那些人「因著惡行，心裏與他為敵」。而雅各書4:4論到，「與世俗為友就是與神為敵」的人。

「仇敵」是一個非常激烈的辭彙。理宏‧莫理斯指出：「一位仇敵，不只是某個心地不良善和不太忠實的朋友，他屬於對方的陣線。他反對一個人正在做的事。罪人是盡其全力，投入敵對上帝的陣營。」以戰爭為例，仇敵是一心一意處心積慮想消滅對方。

現在我們可以明顯看出，所有的罪人都是上帝的仇敵，因為他們敵對祂的國度原則。但是我們有必要問：「上帝的仇敵」這個片語，有沒有提及祂對罪人的態度？其對比指出，我們問題的答案，是一個肯定的「是」字。那些怙惡不悛的人，最終將面對上帝忿怒的事實（羅5:9），指出祂憎惡罪，導致惡人被毀滅。

在此我們必須劃出一條纖細的分界線，雖然上帝憎惡罪，但祂卻愛罪人。祂是那麼的愛他們，甚至差派耶穌來修好其關係，並加以調停，讓他們與祂和好。「調停」意味著，設法將離異的雙方連結在一起。我們談講有關作丈夫的與妻子離異，在經人調停後他們破鏡重圓。同樣的保羅宣稱，上帝「藉著基督的肉身受死，叫你們與自己和好，都成了聖潔，沒有瑕疵，無可責備，把你們引到自己面前」（西1:22）。

和好是一個有關雙方的事。保羅分明指出，上帝（在這案例上是受干犯的一方）已採取所有必要的步驟，來醫治自己和那些與祂對抗者之間的鬥爭。第二步驟是讓我們接受祂所提供的和好與救恩。祂要我們放棄我們的罪，緊緊握住祂。

「已得救贖的保證」

❖ 既已和好，就更要因祂的生得救了。羅5:10。

「**更**要」比甚麼還多？

第10節整節經文，在我們從罪中「得救」的問題上，指出救贖牽涉到兩個步驟的過程。昨天我們已探討了第一個步驟：「藉著上帝兒子的死，得與上帝和好。」保羅在羅馬書5:10前半段用過去式的動詞，我們「與上帝的和好」已經完成，那是目前一種不容爭辯的事實。

然後來到「更要」的程度，根據我們現在已經與上帝和好的事實，「更要因祂的生得救了！」保羅在此用了未來式的動詞。基督的死，已令我們與上帝和好，但我們要在將來的某個日子，藉著祂的生，完全得救。

保羅使用「更要」，是敘述我們能從小事漸進到大事。柯倫費為了幫助我們明白這一點寫著説：「既然上帝已經完成了較大的事（在這案例上，就是當我們還是祂仇敵的時候，使我們與祂和好），那麼我們絕對有把握，期待祂將成就那在對比上比較微小的事，就是祂最終將救我們這些現在是祂朋友的人。」

簡短的説，由於我們的稱義（羅5:9），以及我們與祂和好（第10節），我們在末時的完全得救已得著保證。如此，上帝將不會讓祂的子民，留在「半得救」的境界中。那些現今在世上有如朋友與祂同行共話的人，在絕對的保證下，展望將來在更新的世界，與祂同行共話。

我們因祂的生得救。保羅在其他地方，為這個片語提供多種意義。正如我們以後所要研究的，羅馬書第8章，尤其帶有許多有關我們因基督的生命而被救的主題，例如第34節強調祂在天上聖所的服務。使徒保羅在那段經文中，提及「基督耶穌已經死了，而且從死裏復活，現今在上帝的右邊，也替我們祈求。」祂如沒有復活，便不可能在天上為我們服務。

再説因祂的生得救，是指祂從墳墓中復活，保證祂每一位真正的跟隨者也必復活。我們所事奉的，是一位「拿著死亡和陰間的鑰匙」之救主（啟1:18）。

基督徒渴望「更要」階段的實現。

我們是否歡喜快樂？

✚ 不但如此，我們既藉著我主耶穌基督得與上帝和好，也就藉著祂以上帝為樂。羅5:11。

基督徒歡喜快樂！真的嗎？我曾見過一些鬱鬱寡歡的偉大基督徒。歡喜快樂是羅馬書第5章前半章一個重要的片語。羅馬書5:2提及基督徒「歡歡喜喜盼望上帝的榮耀」，第3節提到他們「在患難中也是歡歡喜喜的」。在今日的經文中他們歡喜快樂，因為他們已經與「上帝和好」，而且他們在末時全然得救已經得著保證（第10節）。倘若他們患難也是一種喜樂的緣由，那麼基督徒一定有許多值得歡喜快樂的事情。

喜樂也是羅馬書一個重要的辭彙。例如羅馬書14:17保羅告訴我們，「上帝的國不在乎喫喝，只在乎公義、和平，並聖靈中的喜樂」；他在羅馬書15:13祈求上帝，要以「諸般的喜樂、平安」充滿我們的心；又在第32節寫到，他希望歡歡喜喜地去探訪羅馬的信徒。接著他在羅馬書16:19告訴羅馬教會，他因他們順從上帝而滿心「歡喜」。

喜樂和歡欣是保羅教訓的中心重點。正如他所看出的，它們是我們接受福音，在基督裏得救之好消息的自然反應。他在加拉太書5:22，23列述聖靈的果子時，甚至將喜樂列為第二位，只在仁愛之後。

假如保羅如此強調喜樂和歡欣，我希奇為何這麼多的基督徒，整天看來愁眉苦臉。看到他們之中某些人的表情，使你認為成聖的記號，應有如你的容貌被浸入泡菜的瓶裏。

顯然，他們確定不會以笑容在教堂出現。我最想傳講的其中一篇道理，就是「在教堂裏微笑不是一種罪」。

為何基督徒——或所謂的基督徒——不能有更多的喜樂和歡欣呢？今日的經文暗示，當他們看出他們已在基督裏面得救時，將會歡喜快樂。或許他們的不喜樂，可能是由於他們還沒有掌握保羅在羅馬書第三、四、五章所極力講解的，就是那些已經接受基督的基督徒，只要他們藉著基督，與上帝保持一種信心的關係，便是已經被算為義，與上帝和好，並得著復活的保證。基督徒既然已經出死入生，沒有理由不歡喜快樂。

有一件事情是你不需要教導孩子的

**✂ 這就如罪是從一人入了世界，死又是從罪來的；
於是死就臨到眾人，因為眾人都犯了罪。羅5:12。**

有一件事你絕對不需要教導孩子，就是如何犯罪！那似乎是天生的事。每一個人都會作。因此保羅在羅馬書3:23説：「世人都犯了罪，虧缺了上帝的榮耀。」

罪和它所帶來的影響是普世性的。有關它暴力和無孔不入的事實，就是每一個州府都有軍隊、警察、法官、法庭和陪審制度的設立。仁和·寧慕爾一針見血地指出其事實説：「凡是有歷史的所在……便有罪。」

但你不需要一位有如寧慕爾的神學家，才能作出這麼一個結論。既使聖經不存在，我們仍然會有一個有關罪的要道。它普世性存在的不爭事實，深深地蝕刻在其無所不在的結構上，這可由古代的異教作家，和近代哲學、文學、社會學、心理學、政治學和現代其他理論學家的著述，看出其端倪。

有名的通俗小説家約翰·施登貝淋漓盡致地道出其實況，他下筆説：「我相信世上有一個共同的故事，絕無僅有的一個……世人都被他們的生活、思想、飢渴和抱負、貪婪和殘酷、仁慈與慷慨——一切好與壞的網羅———一網打盡。」

保羅在今日的經文中，以一句淺白的話，道盡普世性的罪惡説：「罪是從一人入了世界」——亞當。他繼續説罪帶來死亡，和「死就臨到眾人，因為眾人都犯了罪。」其含意是明顯的，就是所有的人都因和亞當有某種聯繫，而成為罪人。

請注意，保羅雖然説出罪與死亡是一種普世性的事實，但他並沒有企圖解釋罪和死亡如何臨到每一個人，他把這事看為一種既定的事實。

羅馬書5:12－21，沒有企圖探討罪和死亡如何普及每一個人，而只把焦點放在亞當和基督的身上，作為兩種人生的範例。約翰·本仁相當正確的寫著説：「保羅的用意……是在指出，不論亞當如何把我們帶入一團糟的漩渦中，基督的解救方策，超越了只救我們脫離那漩渦。是的，亞當將每一個人拉入罪的漩渦中……但如今，基督為每一個人提供了脫罪的方法。」

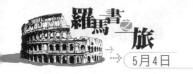

作為潔淨者的律法

> 沒有律法之先，罪已經在世上；但沒有律法，罪也不算罪。然而從亞當到摩西，死就作了王，連那些不與亞當犯一樣罪過的，也在他的權下。亞當乃是那以後要來之人的預像。羅5:13, 14。

有些人讀保羅在羅馬書5:12的話時，我們幾乎可以聽見他們心中的抗議聲。他如何能說所有的人都犯了罪，因而處在死亡的權勢下？畢竟，他們沒有摩西的律法。何況這位使徒，不是剛在羅馬書4:15提到，「那裏沒有律法，那裏就沒有過犯」嗎？

保羅本著他一貫的作風，激烈地在第13節作出回應。當然，罪在律法來到之前，已存在世上。他本可以列舉一些實例，在先祖時代，罪和其影響一直是聖經中重大的主題。在西乃山頒布律法之前，便有罪存在的事實，是保羅的讀者毫不懷疑的。

就在這一關鍵時刻，他指出「沒有律法，罪也不算罪」（羅5:13），這話令人感到困惑。保羅是甚麼意思呢？他不可能建議人不須為罪負責，畢竟他們「是」死了。此外，他在羅馬書第一和第二章指出，每一個人都可從自然界和良知獲得善惡的知識。柯倫費的翻譯，有助我們看出保羅的重點。他說：「罪在未有律法規定之前，沒有『明文闡明』。」他以那四個字指出，保羅是在說：「罪在沒有明文的律法規定之前，是沒辦法被清楚界定的，他令人吃驚地暴露其真面目，明白指出直到律法的出現，才令其原形畢露。」這種翻譯加重保羅對羅馬書3:20的看法，就是我們藉著律法知罪。因此「不可殺人」的誡命，就比單單只對該行動感到不安的良知，來得更清楚。律法讓上帝旨意顯得更加明確。

保羅現在作好準備，推出第14節的話，再次強調那時代的人，雖然沒有明文的誡命，但在某種意識上有如亞當在創世記2:17所作的（不可喫樹上的果子），或以色列人在摩西領受十誡後所獲得的律法。

保羅在此再次強調律法的目的。陳明上帝的旨意，就是人必須為所作的負責。而違背律法意味著永死。保羅從不停止地指出，基督就是要救我們，脫離那可怕的結局。所有的人都犯了罪，大家都需要基督的救恩。

亞當的方式或基督的方式？

�֎ 亞當乃是那以後要來之人的預像。羅5:14。

現在，我們又面對一個有趣的概念：罪人亞當，是無罪基督的預像？怎麼可能？保羅是在說些甚麼？

探討那問題之答案的一種方法，是要我們捫心自問：「甚麼是人類歷史上最重要的大事？」你會如何回答？答案會是車輪的發明？火的發現？印刷術的出現？電腦的發明？還是原子能的試爆？

這些都是重要的，但按照保羅的觀點，在羅馬書第5章所揭露的兩件大事——世人透過亞當而墮落，藉著基督而得救——光照之下，則黯然失色。基督和亞當所作所為的重要性，涉及所有曾一度活在世上的人。亞當之所以成為基督的預像，其含意是兩者都影響到整個人類。他們的來到，是代表如何面對人生的兩種方式。約翰·本仁以如下的大綱指出，我們與亞當和基督之間的關係所帶來的結局：

亞當	基督
罪由他而來（第12節）	上帝的恩典藉著祂普及世人
多人因他的犯罪而死（第15節）	（第15節）
他帶來刑罰（第16節）	祂帶來稱義（第16節）
死亡因他掌權（第17節）	我們因祂能掌管自己的人生
他為眾人帶來定罪（第18節）	（第17節）
本著他的悖逆，許多人成為罪人	祂為大家帶來生命（第18節）
（第19節）	藉著祂的順命，許多人被算為義
	（第19節）

保羅在羅馬書5:12-21實際論及兩種生活的方式——亞當的方式和基督的方式——這兩點之外，整本羅馬書的上下文，強調有關信心的事。他暗示所有的人都要選擇，與亞當或與基督站在同一條陣線上。最後，每一個人如不是和亞當一同留在罪惡的生活中，面對它的羞辱結局，便是將憑信和基督站在一起，同時承受稱義和永遠的生命。

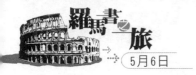

罪是具有摧毀性的成功者

只是過犯不如恩賜，若因一人的過犯，眾人都死了，何況上帝的恩典，與那因耶穌基督一人恩典中的賞賜，豈不更加倍地臨到眾人嗎？羅5:15。

罪是具有摧毀性的成功者！

只要看看亞當的罪。它成功地在亞當和夏娃生活的每一部分，製造離間和破壞。首先和最重大的，是對宗教的影響——他們和上帝隔離。本來純潔的亞當，樂於和他的創造主同行共話，但聖經告訴我們，當罪進入世界之後，他和妻子就因「害怕」看見上帝，而「藏在園裏的樹木中，躲避耶和華上帝的面」（創3:8）。

這樣的自我疏遠，在人性上是可理解的。例如，那些違背他們母親命令的孩子們，會自然而然地迴避母親，不敢面對她。他們心中有某些東西，希望加以隱藏。同樣的，犯罪感讓上帝的出現，成為人所不能忍受的。

罪的第二項成功，暴露在世上第一個家庭成員間的爭執上。當上帝問亞當是否吃了任何禁果時，他隨即將罪歸咎於夏娃。「你所賜給我、與我同居的女人，她把那樹上的果子給我，我就喫了」（創3:12）。那是她的過錯！世上唯一完美的婚姻竟然如此。

罪對社會影響的大悲劇，就是它們不只在創世記第3章停頓。創世記第4－11章的信息，是罪對社會衝擊力不住擴大的例證。我們可從每日報紙近鄰互相抵毀的事上看出。

罪的第三項成功，是令個人和「自我」離間。當上帝質問亞當之後，祂轉問夏娃說：「你做的是甚麼事呢？」她回答說：「那蛇引誘我」（創3:13）。我們在此眼見人所面對的難題，就是人們不願意，而且在大多數情況下，不能面對事實，由衷地評估自己的作為和內心的動機。正如耶利米所指出的：「人心比萬物都詭詐，壞到極處」（耶17:9）。

當然，罪的最後成功，是帶來屬靈與肉體的死亡（創3:19）。

罪成功地攪亂上帝的世界和世人的生活。但保羅在我們今日的經文宣稱，上帝的恩典是罪成功的「摧毀者」。我們明天要著手研究那種成功。

恩典是罪成功的「摧毀者」

因一人犯罪就定罪，也不如恩賜，原來審判是由一人而定罪，恩賜乃是由許多過犯而稱義。羅5:16。

我不敢肯定有「摧毀者（英文是 Smashinger）」這個辭彙，但現在肯定它存在了。它意味著上帝的成功，超越摧毀者的作為，祂成功地制勝罪的影響。

那種理念是羅馬書5:15的主旨，保羅在經文中宣稱，「過犯不如恩賜」。它們在甚麼形式上不同？恩典的恩賜，大大超過罪的所有成果。正如重訂本英文聖經這麼翻譯：「上帝恩典的作為，是不成比例地大大超越亞當的過犯。倘若因那一個人的過犯，為這麼多人帶來死亡；那麼上帝恩典的作為，和耶穌基督一個人的恩賜，臨及那麼多人，將無限地超過罪的功效。」

使徒保羅在第16節，繼續陳述恩典的優越性：「再者，上帝恩賜的功效，絕不能和那一個人的罪相提並論；因為司法的程序，只根據一種罪狀，作出一個判決，但恩典的作為，卻遮蓋諸般的過犯，作出一個無罪的宣判。」

倘若罪的功效是摧毀，那麼，上帝恩典的功效，便是「罪的摧毀者」。那恩賜大大超越只是征服罪的問題。

罪並非是最後的句點，因為保羅宣稱，恩典改變了罪人的全部處境。這恩賜提供一條跳脫之道。這一恩賜打開一條通道，將罪人從審判的定罪中釋放出來。而這一個恩賜為罪人提供完整和自由的義。

恩賜在羅馬書第5章是一個重要的辭彙。它在第15－17節中出現五次，保羅並將在羅馬書6:23再次提到，告訴我們永生是上帝的恩賜。

「恩賜」不但指明救恩是白白得來的，而且指出一件事實，就是恩賜不須竭力掙脫亞當之罪的遺產，作為接受的條件。接受並非來自掙扎，而是我們藉著付出救贖代價的基督，從上帝得來的一個賞賜。

上帝的恩賜，對凡是願意接受的人來說，大於罪和其所有影響的總和。我們的上帝，並非是一位只供應一半的神，祂已在各方面滿足了我們的需要。這個大好的消息便是恩賜大過咒詛。

漂浮在「更要」的海中

> ❖若因一人的過犯，死就因這一人作了王，何況那些受洪恩又蒙所賜之義的，豈不更要因耶穌基督一人在生命中作王嗎？羅5:17。

倘若「恩賜」是羅馬書第五章的中心主題，那麼，「更要」這一片語也是一樣。

我們在羅馬書5:9讀到，「現在我們既靠著祂的血稱義，就『更要』藉著祂免去上帝的忿怒。」

接著第10節又這麼說：「因為我們作仇敵的時候，且藉著上帝兒子的死，得與上帝和好；既已和好，就『更要』因祂的生得救了。」

正如我們昨天所讀的的第15節，採用「更要」的哲理，來強調恩典絕對勝過對罪的審判。

保羅在今日的經文（第17節）中，也採用「更要」的程式，將基督之成就的優越，和亞當那死之懲罰的遺產，也就是第12－14節的主題作一對比：「這就如罪是從一人入了世界，死又是從罪來的；於是死就臨到眾人，因為眾人都犯了罪。沒有律法之先，罪已經在世上；但沒有律法，罪也不算罪。然而從亞當到摩西，死就作了王，連那些不與亞當犯一樣罪過的，也在他的權下。亞當乃是那以後要來之人的預像」（羅5:12－14）。

保羅在此告訴我們的，就是我們有一位「更要」的上帝。保羅每次在使用這片語時，無不用來強調天父極其寬宏大量地愛護祂的兒女。保羅似乎是要告訴我們，上帝所願意為我們作的，甚至多過於我們所能想像的。祂不但想盡辦法，從罪的懲罰中救拔我們，更渴望一而再、再而三地將祂的恩賜，多多賜給凡憑信接受基督的人。

那滿溢的慷慨觀念，尤其在第17節「更要」的片語中表露無遺。保羅在那兒，把這片語和上帝「洪恩又蒙所賜之義」的話，連接在一起。解經者對這片語有所爭議。古斯比把它譯為「上帝滿溢的慈愛」，莫費特譯為「滿溢的恩典和公義白白賜下的恩賜」。而信息則譯為「這豐盛而無節制的生命恩賜」。

不論我們如何翻譯這片語，保羅的理念是分明的。恩典不但擊敗了罪，而且我們有一位「更要」的仁慈上帝，祂渴望滿足祂兒女的每一種需要。今日，我們可以感激我們這位「更要」的上帝。

為「眾人」而備的稱義

如此說來，因一次的過犯，眾人都被定罪；照樣，因一次的義行，眾人也就被稱義得生命了。羅5:18。

保羅在第18, 19節總結他在羅馬書5:12所開始的爭辯。「如此」這個語氣，意味著加強力證他在前此所提及的要點。他對第18節的話，沒有絲毫的懷疑：正如由於亞當一人，「眾人都被定罪」，同樣的，藉著基督，稱義普及眾人。

但他提到「眾人」，是甚麼意思呢？定罪臨到每一個人，因為眾人都犯了罪，這是一個不值得懷疑的不爭事實。這是保羅自羅馬書1:18以來的主題，並在羅馬書3:23斬釘截鐵地加以強調。

但這並非是羅馬書前五章的唯一主題，第二個主題緊隨著眾人都犯了罪（羅3:23），和被定罪這一事實之後。緊接著羅馬書3:24和25之後，進入第四章以及接下來的經文中，使徒保羅開始強調因信稱義的道理，作為解救普世性犯罪和定罪的方策，保羅沒有直接指出，唯有那些具有信心的人，才能被稱為義。他假設信心是他們稱義的條件，他們若沒有相信，便不得稱義，仍然留在被定罪的處境中。保羅並沒有在羅馬書5:18突然改變那模式，雖然基督為所有的人備妥稱義之道，但他們仍然需要接受，才能為他們所擁有。

有些人對那種解釋法感到不滿意。他們指出經文提及「因一次的義行，眾人也就被稱義得生命了。」但那種暗示基督使所有的人都稱義的解釋法，不但令第18節的經文，和羅馬書第3到第5章的上下文不相容，因為這兩章指出信是上帝使人稱義的媒介，而且還要面對哥林多前書15:22的挑戰。

那節經文在義人復活的上下文中，提及「在亞當裏眾人都死了；照樣，在基督裏眾人也都要復活。」因此，如說羅馬書5:18和哥林多前書15:22的「眾人」，是指每一個人而言，這說法將導出一種普世性得救的學說（每一個人都得救），那無異斷然的和聖經互相牴觸，因為聖經明確的指出有些人要永遠被滅絕。

保羅在他所有的書信中，清清楚楚的指出，救恩唯有來自相信耶穌的功勞。今日是我們再次聲明個人決心的日子，並因祂的恩賜向祂致謝。

「眾人」並非「所有的人」

✜ 因一人的悖逆，眾人（多人）成為罪人；照樣，因一人的順從，眾人（多人）也成為義了。羅5:19。

個好消息是基督為所有的人而死。不好的消息是：不是每一個人都接受祂的恩賜。

這種事實，將我們帶入羅馬書5:18的「眾人」和第19節的「多人」，兩者之間的壓力中。第19節中的「多人」是指罪人，或「眾人」都是罪人？保羅早已在羅馬書1:18－3:20和3:23回答了那問題，清楚指出「世人都犯了罪，虧缺了上帝的榮耀。」因此，他在羅馬書5:19中的「多人成為罪人」，是指每一個人而說的。

這把我們帶入一個重要的問題中：倘若因「一人的悖逆，多人成為罪人」的話，是指每一個人，那麼，「一人的順從，多人也成為義了」這話，是否同樣的暗示著每一個人都會被算為義？換句話說，這兩種「推論」，是否能相提並論？再一次，保羅已在羅馬書3:22－26和5:1回答了那問題，指出唯有相信基督的人，才能被算為義、與上帝相和。其餘所有的人，仍舊與上帝為仇，並在他們的過犯與罪中死（參閱 弗2:1）。因此，「眾人（多人）也成為義了」的「多人」（或者羅5:18的多人），並非是每一個人，而是只指那些接受基督所提供白白賜給之恩典的人。

因此，真正的對比是：「所有的人，只要和亞當扯上關係，便都是罪人；而和基督有關係的人，則都是義人。」多人並非是所有的人。想要被算為義，必須帶有一個信的條件。

講了這些話之後，有一件絕對重要的事，就是看清基督的死在十字架上，是為所有的人，就是為所有曾一度活在世上的人而死。祂的犧牲，為全人類帶來稱義之道。那恩賜是為所有的人提供，但不是所有的人都作出正面的反應，有些人決心跟隨亞當而不是基督之道。

懷愛倫以略為不同的說法，強調同一重點：「救贖的恩典是白白賜給萬人的，而救贖的結果，惟有那些合乎祂條件的人才能享受。」（《先祖與先知》第184面）。當然，羅馬書第3－5章中稱義的條件，是因信而得著。因此在救贖的事上，「多人」並非是「所有的人」。

豐盛的恩典

❑ **律法本是外添的，叫過犯顯多；只是罪在那裏顯多，恩典就更顯多了。羅5:20。**

羅馬書5:20是約翰‧本仁的金句。我們大多數的人，透過他的傑作《天路歷程》而認識他，但他那本《給罪魁之豐盛恩典》的靈修自傳，最能描述他的人生和靈性的歷程。他根據今日的金句和提摩太前書1:13－16的經文，作為他的題材。

本仁有好的理由，選擇這一題材。1628年，他出生在一個貧困的家庭中，他最後子繼父業，成為一位補鍋匠，從事修補破鍋破盆和其他的東西，以「貝弗的補鍋匠」之名，為人所周知。

本仁起先過著一種相當放蕩的人生，於是自覺有罪而苦惱。他自我描述其情況說：「正如那高懸空中的太陽，吝嗇而不放光，又有如街上的石頭、屋簷上的瓦片，無不向我攻擊；我以為它們都齊心合力想把我逐出這個世界；我為它們所憎惡，認為我不配住在它們之中，或分享它們的福利，因為我得罪了上帝。」

那大好的消息，是上帝找到了本仁、救了他和給他大有平安。那本《給罪魁的豐盛恩典》，栩栩如生地描述了他的發現。他終於看出不論他的罪多麼沉重，上帝的恩典不但足夠，而且豐盛有餘。

讓我們利用一些時間，來想一想「豐盛有餘」這片語。今日經文的前半段，提起保羅在整本羅馬書的其中一個主題——律法所扮演的角色，是在指出罪和定罪。那種功用帶來一種內疚感，而就是那種刺骨的內疚感，驅使男女來到十字架下，尋找耶穌。

而他們找到了甚麼？他們發現一位願意將他們所不配得（恩典）的，賜給他們。但其上好的消息，不是祂以滴眼藥的管子賜下恩典。相反的，正如保羅所指出的，祂沛然和豐盛的賜下。

祂沒有因我們的罪而扣留恩典。假如有人得罪我，我會受試探遠離那人，進一步扣留我可能給他或她的利益。但這並不是上帝的作法，祂從不因我們的罪而扣住恩典。相反，祂加倍傾降祂的恩典，以應對那罪。因此新國際版英文聖經，將羅馬書5:20譯為「罪在何處增加，恩典就更增加了。」祂的恩典從沒有「缺貨」的時候。祂今日已為我預備。

一個有關兩位君王的故事

就如罪作王叫人死；照樣，恩典也藉著義作王，叫人因我們的主耶穌基督得永生。羅5:21。

很久很久以前，出現了兩位君王。第一位是專橫的暴君。他侵犯地球，奪取政權，暴虐無道的推行暴政。他的目的是牢牢控制每一個男人、女人和兒童的人生。他的國度為每一個人帶來毀滅和死亡。他的名號是罪。

另一位君王則心胸寬闊，廣行仁政。祂是那麼愛祂的子民，不惜紆尊降貴，親自到這個地球來解救祂對手暴君所轄制的臣民，祂的宗旨是在建設一處永遠快樂的國土。這君王的名號是恩典。

這兩位君王的故事，就是羅馬書1－5章的主要信息。保羅不惜以冗長的篇幅，討論罪的問題（羅1:18－3:20），和上帝如何藉著恩典來解救罪的問題（羅3:21－5:20），如今以羅馬書第五章（5:21）的最後一節，作為總結。

雅各‧布維思指出，羅馬書5:21告訴我們有關恩典的某種特質，是我們經常沒有透徹想過的，就是恩典是一種能力。我們通常認為恩典是一種態度，上帝將人無功受祿的恩寵，賜給不配得的人。「但恩典不只是一種態度。它同時也是一種能力，來救拔那些若沒有恩典的能力，便沉淪的人。」

在這種意義上，恩典進入罪的國度和那些遠離上帝的人們，從事一種拉鋸式的爭奪戰。我們在此所從事的，是一種屬靈而不是屬肉體的戰爭，但其爭奪戰的劇烈性卻是真實的。其攻守戰所付出的代價和決定性，有如第二次世界大戰中，盟軍於1944年6月6日，開始反攻德國佔領之歐陸那日的猛烈。上帝已把祂一切所有，投入與罪爭戰的宇宙性大戰，而恩典最終必將得勝。在將來的某個日子，恩典的國度將是唯一存在的國家。

保羅在對罪和其解救方策作出廣泛討論之後，以「我們的主耶穌基督」作為結束。保羅因耶穌成就了我們的救贖，而孜孜不倦地唱出頌讚基督的歌聲，因祂為我們的罪死在十字架上，使我們能因祂的生而活。對保羅來說，基督的生、死、復活，是一切的一切。沒有那些大事發生，恩典的國度絕不能制勝那篡位的王——罪。

但正如保羅生動指出的，除非基督以死來救贖的那些人，用信心的行動來回應祂，不然，恩典制勝罪惡的目的，將一無所值。上帝在使人稱義的分內工作是成就；我們分內之事是接受。

第四階段

敬虔之道

（羅6:1 - 8:39）

五月十三日

至

八月二日

與保羅同在的第四個步驟

✖ 這樣，怎麼說呢？我可以仍在罪中、叫恩典顯多嗎？羅6:1。

到此為止，我們已藉著羅馬書三個步驟和那偉大的使徒同在。首先，我們和他以及羅馬的信徒會面，看出他寫信給他們的目的（羅1:1－17）。第二，透過保羅介紹，我們看到罪在猶太人和外邦人之中繼續擴大的問題，於是我們看出所有的人，站在律法的定罪之下終致死亡（羅1:18－3:20）。第三，保羅不遺餘力的探討，上帝解決罪之問題的方案——藉著因信而來之恩典而稱義。他不惜反覆輾轉極力指出，救恩是上帝的一種恩賜（羅3:21－5:21）。

我們現在就要在這重大的旅途上，進入第四階段。保羅將在第6到8章，描述因信稱義的人，應過著怎樣的人生。

他教導救恩是上帝的一種恩賜，不但深具革命性，而且帶來許多問題。一個相當自然的反應是這樣：「倘若一切有賴於上帝的作為，又假如我們的作為，不能帶來我們的稱義，或甚至無法幫助上帝算我們為義，那麼，我們如何生活又有甚麼關係？」人一旦看出上帝已為我們的稱義，作出全備的籌劃，便會自然而然的發出那個問題。

有時真心真意的信徒，也會發出同樣的問題，因為他們由衷想知道，倘若他們是靠恩得救，那應過著怎樣的人生？在某些時候，那些想過著罪惡生活的人，也會發出那問題來反對。更有一些人，想藉著這問題，指出保羅神學理論的無稽，和它如何會導致敵對律法的風氣。

當保羅論到羅馬書6:1時，他腦海中所出現的，大概是後兩類的人。他們的邏輯大約如下：（1）保羅在羅馬書5:20宣稱律法叫過犯顯多，因而增加了犯罪率；（2）越多罪意味著越多恩典；（3）因此，讓我們繼續犯罪，令恩典因而增加，使上帝多得榮耀，因為祂的恩惠無所不在（羅6:1；3:8）。

這樣的論調，將使認真思考的人失去保羅的神學理論，並為不負責任和不誠心的人，提供過著放蕩生活的根據。

正如我們所將看到的，保羅強烈斥責這種敗壞福音的論調。在其過程中，他將提供我們重要的信息，指出稱義的人應如何生活。

一種令人作嘔的想法

✠ **斷乎不可！我們在罪上死了的人豈可仍在罪中活著呢？羅6:2。**

「斷乎不可！」「但願不致如此發生！」「上帝禁止！」「多麼可怕的一種想法！」「絕不！」（這些都是不同版本英文聖經的譯法）。

不論我們如何翻譯這些希臘字，它們指出一事實，就是保羅因著基督徒繼續過一犯罪人生的論調，既反對又吃驚。希臘成語這「斷乎不能」的最強烈駁斥，在希臘文新約聖經保羅的書信中出現14次。到此為止，他在羅馬書3:4, 6, 31用了3次，而在他結束本書之前，會再使用6次（羅6:15；7:7, 13；9:14；11:1, 11）。這個片語反映一種極度的憤怒，表示人如何能想出這麼一個荒唐的論調，而且認為是真的。

罪能在任何可想像的方式下取悅上帝，或榮耀祂的這種思想，徹底令這位使徒震驚不已。他甚至沒有駐足和這種愚拙的想法理論。他認為沒有需要提出反對的爭辯，只是發出一個雄辯似的問題：「在罪上死了的人豈可仍在罪中活著呢？」

其答案是分明的！一位已在罪中死了的人，絕不可能繼續活在罪中，將它當作一種生活方式。李恩‧莫理士指出：「先前，他們死在罪中（弗2:1）；如今，他們向罪而死。」唯有最敗壞的邏輯才會推論，犯罪的人生是基督徒生存之道。

馬迪恩‧瓊斯問道：「恩典的作用何在？是否讓我們繼續犯罪？絕不！它是救我們脫離罪的捆綁和轄制，並將我們安置在恩典的統管之下。」

「死」這個字在今日的經文中，是一個過去式動詞，指出那是一種完全過去的行動。那是指出我們起先接受基督時，祂賜給我們一顆新的心和一個新的意念，使我們先前憎惡的，現在喜愛了，而我們曾一度喜愛的，如今厭惡了。

保羅並沒有說，悔改的人不再犯罪，而是他們不再過著一種傾向犯罪的生活。當然，他們一旦犯罪，律法的定罪功能即刻操作，驅使他們回到十字架下，使他們重新接受恩典和能力。他們不再喜愛罪，他們看出罪的毀滅性，決心按上帝的原則而活。但他們同時知道，當他們一旦犯罪時，他們能轉向天父，因祂有豐盛的恩典。

浸禮是強有力的

✠豈不知我們這受洗歸入基督耶穌的人是受洗歸入祂的死嗎？羅6:3。

令人意想不到的，保羅轉向浸禮的儀式，作為說明向罪死之意義的例證。浸禮在羅馬書中，不是保羅所熱愛的其中一個主題。這個辭彙在新約聖經中不住的出現，保羅一共用了13次，但在羅馬書6:3, 4只用了3次。

浸禮的理念，為保羅所要舉例說明的，提供了一個完整無瑕的概念。可是「浸禮」在歷史上，並不是一個溫暖柔和的動詞。它意味著「浸入水中」，「以水淹浸」，「沉入水中」，「淹死」等。古代的作家，用它來描寫沉船或把人溺斃。耶穌採用這個相當劇烈的字，來指出祂的死有如浸禮（太10:38；路12:50）。

使徒保羅採用這個辭彙，指出死是生命的終結，尤其可從羅馬書6:4清楚看出。接著他在第6節，用「釘十字架」和死連接在一起，有如耶穌告訴祂的門徒，他們要為祂背起十字架，和為祂而死（太10:38, 39；16:24, 25）。

我們藉著向舊生活死的表號，進入那種事實中。保羅如今在羅馬書6:2, 3告訴我們，若一個人已向舊生活死，那麼，如仍然宣稱要生活在其中，簡直是一件荒唐的事。沒有任何真正的基督徒，會自願繼續過有罪的生活。

但他以浸禮為例證，是有其他的含意。浸禮不但代表向舊的思想和生活死，它也預表「受洗歸入基督耶穌」。正如他在哥林多前書12:13所說的：「我……受洗成了一個身體」。因此受洗的信徒，被納入基督的身體，就是祂在地上所代表的教會。

我們要從今日的經文，再注意最後一件事，就是信徒是「受洗歸入祂的死」。基督在十字架上藉著祂的死，為我們提供了稱義之道。我們接受基督作為我們的救主，自願向罪死，並藉著受洗歸入祂的死這改變的表號，參與了那大事。

我們在那要點上，是在基督裏而不是在亞當裏面。我們已向罪死，並在上帝的旨意中活。

一個完美的表號

所以，我們藉著洗禮歸入死，和祂一同埋葬，原是叫我們一舉一動有新生的樣式，像基督藉著父的榮耀從死裏復活一樣。羅6:4。

浸禮是向舊生活方式死，並在新生活方式中復活的一個完美表號。席赫茲·駱德妥貼指出：「全身入水的浸禮，有如埋葬；從水中上來，有如復活。」

今日的經文，是新約聖經中對浸禮之意義，最清楚的定義之一。那些受洗的人，不但在水的墳墓裏「和祂一同埋葬」，而且從水的墳墓裏「復活」，有如上帝使基督從死裏復活一般。任何其他形式的洗禮，將完全失去保羅所設定之預表的意義。事實上，倘若浸禮在保羅的時代，是用全身入水之外的任何方式（例如撒水禮或滴水禮），那麼，保羅絕對不會使用這例證。他不可能如此使用，因為那毫無意義。但全身入水禮，完全配合了死亡、埋葬、復活的程序，正如每一位新基督徒，在成為基督身體的一個肢體時，所要重演的一個儀式。

倘若羅馬書6:3強調，浸禮是一個基督徒舊人生之死的外在表號，那麼，第4節進一步將那表號從消極推向積極的領域，就是浸禮不但預表向舊的罪惡生活死，而且復活，進入以上帝原則的新生活方式中。

保羅宣稱正如基督從死中復活，使我們同樣「一舉一動有新生的樣式」。「一舉一動」這片語，具有重大的意義，因為它不但表達與上帝保有一種持續不斷的關係，而且指出其定向。每一位有行動的人，都有一個標竿，這種意念在約翰壹書尤其分明：「我們若說是與上帝相交，卻仍在黑暗裏行，就是說謊話，不行真理了。我們若在光明中行，如同上帝在光明中，就彼此相交，祂兒子耶穌的血也洗淨我們一切的罪」（約壹1:6,7）。再說：「人若說我認識祂，卻不遵守祂的誡命，便是說謊話的，真理也不在他心裏了。凡遵守主道的，愛上帝的心在他裏面實在是完全的。從此我們知道我們是在主裏面。人若說他住在主裏面，就該自己照主所行的去行」（約壹2:4－6）。保羅在羅馬書第6章，強調基督徒將本著新的生活方式，與上帝——上帝的道——同行。他們不可能走在罪惡的道路上，作為一種新生活方式。

與基督聯合

✖ 我們若在祂死的形狀上與祂聯合，也要在祂復活的形狀上與祂聯合。羅6:5。

與基督聯合！那是一個強有力的意念。一位因信接受基督的人，是已經與祂聯合，不但在死的形式上「像」祂，也要在復活的形式上「像」祂。保羅在此用「像（英文新國際版聖經有「像」這個字）」，因為我們的經驗只能像祂，而不可能跟祂完全一樣。例如，祂在肉體上死和復活，然而我們是在靈性上向罪死，在與上帝同行的靈性上復活。

威廉·申撌和艾特·赫然，評論有關與基督「聯合」的事說：「那動詞正確表達了一種過程，指出接枝的作為，使枝條與樹的生命聯合。因此，基督徒被『接枝』在基督的身上。」雖然其概念遠超過接枝的關係，但仍然是一個美好的隱喻，有助我們明白基督徒與基督的關係。信徒與基督之間的聯合，是一種最親密的關係。正如母枝將汁液和養分輸送給連接的枝條，基督也同樣將那些因信接受祂的犧牲，並把生命獻給祂的人之需要，全然賜給他們。換一個說法，就是信徒的屬靈生命，不是自我產生，而是從基督汲取。因此基督徒生命的延續，完全有賴於與基督聯合，正如接駁的枝條，唯有和母枝連接在一起才能生存。

我們有必要讓那種意念根深蒂固地存在我們心中。放在母枝身旁的枝條得不到養分，枝條在母枝視線之內，也不能得著唯有母枝才能供應的生命滋養。

但我們之間某些需要與基督聯合的基督徒，從沒有真正接近祂，以便從祂得著能力與生命。我需要捫心自問：「我是否真的與母枝聯合，或者只是懶散地遊蕩著？我每天利用多少時間，藉著禱告、讀經、默想，來和基督保持一種親密的關係？」

難怪我們之中某些人，看來多少患上屬靈的貧血症。

親愛的主啊，我今天要利用相當多的時間在你身上，重新獻身歸於你。今天，我要開始每日撥出一些時間，與你聯繫，使我能真正體驗保羅所提到的聯合。

與基督同釘十字架

�֎ 因為知道我們的舊人和祂同釘十字架，使罪身滅絕，叫我們不再作罪的奴僕。羅6:6。

「當基督呼召一個人時，祂邀請那人就近祂並為祂而死。」戴特理．蒙何弗爾的這句話，反映了作為基督徒職責的一個重要考驗，祂有充分的權力說出這種話。你記得彼得在腓立比的該撒利亞，扮演了試探者的角色，告訴基督不要受死。耶穌在轉向彼得並稱他是撒但之後，便向門徒們說出一段非常驚人的教訓：「若有人要跟從我，就當捨己，背起他的十字架來跟從我。因為，凡要救自己生命的，必喪掉生命；凡為我喪掉生命的，必得著生命」（太16:24,25）。

現代的人，不能完全體會當日給予門徒之教訓的意義。被釘十字架的概念，對二十一世紀的人，沒有多大作用。我們沒有親眼見過釘十字架的事，對我們來說，那個辭彙是死的。但對門徒來說，則完全不同。當他們看到一隊羅馬兵丁，押著一位背負十字架的人，走過城中的街道時，他們知道那是一條不歸路。他們認為那是一種最殘酷和最具羞辱性的死——羅馬統治者樂於用此手段，來鎮壓和控制如巴勒斯坦這種動亂地區。

在耶穌和門徒們的眼中，十字架就是把人凌辱致死。它是死的代號，別無其他。

當保羅提及「我們的舊人」被釘死，他是指以自我為中心的態度和生活方式，令我們將自我作為人生的中心，就是將我們的喜樂和期望，置於上帝和關心他人之事的上面。

基督有祂自己的十字架，而我們也有我們的十字架。祂在自己本來不該有的十字架上，為我們而死；而我們則要向我們所有的自傲、自恃和自私而死，以便分享祂的生命。

保羅在羅馬書6:6的觀點是：那些和基督同釘十字架的人，沒有絲毫在罪中生活的嚮往。他們不但在罪中死，而且有如保羅所一再強調的，他們按照基督的形式而活。這樣的人，絕不會有他們應犯罪，以便令恩典顯得更多的念頭（羅6:1）。反而他們會盡一切可能，按照上帝的道而活。

不再作罪的奴隸

❖我們不再作罪的奴僕（奴隸）。羅6:6。

「奴僕／奴隸」，在羅馬書中是一個重要的辭彙。保羅在書中第一節，便宣稱自己是基督的奴隸。奴隸在羅馬書第6章成為後半章的主題，他在文中將罪的奴隸和義的奴隸作一對比。

保羅在羅馬書6:6宣稱，基督徒是那些自動讓上帝釘死他們「舊人」的人，使他們不再受那奴役和殘暴之罪所控制。

作罪的奴隸是甚麼意思？我想到染上毒品惡習的人，每日必須得到一定的劑量，不論它對身心的健康帶來何等的破壞、費用多高，以及搶奪誰以得到金錢。

我又想到野心家、工作狂，他們不能平靜下來，必須用盡手上所有的精力，不停地向前衝，希望有人會稱讚以滿足自傲的虛榮心。

我又想起為物質主義所奴役的人。無時不忙碌、忙碌、忙碌。為甚麼事忙碌？你只能駕那麼多的車、穿那麼多的衣裳、吃那麼多的食物、樂享那麼多的房子。

耽溺是人類大多數活動的中心問題。向某些人請教他們為甚麼忙著作某些事，他們不知如何回答只好發呆看著你，他們只知道自己受「驅使」作這個或那個。但保羅則用「奴役」取代「驅使」。

今日的經文，是針對那些情況和那種人講的。那些與基督同釘十字架的，就是那些與祂聯合、掙脫與亞當有聯繫之個人、那些被算為義以及與上帝和好，「不再作罪的奴僕」的人。

保羅本著他在羅馬書的一貫作風，把今日的經文人格化。他將罪描繪成奴役奴隸的暴君，使那些沒有和基督同死的人，牢牢被控制在它的淫威之下。

對任何一位耽溺於各種自我毀滅之活動的人，這是一個非常精確的描述。但一個美好的消息就是，上帝恩典的大能，足以把那些和基督同釘的人，從他們被奴役的情況中解救出來，他們不須再受罪的轄制。

我已向罪死嗎？

✜ 已死的人是脫離了罪。羅6:7。

真的嗎？當我們憑信接受耶穌、獻身歸於上帝、與基督同釘十字架之後，我們不再犯罪嗎？不再有作惡事的念頭？不再受試探？倘若是這樣，那麼，我和每一位我認識的人，都會大惑不解。

約翰‧施德特針對這節經文為他人生所帶來的困惑，這麼寫著：「向罪死，就是對犯（罪）不再感興趣。」

死的東西對事情完全沒有任何反應。倘若有人發現一隻狗躺在路上，除非你走近牠，否則難於判斷牠在休息或死了。你可以用鞋子碰碰牠，倘若牠活著，牠會即刻跳起來，假如死了，牠會毫無反應。

施德特接著宣稱說：「同樣的，根據這個人人認同的觀點，人若向罪死，我們對試探便毫無反應，有如一個屍體對所受的刺激毫無反應。為甚麼？因為我們舊的人性，已和基督同釘，它被釘在十字架上處死，而我們的責任（不論我們有多明顯的反證），便是算它死了」（參閱第11節）。

許多基督徒認同那種解釋法。有一個人最近提及基督徒，有如肉體已死的人，在罪和試探面前，是「沒有知覺」和「不會動的」。「一個死人不能犯罪」。

然而，這種解釋法至少面對三個問題。首先，基督在世上生活時，實在面對試探。牠的身心對十字架產生抗拒感，而且牠覺得自己在某方面，被引往曠野受試探。第二，普世性的人生經驗，產生有如基督的反應。試探就是試探，因為我們不住的被推向罪。第三，保羅繼續在第12節告訴他的讀者，不要讓罪在他們的生活上「作王」。假如基督徒對罪有免疫功能，罪便不能「作王」，因為它得不著回應。

我們可從第12節，找到對今日經文的正確了解。保羅在此所講的，不是對罪不能作出回應，而是不能過著一個有罪的生活。那種同樣的理念，出現在第6節中，因為它告訴我們，基督徒不應「再作罪的奴僕」。約翰‧衛斯理掌握了保羅所說的，所以他寫著說：「罪仍舊存在，但不再作王。」基督徒不再活在罪的生活中，一旦他們犯罪，約翰告訴我們說：「在父那裏我們有一位中保，就是那義者耶穌基督」（約壹2:1）。

與基督同活

✠ 我們若是與基督同死，就信必與祂同活。羅6:8。

我們可從羅馬書第六章的上下文中，看出基督教義不只是一種向罪死的教訓，而且是一種生活的方式，是一件絕對重要的事。基督教的真諦，純粹是一種積極的動力，而不是一種消極的回應。把「向自我死」的真諦，作為生存的中心，為基督徒的人生，打開了門戶和基礎。保羅已告訴我們，正如基督的復活跟著死亡而來，同樣的經驗，必須發生在祂每一位跟隨者身上。

上帝對祂子民的理想，不是一種空洞的道德觀，而是在基督裏有一種充實的新生活。那種人生，從以自我為中心之自私舊生活的死作為開始。悔改是人對罪的憎惡，伴隨著在基督裏對上帝之愛的回應。基督徒的人生，不只是離棄某種事物，更是轉成以上帝的原則作為根據的新生活。

就在上帝算罪人為義的同時，祂啟迪了一種使人成聖的過程。保羅教導：上帝藉著祂的恩典，把新的心思意念、對世界的新觀點和住在世上的新動機，賜給悔罪的人（西3:9,10；羅12:2；弗4:22－24）。

懷愛倫有同樣的看法，她說：「上帝的赦免不單是一項法庭裁決的行為，藉以使我們免於定罪。它非但赦免罪過，同時也挽救人脫離罪惡。它仍是改變人心救贖之愛的湧流。大衛祈禱說：『上帝啊，求你為我造清潔的心，使我裏面重新有正直的靈』（詩51:10）」（《福山寶訓》，第119面）。

保羅將接受基督救贖之大功的人，比作「新造的人」──就是一位「舊事已過，都變成新」了的人 （林後5:17）。他再次寫著說：「我已經與基督同釘十架，現在活著的不再是我，乃是基督在我裏面活著；並且我如今在肉身活著，是因信上帝的兒子而活；祂是愛我，為我捨己」（加2:20）。

我們「必與祂同活」，是保羅在羅馬書第六章的中心信息。那些與祂同活的人，將像祂一樣活著，每日禱告，祈求更完美地反映祂的樣式。這便是敬虔之道。

不幸的拉撒路

✠ 因為知道基督既從死裏復活，就不再死，死也不再作祂的主了。羅6:9。

「拉撒路，出來。」

利用一些時間想一想那個人。拉撒路實在出來了，他已經死去四天了，因巴勒斯坦的炎熱天氣而滿身惡臭。他笨手笨腳地「出來了，手腳裹著布，臉上包著手巾……」（約11:43,44）。

多麼動人的場面！貪婪的墳墓，在那賜生命者的呼聲之下，釋放了它的獵物。這是一次公開的見證，指出基督掌管物質的世界和死亡本身。那朽壞的屍體再次得著生命。

但在此有個問題。耶穌以超自然的能力，使拉撒路復活，但他會再一次面對死亡。他的脫離死亡只是暫時的，只是延長了他的生命。

保羅在此告訴我們，基督在這事上完全不同。我們相信與基督同住（羅6:8），不是沒有根據的，它建立在我們對祂復活大能的認識上。正如保羅所說的：「從死中復活的基督將不再死。」基督的復活，不像拉撒路的活，是不能倒置的。它不能被廢止。

為甚麼？因為「死……不再作他的主。」相反的，祂已永遠制勝了死亡。因此，祂發出勝利的呼聲說：「（我）活到永永遠遠；並且拿著死亡和陰間的鑰匙」（啟1:18）。因此，保羅在哥林多前書第十五章，因基督制勝了死亡，和將來要滅絕「最後的仇敵」——死亡——而歡呼。

死亡是強而有力的。實際上，「從亞當到摩西，死就作了王。」但現在這一切都已過去了，基督的復活戰勝了死亡。我們能與祂同行，「因為祂是長遠活著，替他們（祂的跟隨者）祈求」（來7:25）。

終有一天，這位與我們同行的耶穌，將與我們分享祂那完全制勝死亡的特權。那吩咐拉撒路出來的呼聲，有一天將穿透我們的墳墓。「因號筒要響，死人要復活成為不朽壞的」（林前15:52）。「以後我們這活著還存留的人……被提到雲裏，在空中與主相遇。這樣，我們就要和主永遠同在」（帖前4:17）。

這個約會我絕不會失約。

羅馬書6:1－14的鳥瞰圖

祂死是向罪死了，只有一次；祂活是向上帝活著。羅6:10。

今日的經文，構成了羅馬書6:9和11節之間的橋樑。其經文的順序如下：

1. 基督已從死裏復活，並制勝了死亡（第9節）。

2. 祂以復活的生命，向上帝活著（第10節）。

3. 基督徒要有如基督活著──向罪死，但向上帝活著（第11節）。

第11節將我們帶回到第8節，保羅在這一節經文中告訴我們：「我們若是與基督同死，就信必與祂同活。」人可從羅馬書第六章，整個前半段的上下文中，看出不能逃避的一種事實：沒有任何基督徒會「仍（活）在罪中、叫恩典顯多」，使上帝多用祂的恩典來赦免人（第1節）。基督徒不能繼續活在罪中，違背上帝和祂的原則（第2節）。為甚麼？因為他們已向罪死，並在一個以浸禮作表號的新生活方式上復活（第3,4節）。

保羅接著在第5－7節，開始對基督的被釘、復活與我們復活之間的串聯，加以演繹。保羅在第6,7節強調，基督徒不能過著一種有罪的生活，因為他們已容讓上帝釘死了以自我為中心的生活。

保羅在第5－7節（我們已在罪中死），分析了基督與我們之間，串聯的消極層面之後，接著便在第8－10節，論及積極的層面：基督徒已在靈性上復活，並將與基督同住，正如基督與上帝同在一般。

於是保羅來到第11－14節，為他在第1節所提出的，有關基督徒是否應繼續犯罪的問題，作出最後的回答。保羅的答案，正如在第2節所強調的，是一個斷然的「不」字！為甚麼？因為：

1. 他們藉著基督，向上帝而活（向罪而死，第11節）。

2. 罪不能在他們生活上作王，因為基督已制勝了罪（第12節）。

3. 他們要把自己，獻給上帝作為公義的器皿（第13節）。

4. 他們有了一個新的主人──恩典（第14節）。

辯論歸辯論，保羅在羅馬書第六章前半段的意思是分明的：基督徒不但不會選擇有罪的生活，反而會在敬虔的道路上與基督同行。

基督徒的不同表現

這樣，你們向罪也當看自己是死的；向上帝在基督耶穌裏，卻當看自己是活的。羅6:11。

這節經文回到羅馬書6:5，並覆述保羅的話，指出那些藉著水之墳墓的浸禮、除去罪惡生活，與基督同死的人，「在祂死的形狀上與祂聯合，也要在祂復活的形狀上與祂合一。」第5節並非指著人在末時將要復活的事，而是指出目前的情況。基督徒不但向罪死；他們同時在「基督耶穌裏，卻當看自己是活的。」

那是甚麼意思？我們身上發生了甚麼事？首先，我們已和基督和好。我們本是祂的仇敵並被定罪，但現今藉著接受基督，我們便成了上帝家庭的一分子。我們成為上帝的朋友，而祂也以我們為友。我們有了一種新的關係。

第二，有如保羅所說的，我們成為「新造的人」（林後5:17,18）。耶穌以另一種表達法，對尼哥底母說，我們必須「重生」（約3:7），但其意義是相同的。身為基督徒的我們，如今有了某些不同的新事發生了。我們本來對研究聖經毫無興趣，但如今我們從其中聽到上帝的呼聲，我們以讀經為喜樂。我們曾一度相信為我們的錯誤道歉和服務別人，是表示我們的懦弱，但現在我們甚至要與那些刺激我們的人，表示友好和祝福他們。甚麼事促成這種不同的表現？上帝改變了我們。我們既然向祂活，便成了新造的人。

第三，我們不再對狹窄觀念之唯物主義的文化感到滿足，我們現今有了一個新的視野和新的目標，我們不再以這個世界的「一切」為滿足。當然，在我們回顧往事時，我們看出擁有世上的財物，從沒有令我們滿足，但我們卻企圖持守那幻想。然而，基督徒已從那夢幻的生活中被釋放出來。我們知道華宅和名車，有一日將消失無蹤；那分散我們注意力的娛樂，最後將消失；甚至我們的退休計畫和養老金，也要顯得無關重要。認明自己在世只不過是一個旅客，我們便會像亞伯拉罕，展望「那座有根基的城，就是上帝所經營所建造的」（來11:10）。「向上帝……看自己是活的」，使我們的人生完全改觀。

掌控對比固守

> ◼ **所以，不要容罪在你們必死的身上作王，使你們順從身子的私慾。羅6:12。**

這是一節非常寫實的經文，它存有一種實際的壓力。一方面這經文指出，基督徒沒有必要在他們的人生上，受罪的統治（掌控），因為基督已制勝了罪；但另一方面，它提出一個問題，就是即使是重生的基督徒，仍然受著肉體情慾的試探。

保羅勸戒他的讀者，不可受罪的轄制。這種勸戒指出，罪仍然存在的事實，信徒無法過者免除可能犯罪的寧靜人生。即使他們在「基督裏」，只要他們仍然留在「肉體之內」，他們仍然受到它的「牽制」。

保羅在羅馬書第五、六兩章中，將罪人格化，把它描繪成一位被推翻，但仍然有勢力的暴君，決心轄制基督徒的人生，有如他們未悔改之前一般。因此使徒保羅勸戒信徒，不可仍然讓罪有如以前轄制他們，因為他已不再有權施行統治。

實際上，罪已不能控制基督徒，除非那位信徒選擇「順從它的情慾」。彼得發出一項類似的呼籲：「惟有你們是被揀選的族類，是有君尊的祭司，是聖潔的國度，是屬上帝的子民……親愛的弟兄啊，你們是是客旅，是寄居的。我勸你們要禁戒肉體的私慾；這私慾是與靈魂爭戰的」（彼前2:9－11）。

基督徒在他們就近耶穌的那刻，便成為上帝國度的公民。就在那時，在罪和死亡的撒但領土上，他們轉為客旅和寄居的。保羅在今日的經文中告訴我們，罪雖然不再居上方，但它的影響力仍然存在。

約翰·衛斯理幫助我們了解這種壓力：他指出罪「仍然潛伏在我們的心中……『甚至在那些重生之人的心中』；雖然它不再統管；也不再轄制他們。但它是我們傾向作惡的一種意念、一種叛道的潛意識、一種肉體的情慾對抗聖靈的脾性。有時候，除非我們儆醒和禱告，否則它會激動我們的自傲、怒氣、貪愛世界、喜愛安逸、愛好榮譽、或貪戀宴樂過於愛上帝。」「它以千百種的形式，用千百樣的偽裝」出現，使我們「或多或少離棄永生的上帝。」

我們在面對這種持續的壓力時，唯一安全之道，是和常勝的上帝，保持一種有意識的關係。

誰拿了我的兵器？

也不要將你們的肢體獻給罪作不義的器具；倒要像從死裏復活的人，將自己獻給上帝，並將肢體作義的器具獻給上帝。羅6:13。

請注意「不要」這片語。它在短短的兩節經文中，出現兩次。第12節中那個命令式的勸戒，是「不要容罪在你們必死的身上作王」。現在保羅告訴我們，「不要將你們的肢體獻給罪作不義的器具」。

在這段經文中，含有兩個特別有意義的字。第一個字是「獻」——時常用來指奉獻祭物。當上帝的僕人，將他們的身體獻給罪和撒但，而不是他們的上帝時，那是一個嚴重的問題。同一個字在羅馬書12:1, 2出現，保羅用它來勸戒羅馬的信徒，「將身體獻上，當作活祭，是聖潔的，是上帝所喜悅的；你們如此事奉乃是理所當然的。」他在羅馬書6:13勸告他們，不要涉及錯誤的屬靈敬拜方式：「不要將你們的肢體獻給罪作不義的器具。」

第二個我們所要探討的是「器具」。約翰福音18:3提到，猶大指示一隊兵丁來捉拿耶穌時，用了同一個字，但卻被譯為「兵器」。同樣的一個譯法，出現在哥林多後書6:6, 7，保羅用來將愛心與真實的道理，和「仁義的兵器」連接在一起。

同一個理念，配合了今日的經文。其基本的畫面，是描繪罪與公義、兩個敵對陣營統治者之間的鬥爭。因此，其警告是不可將肢體、身體、部分肢體，獻給不義的統治者。如此行，不但是對虛假的統治者（在獻祭的隱喻上）作出錯誤的敬拜，而且是對那位成為他或她的合法統治者，作出背叛的作為。

保羅發出第三個命令，結束了這節經文，但這次是以「務要」取代「不要」。基督徒要將他們自己和他們的兵器，獻給公義的主。

基督徒的期望，是在每一種事情上榮耀上帝。保羅對這事的最恰當描述，莫過於吩咐我們，「或喫或喝，無論做甚麼，都要為榮耀上帝而行」（林前10:31）。一個基督徒的一生，是對公義之上帝的一種愛的奉獻。我們的特權，是在一個禍患叢生的世界，作祂行善的「兵器」。

律法對比恩典

> ❌ 罪必不能作你們的主，因你們不在律法之下，乃在恩典之下。羅6:14。

保羅在前一節經文中，要我們作出一個選擇，就是將我們獻給上帝，作為公義的兵器；或作為罪的兵器。

威廉·巴克理指出，這種選擇對某些人來說，可能承受不起。他指出：「某個人可能回答說：『這種選擇對我來說，實在太重大了。我注定會失敗的。』保羅的回答是：『不要喪膽，不可灰心；罪將不致作你的主。』」

為甚麼？因為當基督戰勝撒但時，恩典在十字架上制勝了罪。由於那次的勝利，罪不再是我們的主宰。我們「向罪……是死的；向上帝是活的」（羅6:11）。主權的更換，已改變了信徒的人生。由於他們已得著勝利的保證，便能充滿信心的向罪宣戰。基督徒並不是靠自己的力量而行，乃是依靠他們的新主宰耶穌基督。

就是在這關鍵上，律法與恩典的問題，便顯得更為重要。保羅非常明確的指出，信徒已不在罪的轄制下，因為他們已在恩典而不是在律法之下。

律法與恩典的對比，對猶太人和猶太籍的基督徒來說，都是一種新穎的理念。在傳統上，他們認為律法是恩典的一種恩賜，但保羅在目前的上下文中，將它們列為一種不相容的敵對關係。

他設定要對律法和恩典加以取捨。因此那些在這種權勢之下的，便不在另一種勢力之下。為甚麼他將兩者列為對立的地位？他在這次的案例上之所以這麼作的原因，是由於他要和同時代的猶太人論戰，因為他們認定，律法是救贖之道，是一種得著上帝喜悅的媒介。

他在整本羅馬書中，斷然的爭辯，上帝從沒有賜下律法作為救贖之道，而是用來令人知罪（羅3:20），增加罪的分量和忿怒（羅5:20；4:15）等等。那些企圖藉著遵守律法來尋找得贖之道的人，反而會發現它那定罪的功能，將塞住每一張口，並「叫普世的人都伏在上帝審判之下」（羅3:19）。

律法當然有它的目的，但保羅從不停止的強調，它不是用來拯救我們脫離罪在我們身上作王。他似乎言猶未盡地指出，救贖是恩典的功能。是由於恩典，罪才不能作我們的主宰。

兩位對峙的兄弟

> ✕ 這卻怎麼樣呢？我們在恩典之下，不在律法之下，就可以犯罪嗎？斷乎不可！羅6:15。

「這卻怎麼樣呢？」保羅的問題，聽來很像羅馬書6:1的「這樣，怎麼說呢？」他在此描述那些毀謗他的人，發出問題說：「我可以仍在罪中、叫恩典顯多嗎？」

保羅在羅馬書6:2－14徹底粉碎了那問題，但現在他看出有一個新的問題出現。他剛在羅馬書6:14完成他的宣告，指出信徒不是在律法而是在恩典之下。那句話在歷代教會的歷史上，在兩等人的思想上，引起許多問題。伊梅爾‧布魯諾指出，某些人一旦聽見人「不在律法之下，有罪的肉體即刻聞到早晨的和風。」那種不成聖的個人，從恩典裏看出機會，可以拋棄律法任意妄為。

在另一方面，布魯諾指出「律法主義的法利賽人，趁機作好準備，從恩典的道理作出危險的結論，想要一舉摧毀恩典。」這第二等人，視恩典為仇敵，任憑人隨心所欲地犯罪。

結果，這對無法無天和律法主義的「對峙」兄弟，時常環繞著恩典的道理。雙方喊出：「不在律法之下，意味著一條自由犯罪的康莊大道。」

保羅用羅馬書6:15－23來應付這對兄弟。他按照一貫透徹的作風，對那些建議「倘若救人的是恩典，那麼我們如何生活是無關重要的。犯罪沒甚麼大不了的事，因為上帝有無窮的恩典，將赦免我們七十個七次」的人，釘死其門戶。保羅對這種靠恩得救的邪惡看法，給予當頭一棒的無情痛擊。

我要把與目前這個爭執點有密切關係的人，以及他對基督徒人生的看法，稱為至微主義者和至大主義者。至微主義者問道：「我作這事還能得救嗎？」這無異是在問：「我能多靠近懸崖，還不致跌下去？」那是一個非基督化的問題。基督徒所關懷的，不是能作多麼的少，而是多麼的多。他們是至大主義者，他們要盡可能的，以他們的人生來榮耀上帝。雖然他們知道沒有律法可以拯救他們，但他們在人生的每一方面，熱心事奉上帝，愛他們的鄰舍。他們的守法不是為了得救，而是因為他們已經得救而守法。

幻覺上的自由

✠ 斷乎不可！豈不曉得你們獻上自己作奴僕，順從誰，就作誰的奴僕嗎？或作罪的奴僕，以至於死；或作順命的奴僕，以至成義。羅6:15, 16。

「斷乎不可！」正如羅馬書6:2，保羅因有人甚至以恩典為犯罪的藉口，而感到吃驚。他告訴我們，人不是真正的有自由。上帝創造他們，為的是要他們順從。其唯一的問題，是他們要順從罪，還是要順從義；遵循上帝的原則或撒但的歪理。抽象上的自由，只是一種幻覺，某種不可能的事。我們唯一的選擇權，就是我們要順從誰。

因此律法下的自由，並非意味著一種抽象的自由。對基督徒來說，將律法下的自由作為救贖之道，正如布魯諾所指出的，「它並不意味著從上帝得著自由，而是在上帝的事上得著自由。」信心正好和疏遠上帝相反。它是與祂保持一種親密的關係。正如保羅時常說的，基督徒是一位在「基督裏面」的人。具有信心的人，知道他們是屬於上帝的。對保羅來說，順從是信心的自然成果。正如我們先前所注意到的，「信服真道」（羅1:5；16:26）這片語，成為整本羅馬書的框架。保羅根本無法想像，真正的信心無法導致順從。

當然，倘若有人選擇不順從上帝，那只是證明他們順從世上的另一個勢力——罪。基督徒是已經停止順從罪，而選擇順從上帝的人。

保羅就是在這兩種順從的上下文中，談到有關兩條路的兩個不同結局。其中一條路導致死亡，而我們自然會期待保羅，指出另一條路的終點有永生。但他並沒有這麼說，他反而指出順從上帝「以至成義」。

請稍等一下！這位偉大的使徒是否混亂了？他在說盡了人不是靠律法上的行為，而是因信稱義之後，竟然說人可以因順從稱義？

絕不是！他是在告訴我們，順從是過一種恩典生活的要素。一位重生基督徒用恩典加添力量的順從，能導致公義，意味著它激發取悅上帝的作為，就是與祂國度相符合之原則的行為。

一種「從心裏」的經驗

> ✠ 感謝上帝！因為你們從前雖然作罪的奴僕，現今卻從心裏順服了所傳給你們道理的模範。羅6:17。

保羅因上帝為羅馬的基督徒所作的，而心中充滿興奮和感激之情，因為他們已改變了主人。他在羅馬書中，不是第一次為羅馬的基督徒而感謝上帝。他在羅馬書第1章說：「我靠著耶穌基督，為你們眾人感謝我的上帝，因你們的信德傳遍了天下」（羅1:8）。

我們如今從羅馬書6:17發現多一些有關他們的信心，就是對早期教會之教訓，作出有關順從之回應的信心，能帶領他們成為新主人的「奴隸」。保羅正像耶穌在山邊所發出的教訓，深信「一個人不能事奉兩個主」（太6:24）。羅馬的基督徒，已看出在事奉他們第一位主人（罪）的事上徒勞無功，於是自動向保羅看齊（羅1:1），成為上帝的奴僕。

今日的經文告訴我們，羅馬的基督徒「從心裏順服」。保羅從沒有在任何其他地方用這種表達法，但其意義非常重大。他們的順從，並非是一種偶發的事件，也不是一時的念頭。他們是「從心裏順服」。這裏所用之動詞形態，指出其行動是在某個時候完成的。它指出當他們離棄罪轉向上帝時，所作的一種堅決的順從行動。「從心裏順服」這片語，表達一種內心深處的體驗，正如查爾斯·赫茲所指出的，那是「自告奮勇和誠心誠意的」。如今，他們成為敬虔的奴隸。

羅馬書第6章後半段，其中一個偉大的教訓，指出信心和順從是不能分開的。正如一位作家所說的：「沒有順從上帝的心意，便不能對上帝存有救贖的信心；如缺少敬虔的信，便沒有敬虔的順從。」

沈謐斯在他有口皆碑的聖詩中，掌握了其中的聯繫：「信而從主，便得平安無數，別無方法救靈性，祇有信而從主。」

親愛的天父，請在今日幫助我，使我信而從主。幫助我成為您國度原則的一個見證人。幫助我認識那來自與耶穌同行的勝利。幫助我掌握你要賜給你每一位兒女，那種「從心裏順服」的經驗。阿們。

如假包換的奴隸

> ✠ 你們既從罪裏得了釋放，就作了義的奴僕。羅 6:18。

1863 年1月1日，林肯總統頒布解放黑奴宣言，讓那些反抗美國政府的所有黑奴，「從今直到永遠，得著自由。」「永遠的自由」，但並非意味著不再有貧困、歧視、種族偏見。

從罪得著解放，提供了一種稍微不同的模式。雖然基督的跟隨者，已從罪的轄制和懲罰下得著釋放，但保羅並沒有單純和無知地指出，他們此後絕對自由。他知道人從罪的轄制下得著釋放，並沒有讓人徘徊在漫無目的之道德真空的境況中。相反的，保羅知道從罪中得著釋放，意味著成為基督和正義的奴隸。

為了認識保羅的用心，我們必須了解一個奴隸在當時社會的地位。根據我們的文化，當我們提起一個奴僕時，我們所理解的，是一個人對他的老闆或主人，提供一個固定時間的服務。而當時間期滿，奴僕可作任何他們所要作的事。工作時間內他是屬於主人的，但時間一到，僕人可作他們所喜歡的。他們可能在白天清理房子，但在傍晚欣賞古典音樂。

但在保羅時代，奴隸的身分則迥然不同。他們實在沒有絲毫自由的時間。他們全部的時間都屬乎擁有他們的主人。因此他們根本沒有絲毫的時間，可以作自己所喜歡的事。他們不可能事奉兩個主人，因為他們的時間，完全屬於一個主人。

在保羅心中所出現的，便是這麼一幅畫面。正如威廉·巴克理所描繪的：「有一個時候，你曾是罪的奴隸，罪完全控制了你。那時你除了犯罪之外，不能談論任何東西。但如今你有上帝作你的主人，上帝完全擁有了你。而現在，你根本不能談論犯罪的事：除了聖潔的事以外，你當一無所談。」

我的朋友，上帝擁有你的一切，或一無所有。為自己留下一些空間的人，根本不是真正的基督徒。基督徒把他們的人生，完全降服在基督和祂人生原則的控制下，他們一無保留。又正如巴克理所指出的，「沒有作到這種事的人，甚至會想以恩典作為犯罪的藉口。」

兩條路的要道

✚ 你們從前怎樣將肢體獻給不潔不法作奴僕，以至於不法；現今也要照樣將肢體獻給義作奴僕，以至於成聖。羅6:19。

聖經的一貫性是分明的，中立的態度不是一種選擇。人們唯有選擇上帝和祂的道路，或撒但與他的路途。詩篇第一篇，是那一要點的最好例證。首先的三節，述說敬虔之人的道路，而最後的三節，則用來描述惡人的路途。

「不從惡人的計謀，不站罪人的道路，不坐褻慢人的座位」（詩1:1）

「惟喜愛耶和華的律法，晝夜思想，這人便為有福！」（詩1:2）

「他要像一棵樹栽在溪水旁，按時候結果子，葉子也不枯乾。凡他所做的盡都順利。」（詩1:3）

「惡人並不是這樣，乃像糠粃被風吹散。」（詩1:4）

「因此，當審判的時候惡人必站立不住；罪人在義人的會中也是如此。」（詩1:5）

「因為耶和華知道義人的道路；惡人的道路卻必滅亡。」（詩1:6）。

我們看出詩篇第一篇的對比，和羅馬書6:19－23完全一模一樣。這兩種道路，不但涇渭分明（義人的道路和惡人的路途），而且這兩條道路，引向兩個迥然不同的結局。敬畏上帝之人的道路，有如一棵得著充足水分的樹，開花結果而茂盛，然而惡人的結局卻是淪亡。保羅在羅馬書6:23以稍微不同的口氣說：「罪的工價乃是死；惟有上帝的恩賜，在我們的主基督耶穌裏，乃是永生。」然而，其畫面卻是一成不變的。

同時請注意，詩篇第一篇和羅馬書第6章的兩條路，都是動態而不是靜態的。詩篇第一篇描繪一個演變性的畫面，從與罪同行到停頓和站立在其間，而終於放心且安逸地坐在其中，並認為罪惡的道路，乃是一種可行的選擇（第1,2節）。同樣的，保羅提及那些人「將肢體獻給不潔不法作奴僕」。

聖經也將義人的道路，描繪成一種動力。上帝子民的道路，逐步引向聖潔，而保羅則以「成聖」相稱。

兩種羞辱

> ✖ 因為你們作罪之奴僕的時候，就不被義約束了。你們現今所看為羞恥的事，當日有甚麼果子呢？那些事的結局就是死。羅6:20, 21。

我對自己的人生，有甚麼感到羞恥的地方？我又有甚麼值得驕傲的事？這兩個問題的答案，述說許多有關我是怎樣的一個人。

從我十九歲成為基督徒以來，便對聖經有關羞辱的說法，深感興趣。或許我的關懷，有如其他青少年一般，我不願意特立獨行，我要屬於某個團體，而現在我卻在突然之間，成為一位基督徒。我對我的新身分引以為榮，並可輕易在基督徒友群中，表達這種感受，但我沒有把握，如何向我以前的朋黨，「揭露」我的新信仰和新的生活方式。實際上，我發現較容易隱藏新的我。因此，我陷入新我與舊我的緊張關係中。在我還未到達屬靈成熟的境界時，我還不能完全在我應引以為恥或引以為榮之間，泰然自處。

聖經那段早期的日子，有兩節經文大大衝擊著我。第一節經文是馬可福音8:38，耶穌藉著這節經文告訴我，凡是把祂當做可恥的，祂在降臨的時候，也要把他們當做是可恥的。第二節經文是羅馬書1:16，保羅在此宣稱他不以福音為恥，因為這福音要救一切相信的人。我甚至因不敢在團體中開口介紹有關我的新信仰，而羞愧到無地自容，這才感到那兩節經文的不可思議。

上帝開始引領我走祂的道路，但我發覺我並沒有走得多遠。實際上，當我回顧往事時，我並沒有完全對我以前的罪行感到羞恥。有時候，我在轉頭回顧我以前那段「好時光」時，我甚至念念不忘以前的舊我，和我對親朋好友的投機取巧。

接著，就在我受洗幾個月後的某一天，妻子剛買完日用品，而我正在「掃視」一位年輕貌美的婦女時，上帝對我呐喊的聲音是那麼大，以致我不能迴避其信息。「你在看甚麼？又為甚麼？」那信息有如暮鼓晨鐘，敲醒了我那發熱的腦筋。

就在剎那間，我知道上帝要我在成聖的道路上，向前邁進一步。祂要我以對祂的信為榮，和對先前行為所帶來那麼多不幸的事，感到羞愧。

上帝願意帶領我們，走上那引向永生的道路。

天父啊，請幫助我們，在今天緊握你的手，並跟隨你的引領。

兩種自由

但現今，你們既從罪裏得了釋放，作了上帝的奴僕，就有成聖的果子，那結局就是永生。羅6:22。

這兩種自由，我的朋友，其自由超過你所想像的。這是你的選擇，上帝賜給你犯罪，或走上聖潔之路的自由。祂沒有強迫任何一個人，但祂也沒有保護我們，使我們不致自食其果。身為基督徒的你，有自由作選擇，在交通繁忙的時候，躺在州際的快速公路上，但上帝不會施行神蹟，來保護你安然無恙。同樣，倘若你是一個放縱惡習的耽溺者，你利用時間和嗜好，一天抽十包煙，上帝也絕不會介入，讓你免得肺癌或肺氣腫。我們所處的，是一個道德的宇宙，人們種的是甚麼，收的也是甚麼。

我們最終所要收割的，有賴於我們一生所撒下的種子。那些撒下敗壞之種子的人，最終將眼見其果效。同樣的原理，適用在那些蘊育愛與關懷之種子的人身上。

我們可能有犯罪的自由，但有一個好消息，就是基督徒沒有必要，被有耽溺性和引向滅亡的嗜好所奴役。實際上，保羅在今日的經文告訴我們，上帝已釋放了基督徒，使他們免受罪的奴役。他們已得著自由。正如他們先前耽溺於罪，保羅指出，他們如今將同樣獻身歸於上帝和祂的道——他們將成為「上帝的奴僕」。

保羅告訴我們，基督徒能從事奉上帝中得到一個「成聖」的益處。這個片語，不但帶有被分別為聖的意思，而且意味著逐步接近上帝，有如我們藉著祂的恩典，走上聖潔的道路。

馬迪恩・瓊斯，看出了這兩種自由所附帶的對比，於是寫著說：「當你持續過著這種公義的生活，並用盡你的智力和能力、時間，來加以實踐時……你將發現你先前所經歷由壞變得更壞，並且在越來越卑鄙的過程，將完全轉變過來。你將越來越潔淨、純正、聖潔，並越來越像上帝聖子的形像。」

主啊，謝謝你賜給我們，在生命的道路上與你同行的自由。謝謝你藉著成聖的過程，幫助我們更加像你。

兩個目的地

✠ 罪的工價乃是死。羅6:23。

───句多麼直率的話。「罪的工價乃是死」。這節經文繼續說：「惟有上帝的恩賜，在我們的主基督耶穌裏，乃是永生。」正如經文中指出有兩條路（羅6:19），和兩種羞辱（第20,21節），以及兩種自由（第22節），因此，也有兩種迥然不同的目的地（第23節）。

聖經將兩個目的地、兩條路、兩種羞辱，以及兩種自由聯貫在一起，是相當明確和直接的。上帝絕對沒有專斷。所有的人本著他們所擁有的知識（羅1,2），選擇他們人生所要走的道路，但每一條道路有其特定的目的地。人生中的每一個選擇和每一種作為，都引向某個地方。而上帝本著祂的智慧和偉大，容許人們選擇他們個人所要奔走的路。

保羅在今日的經文警告我們，那走向罪惡之路的終點是死亡。你可能會想，他所說的死是指甚麼而言？它不可能是指肉體上的死亡，因為每一個人，從最誠懇的基督徒，到最剛愎不肯悔改的罪人，都要面對肉體上的死亡。

保羅對死之意義的線索，出現在我們今日經文的後半段。他在此把死和義人的報賞──永生──作一對比。他心中所想的，不是屬世的生和死，而是永遠的生命和淪亡。

聖經前後一致地提及惡人的結局是「死」，而不是在一個永恆的火湖中繼續受苦。因此，聖經描述他們在末時被火湖「燒滅」（啟20:9）。那段經文繼續提到那種死是「第二次的死」（第14節）。瑪拉基以類似的口吻，提及他們將在末時於火湖中「被燒盡」（瑪4:1）。

上帝不是一位永恆的希特勒，會在以後永遠的歲月中，折磨誤用自由的人。祂也同樣的沒有拒絕，把自由交給那些選擇在毀滅性罪中耽溺，而出現在報紙頭條新聞的人。反而，祂本著自己的智慧，容許個人有自由，作出他們已經作出的選擇。由於祂仁愛的聖德，祂不能容許他們那種毀滅性的後果永永遠遠的持續下去，祂在權衡利害之下，採取最好的行動。祂將在末時使他們有如從沒有存在一般。這就是保羅和約翰所指的第二次或永遠的死。

永生就是現在

惟有上帝的恩賜，在我們的主基督耶穌裏，乃是永生。羅6:23。

當我們讀今日的經文時，有幾件事閃入我們的腦海中。首先，救恩是一種純粹和簡潔的恩賜。當然，對那些到現今為止，一路藉著羅馬書跟隨保羅的人，這並不是一件新鮮的事。他從羅馬書1:18－3:20告訴我們，為何救恩必須是一種恩賜，因為罪人無法賺取救恩。接著，他從羅馬書3:21－5:21針對這種蒙恩的恩賜，一再引經據典的加以闡明。如今在第6章進而指出，其對人生所發揮的作用，並告訴我們，那些接受這恩賜的人，將進入一種新的人生，於是他們最大的盼望，便是按照天上國度的原則，與祂同行。他如今在羅馬書6:23只不過是再次強調一種事實，就是那些選擇走在成聖之道路上，而不是走上罪惡之路的人，將在永恒的歲月中，與上帝同住。

就在這一要點上，我們必須指出，給予基督徒的永生，並不是一件全新的事，而是他們在世上開始與基督一同生活的一種延續。約翰對這點是非常清楚的，因為他寫著說：「信子的人有永生」（約3:36）。同樣的，耶穌應許說：「我實實在在地告訴你們，那聽我話、又信差我來者的，就有永生；不至於定罪，是已經出死入生了」（約5:24）。

福音的一部分，是基督徒藉著耶穌基督已得著永生。懷愛倫對這事有同樣的概念，因為她說：「地上生活乃是天上生活的開端……我們現今在人格和神聖的服務上成就如何，乃是我們將來如何的準確預示。」——《教育論》第295面。

懷愛倫在那段著述中，超過保羅所斷然指出的，她是指天上永生的延續而言，當然，保羅對這點也有絕對同樣的看法。

他們兩人也一致同意，有關兩條路和對人生所作的選擇，把人引到迥然不同的結局。這兩人也同意誰將會在天上出現，就是那些以上帝聖德的偉大原則，在內心活現出來，並在未來的永恒歲月中，樂於和上帝同住的人。上帝從沒有強制任何人，作出他們現今所作的選擇。

誰的新婦，是基督或是律法的？

✠ **律法管人是在活著的時候。羅7:1。**

保羅的爭辯從羅馬書7:1開始，作出一個重大的轉變。他在第六章的後半段，強調信徒不再受罪的轄制。如今他在第七章，轉而指出信徒也不在律法的管制之下。

第六章和第七章之間的聯貫，是相當強有力的。保羅在羅馬書6:2告訴我們，信徒已向罪死，在羅馬書7:4則指出，他們在律法上也是已經死了。他在羅馬書6:17, 18描述，信徒從罪裏得了釋放，而在羅馬書7:4指出，他們從律法得著釋放。最後，他在羅馬書6:4指出信徒「一舉一動有新生的樣式」，而在羅馬書7:6，指出他們在聖靈的新樣式下事奉主。

保羅在這兩章中指出，基督徒從一種新的角度，來觀看事情和經驗人生，甚至宗教。保羅在羅馬書6:14「你們不在律法之下，乃在恩典之下」的話，將在第7章中詳細討論。

保羅已用浸禮和奴役的例證，對他所說的這句話作出部分講解。如今他在羅馬書7:1－6，以婚姻律法的例證，作出進一步的對比。

為了看出這個例證的力量，我們必須記得，虔誠的猶太人認為，遵守律法是賺取救恩之道。那位富有的青年人告訴耶穌，他已遵守了全部律法的事，指出他誠心要達到完全的地步（太19:16－30），而當保羅提及他自己身為一個法利賽人，在律法上無可指摘，他是指法利賽人看待律法的一種嚴肅事實。然而他在基督裏，找到一種前所未知的新生命、新力量、新喜樂、新平安。

他在羅馬書7:1－3用婚姻關係作為比喻，指出一位作妻子的，在丈夫有生之年，她「就被（婚姻的律法）約束。」但當丈夫一旦去世，她便有自由改嫁。保羅的爭辯是錯綜複雜的，但他的用意卻分明。正如布魯斯所指出的：「死——信徒與基督同死——令他掙脫了那先前轄制他的律法，自由進入與基督聯繫的關係中。」在救贖的事上，律法被證明毫無功效。與律法聯合帶來罪和死亡，但與基督聯合帶來永遠的生命。

誰的死，是我或是律法的？

我的弟兄們，這樣說來，你們藉著基督的身體，在律法上也是死了，叫你們歸於別人，就是歸於那從死裏復活的，叫我們結果子給上帝。羅7:4。

向律法死！我們在羅馬書7:1-3讀到，死亡結束了婚姻在律法上的義務。保羅如今在第4節，將那例證應用在基督徒的經驗上，但人物稍作改變。在第1-3節的例證上，他指出丈夫的死，使作妻子的在律法上得著自由。但在第4節卻用來指出，自我向罪的死，免除了信徒的被定罪，不受律法的制裁，並得著自由與基督聯合。

基督徒如何「在律法上也是死了」呢？當他們藉著浸禮之水的墳墓，讓他們的舊我與基督「同釘」十字架時，那死亡便生效了（參閱羅6:3-6）。信徒與基督同死，是向律法死，作為救贖之道。信靠上帝的恩典，表示不再以信靠律法上的死作為進入天國的道路。

基督徒是那些自知一無可取，上帝沒有賜律法來救人，並了解唯有信耶穌才能步向永生之道的人。他們向著各種自滿和以守律法作為生命之道的形式死了。

我們要在這重點上明白，死的是基督徒而不是律法。律法仍然存在、無恙，正如保羅在本章較後所要提及的，律法是聖潔、公義、良善和屬靈的（羅7:12, 14）。但上帝賜下律法，不是要人因遵守而得救。

律法並沒有死。正如宗教大改革家約翰·加爾文所說的，「我們必須仔細的記住，這並不是使我們豁免律法所教導的義。」律法仍然是上帝公義的偉大標準，它仍然定那些違犯者有罪，而它也照舊把男女推向十字架，以洗除過犯和罪債。但律法本身沒有除罪功能。當人在律法上以死作為救贖之道時，他們便能再次復活，在上帝藉著基督所施行拯救的真正計畫上，重新與祂聯合。

他們在那種新的結合中，將為上帝的國產生一種果子。而那種果實，正如保羅在羅馬書6:22所指出的，是一種「成聖的果子」。

「屬肉體」的生命

✖因為我們屬肉體的時候，那因律法而生的惡慾就在我們肢體中發動，以致結成死亡的果子。羅7:5。

保羅所講「屬肉體」的生命是甚麼意思？我們要從這片語的上下文中，探討保羅對它的使用法。「肉體」是保羅一個重要的辭彙，它在新約聖經中出現大約150次，保羅使用超過90次。但他以許多不同的形式，使用這個辭彙。例如，他在羅馬書6:19用來指肉體的軟弱，導致道德上的敗壞。今日的經文帶有同樣的意思。

因此，當保羅以過去式談及基督徒活在肉體中時，他是指過去他們把肢體獻給「不潔不法」的時候。「不潔不法」之秉性的特質，帶有屬肉體的慾望和觀點。在那種意思下，保羅將羅馬書7:5「屬肉體」的生活，和第6節屬「聖靈」的生活作一對比。前者是當他和其他基督徒，生活在罪的控制下時，所具有的秉性，後者則是在公義的統管下出現。

我們不可把屬肉體的生活，和在世的生活，看為同義詞。相反的，保羅講出一種事實，就是當羅馬人先前憑著他們的劣根性（他們有罪的本性）生活時，律法激動他們的「惡慾」，並結出「死亡的果子」。

你可能自問：「上帝這種既良好又聖潔的律法，如何可能激動『惡慾』，並結出『死亡的果子』呢？」為了回答這個問題，我們必須回顧保羅在羅馬書，提及甚麼有關律法的話。他在羅馬書3:20指出，律法的功用是叫人知罪，又在羅馬書4:15加上律法惹動忿怒和定罪，接著他更在羅馬書5:20說出，律法明確的指出罪的定義，是叫過犯顯多。在那種意識下，那些擁有律法的人，會比一些沒有律法的人，識別更多有罪的事情。

但保羅在羅馬書7:5似乎更進一步指出，律法實在激動罪。如何會這樣？請想一想，就以一個小孩子為例，你對他說：「不，不要碰那個東西！」他或她首先要作的是甚麼事？通常他會小心翼翼的伸出一根小指頭，碰那被禁止的物體。同樣的，那些「屬肉體」的人，也會受試探背叛上帝。上帝的答案是屬靈的重生，使人不再生活在「屬肉體」，而是在「屬靈」的人生中。

屬靈的人生

❖但我們既然在捆我們的律法上死了，現今就脫離了律法，叫我們服事主，要按著心靈（心靈：或作聖靈）的新樣，不按著儀文的舊樣。羅7:6。

男孩子是奇怪的動物。他們年幼時，父母為他們定下刷牙、梳頭、洗頸項的條規。我還記得在一個漫畫欄，讀到有關一個孩子，被母親捉到沒有洗澡，只因她發現肥皂沒有濕。對我來說那是個很好的資料，此後每當有年長者叫我洗澡，我肯定即使沒有洗澡，也會把肥皂弄濕。

接著，我人生的一大轉捩點發生了。我無意中聽見我暗戀的那位女孩子，向她的朋友透露有個男生，滿嘴黃板牙，滿身汗酸味，令她非常嘔心。那話有如當頭棒喝。是我養成衛生習慣的轉捩點。刷牙和一天洗20－30分鐘的澡（加上大量的肥皂和洗髮精），成了我每日的例常習慣。如此，我又為家人帶來另一個問題。由於一家六口要排隊使用同一浴室，我不得不縮短洗澡的時間。

為何有這麼一種劇烈的改變？我墜入「熱戀」中，沒有任何事物足以攔阻我。我刻意保持潔淨的衛生習慣，我那麼作，不是因為若沒有作會受到母親的懲罰。

當我們就近基督時，某種類似的事發生了。保羅告訴羅馬人說，他們過去受律法的定罪所轄制。人們可能極盡一己的所能來遵守律法，以免受到懲罰，但他們最好的還不夠好。他們成為律法的奴隸，他們與上帝之間，沒有安全感或真正的平安。

但當他們看出福音的全部意義，包括上帝藉著基督為他們所作之事時，事情便有了徹底的改變。在那一要點上，順從成為對愛的一種反應。那是由於藉著上帝之靈加添的大能，對愛所作出的一種改變。

基督徒可能不受律法的轄制，但那種自由並不意味著可作出律法所禁止的事（參閱羅6:1, 15；3:31）。不受律法約束的自由，並沒有為犯罪提供許可證，事實恰好相反。那些成為基督徒的，在他們的生活上，能首次真正遵守律法，是因為他們為聖靈所重生。如今，他們不再有如一個嚴格的律法主義者面對律法，而是一位充滿愛心的人，且能和大衛同時說：「我何等愛慕你的律法，終日不住地思想」（詩119:97）。

第三次「 這樣……可説甚麼呢？」

> ✖這樣，我們可説甚麼呢？律法是罪嗎？斷乎不
> 是！羅7:7。

「我們可説甚麼呢？」保羅第三次使用這種文筆上的技巧。它構成對話的一部分，是因對手宣稱倘若多犯罪，恩典便因而顯多的詭辯，所作出的反應。因此，使人誤認罪可能是一件好東西。

保羅第一次使用「這樣……怎麼説呢？」出現在羅馬書6:1，他想像他的誹謗者發出問題説：「我可以仍在罪中、叫恩典顯多嗎？」他斷然排除那種見解，並舉例説明沒有任何真正的基督徒，會作那種想法，因為他們已經向罪死，並在基督裏復活且有了新的生命（羅6:2－14）。

保羅的第二個「這卻怎麼樣呢？」出現在第15節。他在那兒向他的對手提出，基督徒既然在恩典之下不在律法之下，是否就可以犯罪的問題。他再次斷然否定那種建議，指出恩典如何引向信服真道（第15－23節），和基督徒甚至已向律法死，作為救贖之道，但他們仍然以一種新而更深的屬靈之道，事奉上帝（羅7:1－6）。

保羅在講解的過程中，説出有關律法某些不很恭維的話，就是：「律法本是外添的，叫過犯顯多」（羅5:20）；它「惹動忿怒」（羅4:15）；它牽動「惡慾」（羅7:5）。

他怕某些人會因他所説的，作出錯誤的結論，認為律法本身是邪惡的。因此，他再次強烈駁斥這麼一個建議，於是採用了有如羅馬書6:2和6:15的希臘字，譯為「斷乎不可！」他將利用第七章其餘的篇幅，來為律法的良善、聖潔、公義辯護，並幫助他的讀者看出，問題不是出自律法，而是由於對有罪人性的誤覺。

保羅討論律法的事是走在一條緊繃的繩索上。一方面他要讀者看出，當人將律法看為救贖之道時，所帶來的無窮禍患；但在另一方面，他要人們認清，律法是上帝美好的恩賜，如正確的使用，對信徒的一生是非常重要的。保羅在羅馬書第七章，為我們提供了律法在基督徒的生活上所扮演的角色，最重要的論據。我們必須明白其中一件最重要的事，就是在我們與上帝同行的事上律法的正確位置。

罪的深一層意義

只是非因律法，我就不知何為罪。非律法說：「不可起貪心」，我就不知何為貪心。羅7:7。

「非因」這片語，根據今日經文的上下文，意味著「律法當然不是罪，因為律法是用來界定罪的意義。」

保羅在羅馬書1:20和2:14,15指出，即使那些沒有明文律法的人，也有一種是非的觀念。但那些沒有律法的人，看不出作錯事是敵對上帝。正如李恩・莫理士所指出的，「觸犯人的道德律和違背上帝所禁止之事的罪，兩者之間有很大的不同。必須有律法來指明作錯事就是犯罪。」而看出作錯事是敵對上帝的罪，將有助於幫助人看出罪的嚴重性，和他們需要一位救主。因此，律法具有和救贖有間接關係的功用。

保羅舉例說明，若不是由於第十條誡命的律法，他便不知道何謂罪。那是一個非常有趣和刻意作出的選擇，因為那是唯一的一條誡命，明確地超越外在的行動，指出那觸發犯罪的內心動機。就是說，拜偶像、守安息日、偷盜、孝敬父母親等，都是外在的行為或動作。由於這個原因，大多數的人，包括保羅時代的許多法利賽人，把罪界定為一種外在的行為。

保羅刻意選第十條誡命，指出超越行為之外，潛伏在內心的貪婪動機，是犯罪的基因。換句話說，他是在說罪深過我們外在的行動。耶穌在山邊寶訓中，指出同樣一件事實。祂在討論心中殺人和淫亂的事上，指出罪的長闊高深。祂同樣在馬太福音15:18,19指出，罪行出自敗壞的內心。

使徒保羅選擇第十條誡命作為例證，是非常重要的，因為它讓我們了解，律法和罪深入表面之下，指出它和那潛伏在內心的自我，糾結在一起，引人作出犯罪的行為，有如其他九條誡命一般。

因此，保羅拒絕把罪和悔改歸主的事，看為是一種表面工夫。在他看來，兩者都是內心的問題。同樣的，違背律法和遵守誡命，也帶有相同的意義。律法具有超越表面行為的更深層面。

罪利用律法

> ✖ 然而罪趁著機會，就藉著誡命叫諸般的貪心在我
> 裏頭發動；因為沒有律法，罪是死的。羅7:8。

保羅再一次將罪人格化——這次把它比擬為一個軍事上的侵略者。這個譯為「機會」的原文，帶有從事遠征之起點或操作基地的含意，尤其是指軍事行動而言。因此他把罪描繪為一個侵略者，引領人們走入迷途。

罪又如何完成它的任務呢？出人意外的，保羅認為罪利用誡命，成為它作惡的工具。接著，他再次以第十條誡命作為例證，指出他的重點說：「罪趁著機會，就藉著誡命叫諸般的貪心在我裏頭發動。」

邪惡如何能使用上帝「良善」的誡命（羅7:12），來產生罪呢？保羅在此之前，已在第5節影射這個問題，他宣稱律法激動我們的「惡慾」。於是他在第8節裏，用他的邏輯作出一種順其自然的結論，指出律法產生罪。

如何可能呢？請想一想。還記得我們在研討第5節時，所引用的例證嗎？當你告訴小孩子們，不可碰觸某種東西時，他們卻立刻產生一種壓倒性的強烈慾望，想伸出一根指頭，碰觸那受禁止的東西。

我們這些成年人的心意，也以同樣的方式操作。當我駕車在沙漠中行駛時，忽然看見一個路牌，要人將時速減低到45英里，我的腦筋馬上問道：「為甚麼？」我不會因這種限制我自由的措施而受到干擾，而且會受試探不減速，因為我看不出有任何減速的理由。

同一個模式下，我一位朋友把這問題比擬為：要求不可幻想那些不存在的東西（例如，粉紅色的象，因為世上根本沒有粉紅象）。即使你已多年來沒有作出那種幻想，但要求你不可幻想一些不存在的命令，卻令它們更栩栩如生地在你的腦海中刻畫出來。保羅對有關貪心說出類似的話。不可貪心的禁令，卻激起他想作出貪心的行動。

因此，即使誡命是良善的，但罪驅使未重生的人，認為誡命是對自由的一種限制，因而引起他們的忿怒和敵對。沒有任何令人抗拒的條文，便沒有悖逆之事發生。

保羅告訴我們，真正的罪魁禍首，不是律法而是罪，因它敵對律法（羅8:7）。罪扭曲了律法的功用，因律法暴露罪而引起人對它的仇視。

造成靈性破產的原因

❈我以前沒有律法是活著的；但是誡命來到，罪又活了，我就死了。羅7:9。

你真的相信有這回事嗎？在保羅時代，任何來自虔誠家庭的猶太孩子，怎麼可能「沒有律法」呢？

從它的上下文看出，保羅並不是宣稱他沒有獲得有關律法的知識，而是指他看不出律法所要求的權勢和深度，會使他缺少個人的悔改認罪。例如他在腓立比書3:6提及，他回想當日的自許：「就律法上的義說，我是無可指責的。」又有如那位富有的年輕人，自許從幼年便完全遵守誡命（太19:20）。同時像那位在殿中禱告的法利賽人，指出自己不像那位稅吏是個罪人（路18:11）。

「但是誡命來到，罪又活了。」當保羅終於察覺律法的全部意義和威力，以及律法向他活現時，就在那要點上，他看出自己實在是一個罪人。例如，倘若他心中存有不可貪心的誡命，他便會忽然看出自己為私心所污染，並沒有像他自己所想像的那麼「無可指責」。

就在那一要點上，罪向他活現了。當然，罪一直存在，只是在誡命的徹底光照下，他才首次看出罪的真面目。他再也不能忽視其存在的事實。因為他已看出誡命的真諦，乃是不計他有罪的自義，令他認明自己實在是個罪人。

結果怎樣？他死了。那種死，並不是他在羅馬書6:2所提及的，基督徒向罪的死，而是他的靈性自傲、自信、自尊的死。他看出自己的無助，並且是在真正完全認識律法之後，令他徬徨無助。

保羅的經驗正是我們每一個人的寫照。所有的人都必須來到一個處所，就是向他們的自以為義，自認靠一己力量就能守全律法，以及靠自己能力賺取永生的諸事上死。只有在這要點上他們才會看出，自己需要基督的義來遮蓋他們的不義。因此律法的全部真光，把我們引向基督，祂成為我們唯一的盼望。

蒙蔽人的守法

✜那本來叫人活的誡命，反倒叫我死；因為罪趁著機會，就藉著誡命引誘我，並且殺了我。羅7:10, 11。

當保羅說出誡命是叫人活的話時，他說對了，上帝絕不會讓祂的律法帶來死亡。祂制定律法，作為公義的標準，它代表帶來生命的原則。詩人相當清楚地指出，那些「遵行耶和華律法的」是有福的 （詩119:1, 2）。耶穌甚至告訴一位猶太籍的律法師，他若遵守律法，必得永生（路10:28）。

問題是自從亞當墮落以來，人便不能完全順從上帝的律法。懷愛倫在這一要點上，明確地寫著說：「始祖亞當於犯罪墮落之前，本可因順從上帝的律法，而養成仁義的品性。但他並沒有這樣行，並且因為他的罪，世人的本性就變壞了，我們不能借自己的力量成為仁義。既然我們是有罪的，是不義的，因而也就不能完美無缺地遵守上帝的聖律法。」（《幸福階梯》第38面）。

但罪並沒有告訴我們這事，反而向我們提出保證，倘若我們盡力為之，便能因順從律法，達到無罪的完全境界。或者有如保羅所說的，「罪趁著機會，就藉著誡命引誘」我們，相信一個虛假的謊言。

那謊言就是：我們能憑自己的力量，藉著遵守律法成為好人，甚至可藉著作到上帝所吩咐的，來顯出上帝的完美。那誘陷保羅和其他人的騙術乃是：人不認為上帝的誡命會帶來死亡。既然律法看來是生命之道，而實際卻不是那麼一回事，罪便利用那騙術帶來死亡。

一件有趣的事就是，每一虛假的宗教，包括對基督教義的錯誤看法，在某些形式上，都是建立在自立、自義、自我依靠的立場上。《歷代願望》宣稱：「人靠自己的功德來救自己的原理，原是一切邪教的基礎；如今也成了猶太教的原理了。」（第38面）。

律法雖具備諸般的好處，但絕不用來救人脫離罪。如加以接受，唯有為我們帶來永遠的死亡。我相信保羅的一句格言，那就是「仰望耶穌」。

律法的良好一面

✖ 這樣看來，律法是聖潔的，誠命也是聖潔、公義、良善的。羅7:12。

使徒保羅就在今日經文之前，周詳地總結了他自第7節以來所提出的爭辯。他在這些經文中，想像他的誹謗者，提出律法是否是罪的問題。他用「斷乎不是」這一貫性的回答，申斥了那種建議。但他又以今日的經文，提供了第二個答案：律法不但不是罪，相反的，更是「聖潔的，誠命也是聖潔、公義、良善的。」

罪可能侵犯了律法，罪人可能誤用了它，但正如保羅在羅馬書7:8－11所強調的，這對律法的本身無損。保羅讓他的讀者知道，罪是這一切事的禍首，律法仍然白璧無瑕。實際上，他在第7章的其餘經文中，繼續高舉律法，在第14節稱它為「屬靈」的，在第16節認它為「善的」，更在第22節宣稱，他「裏面的人」是喜歡上帝的律法。使徒保羅對有關律法的看法，是絕對積極而沒有絲毫疑問的。他對有關律法的正面看法，和他對誤用律法的負面表達法，其感受一樣堅決。

保羅對律法的觀點，和舊約聖經中稱頌律法之偉大的經文，有如紅花綠葉，相得益彰。例如，大衛在詩篇第十九篇宣稱，「耶和華的律法全備，能甦醒人心；耶和華的法度確定，能使愚人有智慧。耶和華的訓詞正直，能快活人的心；耶和華的命令清潔，能明亮人的眼目。耶和華的道理潔淨，存到永遠；耶和華的典章真實，全然公義，都比金子可羨慕，且比極多的精金可羨慕；比蜜甘甜，且比蜂房下滴的蜜甘甜」（第7－10節）。

正如一位作家下筆說：「律法的揭發、暴露、和裁決有罪，並宣判犯人承受死刑的事實，並沒有令律法本身蒙塵。當一個人因謀殺罪狀成立而公正地被判刑時，律法的本身，和那些執法的人，不須身負任何責任。罪過要由犯法者一人承擔。」

這位悔改成為基督徒的保羅，仍然喜愛上帝的律法。但直到現在，他才看出自己和其他人，如何誤用了上帝制定律法的原本目的。當正確使用時，律法是「聖潔、公義、良善的。」

罪的極其邪惡

> ✖既然如此，那良善的是叫我死嗎？斷乎不是！叫我死的乃是罪。但罪藉著那良善的叫我死，就顯出真是罪，叫罪因著誡命更顯出是惡極了。羅7:13。

這是一節錯綜複雜的經文。英文新生活譯本聖經，有助於我們比較清楚的明白這節經文：「是良善的律法誡命使我死嗎？斷乎不是！罪藉著良善的誡命使我死，就顯出它真的是罪。由此，我們可看出罪如何可怕。它利用了上帝良善的誡命，來達到其作惡的目的。」

讓我們來探討今日經文的三個主要部分。首先，保羅繼續採用詢問的方式，來進行他的爭辯：那良善的律法，是否是死的代理人？正如他在第六章和第七章中，對所提出的三個問題的答案，以極其強烈的口氣回答說：「斷乎不是！」那引起死亡的，不是律法而是罪。

就在這個時候，保羅提出第13節的第二個要點：罪利用了那良善的律法，帶來定罪，正如他先前在第10節所提及的。那是怎麼一回事呢？保羅不但把罪看為是邪惡的，而且認為它是蓄意背叛上帝和祂國度的原則，那種背叛帶來死的懲罰。但那帶來死亡的並不是律法，而是由律法所鑑定的罪。回顧昨天所採用，有關謀殺審判案的例證。那是由於謀殺的行動帶來懲罰，而不是律法敵對謀殺。律法具有善和益的功用，指出甚麼是錯。我們不應因犯罪而歸咎律法，責任屬於那激勵作惡的罪。

這帶我們來到保羅的第三要點：罪的窮凶「惡極」。威廉·巴克理的話，有助於我們掌握罪的「惡極」本性。他說：「罪的可怕性，可從一件事實看出，就是它能利用一種上好、優越、純潔的事物，來作為行惡的武器，那就是罪所作的好事。罪能利用可愛中最可愛的，把它轉為色情的勾當。罪也可能利用獨立自主的崇高願望，轉為奪取金錢和權勢的慾望。罪又能使用純潔的友情，誘惑人作出錯誤的事情。那就是卡理爾所謂的「罪的無窮毀滅性」。罪利用律法，並把律法作為一個橋頭堡來犯罪，指明了罪的罪大惡極。」

主啊，請在今日幫助我，看出罪極盡欺詐的能事。幫助我有清澈的眼光，能看出你律法的純正與優美。

基督徒在緊繃的壓力下

我們原曉得律法是屬乎靈的，但我是屬乎肉體的，是已經賣給罪了。羅7:14。

我們從羅馬書7:14開始，面對一個極富爭論的部分。大多數的爭辯，集中在羅馬書7:14－25中的「我」，這個字究竟是指誰：到底是指保羅自己，或是指那些成為基督徒之前的人，抑或是成為基督徒之後的人。我們必須看出，保羅不像我們那麼關心人性的問題，有如他關心律法的問題。

可惜我們若不在他暗示人性的問題上，與他站在同一立場上，便不能解讀他的話。這本來不是一件難事，但他在這十二節經文中，看來好像是泛指悔改和不悔改的人而說的。因此，他能用第22節中的「我」，來描述那些喜愛上帝律法的人，而第14節的「我」，則用來指一個肉體軟弱的人。不論這個「我」是誰，都是一位夾在善惡之爭裏的人。

最好的解答法，是從羅馬書7:14－25所描述的，一個真正基督徒陷入罪的情況下，來看待這個「我」。那種情況並非是他們基督徒人生的全部寫照，因為他們得勝人生的層面，將在第八章中加以清楚的描述。在此是描繪某些個人，雖然知道何謂善，卻沒有按照他們所應當作的去行，只為自己的不幸悲嘆。

所有的基督徒，都在這種心態中，領略同一感受。沒有一位基督徒，是完全無罪的。我們都陷入這種緊繃的壓力下。因此這個「我」，是我們在日常生活上，所必須面對的一種現況。保羅以自己的經驗作為例證，來透視這種狀況的內涵。

為了掌握保羅的表達法，我們必須回想那些明知不該做，卻作出錯事時的感受。我不知道你的感受如何，但我會悲痛地呼喊說：「我真苦啊！誰能救我脫離這取死的身體呢？」（羅7:24）。我覺得好像在自我摧殘。

請記住，保羅在此不是在描述一個基督徒的全部人生。雖然那種人生在大體上，是一種得勝的生活，但在某些時候，他們會認同以賽亞的感受說：「禍哉！我滅亡了！因為我是嘴唇不潔的人」（賽6:5）。又有如彼得，在一個危機中跪在耶穌的腳前說：「主啊！離開我，我是個罪人！」（路5:8）。

願望與行為之間的壓力

因為我所做的，我自己不明白；我所願意的，我並不做；我所恨惡的，我倒去做。羅7:15。

這兒是某些我們可以認同的事。你是否經常作出正確無誤的事？這節經文顯然指出某人存心遵行上帝的旨意。那人知道甚麼是對的，也決心希望那麼作，只是作出來的事，卻是事與願違。

為甚麼？在此出了甚麼差錯？保羅在羅馬書7:14開始解答，提及身不由己的分裂：「我們原曉得律法是屬乎靈的，但我是屬乎肉體的，是已經賣給罪了。」「肉體」這個辭彙，提出人性本質的軟弱。使徒保羅把它和屬靈對比，因此，暗示著有犯罪或自我放縱的含意。

保羅在第14節的結論，指出他不但是屬肉體和軟弱的，而且是「已經賣給罪了」。那個片語至少指出，那個先前曾一度完全轄制他之罪的殘餘，週期性的一再發作，並導致他有時做出他明知是錯的事。

知道和希望做對，但不時做出錯的事，這兩者之間的壓力，把我們帶到第15節。保羅在這經文中，宣稱他有時甚至不明白他的所作所為，因為他沒有時常做出他所願意做的，反而做出他所憎惡的。雅各‧鄧理指出，唯有「奴役（的意念），才能說明他的行動。」

我們在讀這些經文時，最重要的，莫過於看出保羅所說的，並不是指基督徒燦爛人生的層面。他沒有說自己從沒有做過對的事，而是指他沒有按照心中的願望，做出毫無差錯的事。他也沒有說他有行惡的慣性，或從沒有做過好事。當然，保羅在此所掛心的，不是那些好的。他期望過那種生活，問題出在有時他身不由己。他藉著使用奴隸的隱喻，指出他有時仍然發現，罪是一種有力的權勢，而他不能時時刻刻加以抗拒。

保羅的真知灼見，配合了耶穌的話，祂告訴我們，上帝赦免那些悔改的罪人七十個七次。也有如約翰所說的，上帝的意思是我們完全沒有犯罪，但我們一旦失足，我們作基督徒的可以認罪，而上帝將「赦免我們的罪，洗淨我們一切的不義」（約壹1:9）。

上帝的律法，和不完美人性之間的壓力

> 若我所做的，是我所不願意的，我就應承律法是善的。既是這樣，就不是我做的，乃是住在我裏頭的罪做的。羅7:16, 17。

就在這兩節經文裏，我們來到保羅在羅馬書7:14－20所要告訴我們的中心主題。他的要點是告訴我們，問題不是出自律法，而是由於我們這些乏善可陳的世人。

保羅在羅馬書第七章，對兩個有關律法的問題作出回應：首先，它是罪嗎？第二，它是否帶來死亡？（羅7:7, 8）。由於他宣稱「律法是善的」，便回答了兩個問題。

律法既然是良善的，為甚麼它為我們帶來重重的困難呢？保羅就在羅馬書7:14－20回答了那問題。

當我們探討他在今日經文中的回答，我們必須注意到幾件事。首先，正如我們先前所注意到的，保羅絕對相信律法的良善。因此，保羅沒有反對律法。他百分之百贊同。

此外，當保羅作出他所不願意作的（違背律法或犯罪），仍然宣稱律法是良善的這一事實，表示促成那行動背後的，並非那真正的保羅。那就是他的新人，他那作基督徒的自我，由衷地承認律法是良善和無可指責的。他既然是一位被贖的人，便渴望榮耀律法的內涵並完全遵守。

每一位基督徒在那種形式上，好像保羅一般。在每一個人的意念中，都感受到律法在道德上的至高無上，並渴望加以配合。此外，越成熟的基督徒，便越能看出上帝之愛的律法，是聖潔、榮耀、良善的，也越想和它配合。

保羅知道他所經歷的壓力，其錯不在乎律法，而是由於那「住在（他）裏頭的罪」所促成的。使徒保羅發現了我們每一位也要學習的。根據李恩·莫理士的話，罪不再是悔改之前，那位「受歡迎的貴賓」，「也不是繳納屋租的房客，而是「擅自闖入的非法居住者」，不是合法的住客，而是難以攆出之輩。」正如我們先前所讀到的，衛斯理講出非常類似的話，即他提及罪不能轄制基督徒的生活，但罪卻存在。

主啊，請幫助我，學會如何以一種得體的方式，來應付罪和律法。

壓力的根源

> ✠我也知道在我裏頭，就是我肉體之中，沒有良善。因為，立志為善由得我，只是行出來由不得我。羅7:18。

保羅對律法是良善的沒有絲毫懷疑。律法並沒有為他製造困難，或引起他的壓力。反而他的「肉體」是罪魁禍首。保羅在提及肉體時，指肉體沒有「良善」。因此，其對照就是如水晶般的透明：律法是「良善」的，但在他裏面「沒有良善」。

那是真的嗎？保羅裏面真的乏善可陳嗎？他不是剛說他嘉許律法，並誠心誠意的想遵守嗎？無可懷疑的，那些是良好的美德。

我們必須注意保羅在提及「沒有良善」時，他用了一個形容詞。他提醒我們注意一事實，就是「沒有良善」對他來說，是指他的「肉體」。保羅在此是用肉體，來指他的「有罪天性」。因此事實上，他是把他低劣的本性（他肉體的自我），和他高超的天性（他屬靈的自我）作一對比。

我們在了解保羅所謂「肉體」的過程中，必須看出他並不同意當時希臘哲學家，對有關肉體本身是邪惡的教導。相反的，他展望將來在肉體上真正的復活。但對那些希臘人來說，卻是一件不可思議的事，因為他們認為肉體的存在，是一件邪惡的事。對保羅來說，其問題並非肉體是天生邪惡，而是由於本性軟弱，易於向試探屈服，不能時常作出他所認可的良善。應斯迪·卡希曼的話有助於我們了解這要點。他說：「在術語上說，肉體只是罪的溫床。」而正如我們所知道的，魔鬼是一位專家，知道如何操縱每一種個別的「溫床」。

我們在離開第18節之前必須看出，它如何超越第15和第16節，論及人性軟弱的主題。保羅在先前的經文中告訴我們，他不能停止作出他所不認可的事，但在此他加上，他不能作出他所認可的事。

肉體實在軟弱無能，正如卡希曼所說的：「一個屬世的人，不被認為能抗拒他的命運，改變他的宿命，有如德性上的自我所想要作的。」我們須要有來自我們之外的幫助。

求取這種幫助，正是本章堅定不移的方向。我們唯一的盼望，是來自我們的主耶穌基督。

你不是唯一忽浮忽沉的人

> ✠ 故此，我所願意的善，我反不做；我所不願意的惡，我倒去做。羅7:19。

挫折感仍然揮之不去！保羅在這幾節經文中，總結了他既沒有能力完全行善，也不能完全避免作惡。他是一位自知本身弱點嚴重的基督徒，覺得自己一無所誇。

請再一次注意，他並非說，他完全不能作任何好事，而是悲嘆自己身為基督徒，卻不能完全實現律法的要求。他對腓立比的信徒，表達類似的盼望：「這不是說我……已經完全了；我乃是竭力追求，或者可以得著基督耶穌所以得著我的。弟兄們，我不是以為自己已經得著了；我只有一件事，就是忘記背後，努力面前的，向著標竿直跑，要得上帝在基督耶穌裏從上面召我來得的獎賞」（腓3:12－14）。

每位基督徒所要作的事，就是到耶穌面前，把他們一生獻給祂，承認他們的罪，接受稱義、新心及新意念，而且分別出來為上帝聖工服務，這些事情會在一時之間成就。但並非只要是基督徒，便能完全成聖或聖潔。約翰‧衛斯理、懷愛倫和其他人都正確看出，成聖（長得越來越像上帝）是循序漸進的，而且是一生的工夫。

基督徒的天路歷程是持續不斷的，並穿插著挫折、挑戰、失敗。當信徒在他們的靈程上長進時，他們必然越憎惡罪，越喜愛義和上帝的律法，也越認識自己的軟弱。那些方面的長進，將促成我們對上帝越來越倚靠。

我們不須因每日的生活而沮喪。當然，我們免不了時浮時沉。當我們走下坡路時，會自覺一無所值乏善可陳。但當那種事情發生時，我們要剛強壯膽。保羅和大衛同樣面對那種被壓得喘不過氣來的挫折。他們有稱頌、喜樂、平安的日子，但當他們一旦失敗時，他們知道唯一的盼望，是寄託在上帝的恩典和大能之上。

邪惡時常如影隨形

我覺得有個律，就是我願意為善的時候，便有惡與我同在。羅7:21。

「有惡與我同在」。

你可以打賭這是事實。它充斥每個地方。實際上，玩弄和展示邪惡，是現代電視和電影事業的主要成分。一個產品若不充滿色情和暴力，便不能賣座。

兒童節目，信不信由你，更是壞過成人影片。由於幼童的注意力不能持久，他們一分鐘內必須有幾幕暴力動作，才能滿足他們的慾望，不然，他們便會覺得索然無味，立刻離開電視面前，錯過廣告。一旦他們錯過廣告，便不會一味纏著他們的父母，強求買那最新推出的早餐穀類食品——裹滿糖衣的食物。因此，他們必須掌握孩子的心理，以達到他們的目的。這是多麼可悲的事！

是的，罪惡真的如影隨形，不只在大眾傳播媒介出現，其實更近，就在我們腦中。不論我們是否喜歡或無心之過，我們的心思意念，充滿了那吸引（試探）「肉體」（罪性）的影像，不計基督徒所知道的罪與義的區別，行善的事實。

基督徒有必要知道，他們領受浸禮，感受新的愛、新的盼望，並不意味著有如神蹟般，動了一次實際腦髓移植手術。不，你兩耳之間那一「大塊舊肉」仍然存在，並在儲存著有如整座圖書館那麼多誘惑性的記憶體下，開始你的基督徒生活。邪惡實在近得只在你臥榻之旁。基督徒腦海中，可能仍然存有舊影像，但由於他們和耶穌有一種革新的經驗，他們也知道由於那些舊影像具破壞性，所以不應加以鼓勵。

基督徒由於已經悔改，便希望作對的事。但邪惡如影隨形，在人不知不覺下，激動了「肉體之慾」。

我們感謝上帝，因祂也近在我們身邊，我們能呼求祂，加添我們力量（在需要時求祂赦免）。基督徒的人生，是一種長進和栽培的過程，使我們得以越來越領略上帝律法的神聖性，愈來愈感受到自己的軟弱，更加需要祂的公義。

悔改的記號

✕因為按著我裏面的意思，我是喜歡上帝的律。羅7:22。

這是一位悔改之人的記號——一位「喜歡上帝的律」之人。「喜歡」這個動詞，比「同意」或宣稱律法是良善的語氣，更為堅決，它表示心悅誠服地賞識上帝的律法，是那些敵對上帝的人所沒有的。

我們在此所見的是一位「真正」的保羅。是一位屬上帝的保羅，一位「喜歡」、熱愛、以上帝律法為樂的基督徒。是一位真正的保羅，敵對另一位受試探和失足的保羅。這兒是一位一心一意「內在之人」的保羅，有別於體貼「肉體」，或「外在之人」脆弱的保羅。

這是保羅的部分證明，指出罪不再作他的主人，上帝已真正救贖了他，他「喜歡」上帝的律法。

同樣的「喜歡」，可以在全心獻給上帝重生的個人身上發現。上帝的律法，不再是他們的仇敵，正如保羅一般，他們將全心、全意、全靈，熱愛那上帝之愛的律法。

從內心由衷喜歡上帝的律法，並非從保羅開始，上帝從起初便定意要人有這種感受。能始終如一表示對上帝律法之喜愛的，莫過於詩篇。我們已在先前的研究中提到這一點，但現在我們要進一步探討。

詩篇第1篇，發出一系列有關「喜歡」的宣告，而以「惟喜愛耶和華的律法，晝夜思想，這人便為有福！」（詩篇1:1,2）作為開始。

詩篇第十九篇，加入「喜歡」的歌頌聲，指出「耶和華的律法全備，能甦醒人心」（詩19:7）。

當然，詩篇第一一九篇也不甘落後，加入稱頌的行列說：「我喜悅你的法度，如同喜悅一切的財物」（詩119:14）；「我要在你的命令中自樂；這命令素來是我所愛的」（第47節）；「你的律法是我所喜愛的」（第:77節）；「我若不是喜愛你的律法，早就在苦難中滅絕了」（第92節）。

我的朋友，你如何呢？這是否是你「內在的人」？你的心是否和保羅以及眾多詩人，眾口一聲地宣揚對上帝律法的喜愛？如果沒有，為甚麼沒有？當我們自我省察時，諸如此類的問題是非常重要的。藉著上帝的幫助，策劃我們將來何去何從的路途。

靈性的實況

> ✠但我覺得肢體中另有個律和我心中的律交戰，把我擄去，叫我附從那肢體中犯罪的律。羅7:23。

保羅本身是一場大會戰，或善惡大鬥爭的戰場。保羅喜愛上帝的律法，但他看出心中「另有個律」，就是「犯罪的律」，和他屬靈上的我爭戰。簡單的說，他正和諸般惡勢力，進行一場殊死戰。他正在從事戰爭，並且他也沒有放棄，這是非常重要的。魔鬼從沒有放棄。雖然我們讓自己失望，也一再失足，但我們也同樣不該放棄。

正如保羅自羅馬書7:14以來，便一再提及他的一生，並非每件事都盡如理想，但他從沒有自暴自棄。在另一方面，他具有一種認識自我的意識，是某些基督徒所不具備的。那種「實況」正如杰艾·巴克所說，是與「我們的自願或缺少自願的決心，來面對有關我們所厭惡的事實，開始採取步驟，作出必要的改變。」讓我們在羅馬書7:14－24的啟迪下，研討雅各·布維思對靈性實況基礎所提出的四種描述。

第一，「當上帝呼召我們成為基督徒時，祂是在徵召我們終生從事抗拒罪惡的生涯。」我們太容易自我逃避事實，就是宣稱我們所處的，是一個沒有試探和掙扎的安全穩妥之地。但事實正好相反，有如保羅栩栩如生的描述，基督徒要終生按照善惡大鬥爭的模式，和罪惡從事戰鬥。那種戰事並非是輕省的，因為那是和潛伏在我們內心——甚至是已經悔改的男女基督徒——裏面罪的殘餘，所從事的一種拉鋸戰。「靈性的真像，有求於積極的備戰、不住的儆醒、百折不撓的決心、和時刻依靠那唯獨能幫助我們取勝的上帝。」

第二，「雖然我們受召從事畢生的戰爭，我們絕對不能靠自己得勝。」

第三，「即使我們靠著聖靈的大能得勝，而且應時常戰勝，我們仍然是無用的僕人。」為甚麼？因為一個基督徒的勝利，是藉著上帝的恩典而得到的。

第四，「我們要不住的向罪爭戰對抗，並拿起上帝為我們所預備的工具，主要是依仗禱告、研究聖經、基督徒聯誼、為他人服務。」使徒保羅在以弗所書第六章勸戒我們：「你們要靠著主，倚賴祂的大能大力作剛強的人」（第10節）和「要穿戴上帝所賜的全副軍裝，就能抵擋魔鬼的詭計」（第11節）。

懺悔之罪人的記號

我真是苦啊！羅7:24。

許多閱讀羅馬書第七章的學者，認為基督徒不該講這種話。他們指出，基督徒的人生，應該是喜樂、平安、得勝的。

真的嗎？你從沒有失足跌倒嗎？難道你從沒有因不仁慈的舉動，或犀利不當的話，刺傷了別人，而令自己、上帝、別人失望嗎？或者你認為自己有如約翰所提及的，是屬於那些良善不可能犯罪的一員？然而他們是最可悲的人，只是不自知而已。他們犯上自以為「良善」的罪。在其過程中，約翰說他們不但「自欺」欺人，而且「以上帝為說謊的」（約壹1:8, 10）。你會達到如何可悲的境界？某些「我比你更好」的個人，在為自己的道理或生活方式辯護時，可能比魔鬼更壞。他們甚至在汽車防撞板上，貼著我不久之前所見的標籤：「耶穌，請您……從您的跟隨者中救出我們。」

但誰是祂的跟隨者？是那些因耶穌沒有像他們一樣遵守安息日，而把祂釘在十字架上的法利賽人？還是像悔改的法利賽人保羅，失足時看出基督徒的實況、了解自己是可悲的人？

悔改之基督徒的記號，是那些看出自己的短處，由衷悔罪向上帝呼求說：「我真是苦啊！」的人。那正是保羅的經驗，卻有如我們先前所指出的，那是他在羅馬書第七章所提及的，有關他有時跌倒的事，而不是他將在羅馬書第八章，所要提及的人生。

上帝稱大衛是合自己心意的人，但大衛分享了保羅的經驗。請聽他為自己所犯的罪而悲傷時，發出的呼求：

「我的罪孽高過我的頭；如同重擔叫我擔當不起……我要承認我的罪孽；我要因我的罪憂愁……耶和華啊，求你不要撇棄我！

我的上帝啊，求你不要遠離我……拯救我的主啊，求你快快幫助我！」（詩38:4, 18, 21, 22）。

我的朋友，這就是一個悔罪之人的呼求，是一位認識上帝，卻因令上帝失望，而看出自己是如何痛苦的人。

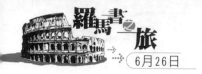
喜樂的歡呼

✖誰能救我脫離這取死的身體呢？感謝上帝，靠著我們的主耶穌基督就能脫離了。羅7:24, 25。

使徒保羅從討論他的悲慘「誰能救我脫離這取死的身體呢？」進而歡呼自己脫離慘境。

他的回答是一陣喜樂的歡呼聲：「感謝上帝，靠著我們的主耶穌基督就能脫離了。」他從自己的經驗，知道罪的問題只有一種解救方策。那救我們脫離繼續犯罪困境的，就是耶穌基督，最終祂將在第二次降臨時，實際救我們「脫離這取死的身體」，因為保羅向我們發出保證說：「死人要復活成為不朽壞的，我們也要改變。這必朽壞的總要變成不朽壞的，這必死的總要變成不死的」（林前15:52, 53）。

羅馬書7:25的歡呼，將成為第八章的主題。在許多方面處理有關基督徒的得勝，是羅馬書的中心要點。但保羅在論及第8章的得勝主題之前，在第7章的結尾，加上了一點平衡的話語。他的結論是：「這樣看來，我以內心順服上帝的律，我肉體卻順服罪的律了。」

某些人認為羅馬書7:25前半段勝利的呼聲，和羅馬書8:1基督徒得著保證的偉大宣言之間，不應夾著這麼一句奇怪的話。幾位註經者，有如莫費特和駱德，甚至不惜認為：把第25節下半段放在這個地方是一種錯誤，應把它接在第23節之後，因為兩處擁有共同的主題。

但這不是一種錯誤。保羅可能知道基督是得勝者，但他是一個現實主義的人，因此，第25節的後半段，是一句提醒的話，正如施道德·布理斯克所宣稱的，「這種戰事還沒有結束，戰爭仍然如火如荼進行著，但其所帶來的，是肯定的勝利，而不是不可避免的失敗。」

靈性與肉體之間持續性的緊繃壓力仍然存在。但基督徒並非孤軍抗戰。基督就站在每一位信徒身邊。藉著聖靈（第八章的一個重要的主題）的幫助，勝利是可預期的。保羅告訴腓立比的信徒某些類似的話：「我深信那在你們心裏動了善工的，必成全這工，直到耶穌基督的日子」（腓1:6）。

我們應該因上帝的恩典而稱頌祂，因我們不孤立而歌頌祂，因祂絕不放棄我們而頌讚祂，更不會在困難重重時離開我們。

在「基督裏」之人的喜樂

如今，那些在基督耶穌裏的就不定罪了。羅8:1。

現在我們已進入羅馬書第八章的研究。這是聖經最美妙的一章經文。假如第七章是論及緊繃的壓力、挫折感、暫時的失敗，那麼，第八章便是得勝的一章。正如葛理費·多馬所指出的，本章以「不定罪」開始，以「不隔絕」作為結束，而中間貫穿著「得勝」的特色。

羅馬書第8章是有關得勝之章節。甚至它沒有到此為止，還論及有關得著保證，就是那些在基督裏的人，得著救恩的保證。這章舉例說明，那些一心一意信靠基督的人，有奇妙的新生命為他們打開。

羅馬書8:1帶有兩個絕對肯定的中心要義。第一是「不定罪」。這是個好消息，尤其是給那些在羅馬書第七章所提及的。他們可能在掙扎中過活，甚至有時因而失足，但「那些在基督耶穌裏的就不定罪了」。

為何不被定罪？那就是保羅自羅馬書3:21以來，便不住講解的主題。保羅不厭其詳地列出由恩典而來的救恩，是如何的操作。他清楚的指出救恩，是那唯獨藉著信而來的恩典。

「信」這個字，為我們帶來羅馬書8:1的第二個要義。不是每一個人都可以免罪，只有那些「在基督耶穌裏的」，才不被定罪。保羅特別清楚的指出，每一個人不是在「基督裏」，便是在「亞當裏」（林前15:22；羅5:12－21）。在保羅的書信中，「在基督裏」這個片語一共出現了164次，包括在以弗所書那宏博的開場白中（弗1:3－14）出現的11次。

雅各·施迪瓦指出，「保羅之宗教的中心要義，是與基督聯合。這個超越任何其他的概念──超越稱義、超越成聖、甚至超越和好──是解開他心靈之奧祕的關鍵。」對保羅來說，那些在「基督裏」的，是被稱為義、成聖、逐步成聖與達到完全的人。他們若留在「基督裏」，當基督復臨時，便有繼承天國的保證。

但是，你可能會想到一個問題：一個人如何能在「基督裏」呢？不是藉著血統，我們都照著亞當的樣式出世。對保羅來說，人唯有在有意識的情況下，接受基督為救主，才能在「基督裏」。

聖靈的蒞臨

> 因為賜生命聖靈的律，在基督耶穌裏釋放了我，使我脫離罪和死的律了。羅8:2。

今日的經文中，「因為」這個連接詞非常重要。這是由於它把羅馬書第八章第1和第2節連接在一起，並幫助我們明白，為何「那些在基督耶穌裏的就不定罪了」（第1節）。為甚麼呢？因為「賜生命聖靈的律，在基督耶穌裏釋放了我，使我脫離罪和死的律。」

第3節提及那種自由的基因。但在開始研究那節經文以前，我們必須知道聖靈（在此和「賜生命聖靈的律」，相提並論）是整個第八章的中心要點。把焦點放在聖靈意味著，這書信在其重點上作出重大的轉移。那種轉移在我們對比第七和第八章時尤為重要。羅馬書第七章，提及律法和它的同義詞共有31次之多，但只一次提及聖靈。反過來說在第八章中，至少有20次提到有關聖靈的事。

約翰·施德特指出，羅馬書第七章和第八章的「主要不同之處，在乎律法的軟弱無力，和聖靈的強大有力。對潛伏在我們內心的罪來說，律法對我們在道德上的掙扎（羅7:17, 20），一無所助。保羅現在提及住在我們內心的聖靈，不但是『脫離罪和死的律』之解救者（羅8:2），更是末日復活和永遠榮耀的保證（羅8:11, 17, 23）。」

羅馬書第八章描述基督徒的人生，有如在聖靈裏面活著。那是一種由聖靈所帶來的支持、引領、滋養的人生。沒有聖靈的同在，便不能過基督化的人生。難怪懷愛倫指出，聖靈的恩賜「帶來一連串的其他恩惠」（歷代願望，第684面）。

羅馬書8:2指出，聖靈藉著「生命聖靈的律，在基督耶穌裏釋放了」（那就是福音）我們，「脫離罪和死的律」（那就是律法的定罪）。因此我們有了第二個特權。我們從第1節發現，我們不再受律法定罪，從第2節看出，基督徒可藉著福音得著解放。然而，那並不是從律法（那是良善、聖潔、公正、神聖的）得著釋放，而是不再受罪的轄制和律法的定罪。

因此保羅宣稱，基督徒解脫負面轄制，得著被釋放的正面自由，是藉著聖靈的引領和大能。

基督及時的拯救

> ✖**律法既因肉體軟弱，有所不能行的，上帝就差遣自己的兒子，成為罪身的形狀，作了贖罪祭，在肉體中定了罪案 。羅8:3。**

這節經文中的「因」，和羅馬書8:2中的「因為」同樣重要。它將羅馬書第八章前兩節的經文（它們宣稱不再被「定罪」，聖靈使基督徒從「罪和死的律」得著釋放），牢牢扎根在基督偉大工作的根基上。由於耶穌的生與死，使救恩成為可能，且是一種事實。

但站在耶穌後面的，是天父上帝。祂「差遣自己的兒子，成為罪身的形狀。」這個片語，蘊育著有關耶穌這位神人的無窮意義。首先，祂是上帝的「獨生」愛子。我們可能以此類推，每位基督徒都是上帝的兒女，但正如韓德指出的，基督在「本性上是聖子」，而我們卻是「恩典中的兒女」。基督並不完全和我們一樣，祂是上帝的聖子。由於這個緣故，天使向馬利亞提及祂是「聖者」（路1:35）。聖經提到祂，不是任何其他的孩子，因為耶穌是非常特殊的，有異於其他世人：祂是上帝獨生的愛子，由聖靈直接受孕，作為祂的天父。

另一方面，耶穌「成為罪身的形狀」降世為人。請注意保羅在此是如何謹慎。倘若他說耶穌以「罪身」降世，他會創作一個神學上的禍患，因為他已在羅馬書第七章指出，有罪的肉體不能克制罪。因此如說基督和其他世人一般具有「罪身」，那無異是在理論上認定，祂和其他世人一樣是個罪人。但在另一方面，上帝有必要將基督和祂所要拯救的世人，視為一體。於是保羅非常仔細地選擇他的用語，說出祂「成為罪身的形狀」。因此他指出，基督完全帶有人的體質，但並不完全像其他的人一樣。

羅馬書8:3勾畫出懷愛倫對我們有所幫助的內容。她說：「我們不能同意其他作家所說的，基督好像其他的孩子一樣……祂那守正不阿的行為，經常為父母所喜悅」（青年導報，1898年9月8日）。她對比地指出其他的孩子，「本性上有一種行惡的傾向」，是他們無法自我克制的（教育論，第27面）。

羅馬書8:3告訴我們，由於基督既是神又是人，所以祂能成功地處理罪的問題。因此所有的世人，都虧欠了這位為上帝所差派，「要將自己的百姓從罪惡裏救出來」的基督。

基督的作為贖罪祭

✖上帝就差遣自己的兒子，成為罪身的形狀，作了贖罪祭，在肉體中定了罪案。羅8:3。

「上帝就差遣自己的兒子，成為罪身的形狀，作了贖罪祭。」保羅對上帝為何差派祂聖子的事，沒有給我們留下絲毫疑念。世人自己陷入困境，不能從罪的深坑中自拔，於是導致被定罪。

正如許多聖經譯本所說的，基督「為罪」而受差遣。祂受差遣一勞永逸地處理了罪。保羅提及基督是「為罪」或為「處置罪」而來，是甚麼意思？許多聖經譯本，根據舊約聖經的希臘文版本，一再地把「為罪」譯成「為罪獻上贖罪祭」。希伯來書10:6－8正確地反映了那種譯法。但根據羅馬書8:3的上下文，似乎有必要作出一種更廣義的譯法。當然，耶穌處置罪的方法，是多方面的。

保羅寫出這段經文的用意，是在講解基督徒如何才能制勝罪，因為律法不能使他們脫罪。上帝為了這個原因，差遣耶穌來到世上，徹底解決了罪的問題。基督藉著祂的死，承擔了罪的懲罰，並在那些因信接受祂的人之生活上，摧毀了罪的控制權。「處置罪」這個片語，總結了祂來到世上的使命。

羅馬書8:3提及，祂處置罪的方法，是在「肉體中定了罪案」。

耶穌又如何在肉體中定罪呢？首先，祂成為一位「成為罪身的形狀」之救主，過著完全順從上帝的人生，作為第二個亞當，制勝了第一位亞當所失敗的。

第二，祂不但過著一種完全順從律法之要求的生活，成為上帝的羔羊，而且在「肉體中定了罪案」，「只有一次」作為祭物獻上（羅8:3）。耶穌「在肉體中」所作的，不論是生或死，都釘死了所有的罪。

基督藉著祂的生和死，不但為那些接受祂恩典的人，除去定罪的判決，而且提供一種依靠，使基督徒除去那牢牢控制他們的罪。基督處置罪的方式，是為祂的跟隨者，打通一條得勝之道。

在聖靈裏行走

✖〔基督處置罪的方法〕，使律法的義成就在我們
這不隨從肉體、只隨從聖靈的人身上。羅8:4。

我們由前一節經文的討論中，看出基督處理罪的方法，是藉著祂無罪的生命和救贖的死，在肉體中對罪定了案。這所要成就的一個目的，就是「使律法的義成就在我們……身上」。

「使律法的義成就在我們……身上」，這句話是甚麼意思呢？有人認為保羅的話，是指出基督既然遵守了全部的律法，就是將祂完全的順從，轉移給我們。因此祂不但為我們死，也為我們而活。從這個角度來看，今日的經文，便不需要論及關於基督徒的個人職責。

雖然有可能用這樣的方式解讀，但是，似乎不是保羅寫羅馬書第八章時心中所想的，他似乎是指那些在基督裏的人說的。根據布魯斯的話，對那些被聖靈影響的人來說，「上帝的律法，如今成為上帝大能的作為。」

這話暗示稱義和成聖的果子，在信徒的生活上，是不可分開存在的。上帝算那些在「基督裏」的為義（稱義），以及藉著聖靈提供能力，使他們在生活上，過著順從律法原則的人生（成聖）。

然而正如第七章所指出的，那種得勝的生活並非一帆風順，但它卻會提供一種和我們以前作罪的奴隸時，完全不同的生活品質。

今日經文所提及關於隨從（行走）的隱喻（英文聖經把隨從譯為行走，walking），在此有很大的幫助。保羅所提及的，是那些「不隨從肉體、只隨從聖靈的人（不跟著肉體，只跟著聖靈行走的人）。」基督徒的長進，對我們大多數的人來說，是行走多過於飛行。我們在靈性上的長進，在日復一日的生活上，可能不是非常壯觀，卻是穩健的前進。

但即使是那種循序漸進的行走，也唯有靠聖靈的大能，才可能成就。那些「隨從聖靈」而活的人，不但有能力得勝，也能擴大他們的視野，看出甚麼是生活上的要素，和人生可能達到的境界。與聖靈同行，真的是一種更新的經驗。上帝不但要為那些在基督裏（稱義）的人，成就某些事；祂更定意在那些（成聖）人的裏面，作出某些事。

你的心在哪裏?

因為隨從肉體的人體貼肉體的事,隨從聖靈的人體貼聖靈的事。羅8:5。

彼得並不真的是那麼壞的一個人,他只是把他的心思放在錯誤的地方,於是受到耶穌的斥責說:「撒但,退我後邊去吧!你是絆我腳的;因為你不體貼上帝的意思,只體貼人的意思」(太16:23)。這位門徒表面上並非犯了甚麼錯,他只是從屬世的角度來看事情。而那種對事情的看法,使他的人生觀本末倒置。

當雅各和約翰請他們的母親,向耶穌求取天國兩個最高的職分時,他們同樣患了「心智」上的病。根據保羅的話,他們是在「體貼人的意思」,追求地位和權勢,所以不符合屬靈的領域。因此他們的人生,和上帝為他們所預備的格格不入。

人把注意力集中在「體貼肉體」的事上,並不一定是指在思想和行動上,作出所謂罪大惡極又淫亂的事。這可從保羅在加拉太書5:19-21所列舉,那「放縱肉體」的清單中看出來。他將爭競、忌恨、惱怒等列在其中。因此我們認為,「屬肉體」的那種氣質,可能在許多事上表現出來。這等人可能是教友,或者是教會的同工,但他們有良好的動機,思想上的出發點,可能是針對今生的事,於是那種觀點影響了他們的生活方式。因此,隨從肉體之道,配合了保羅在羅馬書8:4的隱喻,是人生歷程的一種道路。

與這種觀點和生活相對的,是隨從聖靈之道。那些「隨從聖靈的人」所以這麼作,是由於他們「體貼聖靈的事」。再說,那些集中精神在屬靈事上的人,不但不再對「屬肉體」之事感興趣,相反的,他們的心意和生活,都專注屬靈的事,正如那些集中精神在「屬肉體」之事的人,他們的人生完全為屬世的事物所轄制。

保羅對這點沒有絲毫懷疑。你的心在那裏,你的人生也在那裏。那是一個富有挑戰性的意念。我的心在那裏呢?當我有閒暇的時間時,我常想些甚麼事呢?那些問題的答案,如何指出關於我靈性的指標?

我們需要喚醒必死之人

✖ 體貼肉體的，就是死；體貼聖靈的，乃是生命、平安。羅8:6。

這是一節相當有趣的經文，因為它沒有說「體貼肉體導致死」，而是說「體貼肉體的，就是死。」換另外一種說法，就是那些不得救的人，不在「基督裏」的人，已經在靈性上死了。因此正如一位作家所指出的，「使徒保羅所說的，是一種屬靈上的偏差，而不是一種靈性上的結局。」

倘若是真的，你可能這麼想，那麼，人如何能就近基督呢？事實上，罪人沒有來找祂；是祂找上他們。在亞當墮落的案例上正是如此，上帝到園中去找他；失落的錢幣也是一樣，還有撒該，以及有史以來的每一個人，都是如此。上帝藉著聖靈對每一個人的心靈發出呼籲，喚醒他們看出自己的需要。約翰·衛斯理稱那種工作是「提前的恩典」，或走在救贖恩典之前，屬上帝的恩典。人在接受上帝在基督裏的恩典之前，必須先從靈性的死亡中被驚醒過來。

雖然我們今日的經文，把靈性上的死，看為是那些一意「體貼肉體」之人的實際情況，而不是由於他們的意念所帶來的結局，但是仍然帶有罪導致死亡的含意。羅馬書6:23宣告：「罪的工價乃是死」。當然，那種死，並非我們今日經文所指靈性上的死亡，而是指末時那永遠的死。但是這兩種死，有其相互的關係。拒絕從靈性上死亡被驚醒過來的人，那些一意隨從肉體之輩，正走上在末期最終引向永死的道路。

相對於一意隨從肉體的人，就是那些定意「體貼聖靈」之人的陣營。這種心意並非帶來生命和平安，而是「生命和平安」已為重生的基督徒所擁有。正如我們在先前的研究所看出的，那些在「基督裏」的人，已得著永生（約3:36）以及與上帝相和（羅5:1）。

我們不應把保羅的教訓，將那些一心隨從聖靈的人，看為是名列教友名冊的人。不幸的，尚有一些教友，甚至是傳道人，心意仍然留在屬肉體的境界中，而不是在屬聖靈的領域裏。但上帝那「提前的恩典」，在他們的案例中仍然積極活躍。上帝仍然採取主動的作為提醒罪人，讓他們得著真正生命與平安的喜樂。

思想導致具差異性的結果

原來體貼肉體的，就是與上帝為仇；因為不服上帝的律法，也是不能服，而且屬肉體的人不能得上帝的喜歡。羅8:7,8。

人的存心如何，是一件非常重要的事。如何思想，是人生成敗最重大的因素。保羅自羅馬書8:5以來，便一直強調這個事實。他在經文中指出人的心意，也表達基督徒或非基督徒的本性。接著，他在第6節提出人的存心，不但表達我們現在的某些素質，更帶有永恆的結局。

保羅在第7節進一步推廣他的思路，並告訴我們，那「體貼肉體的」，就是為世事所纏繞的人，「是與上帝為仇」。「為仇」這片語，並非只是意味著在某方面稍微不合作。那些有這種心思的人，實在是上帝的仇敵。而這主題，更是保羅在羅馬書5:10中提起的。與上帝「為仇」，表示一種根深蒂固的仇恨。約翰・施德特指出，那是「敵對祂的聖名、祂的國度和旨意、祂的大日、祂的子民和祂的聖言、祂的聖子、祂的聖靈和祂的榮耀。」

保羅更大膽指出，那些定意隨從屬世之事的人，尤其不喜悅由上帝的律法所形成的道德標準。那屬肉體的心意，不但「不服上帝的律法」，它根本「不能服」。就是因為這個原因，聖經描述一個成為基督徒的人，得著一個新的意念和新的心靈有如重生，好比藉著浸禮所預表的死亡和復活（羅6:2-4）。

因此，成為基督徒，並不只是成為較好人生的另一步驟。不！那是一種徹底的改變，全然切斷舊時的心意和生活——一種全新的人生。那是一種在「基督裏」的人生，有別於在「亞當裏」的生活。

人若具有體貼肉體或此世的存心，這種人的最終結局是「不能得上帝的喜歡」。

保羅已用了四節經文，提及兩種可供選擇的存心（屬肉體的心意和屬聖靈的心思），導致兩種不同模式的品行（根據肉體或按照聖靈過活），並直接和兩種屬靈的情況（死亡或生命和平安）有關。因此，我們如何思想，我們專注的是甚麼，和我們所重視的是甚麼，對我們現在的操守和將來的命運，佔有舉足輕重的作用。難怪保羅呼籲腓立比人，要「以基督耶穌的心為心」（腓2:5）。

每一個基督徒都有聖靈

> ❈如果上帝的靈住在你們心裏，你們就不屬肉體，乃
> 屬聖靈了。人若沒有基督的靈，就不是屬基督的。羅
> 8:9。

「但是！」（英文聖經有這個連接詞）

保羅在前幾節經文中，提及有關那些具有屬肉體的心意，那些定睛注視今世事物的人。「但是」，不是每一個人都在那陣營裏。相對於那些屬乎肉體的，是那些「屬聖靈」的人。使徒保羅對這個主題極其重視，於是進一步的説，那些「沒有基督的靈」之人便不屬乎祂，也不是基督徒。

我們在這一節經文中，發現有關聖靈的兩個事實。第一，每一位基督徒（而不是教友）都有聖靈的恩賜。這正是那天傍晚，耶穌教導尼哥底母的話：「我實實在在地告訴你，人若不是從水和聖靈生的，就不能進上帝的國。從肉身生的就是肉身；從靈生的就是靈」（約3:5,6）。

根據保羅的話，內心的罪，帶有「在亞當裏」的特色（羅7:17,20），但是住在內心那上帝的靈，則是基督徒的記號。耶穌在約翰福音14:16,17的應許，反映聖靈的同在：「我要求父」賜下聖靈，「就是真理的聖靈，乃世人不能接受的；因為不見祂，也不認識祂。你們卻認識祂，因祂常與你們同在，也要在你們裏面」。由於那住在內心的聖靈，保羅指出我們的身體是「聖靈的殿」（林前6:19）。

聖靈是上帝賜給每一位真基督徒的恩賜。當然，所有的基督徒在得著聖靈的恩賜之外，每一個基督徒都因著特殊的服務，有著不同的恩賜或才幹。但我們不要把這些才幹，和每一位信基督之人內心的聖靈混為一談。

羅馬書8:9所要注意關於聖靈的第二個重點，是祂含有三位一體真神的要道。這段經文不但指出，聖靈可交替應用在「基督的靈」和「上帝的靈」的事上，而且可和懷愛倫所指的「天庭的三位一體」，或三位「屬天的永恆真神」（《佈道論》，原文第615,616面）貫穿在一起，並在為人類的工作上親密合作。這是一個好消息，因為三位一體中的每一位，在我們得救的事上精誠合作。

在基督裏得生

✣基督若在你們心裏，身體就因罪而死，心靈卻因義而活。羅8:10。

我們在羅馬書8:10，面對一個必死的身體，和一個活著的心靈，這兩者之間的緊繃關係，在第11節找到解決的方案。保羅在這節經文中論及復活，與我們活著的靈，和一個活的身體聯合起來。那是相當清楚的，但是在第10節中，解經者對「死」，是指一個信徒在受洗時，向罪的轄制而死（羅6:2），或者是指受死亡所控制，必朽壞身體的「死」，終將成為過去，卻有著不同的見解。兩方面的見解都是正確的，然而，由於保羅在第11節提及復活的事，因此他心中所想的，似乎是指我們實際的肉體而言。

就算事實是這樣，但保羅所真正關心的，是眼見我們整體和完全的活著。換句話說，他的主題不是「死亡」，而是「生存」。他在第10節作出結論說，我們的「心靈卻因義而活」，是由於基督在福音計畫中為我們所作的，和我們因為藉著浸禮的表號，所經歷的死與復活（羅6:2,3）。

在基督裏而活！多麼美好的意念！多麼偉大的事實！

但在基督裏而活是甚麼意思？它指出一件事，就是我們向著上帝和屬靈的實體而活。我們在成為真正的基督徒之前，可能對上帝存有某種模糊的概念，而且相信祂，但那並不具特別意義，因為雅各告訴我們，甚至魔鬼也信卻戰驚（雅2:19）。上帝在那時可能像個模糊的影像。祂在那兒，可是並不在我們個人的感受之中。但當我們接受基督為救主，聖靈便進入我們的生活中，上帝隨即像生命一樣那麼逼真。這並非是說基督徒不再遭遇挫折和懷疑，而是他們知道上帝愛他們，並在需要的時候，隨時出現在他們身邊。

第二個在基督裏而活的事，是暗示聖經是一本新的書。它不再是另外一本可束之高閣使之蒙塵又令人感到乏味的書，而是成為一本我們每日生活上不可或缺的書。它向我們述說我們的需要。

第三件事是基督徒為其他的基督徒，和同胞的需要與創傷而活。他們不但樂於和其他愛耶穌的人相聚，更本著耶穌的精神，具有一種盼望，為周圍的世人服務。

復活再次造訪

✖ 然而，叫耶穌從死裏復活者的靈若住在你們心裏，那叫基督耶穌從死裏復活的，也必藉著住在你們心裏的聖靈，使你們必死身體又活過來。羅8:11。

保羅真的三句不離本行，從不離開復活的主題。在較早的思考中，我們已討論了他在哥林多前書第15章，和在帖撒羅尼迦前書第4章，有關那偉大的復活主題。我們較早也在羅馬書的篇幅中，探討了幾次他暗示有關基督復臨的有福盼望。

復活是保羅的一個重要主題，並以兩種樣貌出現。首先是基督的復活，是他在哥林多前書第15章一再強調的大事，並保證那些在世上跟隨祂的人，同樣能得著復活。

第二個步驟，是那些在屬世的生活上，因心靈的義而活之人的實體復活（羅8:10）。但在這一要點上，我們必須仔細看看保羅的用語。他說上帝「叫耶穌從死裏復活」，祂將要把生命賜給我們的身體。

這兩種復活有很大的不同。耶穌的生命就在祂的裏頭，所以宣稱祂不但有能力捨去祂的生命，也有權柄取回來（約10:17, 18）。但我們並非獨力生存，因此上帝不但要使我們復活，更需要把生命賜給我們。根據哥林多前書第15章的說法，祂所賜的將是不朽壞的生命。羅馬書8:11提及，上帝將把生命賜給我們「必死（的）身體」是一件重大的事，因為世人目前沒有不朽壞的身體，那是末日來自上帝的恩賜。

保羅不是唯一對復活之事，感到極其興奮的作者。懷愛倫也具有類似的興趣。她描述那件大事說：「當地球東倒西歪，電光四射，雷聲大作的時候，上帝兒子的聲音，要把睡了的聖徒喚醒起來。祂望著義人的墳墓，然後舉手向天呼喊說：『醒起，醒起，醒起，你們這睡在塵埃中的要起來！』從天涯到地極，死人要聽見那聲音，凡聽見的都要復活。那時從各國、各族、各方、各民中有人出來，聚成極大的隊伍，他們的腳步聲要響遍全地。他們要從死亡的監牢中出來，身上披著不朽的榮耀，呼喊著說：『死啊！你得勝的權勢在那裏？死啊！你的毒鉤在那裏？』（林前15:55）。活著的義人和復活的聖徒，要同聲發出經久而歡樂的勝利吶喊」（《善惡之爭》，第668面）。

正如一首古老的詩歌所說的：「那是多麼值得喜樂的大日！」

律法之前的恩典

弟兄們，這樣看來，我們並不是欠肉體的債去順從肉體活著。羅8:12。

「這樣看來」這個片語，是今日經文的一個重要部分。它把第12節，和羅馬書第八章前面的十一節貫穿在一起。這些經文告訴我們一些甚麼事：

1.信徒不再被定罪。2.他們已在罪和死亡的律法下得著釋放。3.他們不再受罪的轄制。4.他們的行事為人靠著聖靈的大能。5.他們一心一意仰望屬靈的事。6.他們藉著聖靈有了生命和平安。7.他們有實體復活的保證。

這是相當值得慶幸的一系列清單。保羅在第12節告訴羅馬的信徒，他們因上帝賜給他們的所有恩賜，而身負某種義務或成了債務人。他們的債務是根據上帝的原則而活。倘若住在內心的聖靈已賜給他們生命（羅8:10），他們如何能繼續在死亡之道上生活？他們不能同時既死又活。他們既從死亡中被救出來，便有義務藉著聖靈的大能，按照生命的原則過活。

在這一要點上，最重要的是看出，倘若上帝沒有拯救我們，我們便不欠祂的債。首先是救恩的賜下，然後因聖靈所加添的大能，作出信心的反應。十條誡命啟迪了同一模式。首先是賜下恩典「我是耶和華你的上帝，曾將你從埃及地為奴之家領出來」（出20:2），接著賜下律法。以色列人欠了上帝的債，因為祂拯救了他們。救恩首先來到，然後有了反應。從一個基督徒的觀點來說，律法必須從恩典的角度來透視。

在這種思想的背景下，如只把十條誡命列在一本書中，或掛在教堂的牆壁上，而沒有出埃及記20:2的恩典，那是真正的禍患，因為這節經文指出，以色列人要遵守律法，或甚至要以律法為首的原因。沒有上帝拯救的恩典，便沒有律法或律法的遵守。恩典在義務之先。

在保羅給羅馬信徒的書信中，這是同樣的事實。他們由於上帝的恩典，而欠了祂的債。他們的回應——有如當我們看出已蒙救贖的回應——將是按上帝的旨意來行事為人。

治死肉體的教訓

你們若順從肉體活著，必要死；若靠著聖靈治死身體的惡行，必要活著。羅8:13。

羅馬書8:13列出兩個選擇，是我們對羅馬書耳熟能詳的主題：「肉體之道走向死亡，而屬靈之道卻邁向生命。」

然而在今日的經文中，我們仍然有一種新的意義上的差別：「治死肉體的作為。」這種概念至少引出三個問題。

首先，甚麼叫治死？正如約翰・施德特所指出的，「治死並非自我虐待（以自我折磨的痛苦為一種樂趣），也不是禁慾或苦行主義（因我們有肉體和有自然肉體慾望的事實，因而憤恨並排斥）。」反之，那是認定邪惡是邪惡，引向『斷然並徹底的對它加以棄絕，並且不是靠幻想，而是真的『加以治死』，才是治本之道。』同樣的概念也在加拉太書5:24出現，保羅在那裏提及，「把肉體連肉體的邪情私慾同釘在十字架上」。

第二，治死的事如何成就呢？一件有趣的事，是今日的經文指出，那是我們要作的一件事。經文沒有提及被治死，而是治死。在那種工作上，我們是主動而不是被動的。在其過程中，我們有當負的責任。然而，我們不能自我「治死身體的惡行」。今日的經文指出，那是藉著聖靈的大能。聖靈賜給我們願望、決心、和制約的力量，來拒絕邪惡。我們分內的工作，是積極的一面，將我們的意志力，降服在上帝的旨意之下。

消極方面，治死身體的惡行，意味著棄絕那些我們認為是錯的事。我們必須達到一個境界，甚至「不要為肉體安排，去放縱私慾」（羅13:14）。當這種試探首次出現時，我們必須以禱告來拒絕，並呼求說：「耶穌啊，請幫助我，使我甚至不要想起這種無聊的事。」另外的一種選擇，是「放縱」那種念頭，甚至採取行動，之後才後悔。後者的選擇，正如第七章所指出的，是有其可能性，但這不是一種完全的勝利，也不是上帝要袖子民所作的。

第三，我們為何要採取治死的行動？因為我們有義務這麼作（羅8:12），同時因為這麼作的人「必要活著」，樂享此世的豐盛人生，有如在第14節和第17節所說的。保羅說，那些走在上帝之道上的人，就是上帝的兒女，得著所有的權利和恩惠。

歸為上帝的兒女

✝ 因為凡被上帝的靈引導的，都是上帝的兒子。羅 8：14。

羅馬書8：13所提及的那些，所以能治死肉體的人，不但是由於聖靈引領他們，而且也是由於他們是「上帝的兒子」。他們接受了聖靈的領養，便成為上帝家庭的一分子，並有特權稱上帝為天父，教會內的信徒為弟兄姊妹。

「不是每一個人，不論是否是基督徒，都是上帝的兒女嗎？」巴克這麼問道，但他接著回答說：「絕對不是！所有的人都是上帝兒女這種想法，從來沒有在聖經的任何地方出現。舊約聖經指出，上帝是天父，但並不適用於所有的人，而是祂的子民，就是亞伯拉罕的後裔。」新約聖經清楚的指出，倘若我們接受基督，便是亞伯拉罕的後裔（加3：26-29）。「因此，作為兒子的特權，並非藉著血統而來，每一個人自動擁有那種身分，而是由於一種超自然的恩賜，是通過接受耶穌而來的……『凡接待祂的，就是信祂名的人，祂就賜他們權柄，作上帝的兒女……這等人不是從血氣生的，不是從情慾生的，也不是從人意生的，乃是從上帝生的』（約1：12，13）。」

因此，成為上帝的兒女，是一種滿有恩典的恩賜。它的實現，正如耶穌在約翰福音第3章所指的重生。它的出現，是當一個人憑信接受耶穌為救主的時候。又它的成就，是當人們藉著上帝聖靈的大能，決心放棄他們在「亞當裏」而生的身分，憑著耶穌在髑髏地所成就的，接受在「基督裏」的身分。保羅提及那些憑信接受基督的人說：「得著兒子的名分」（加4：5；弗1：5）。

很多時候，太多的基督徒誤解了成為上帝兒女的好消息。它的發生，不是在肉體的出生，而是在重生的時候。這是一個美妙的真理。約翰指出，信徒被稱為「上帝的兒女」（約壹3：1）。

成為上帝家中的一分子，將改變我們人生的每一方面。這不但會令我們繼續在聖靈裏面而活，更將醫好我們與上帝家中其他成員的相互關係。畢竟人們不可能愛天父而不愛祂其餘的兒女。或者，有如烏拉弗・歐爾筆下所描述的基督徒：「他們不但屬於上帝之家，而且在行動上表現出來。」

我們是否是這樣的情況？

稱上帝為阿爸

✖ 你們所受的，不是奴僕的心，仍舊害怕；所受的，乃是兒子的心，因此我們呼叫：「阿爸！父！」羅8:15。

成為上帝兒女進入上帝的家，是一個基督徒何等大的特權！當我們了解「領養」在保羅當時世界的全部意義時，尤其是一種更加不可思議的一特權。第一世紀的羅馬時代，一位過繼的兒子，是經過精挑細選（時常是一個成年人），為他的義父所領養，來繼承他的名聲與產業。既然如此，社會認他和其他有血統關係的兒子同等，他可能實在分享父親的親情，甚至超過其他兒子所能得到的。

人被領養，成為一個重要家庭的成員，是一件非常光榮的事。對基督徒來說，能過繼成為上帝之家的兒女，再也沒有比繼承天父的尊貴和名聲，能帶來更大的榮譽。

領養的整個過程，令一個人從恐懼和罪的轄制中，步向作為兒女的自由。倘若罪和它的糾纏帶來恐懼，使徒約翰告訴我們，被領養進入上帝的家庭，使我們除去恐懼。「愛裏沒有懼怕；愛既完全，就把懼怕除去」（約壹4:18）。

被領養進入上帝的家庭，意味著我們不再對天父心存恐懼。實際上，我們不但可以比較形式化的稱祂為父，而且能稱祂為「阿爸」。「阿爸」是一個比較通用的日常用語。在一般上，當猶太人稱祂為父時，他們即刻加上一個「天」字，以表示上帝超然的存在，高高的在他們之上。

許多作者宣稱阿爸這一稱呼，有如我們口中的「爸爸」。即使這是對的，我們不可因而以輕忽不恭的態度來使用。我們必須記住，在羅馬的家庭中，父親是一位大而可畏的人，實際上甚至有權力處死家庭中的成員。因此，雖然阿爸的稱呼，帶有慈愛與親切的意思，它仍然是一個尊嚴的名稱。

耶穌在客西馬尼園稱上帝為「阿爸，父」。而在今日的經文中，我們看出我們有同樣的特權。這個名稱指出，上帝是如何地接近我們每一個人。祂並非遙不可及，而是與我們同在，並願意在我們需要的時候隨時幫助我們。

上帝啊，謝謝您，因為您是我們的阿爸天父。請就在今日幫助我們，知道如何成為您較好的兒女，在需要的時候，知道如何更好的祈求您，並反映家庭的名聲。

上帝的特別帶領

> ✜ 聖靈與我們的心（靈）同證我們是上帝的兒女。
> 羅8:16。

我們再次面對一節提及兩種靈的經文。在這個情況中，不難識別那兩種靈是指誰而言。聖靈與我們屬靈的性情，肯定的「同證」我們是上帝的兒女。

羅馬書8:16似乎和第15節形成對比，因為在較早的一節經文中，我們是藉著稱呼「阿爸，父」，來表達我們與上帝的關係；而在第16節中，聖靈作證我們是上帝家裏的成員。

那見證是甚麼？它指出兩方面的事。首先是客觀的因素，是令許多人感到溫馨的原因。他們閱讀聖經，明白並接受救贖的計畫，同意按照上帝的原則來生活。理智上，他們明白作為一個基督徒的意義。當然他們也相信，聖靈已引領他們明白真理和作出許諾。那種了解為他們提供一種根據，來考驗基督教義之較主觀的層面。

然而，聖靈在和我們的心靈，共證我們是上帝兒女的教導上，我們發現一種超過客觀的因素。第二種層面是主觀的因素。我們在此所談的，是某種有關個人的強烈感受，發生在聖靈與信徒的相互關係上。在人的心靈上，存在聖靈同在的屬靈經驗。這種人的經驗具有壓倒性的經驗，知道上帝的同在，或者上帝以一種非常特殊的方式，降臨在他們身上。他們毫無懷疑的，看出正在領略的經驗，是來自上帝。我曾數次極其深刻體會這種經驗。它們時常牽涉到有關我人生的重大選擇，而且是我不住祈求的，包括一生工作的呼召，是否應移居另一個地方、或者在特別事物的意義上，例如我選擇妻子。

這些是基督徒人生所發生的特別事件。然而，這種主觀的經驗有一種危險，就是這可能是一種錯覺。因此，我們必須察驗聖靈的旨意（帖前5:19-21）。但在另一方面，上帝實在想個別引領我們的人生，我們的禱告便是為了這個因素。我們是否聆聽祂的回答？有時在我們的生活上，聖靈為我們的職責，或我們所要採取的道路，和我們的心靈共同作證。祂就在我們的左右，祂是我們的阿爸。

不朽壞者的後嗣

> ✠ 既是兒女，便是後嗣，就是上帝的後嗣，和基督同作後嗣。如果我們和祂一同受苦，也必和祂一同得榮耀。羅8:17。

我們身為基督徒的，如何能成為上帝的後嗣？我們在慣例上，時常用這個辭彙，指一個人死後另一人承受產業的事。但上帝不會死！

聖經對文字的用法，並不時常按照我們所用的。「後嗣」意味著身為基督徒的我們，與上帝有一種特別的關係，是祂的「兒女」。由於那種關係，我們已得著天父的賜福，並將在末時保證得著更大的福分。

在舊約聖經中，繼承產業的概念，暗指承受迦南地為業。這成為彌賽亞應許之福的一部分（詩37:9,11；賽60:21；61:7），此概念也被引用到新約聖經。因此耶穌稱那些溫柔的人為有福，「因為他們必承受地土」（太5:5）。耶穌再次教訓祂的門徒時，提及「凡為我的名撇下房屋，或是弟兄、姊妹、父親、母親、兒女、田地的，必要得著百倍，並且承受永生」（太19:29）。在最後審判時，耶穌告訴祂的跟隨者說：「你們這蒙我父賜福的，可來承受那創世以來為你們所預備的國」（太25:34）。

聖徒的繼承物，是得著上帝應許那完全的福氣。我們在兩個條件下得著它們。首先，「既是兒女」。今日經文中的「既是」，並不意味著可能，而是一種事實。「既是」這個片語，不應看為「我們可能」，而是「因為我們是祂的兒女」。由於那種肯定性，基督徒將萬無一失地承受作為後嗣的福氣。

第二，「如果我們和祂一同受苦」，我們「也必和祂一同得榮耀」。這裏的，「如果」意味著「因為」。從沒有人說，基督和使徒們更不用說，指基督徒的天路歷程是輕省的。實際剛好相反，因為我們的世界，已捲入宇宙間善惡之爭的漩渦中。基督徒已選擇了一位主和成套的原則，是和「這世界的王」（撒但）相反的。因此，那令基督付上生命的代價，使徒們遭遇那麼多苦難的同樣爭鬥，也是可預期的。但苦難並非其最終結局，凡是「和祂一同受苦」的，也將和「祂一同得榮耀」。

超越苦難之上的榮耀

❖ 我想，現在的苦楚若比起將來要顯於我們的榮耀就不足介意了。羅8:18。

保羅和其他的猶太人，對歷史有共同的看法，將它劃分為兩個時期或世代：現今的世代和未來的世代。對他來說，兩個辭彙——「苦楚」和「榮耀」——對這兩個世代，描繪得淋漓盡致。

保羅所提及的苦楚，不但是包括從世界而來的敵對（那些反對上帝原則的人），也包含我們因半得救狀況，而來的肉體和道德上的軟弱。上帝已為我們的得救，作出萬全的準備。祂已更新我們的心思意念，來愛祂的原則，但基督徒仍然留在一個十分不完美的世界，具有諸般缺欠的肉體，結果引起緊繃的壓力，和「現在的苦楚」。

那些苦楚對保羅和第一世紀的基督徒來說，是極其劇烈和實際的。現今的世代，有許多人住在經濟良好，外表基督徒之風盛行的地方，因而在實質與屬靈的領域上，似乎少受其害。

或許這種事實，導致環繞著我們的教會生活都缺乏愛心。我們是否將未來世代的天庭，和我們現在的安逸、高水準生活混為一談？倘若這些人為的順境一旦崩潰，我們的基督教義將有甚麼變化？倘若我們今天失去我們的工作，明天失掉我們的房子，後天喪失我們的社會地位，那又如何？換句話說，倘若患難真的臨到我們，正如那些住在世界其他地區，處身在較不幸環境中的人，那又如何？

如此我們或許會真的看出，保羅所指的是甚麼，我們所渴望那要來世代的榮耀，並非是我們在這個安逸的現況所能比擬的。那麼，或許我們會一心一意，渴望上帝那榮耀國度的降臨。

那種期望將激勵我們採取行動。靈性上的懶散，一旦化為屬靈上的火熱，將使病入膏肓和瀕臨死亡的教會，轉而變為基督化聯誼和向外佈道的有力中心。這將使教會成為未來榮耀盼望的燈塔。

我們是否能及時掌握這異象，在這安逸的狀況中，將生命獻給那位即將降臨的上帝。今日是重新作出這種奉獻的美好日子。倘若願意讓上帝掌握我們的心思意念，獻身為祂服務，今日將是我們改變今後一生，和周圍之人一生的美好日子。

所有的受造物都在引頸等候

✜受造之物切望等候上帝的眾子顯出來。羅8:19。

今日的經文頗為有趣，因為它從一慣性的強調世人，轉而把焦點放在創造的事上。因此保羅暗示，不但世人等候上帝的榮耀，其他受苦的受造物也不例外。

但是我們可能會問，保羅所謂的「受造之物」是指甚麼而言？約翰‧莫雷指出我們必須根據羅馬書8:20-23的上下文，講解這個片語，指出「好天使並不在此列，因為他們不受自負和腐敗轄制的影響。撒但和惡天使也不包括在內，因為他們不會仰望上帝之子的顯現，他們也不能分享上帝子民之榮耀的自由。上帝之子民也不包括在內，因為他們與「受造之物」有別（在第23和24節提到）……而……不信……的世人也不包括在內，因為那真誠的盼望更不是他們的特色。」

因此，在此的「受造之物」，是指「人類之下」的受造物而言，保羅描繪牠們正切望上帝向祂的子民顯現。接著，正如詩人和眾先知所描述的，地上悲哀衰殘，小山，草原、與山谷卻都「歡呼歌唱」（賽24:4；詩65:12,13）。保羅將人類以下的受造物人格化，以便向他的讀者傳達「世人墮入罪中，和信徒榮耀的光復，對宇宙的重要性。」保羅於羅馬書第8章，在整本聖經中前所未有的指出，「罪」影響了所有的創造物。因此，這不只是人類的問題。

人類之下的受造物等候的是甚麼？上帝子民的出現。保羅已在羅馬書8:14-17清楚指出，基督徒已是上帝的子民。正如駱革拉斯‧莫所指出的，「但他們像其他人一樣，經歷了苦楚和軟弱，基督徒在今生並不太像上帝的眾子。我們在末日將公開彰顯我們真正的身分。」

換句話說，上帝眾子的完全展現，將在耶穌復臨時實現，那時基督將接他們回家，同時完成最後的修整，使他們有新的身分。

那將是多麼榮耀的一個大日，所有的聖經經文都指向那個時辰。

改變與敗壞的終結

但受造之物仍然指望脫離敗壞的轄制,得享上帝兒女自由的榮耀。 羅8:21。

「改變與敗壞」,是此世生命不可避免之事,世人也不例外。任何一位超過五十,甚至四十歲的人,無不知道那是一件不變的事實。我的視覺曾一度無恙,但現在必須戴上眼鏡。我的背脊曾一度強壯,但目前每晚要作背部運動。我曾一度有濃厚波狀的金絲髮,但如今我以稀疏的銀髮為樂。諸如此類的事不勝枚舉。改變與敗壞,是人生的命運。

所羅門深知這種事實。他在傳道書最後一章寫著說:「你趁著年幼、衰敗的日子尚未來到,就是你所說,我毫無喜樂的那些年日未曾臨近之先,當記念造你的主」(傳12:1)。

我恨不得下一個生日趕快來到,好像是昨天的事,但時間已經改變了一切。正如智慧人所說的,人「推磨(牙齒)的稀少就止息」,他們的「窗戶(眼睛)往外看的都昏暗」,「人所願的也都廢掉;因為人歸他永遠的家……塵土仍歸於地,靈仍歸於賜靈的上帝。傳道者說:『虛空的虛空,凡事都是虛空』」(傳12:2-8)。改變與敗壞,實在是人生的命運。

保羅告訴我們,這事甚至影響了整個「受造之物」。人不須具備真知灼見,就能看出我們的地球正處於水深火熱之中。不久之前,印度的大地震奪走了七到十萬的人命。龍捲風、山火、旱災、颶風、瘟疫和流行病,此起彼落。我們所處的,是一個荊棘叢生的世界,所結出的不是品質頂優的蕃茄、麥子、玉米、或蘋果。整個自然界瀕臨傾覆的邊緣,改變與敗壞是生命的常態。

這種常態就像保羅所說的,一切將告終結。「但受造之物仍然指望脫離敗壞的轄制,得享上帝兒女自由的榮耀!」

一個新的日子將來到,那時改變和敗壞將永遠消失。彼得幫助我們掌握那個時辰,他論及那時辰說:「我們照祂的應許,盼望新天新地,有義居在其中」(彼後3:13)。

疼痛生產中的盼望

✠ 我們知道一切受造之物一同歎息、勞苦,直到如今。羅8:22。

亞當之罪的咒詛,不但落在亞當、夏娃、和他們後裔的身上,更禍及整個自然界。

正如上帝告訴亞當說:

「地必為你的緣故受咒詛;你必終身勞苦纔能從地裏得喫的。地必給你長出荊棘和蒺藜來……你必汗流滿面纔得糊口,直到你歸了土,因為你是從土而出的」(創3:17-19)。

保羅在羅馬書第八章,選這個咒詛並加以引伸。這一章從第20到22節,包含了自然界在過去、現在和未來的辛勞。自然界在過去,臣服在「虛空」(羅8:20)之下。這個辭彙帶有空洞、無益、沒目的或短暫的意思。

接著保羅在第21節,將自然界投向未來,指出那時它將「脫離敗壞的轄制」。但保羅在今日的經文(第22節)加上現今的狀況,看出「一切受造之物一同歎息……直到如今。」但它帶有一個好消息,就是其歎息並非是無的放矢,而是有如「生產的疼痛」(英文新國際版聖經,將中文的勞苦譯為生產的疼痛)。

這一種比方,暗示一個新制度的誕生,那時「以前的事都過去了」,並不再有「悲哀」(啟21:4,5)。耶穌在馬太福音第24章,描繪出一幅類似的畫面,指出戰爭、飢荒和地震,有如末世的「生產之難」(太24:8)。

雖則我們的世界患難叢生,但保羅不計人類之下受造物的歎息、不計改變與敗壞的無所不在,繪製了一幅充滿盼望的圖畫。生產之難指出創世記咒詛的終結,它們指向一個新世界的誕生,宣告基督的復臨和上帝的應許,完完全全的實現。

我們應該為有這麼一位上帝,而存感謝之心,因為祂不但堅持以祂的恩典來尋找我們,更在我們於人生的道路跋涉時,把人生的盼望放在我們眼前。

邁向完全的境界

■■ 不但如此，就是我們這有聖靈初結果子的，也是自己心裏歎息，等候得著兒子的名分，乃是我們的身體得贖。羅8:23。

這裏所說的是甚麼？保羅在羅馬書8:14-16告訴羅馬的信徒，當他們接受基督時，已全然被主接受。但如今在第23節，卻說他們仍然在「等候得著兒子的名分」。我們如何協調這兩種說法？

其答案可在這些經文中找到，並回溯到我在先前（5月1日）所提到的「已得救贖保證」的主題。當我們憑信就近上帝時，我們便得稱為義。祂使我們分別為聖，替祂服務，於是賜給我們一個新的心靈和意念。那些都是我們得救的部分要素，而且已經在我們的身上成就。

但正如第七章栩栩如生的指出，我們的新心和新的意念，仍然住在同一舊的身體裏面，存有向試探屈服的傾向。因此，我們在悔改時，被接受納入上帝的家庭，但還沒有領受全部的利益，直到「我們的身體得贖」。保羅把這個步驟，放在基督復臨的時候，那時，那些在基督裏死了的人，上帝要使他們復活，帶有不死和不朽壞的身體（林前15章）。根據我們今日的經文，那時我們被主所接受的過程要完成。

約翰描繪同一景致說：「我們現在是上帝的兒女，將來如何，還未顯明；但我們知道，主若顯現，我們必要像祂、因為必得見祂的真體」（約壹3:2）。因此我們現在所具有的，雖然不是涵括一切，卻實在是真正的救恩。

我們在此必須指出兩個要點。首先，我們必須自我警惕，不可成為斷章取義的人。我時常為那些只憑一節經文，敲定真理的人擔心。他們時常忽視有制衡性的其他經文。我們必須探討保羅兩次所提到有關領養的經文（羅8:14-16, 23），才能完全明白這個主題。倘若我們忽略其一，便會曲解了上帝的教訓。一件可悲的事，就是太多的基督教會，樂於接受曲解過於平衡的真理。

第二個需記住的要點，就是上帝要拯救的，是一個完整的人，而不是拯救某種所謂沒有軀體的靈，或飄浮的魂。正如耶穌有一個復活的身體，祂的跟隨者也將一樣。

邁向榮耀的境界

✠我們得救是在乎盼望；只是所見的盼望不是盼望，誰還盼望他所見的呢？羅8:24。

今日的經文，接近一段由羅馬書8:17所引起之經文的尾聲，指出與基督同作後嗣的信徒，將與祂一同受苦。這個受苦的想法，引起了一個問題。基督徒既然已經是上帝的兒女，根據約翰的話，他們已得著永生，如此，為何又會有試煉與苦難呢？

保羅已在第18節，回答了那重要的質問。他指出我們所遭遇的任何苦楚，若和上帝為祂兒女所準備的好東西比較，根本微不足道。他進而在第19到22節指出，不但世人要忍受亞當墮落的肆虐，甚至人類以下的受造物，也要遭池魚之殃。使徒保羅同時指出，受造之物同聲歎息，盼望等候得著自由。我們在第23節所看到的，那種等候完全得救的歎息，不只限於受造之物，也為等候完全得救的人所共有。

今日的經文（第24節），將半得救和完全得救，以及過去與將來兩者之間的緊繃壓力，向前推進。經文中的「得救」，意味著過去已經發生的事。這個希臘文動詞的時態，回溯到過去的一個決定性時刻，從過犯與罪的轄制下得著自由，並免去上帝對它的審判。

然而另一方面，今日的經文展望將來，和一個尚待實現的盼望，就是我們還未體驗實現的盼望。無可懷疑的，使徒保羅認為第23節的應許，是有關我們身體的得贖。

可是，第23節另有一個有關盼望的比喻——「初熟的果子」。舊約聖經中，初熟的果子是指猶太人的一種風俗，將初熟的禾捆獻給上帝。這種行動代表獻上所有的收穫，並連帶想起以後的收穫。

保羅轉移了我們獻給上帝初熟果子的理念，把焦點放在祂所賜給我們的事上。因此，保羅在羅馬書第八章所說的，我們已經得到的聖靈，只不過是將來要賜給我們的諸般福氣的預嘗。

這種理念，就是保羅在今日的經文中，對有關未來盼望的補遺。切勿忘記，保羅心中對盼望的概念，並非是一種打如意算盤的想法，反而是一種確據。將來的某一個日子，一切的苦楚將成為過去，而上帝的子民將與基督「一同得榮耀」（羅8:17）。

在指望上堅定不移

❖但我們若盼望那所不見的，就必忍耐等候。羅8:25。

耐心等候一個完全得贖的盼望（羅8:17）；忍耐等待榮耀和苦楚的終結（第21節）；恆心藉著生產之痛，恆心期待一個新世界的誕生（第22節）；堅心等候我們尚未眼見的指望（第25節）；恆切等候我們的主從天駕雲復臨。基督徒知道他們有一個值得等待的盼望。

一件相當有趣的事，就是保羅在今日經文所用的「忍耐」一辭，同時出現在啟示錄14:12第三位天使的信息中：「聖徒的忍耐就在此；他們是守上帝誡命和耶穌真道的。」在緊接那經文的第14-20節中，蒙啟示的約翰描繪那偉大復臨的收割景象。上帝有一群末後的餘民，耐心等待祂的再來。但他們在祂回來的期間，將作些甚麼？遵守上帝的誡命和為耶穌作見證。一件非常值得注意的事，就是新約聖經的各個作者，雖然以各種不同的文筆，論述其主題，卻殊途同歸，作出同一的結論。

《新美國標準版聖經》將啟示錄14:12的忍耐，譯為「堅忍」。那種譯法，或許對啟示錄和羅馬書來說，比較妥當貼切，因為每一段經文的上下文，都涉及有關苦難的事。保羅所用的希臘字，帶有積極甚至是進取的意味，而不只是一種沉默的接受。那個片語是用來描述一位士兵英勇作戰的態度，雖面對困難，仍然不屈不撓向前挺進。

那些抱有破釜沈舟決心忍耐的人，知道他們的指望和目標是甚麼。他們不但忍耐等候（羅8:25），而且迫切的等待（羅8:23）。面對這麼一種盼望，一種出自我們的任何犧牲，都不足與比的指望，暫時的苦楚與不安，又算得了甚麼！

保羅是一位有百折不撓之信念的人，他深知信靠的是甚麼。他已將一生獻在那種堅決的盼望上。

我的信念又如何？我是否有同樣的確信？我是否有同一的盼望？

主啊，請在今日幫助我，有如保羅一樣，因為他知道，那「有福的盼望」，是個值得終身追求的指望。

置身度外的有效禱告

> ✘ 況且我們的軟弱有聖靈幫助，我們本不曉得當怎樣禱告，只是聖靈親自用說不出來的歎息替我們禱告。羅8:26。

禱告是我們作為基督徒之日常經驗的中心，這種事實可從《幸福階梯》的三段引言，栩栩如生描述出來：（1）「我們必須在密室中，各人獨自禱告，因為這是心靈的生命」（第60面）。（2）「祈禱是信心手裏的鑰匙，可以開啟天上全能無窮寶藏的庫房」（第58面）。（3）「祈禱是向上帝敞開心扉，如同與知己傾心交談一樣」（第57面）。

這些話是千真萬確的。然而，當我們來到上帝施恩的寶座前時，卻是如何的蒙昧無知。當摩西愚昧地祈求上帝，讓他進入應許之地時，是那種無知的表現（申3:25,26）。當保羅三次向上帝祈求，除去他身上的刺時，便顯示了這種不智，直到上帝告訴他，上帝的能力「是在人的軟弱上顯得完全」（林後12:7-9）。約翰·諾斯強調那問題說：「我們的需要，遠遠超過我們表達這種需要的能力。」簡短的說，「我們對我們應如何祈求，一無所知。」

上帝為了這個原因，差來了聖靈。聖靈不但在我們等待救贖計畫成就時鼓舞我們（羅8:23），而且由於我們的軟弱和無知，幫助我們禱告。上帝對那些憑信接受祂，成為祂偉大家庭成員的人，無不極力加添他們能力。

今天的經文告訴我們：「聖靈親自用說不出來的歎息替我們禱告。」

聖靈確實為我們所作的是甚麼？腓力斯在翻譯這節經文時，似乎為這問題作出解答：「祂那住在我們內心的靈，用我們的話所不能表達之痛悔的歎息，真正為我們代求。」當我們缺少表達內心深處所需要的話時，當我們發出那詞不達意的聲音時，聖靈接過那些毫無意義的聲音，把它們轉為有效的代求。

我們所有的，是一位多麼偉大的上帝。祂不但提供所有救恩，我們的信心也來自祂的恩賜。但即使是有意義的禱告，也是由於聖靈的運作，不計我們有諸般的軟弱。

我們有著數不盡的軟弱，但也有同樣偉大的理由來歡喜快樂，因我們有一位接受我們軟弱的上帝。

禱告是一種牽涉許多個體的操作

> ❖ 鑒察人心的，曉得聖靈的意思，因為聖靈照著上帝的旨意替聖徒祈求。羅8:27。

禱告至少牽涉到三個個體，這是一個有趣的事實，因為我們大多數的人，傾向於認為禱告所牽涉的，只是人神兩方面。

羅馬書8:26, 27指出，三方面是：（1）身為基督徒的我們，在我們的軟弱中，我們實在不知道如何禱告；（2）住在我們內心的靈，以非筆墨所能形容的歎息，為我們代禱；和（3）天父上帝（祂知道我們的心思意念，曉得聖靈的意思，）垂聽和應允我們的祈求。

當我們想起禱告的性質時，或許我們應加上第四個。那就是基督，祂正坐在「上帝的右邊⋯⋯替我們祈求」（羅8:34）。當我們禱告時，聖經指出我們和三一真神，都有了關聯。禱告是嚴肅的，正如它的重要性。

保羅在羅馬書第八章，比任何其他經文更清楚的幫助我們，看出聖靈在我們禱告時所扮演的角色。保羅在有關聖靈的禱告服務上，提出三件事實：首先，由於我們軟弱和不完全的狀況，「聖靈幫助我們」（第26節）；第二，由於我們不知道求些甚麼，聖靈為我們代求（第26節）；第三，聖靈的代求，是根據上帝的旨意（第27節）。

聖靈的代求工作，具有兩個特別有趣的要點。首先，令人希奇的一件事，就是聖靈在和我們共同禱告時，為上帝的兒女歎息（第26節）。於是聖靈的歎息，加入一切受造之物（第22節）和教會的歎息（第23節）。聖靈歎息的說法，令有些人感到不滿，但這種理念似乎是在說，聖靈對我們的歎息，我們企圖表達的挫折感，感同身受。祂認同世界和教會的痛苦，又有如真正的基督徒，祂渴望萬物的最後復興。因此，我們和聖靈一同歎息。

在今日的經文中，第二點令人感到特別興趣的，就是聖靈「照著上帝的旨意」為我們代求。這符合了聖靈和基督在客西馬尼園裏，三次禱告說：「不要照我的意思，只要照你的意思，」他們的禱告指出，要時常按照上帝的旨意祈求。那種模式對上帝的教會也是非常重要的，真正的基督徒要遵行上帝的旨意。

五種確信

我們曉得萬事都互相效力，叫愛上帝的人得益處，就是按祂旨意被召的人。羅8:28。

「我們曉得！」就在羅馬書8:28開始，我們不但來到聖經中一段最為人所樂道的經文，而且直到這一章結束時的金句，更是有如一位權威作家所説的：「提升到前所未有的高峰，不是新約聖經中任何經文可比擬的。」羅馬書8:12-17有關基督徒有保證的要道，在第28到39節中重新出現。

這段極富安慰性的經文，以五種確信開始。首先，「我們曉得」，上帝在我們的生活上積極活動。祂並非對發生在我們身上的事漠不關心，而是在每一位信徒的生活上，不停的、竭力的、有目的的積極活動。因此保羅説：「我們曉得」。

第二、我們曉得上帝不只是積極的為祂的子民工作，更處處為他們的好處著想。當然，最大的好處——就是羅馬書所關懷的主要對象——他們的最終得救。在保羅眼中，那是最終的好處，其他的則為次要。

第三，我們曉得上帝不只是在引領某些事物，而是使「萬事」都得益處。這並不意味著萬物共同效力，為基督徒的安逸或他們屬世的益處而工作，而是上帝引領萬物，為他們永遠的得救著想。因此，甚至是第17節的苦楚和第23節的歎息，都有其正面的衝擊力，驅策信徒看出他們自己的軟弱，並轉向他們唯一的源頭求助。

第四，我們曉得上帝叫萬物互相效力而來之好處的受益人，是那些愛祂的人。當然，那種愛並不是自動自發的。約翰和保羅在許多經文中指出，我們所以愛祂，是因為祂先愛我們。我們的愛，是一種回應式的愛，祂是愛的源頭。

第五，我們曉得上帝呼召我們——我們的得救，是「按祂的旨意」。

我們確知這五件有關上帝的事。雖然我們不時常曉得某種特殊的事，為何會發生在我們身上，但我們仍然可以信靠上帝，因為祂知道祂所作的，並將積極的引領事情在我們的身上發生，以榮耀祂的聖名，並為我們的得救著想。上帝在個人身上作出安排的最好例證，就是約瑟的故事。他最終能向他的哥哥們説：「你們的意思是要害我，但上帝的意思原是好的」（創50:20）。上帝仍然叫「萬事都互相效力，叫愛（祂）的人得益處。」

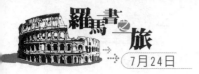
預定得救

❖因為祂預先所知道的人，就預先定下效法祂兒子的模樣，使祂兒子在許多弟兄中作長子。羅8:29。

今日經文中的「因為」，把我們帶回羅馬書8:28，提及上帝叫「萬事都互相效力，叫愛上帝的人得益處」。我們必須按照在第17節開始所提及的，有關苦楚之主題的上下文，加上在第19到25節所提及的，有關為罪和敗壞的後果而歎息的上下文，來講解這一節經文。

保羅在第26,27節開始寫出有鼓勵性的話，包括聖靈促使我們禱告的人生顯得有果效，上帝正在積極工作為祂子民帶來益處（第28節）。那牧養的愛，延伸到第29,30節，並告訴我們，上帝從起初便知道有關我們的事。

祂不但預先知道我們，並預先定下有關我們每一個人得救的事。正如保羅在提摩太後書2:4所寫的，上帝「願意萬人得救，明白真道。」基督發出類似的呼求說：「凡勞苦擔重擔的人可以到我這裏來，我就使你們得安息」（太11:28）。祂再一次說：「一切信祂的，不至滅亡，反得永生」（約3:16）。「願意的，都可以白白取生命的水喝」（啟22:17）。

聖經的模式是分明的：上帝將救恩白白賜給每一個人，但是要看每一個人是否加以接受，祂沒有強迫任何人。

我們今日經文的目的，有牧養和實用的價值。保羅繼續安慰那些在人的不完全狀況中，受「苦楚」和「歎息」的人。他向他們提出保證，聖靈不但與他們同在（羅8:26,27），上帝的靈不但在他們面對困難時，積極為他們的利益工作，而且他們最終的得救，也操在祂手中。那位預先知道他們的一切，也預先知道他們將得救的天父上帝，同樣關心他們的未來。他們雖然預知前景困難重重，也不必心存恐懼。

主上帝不但選擇他們承受救恩，祂也要他們「效法祂兒子的模樣」。祂渴望每一位基督徒越來越像耶穌。祂極力想在每一位祂子民身上，重新塑造基督的形像。倘若我們想起稱義是個人得救的開端，那麼在成聖上長進，是每一個基督徒人生的後繼工作。

得榮耀的保證

預先所定下的人又召他們來；所召來的人又稱他們為義；所稱為義的人又叫他們得榮耀。羅8:30。

保羅在今日的經文中，繼續他在羅馬書8:18所開始的牧養性慰。這位使徒拾起他在前一節所提到的告訴我們說，上帝同時呼召那些祂所預先揀選的。那些響應福音之傳揚的人——或者我們可能稱為福音的呼召——上帝便稱他們或算他們為義。而且那些繼續保持忠心的人，將有得著榮耀的保證。

一件明顯的事實，就是保羅用過去式來描述這種榮耀，意味著每一位留在基督之內的信徒，將在耶穌復臨時得著榮耀。這種榮耀並非是一種可能性，而是一種確據。信徒得著榮耀，正如基督得著榮耀那麼的肯定，祂不但復活，更已升到天庭。

你可能問道：成聖在得救之步驟的清單上，處於甚麼位置？難道不是介於稱義和得榮耀之間嗎？

其答案是肯定的「是」字。成聖的主題（或在恩典裏長進）在保羅眼中，是非常重要的。他已在第六章和不久之前所討論的第八章中，詳盡論述這主題，並將在第十二到第十五章中，加以長篇引伸。事實上，他已在羅馬書8:29加以暗示，指出信徒效法基督的模樣。我們不曉得為何不在此處加以引伸，可能保羅認為他已充分討論這主題，而它在救贖計畫的位置，在讀者眼中是分明的。但更可能的是，他希望讓那些在已得救贖保證的情況中，雖面對苦楚和歎息，但卻堅持到底的人，看出這種榮耀是一種已經成就的事實。換句話說，保羅在此所最關心的，不是在為救贖計畫提供一系列的步驟，而是在安慰第七章中所提及的，那些面對內在掙扎，和第八章所論到那些面臨外在掙扎的人。

保羅在羅馬書中，一再回到聖徒在末時得榮耀的主題。在羅馬書8:30，這主題更是華麗無比，因為它完全配合了那些在基督裏面，已得著保證的上下文。他們不但藉著領受上帝的愛，成為上帝的兒女，而且使徒保羅告訴他們，沒有任何事物，能將他們和上帝的愛隔離（第31-39節）。難怪他那麼肯定，對那些在基督裏保持信心的人，得榮耀是一種既成的事實。

沒有答案的問題（一）

既是這樣，還有甚麼說的呢？上帝若幫助我們，誰能敵擋我們呢？羅8:31。

今日的經文，開始了一些人所謂的基督徒得勝之歌。保羅到在，已來到了他寫給羅馬人書的一半。他已舉例説明了罪的普世性，並指出上帝已藉著稱義、成聖、和得榮耀，設定救贖的計畫。但是在繼續他的論述之前，他決定大肆吹響那有確據之保證的號筒。

這位使徒為那些保留在上帝家中的人，樹立領養和得榮耀的主題上，發出了五個沒有答案的問題。正如約翰．施德特所說的，他「無畏的按照一慣挑釁的作風」，把他的問題「投入空中。然後向住在天上、地上、或地獄裏的任何一個人，發出挑戰，要他們回答那些問題，否定其中所包含的真理，但沒有得著答案。」

第一個問題問道：「上帝若幫助我們，誰能敵擋我們呢？」那問題的有力據點是上帝幫助我們。那是我們所能了解的其中一個最重要的真理。上帝幫助我們，是新約聖經介紹福音的整個基礎。當我們還與上帝為仇時，祂便差遣祂的愛子為我們代死。那就是愛，那就是一位「幫助我們」的上帝。

上帝不但差遣了耶穌，祂更稱那些憑信接受基督為他們犧牲的人為義。並派來聖靈，加強他們成聖的作為，並保證倘若他們選擇與祂保持信賴的關係，他們將得著榮耀。祂真的是「幫助我們」的上帝。

「上帝若幫助我們」，那麼，「誰能敵擋我們呢？」其顯然的答案是「沒有任何人」。這並不意味著基督徒不會面對任何敵人。保羅一生的傳記，不外是遭受逼迫和對他信息的排斥。而且正如羅馬書第七章所指出的，潛伏在人內心的罪，時時是個有力的仇敵。而死亡仍然是世仇，雖被打敗但尚未被消滅。

不，基督徒雖仍然面對敵對他們的勢力，但那勢力卻不足以打敗他們，因為上帝站在他們那邊。

上帝幫助我們是整個福音的中心。不論情況是如何的對我們不利，我們絕對不可忘記這事實。上帝幫助我們是那好消息的精髓，這樣的認識將鼓舞我們日復一日前進。

沒有答案的問題（二）

✠上帝既不愛惜自己的兒子，為我們眾人捨了，豈不也把萬物和祂一同白白地賜給我們嗎？羅8:32。

上帝真的會把萬物賜給我們嗎？我記得當我還年輕時，我要求擁有一部車，但我從始終沒有得到。當我還是一個大學生時，我祈求有多一點收入，以便能為家人提供一些多過基本需要的東西。但我們仍然為必需品而掙扎。

在回答我們的問題時，我們時常要記得上下文。某些基督徒所犯的其中一個最大的錯誤，是從提供其意義的上下文中，剔除了上帝的應許。在今日的經文中，有關上帝將萬物白白賜給祂子民的應許，出現在救贖計畫的體制中。保羅指出，我們可以肯定的相信，那位「幫助我們」的上帝，將為我們預備有關救贖的一切必需品。針對這一點，保羅沒有絲毫的懷疑。

我們如何知道呢？我們如何能確信，上帝會將有關救贖的一切東西，白白賜給我們呢？保羅說，因為祂「不愛惜自己的兒子，為我們眾人捨了。」這節經文讓我們記起，創世記22:16的話指出，上帝因亞伯拉罕甘心獻上以撒而祝福了他。上帝告訴他那福分的賜下，是因為你「不留下你的兒子，就是你獨生的兒子。」

上帝與亞伯拉罕之間的不同之處，是由於亞伯拉罕甘心獻上自己的獨生子，雖然不須真的付諸行動，但因而受到稱讚。對亞伯拉罕來說，那是對信心的一種考驗。但對上帝來說，卻是付諸行動。祂真的在髑髏地，為世人的罪獻出祂的獨生愛子。上帝為「我們眾人」捨了基督。那句話增添了基督工作的特別意義。祂不祇是死；祂是站在我的位置上，為我代死。

保羅在今日經文中的爭辯，是從較大的降到較小的。那就是，祂既然賜下可想出的最大恩賜（祂的獨生子），「豈不也把萬物和祂一同白白地賜給我們嗎？」

祂在愛子裏面賜下一切所有的。十字架是上帝慷慨的保證，以耶穌基督這恩物作為開始，存心繼續賜下祂一切所有的。

沒有答案之問題（三）

> ❌誰能控告上帝所揀選的人呢？有上帝稱他們為義了。羅8:33。

第三個問題帶我們憑想像進入一個法庭。「誰能控告上帝所揀選的人呢？」這個問題，可譯為「誰能針對上帝的選民，提出控告呢？」

顯然的，有諸般的控告針對基督徒而發。既然基督徒在基督裏長進時，仍然要和罪掙扎，於是身內有良心的譴責。身外來說，教會內外儘有許多人，樂於責備誠心的基督徒。但最大的敵人，仍然是那位「控告我們弟兄」的撒但，就是教會內那些以宗教為口實，來指責其他人的典型人物。

針對今日經文的敘述，最有力的聖經實例，出現於撒迦利亞書3:1-5。我們在那些經文裏，看到大祭司約書亞站在聖殿中，他無可懷疑的是在獻祭。撒但也在現場，控告那穿著代表罪之污穢衣服的約書亞。魔鬼抗辯約書亞既是罪人，便不配擔任那職分。

但現場出現另外一位主角——上帝。祂藉著一位天使揚聲說：「撒但哪，耶和華責備你！就是揀選耶路撒冷的耶和華責備你！這不是從火中抽出來的一根柴嗎？」（亞3:2）。聖經接著告訴我們，上帝脫去他的污穢衣服，給他穿上潔白的衣袍。天使於是說：「我使你脫離罪孽，要給你穿上華美的衣服」（亞3:4）。當然，那潔白的衣服代表他的稱義。如今，誰能控告他？沒有任何人，因為上帝已稱他為義。

舊約聖經的畫面，並聯了保羅的第三個問題。有些人可能企圖指責那些憑信與上帝有活潑關係的人，但他們的控告不能成立，上帝已稱他們為義。他們被判無罪，在基督裏安然無慮。

身為基督徒的我們，應當一無所懼。今日，我們應為上帝那無窮的保證而稱謝祂。我們必須越來越認識那寶貴的要道。它應每日鼓舞我們，尤其是當那古龍纏上我們的時候。

沒有答案的問題（四）

✠誰能定他們的罪呢？有基督耶穌已經死了，而且從死裏復活，現今在上帝的右邊，也替我們祈求。羅8:34。

這節經文和羅馬書8:33，詢問誰將控告上帝所揀選的人緊密聯結在一起。也正像那問題一樣，其答案是雖然有許多人樂於譴責別人，但沒有任何人的控告，罪狀得以成立。

為甚麼？保羅說，因為有基督站在我們這一邊。而且要記住基督還在世上時，所告訴我們的話：「父不審判甚麼人，乃將審判的事全交與子」（約5:22）。因此，雖然「我們眾人必要在基督臺前顯露出來」，為自己答辯（林後5:10），然而基督徒（那些藉著耶穌與上帝保有一種持續關係的人）卻完全一無所懼。

為甚麼？因為祂（1）為他們代死，（2）從死裏復活，（3）正坐在上帝的右邊，（4）在高天之上作基督徒的大祭司，並為他們代求。

讓我們逐一探討這四個原因。首先，基督是為那能定基督徒死罪的同一罪狀而死。正如保羅向哥林多教會所指出的，祂「替我們成為罪，好叫我們在祂裏面成為上帝的義」（林後5:21）。基督為祂的跟隨者捨去生命。結果，「那些在基督耶穌裏的就不定罪了」（羅8:1）。祂將不會為祂所代死的人，轉而定他們的罪。祂取代了那些在「祂裏面」之人的罪。

第二，基督不但為基督徒代死，而且「被叫復活」。請注意「被叫復活」這動詞的被動性，這預表祂不但復活了，而且是天父叫祂復活，作為接受祂犧牲的證據。

第三，基督是在「上帝的右邊」，就是天庭最崇高的位置。第四，基督為我們代求。祂是我們高天之上的大祭司，「能拯救到底；因為祂是長遠活著，替他們祈求」（來7:25）。

倘若這位審判者是站在我們這邊，我們便不致被定罪了。我們在耶穌裏面，可以安然無慮。

沒有答案的問題（五）

> ✖誰能使我們與基督的愛隔絕呢？難道是患難嗎？是困苦嗎？是逼迫嗎？是飢餓嗎？是赤身露體嗎？是危險嗎？是刀劍嗎？羅8:35。

出現在第31節得勝之詩的前半首，表明了凡是在上帝面前受扶持的信徒，不可能遭受任何指控。從今日的經文開始，我們進入另外四節經文，指出一個基督徒不可能從基督的愛中被隔絕。

使徒保羅在他的第五個沒有答案的問題之後，指出有七種因素，可能造成鴻溝。首先的三種——患難、困苦和逼迫——似乎是指一個基督徒，在一個充滿不敬虔和仇視的世界，所要面對的壓力和挫折。

接下來的飢餓和赤身露體這兩種因素，主要是代表物質上的缺乏。在基督徒的思想上，任何有關這些方面的缺乏，都會引起質疑上帝眷顧的問題，因為在山邊寶訓中（參閱太6:25-34），似乎應許所有上帝的兒女，都得著這兩方面的滿足。

保羅在他那可能造成基督徒與上帝的愛隔絕的清單中，以肉體上的威脅——危險和刀劍，包括死亡的危險——作為結束。

保羅的七項具可能性的危險，對他首批的讀者來說，不可能是一種知識上的認識。保羅已親身領略了前六種的危害，並在可預見的將來，就要因他的信仰，遭到羅馬官府斧鉞加身的刑罰。他的羅馬信徒讀者，無可懷疑的，也面對類似的患難，並將在未來尼羅王的統治下，遭到更大的苦難，那時他們將成為點燃的活火炬，成為尼羅王和他佳賓的殘暴娛樂。

但那些禍患，沒有一樣足以令一個基督徒和基督的愛，或因信心而來的救恩隔離。他們雖然要和祂同受苦難，但卻得著救贖的保證（羅8:17）。

然而保羅卻忽略了一項因素，可能令一個基督徒和救恩隔絕。那就是堅持拒絕相信基督為救主，以及不願意本著上帝的原則與祂同行的意願。甚至是那種對愛和救恩的拒絕，也不能令我們與祂的愛隔絕。

因是基督徒而來的苦難

✖如經上所記：我們為你的緣故終日被殺；人看我
們如將宰的羊。羅8:36。

有時我們會存有一種念頭，就是身為基督徒的我們，只要一日保
持忠心，便會一日安然無慮；所要作的只是祈求，上帝便將差
遣整營的天使，確保沒有人可以傷害我們。

　　沒有比這種想法更為離譜，基督的一生便是最好的例證。甚至
上帝自己全能的聖子，也身受其害而死。保羅的經驗加強了那種事
實，殉道是教會歷史重要的一環。使徒保羅的重點，不是指出基督
徒沒有苦難，而是強調他們身外的任何事故，都不足以把他們和基
督的愛與救恩隔絕。

　　保羅為了舉例說明，作為一個基督徒，並不能避免遭受苦難起
見，便引用詩篇44:22為例，指出以色列人遭受列邦的逼迫，他們並
不是因忘記上帝或轉拜偶像而受苦，反之，他們是因為忠於上帝而
遭到逼迫和受苦。「我們為你的緣故終日被殺」。保羅為當代的基
督徒，向提摩太發出類似的信息說：「凡立志在基督耶穌裏敬虔度
日的也都要受逼迫」（提後3:12）。

　　在歷史上，事奉上帝的代價一向是高昂的。根據希伯來書第十
一章的記載，上帝忠心的子民在耶穌道成肉身之前數百年，不但在
外邦人的手中，更在同是信徒之間，一直遭受無窮的苦難。「有人
忍受嚴刑，不肯苟且得釋放，為要得著更美的復活。又有人忍受戲
弄、鞭打、捆鎖、監禁、各等的磨煉，被石頭打死，被鋸鋸死，受
試探，被刀殺，披著綿羊山羊的皮各處奔跑，受窮乏、患難、苦
害」（來11:35-37）。

　　然而其中沒有任何一項事故，足以將他們和基督的愛隔絕。那
教訓對羅馬的基督徒，因其所處的世代而格外重要。由於聖經告訴
我們在基督復臨前所要發生的事，因此它對我們也是重要的。但我
們正如古代的羅馬基督徒一般，苦難雖然會接二連三的來到，但是
我們有完全的保證，沒有任何事能使我們與基督的愛隔絕。

得勝有餘

然而，靠著愛我們的主，在這一切的事上已經得勝有餘了。羅8:37。

「得勝有餘了」。聖經有數處提及類似這種得勝有餘，畢生難忘的記載。

尤其當我們在前一節的上下文中，想到「得勝有餘了」這片語時，更是深具意義，因為前一節提及上帝的子民有「如將（被）宰的羊」。

請用一些時間來想想這一點。一頭得勝的羊！人可能想起得勝的獅子、熊、或甚至是漫山遍野的蟻群。但得勝的羔羊，聽來似乎有些荒唐。羊根本不像是能得勝的一群。牠們一向是以不能自助，而不是以攻擊性著稱。

當然，保羅的描述是預表性的，卻不是毫無意義的。追根究底的說，基督徒的那種如羔羊一般的特質，正是讓他們得勝有餘的祕訣。切勿忘記我們是「靠著愛我們的主」，得勝而有餘。我們不是憑自己的能力得勝，而是靠耶穌基督的大能，因為祂憑自己的立場，面對魔鬼而擊敗了他。

基督徒的力量，在於看出我們的無助、在於看出我們是罪人、在於看出我們沒有自身的公義、在於看出我們的得救，完全有賴於上帝的恩典，那是我們不能賺取，或甚至不能對上帝這種恩物的價值，有所補助的。簡短的說，一個基督徒的力量，有如羔羊的特性，因為那些特質，驅使我們來到十字架的腳前。

我們得勝有餘，是由於看出憑信緊握基督，讓祂引領一生。這是我們能面對外在的苦難，和內在的壓力之唯一要訣。我們的軟弱和罪，指出我們時刻需要耶穌和祂的救恩。

那些得勝有餘的基督徒，是藉著那羔羊——就是「從創世以來……被殺之羔羊」（啟13:8）——而得勝的人。既然如此，我們首要的工作，便是和髑髏地的羔羊，保持一種親密的關係。那就是我們的盼望，是在今世和來生的保證。讓我們和保羅，因「靠著愛我們的主……已經得勝有餘」，而一同歡喜快樂。

逐步加強的得勝

> 因為我深信無論是死，是生，是天使，是掌權的，是有能的，是現在的事，是將來的事，……都不能叫我們與上帝的愛隔絕；這愛是在我們的主基督耶穌裏的。羅8:38, 39。

我由衷的喜愛這段經文。我樂於反覆的思考，更喜歡沈思默想它的意義。

羅馬書第八章是有關偉大保證的一章。它以宣揚「在基督耶穌裏的就不定罪」（羅8:1）作為開始，並宣稱天下人間，絕對沒有任何事物，能把我們和上帝的愛隔絕，因為祂將保羅在首七章中一再強調的救贖恩賜，白白賜給我們。

羅馬書第八章充滿了進一步的應許：基督徒是上帝的兒女，他們擁有將來榮耀的確實應許，上帝已把聖靈賜給他們。上帝為他們的益處，使萬事互相效力，沒有任何事物或任何人可以定他們的罪，沒有任何事物足以把他們和上帝隔離，「已經得勝有餘了」。

保羅還能多講些甚麼呢？他已不遺餘力的強調，據理力爭，徹底分析聖靈最偉大的教訓——那些選擇藉著耶穌，與上帝保持信心關係的人，絕對不會喪失這些教訓。那是強有力的教訓，一切福惠之根源的上帝，是配得稱頌的。

在羅馬書的前半將結束時，保羅為我們提供一個得勝的保證，再次強調在耶穌裏是安全的。不論是任何東西，無論是死或生（任何能發生在我們一生上的事），無論是天使或魔鬼（任何宇宙間或超人類的媒介物），無論是時間上的任何變化（現在或將來），或空間（無論是高或低），或任何有能力的，抑或任何事物，都不能阻擋在我們與上帝之間的關係。保羅表達他的確信，在他依靠上帝的事上面面俱到，沒有留下任何空隙。

切勿忘記，我們的信賴和保證，不是建立在愛上帝的事上——那是脆弱、易變、和躊躇的——是建立在祂愛我們的確據上，因為那是牢靠且堅定不移的。我們的盼望是憑信「懸掛在那裏」。絕不要放棄上帝，因為祂無不樂意將有關稱義、成聖、和最後得榮耀所需要的，白白賜給我們。對那些「在基督裏的」，保羅針對那最後的結局，有千真萬確的信心。沒有任何事物（除了自己以外），足以阻擋他們最後得著勝利。

第五階段

為眾人而備的救恩

（羅9:1 - 11:36）

八月三日

至

九月廿五日

與保羅同行的第五個階段

❖ **我在基督裏說真話，並不謊言，有我良心被聖靈感動，給我作見證。羅9:1。**

保羅於羅馬書9:1，在他的主題上作出一個重大的轉變。

到目前為止，我們已透過羅馬書，在保羅所導遊的旅程上，走過了四個階段。首先，我們在羅馬書1:1-17，遇見保羅和羅馬的基督徒，並看出他的主題。第二，他在1:18-3:20，向我們介紹罪的問題，和猶太人以及外邦人，都犯了罪。第三，他在3:21-5:21指出，上帝叫人稱義的恩典之恩賜，對那些願意憑信而接受的人，要如何應對罪的問題。接著，保羅在6:1-8:39，幫助我們看出那些與耶穌保持信心之關係的人，會在上帝的原則裏，與祂同行。使徒保羅以得勝和保證的偉大詩歌，作為其論述的高潮。

現在，我們正要和他作出第五階段的同行。他將在這一階段中，幫助猶太人看出，如何能配合上帝的計畫。某些權威界認為，這一章是首八章中所介紹的救贖計畫的附錄，但我們應把它看為，是他論述不可或缺的整體的一部分。在羅馬書1:16的主旨中，保羅指出福音是「上帝的大能，要救一切相信的，先是猶太人，後是希臘人。」他現在就要指出，福音對猶太人具有甚麼意義。

對保羅來說，「猶太人的問題」是個重大的論題。猶太人本是上帝的選民，但如今似乎已被一個外邦人佔大多數的教會所取代。倘若猶太人是「選民」，為何他們大多數的人沒有在基督徒的團體中？他們在救贖的計畫上，扮演著甚麼角色？

保羅現在便是轉向諸如此類的問題。但他在這三章中，以一種非常奇特的方式打開他的主題。他在羅馬書9:1，三次誠心和由衷地強調他所將要提及的：（1）「我在基督裏說真話」，（2）我「並不說謊言」，（3）我「有我良心被聖靈感動，給我作見證。」

這位使徒覺得他的某些讀者，可能會對他所提出的諸多要點，產生重大的懷疑。他要他們明白，他是以最懇摯的心意，講出口中的話。

在此對我們有一個教訓。我們都會面對某些困境，可能令我們感到懷疑和誤解。在那種情況中，倘若我們要有效的與別人溝通，我們有必要對人加以屈就。

保羅「不可能實現的期望」

> ✖我是大有憂愁，心裏時常傷痛；為我弟兄，我骨肉
> 之親，就是自己被咒詛，與基督分離，我也願意。他
> 們是以色列人。羅9:2-4。

保羅深切的關懷以色列人，因為他們之中，絕大多數沒有接受他所相信的，就是那能為他們帶來救恩的媒介物。他的憂傷達到一種境界，自稱倘若能為他們帶來救恩，甚至「願意」為他們而犧牲也在所不惜。

那種願望提醒我們想起摩西。當以色列人因拜金牛犢而犯罪時，摩西為他們求告上帝說：「唉！這百姓犯了大罪，為自己做了金像……不然，求你從你所寫的冊上塗抹我的名」（出32:31, 32）。

因此，保羅在和以色列同胞角力時，從民族過去的歷史上，選擇了一個有力的例證。然而，他的「願意」代表了艾柏雷特·赫理森筆下所謂「不可能實現的奢望」。畢竟，摩西的要求並沒有如願以償。上帝告訴他說：「誰得罪我，我就從我的冊上塗抹誰的名。現在你去領這百姓。」（出32: 33, 34）。

保羅和摩西一樣，對他的同胞有著類似的關懷。但是，有如雅各·鄧理所說的，他們的關懷並非完全一樣。摩西在認同猶太人時，願意和他們同死，但保羅的建議，是為他們而死。因此，正如鄧理筆下所說的，他反映了「基督代死的火花」。當然，使徒保羅知道自己的盼望，是一種徒然的奢望。他指出一種事實，就是除了不信之外，沒有任何東西可以把我們和上帝的愛隔絕。而保羅所講的，正是這種不信。

那偉大的宗教改革家馬丁路得，當他指出這節金句的整個上下文，指出保羅是如何的關懷猶太人得救的事時，領會了這位使徒的憂傷。「他渴望將基督帶給他們……他以一個神聖的誓約向他們發出呼籲，因為一個人會想被定罪，以便搭救罪人，是件不可思議的事。」

我是否跟保羅一樣，對失喪的人同樣抱有火熱的憂傷？

主啊，請就在今日幫助我，分享你的關懷，為那些被罪所轄制的個人憂傷。阿們。

無比的福分

❖他們是以色列人；那兒子的名分、榮耀、諸約、律法、禮儀、應許都是他們的。羅9:4。

以色列人是一個賦有諸般特權的民族。保羅毫無懷疑看出，以色列人在列邦中的獨特性，和他們在救贖歷史上的特殊任務。

他在今日的經文中，開始一一列出他們所得的每一種福分，以預備他們接受基督。首先，得著稱為「兒子的名分」。舊約聖經一再指出，以色列人是上帝的「長子」（參閱出4:22）。並在類似的形式下，宣稱上帝是「以色列的父」（耶31:9）。但羅馬書9:4，是唯一指出以色列人是被領養的經文，這辭彙指出上帝的恩典，將這民族納入祂的家庭中。

第二，這民族不但和上帝有一種特別的關係，而且是「榮耀」的。無可懷疑的，那是指上帝榮耀的臨格，就是在曠野的聖幕和聖殿中，那充滿至聖所的榮光。那榮耀預表上帝「坐在二……的約櫃（上）」（撒下6:2）。

第三，以色列是上帝與亞伯拉罕、摩西、和大衛所立諸約的受益人。那些聖約成為一種媒介，讓以色列人藉以和上帝建立一種獨特的關係，他們有非凡特權和特別的任務。

第四，以色列人是上帝律法的託管人。以色列人因擁有上帝旨意的特別啟示，就是祂親口所說親手所寫的律法，而引以為榮。保羅同意他們的看法，認為他們擁有律法，使他們站立在一個特殊的地位上。

除了那些福分之外，猶太人擁有聖殿的崇拜和諸般應許。那些應許，尤其是有關彌賽亞的降臨，作為上帝的先知、祭司和君王。而聖殿的崇拜對他們來說，是那麼的特殊，以致他們嚴禁外邦人進入那只為猶太人男丁開放的部分，違犯者處以死刑。

真的，在保羅的心目中，猶太人是一群得寵的子民。但是，我們必須詢問，倘若這一切沒有引向救恩，這些特權又有甚麼益處呢？保羅的心中一定存有這種念頭。當我們沉思默想我們與上帝的個別關係時，這問題也應存在我們的心中。

特權不能救人

> ✕ 列祖就是他們的祖宗，按肉體說，基督也是從他們出來的，祂是在萬有之上，永遠可稱頌的上帝。阿們！羅9:5。

保羅尚未列盡以色列人的重大福分。他在羅馬書9:4列舉六項，又在今日的經文為我們列出兩樣。第一，他們有祖宗，尤其是亞伯拉罕、以撒、和雅各，因為上帝的賜福是因他們而來。

第二，以色列族是彌賽亞降臨的導管。從最初在創世記3:15，暗示彌賽亞的降臨，到向大衛所發出的應許，整族的盼望集中在上帝受膏者身上，因為祂要來拯救祂的子民。由於這個緣故，馬太在他福音書的第一章中，不厭其煩地指出拿撒勒人耶穌，具有正統的猶太血緣和同一祖先，使祂合格成為預言中的彌賽亞。

八大福分。然而，舉族並不因而得救。當然，有許多個別的猶太人，來就近基督，但並不是大多數的族人。我們在此找到一個教訓：卓越的屬靈利益，不能救任何人。它們可能有助於準備人心，但若沒有選擇接受耶穌，它們是一無用處的。

保羅親身體驗了那種事實。他在腓立比書告訴我們有關他的背景。他有六種福分，四項是因血緣而來，兩樣是由自己的熱心所賺取的。這位使徒（1）第八天受割禮；（2）他屬於以色列族；（3）他是希伯來人所生的；（4）他是結束法利賽主義的成員；（5）他表現他的熱心，為上帝由衷地逼迫基督徒；（6）他按照律法上的義說，是無可指摘的（腓3:4-6）。

這位無往不利的青年人，擁有一切的利益。然而，這一切卻不能救他。直到他在前往大馬色的路上遇見耶穌。那時他才恍然大悟，看出自己所有的特權是不夠的。當他遇見耶穌時，他看出真正的義是甚麼，他自己的一切特權看來有如「糞土」。他即刻以他所有屬人的利益和成就，換取基督的公義（第7-9節）。

保羅渴望同樣的事情發生在同胞身上。他對你和我也心存這種盼望。他迫切希望我們，以我們所有的利益和所有的成就，甚至包括我們自己，換取在基督耶穌裏的救恩。

並非每一位教友都是基督徒

▨ 這不是說上帝的話落了空。因為從以色列生的不都是以色列人。羅9:6。

───

位住在歐洲中部的卓越樵夫，在一個麥袋口發現了一根木頭。令人感到希奇的，那木頭的顏色，和麥子一模一樣。於是，他決定把木頭雕刻成麥粒。

他在刻了一把仿造的麥粒之後，便把它們和真麥粒混在一起，然後邀請他的朋友來辨別。但由於他的精雕細琢，沒有人能識別其中真假的麥粒。實際上，甚至連樵夫自己也不能辨別其真假。最後，為了區別真麥粒和假麥子，唯有將所有的麥粒都浸入水中。幾天之後，那些真的麥粒發芽了，而仿造的麥粒保持本來的原狀：死的木頭。

我們在此發現那些自稱是上帝子民的人，也有同樣的情形。在人的眼中，時常不能識別誰是真正的信徒，誰是作假，令人看來好像是基督徒。他們雖然可能屬於同一個教會，但無可否認的，其中存有迥異的差別。那些與基督保持一種信心關係的人，可從他們屬靈的長進上，看出這種聯繫。

當保羅進入羅馬書另一階段的研究時，那些在表面上看來好像是屬靈的子民，和那些貨真貨實的人，其間的識別點是非常重要的。

保羅在此所處理的，是一個令人深感疑惑的問題：為何接受福音的以色列人，是那麼地少，而且屈指可數。上帝的應許是向全以色列人發出的，然而，對整體的以色列人來說，似乎不能令他們頑石點頭。這是否意味著那些應許失敗了？或者上帝本身失算了？人是否不再相信那些應許？

斷乎不是，保羅將加以否定。上帝之應許的本身沒有錯。其錯出在收受者的身上。事實上，不是所有的以色列人都憑信在靈性上與上帝聯繫（參閱2:25-29）。

教會的教友也不例外。並非每一位加入教會的人都是基督徒。但那些真正作出選擇，與上帝保持一種活潑關係的人，將藉著時間來表彰基督的生命在他們裏面茁壯。

為服務而受揀選

> ✘ 這就是說，肉身所生的兒女不是上帝的兒女，惟獨那應許的兒女才算是後裔。因為所應許的話是這樣說：「……撒拉必生一個兒子。」羅9:8, 9。

保羅在羅馬書9:6指出，以撒所有的後裔，並非都是以色列人。他在第7-9節繼續強調那種看法，從亞伯拉罕的家背景表達他的觀點。他強調亞伯拉罕所有的子孫，並非都是亞伯拉罕之真正後裔的觀點，是指他們的承受應許而言的。在其過程中，保羅引用了創世記21:12的話：「從以撒生的，纔要稱為你的後裔。」換句話說，那應許是賜給從以撒而來的後裔，但並不包括以實瑪利和基土拉（亞伯拉罕在撒拉死後所娶的妻子）的眾子。保羅所有的猶太籍讀者，都會眾口一聲的立刻同意。他們都以自己的宗教門第和家族血統自豪。

但保羅的猶太籍讀者，會否定他對上帝揀選以撒的解釋法。他們認為以撒的被揀選，是上帝對以撒後裔的一種承諾，因此，主上帝對亞伯拉罕的真正子孫，必須履行其諾言。這種邏輯幾乎使他們不能看出，他們既身為猶太人，而卻被拒於天庭之外。上帝畢竟會因他們是亞伯拉罕的真正子孫，而拯救他們。但這並不是保羅的看法。他堅持上帝有自主權，可以揀選以撒而棄絕以掃。

但在這一要點上，我們看出上帝為何看中以撒，是非常重要的。祂的揀選以撒，是為服務而不是為永遠的得救。畢竟，以實瑪利和以掃，都包括在這個聖約之內，並在上帝的吩咐下接受割禮。他們兩人都得著上帝的賜福（參閱創17:20）。

雖然以實瑪利和以掃，可能得著上帝的賜福，可是他們所代表的種族，並不是上帝要賜予啟示的子民，或藉著他們賜下彌賽亞。

因此，上帝就是神。祂有自主權，可以選擇將保管和傳揚祂信息的責任，託付心目中的人。但人的被揀選，並不意味著他們好過其他的人，或將自動得救。上帝將高舉祂聖名的責任託付他們，但沒有作出個人或集體得救的保證，這便是猶太人難以接受的要點。有些基督徒為同樣的問題而掙扎。屬靈上的自傲，有蒙蔽心靈的效應。

有關揀選的要道

不但如此，還有利百加……雙子還沒有生下來，善惡還沒有做出來，只因要顯明上帝揀選人的旨意，不在乎人的行為，乃在乎召人的主。羅9:10-12。

揀選的要道！有些人不喜歡這種道理，其他的人則避而不談。但保羅卻極盡話語所能表達的，堅決的這麼敘述。

到目前為止，保羅在羅馬書第九章告訴猶太人，上帝已選擇和祝福他們，超越任何其他的民族。但那種福氣，帶來一個問題。倘若他們是應許之子民，為何沒有對耶穌作出反應？為何被拒絕？上帝對他們所說的，是否落空了？

不！保羅這麼回答說。上帝的話或應許並沒有錯。錯誤在於猶太人本身，他們誤解上帝。上帝有權呼召任何人來侍奉祂。

我們如何知道，祂並非只對猶太人負有道義上的責任？他們難道不是祂的子民嗎？外邦人根據甚麼能分享那些應許？

羅馬書第九章的用意在回答這些問題。這位使徒的第一個策略，是指出上帝揀選一個民族來服務祂，不是基於他們的良善或功勞，而是根據祂的選擇。

保羅藉著回顧猶太人的歷史，舉例佐證他的論據。猶太人如何成為上帝特選的子民？首先，上帝蓄意選擇以撒而不是以實瑪利。那論據是相當足夠的，但有些人可能看不出問題的所在，因為這兩個人有不同的母親，上帝與亞伯拉罕和撒拉立約，而排除夏甲。

保羅本著這種思路，進一步強調他的理論。於是用以掃和雅各為例，他們不但有同一的母親，更是攣生兄弟。然而上帝甚至在他們出世，善惡還沒有作出來之前，便揀選雅各而不是以掃。

這在說明甚麼？就是上帝單方面揀選那些祂所囑意的人，並付與實現祂給予世人目的的任務。

到目前為止，羅馬書的論據，指出世人既然都犯了罪，沒有任何人有特別的理由，足以求取恩典。倘若上帝將祂的恩典，賜給某個團體之外的人，它的成員沒有任何抗議的理由，因為他們屬於某個團體，是由於恩典。上帝揀選祂所中意的人。那是個好消息。基督為每一個人而死，而祂要救的是所有的人。

上帝「恨惡」以掃

✠ 正如經上所記：雅各是我所愛的；以掃是我所惡的。羅9:13。

這節經文真的在聖經中出現嗎？是的，有兩次之多。一次就在羅馬書9:13，另一次是在瑪拉基書1:2,3，就是保羅所引用的出處。

不錯，你可能這麼想：它是在聖經裏面，但我們是否需要用來作為敬拜的一節經文？我不喜歡這麼作。何不當作沒有這種經文的存在而讀我們的聖經？

我們實在太常略過我們所不喜歡的經文。我建議最好要明白上帝的用意。誰知道，這節經文可能會為我們帶來福氣。

首先我們必須記住，聖經所用的字句，並不時常帶有我們現今用字的同一意思。例如，耶穌宣稱倘若我們要成為祂的跟隨者，必須恨自己的父母和妻子（路14:26）。你如何把那種吩咐，和第五條誡命勸我們要孝敬父母加以協調？很顯然的，不是按照字面上的用法，來恨我們的父母，而是選擇在我們的生活上，凡事以基督為首。

同樣的原則，用在耶穌提及祂的跟隨者，如要保守生命到永生，必須「恨惡」自己的生命（約12:25）。聖經中的「恨」，並不一定意味著一種藉故生端的仇視。正如雅各、拉結和利亞的關係，前者是他所愛的，而後者是他所恨的（創29:30,31）。聖經時常用這個字，來表示愛一件東西或一個人，過於另一個，但兩者都是所愛的對象。

聖經的這種用法，調和了上帝是愛（約壹4:8），和「上帝愛世人，甚至將祂的獨生子賜給他們」（約3:16），以及祂愛罪人（羅5:8）這些話。

一個簡單的事實，就是上帝揀選了這個（這段經文提及愛雅各和恨以掃，兩者都不是指個人，而是指整個民族）來自雅各的以色列，而不是出自以掃的以東。祂選擇讓彌賽亞來自這一族，而不是那一族。

同樣的，當雅各的後裔（基督時代的猶太人）拒絕耶穌時，上帝不得不將以色列的福氣，轉賜給另外一個民族——教會（太21:33-43）。因此，保羅在羅馬書9:1-13說，上帝並沒有改變。祂仍然按照祂選擇雅各而不是以掃的原則來行事。上帝不會被任何宗教團體所拘束。祂的應許並沒有落空。但由於以色列民族拒絕耶穌，祂揀選了另一個新的族群，負起在世上的使命。

上帝慈愛的寬廣

✠ 這樣，我們可說甚麼呢？難道上帝有甚麼不公平嗎？斷乎沒有！因祂對摩西說：「我要憐憫誰就憐憫誰，要恩待誰就恩待誰。」羅9:14, 15。

保羅在羅9:6-13，回答了這個問題：因上帝給予猶太人的應許，是否因他們不再是天國子民的事實，而落空了？他的答案指出，上帝如今已透過一個大多數由外邦人所組成的教會，來完成祂的工作，正如祂起初選擇和使用以色列民族一般。上帝親自作出決定，揀選以色列人，完全沒有依賴他們任何功勞。

那個答案引起了第二個問題，保羅於是用第14-18節的話，來回答這個問題：上帝的這種獨斷，是否有所不公？

斷乎沒有！這是保羅的回答。為甚麼呢？因為那問題的結構錯了。上帝不是根據公平，而是依據祂的慈愛，作出選擇（或揀選或預定）。這位使徒為了證明他的論據，引用了出埃及記33:19：「我要恩待誰就恩待誰；要憐憫誰就憐憫誰。」猶太人的誹謗者，可能想跟他爭辯，但不敢和聖經的話對抗。

上帝的揀選，無不根據祂的慈愛。倘若祂按照以色列人所應得的（公正）賜給他們，他們早已被滅絕。同樣的原則可用於保羅時代的猶太人，甚至可適用於廿一世紀的基督徒身上。我們的生存有賴於上帝的慈愛。

以公正的立場來說，約翰·施德特指出：「奧妙的事，不是某些人得救，其他的人則不能得救，而是任何人是否能得救的問題。」因此，倘若上帝自我選擇，對某些不是「我們群體中」的人顯示仁慈，我們是誰，竟敢向祂發出挑戰呢？我們應牢牢記住，祂的慈愛是得救的源頭，不是我們配得。

讀到羅馬書第九章相當難解的經文時（從現代人的觀點），記住一個要點：保羅不是在回答我們有關自由旨意的問題。他甚至沒有在羅馬書第九章，提及這個問題。保羅所強調的，反而是指上帝滿有豐盛的慈愛。祂是那麼的慈祥，不但揀選了猶太人，也挑選外邦人，來承受救恩。

正如一首古舊的聖詩說：「上帝的慈愛是何等的長闊高深，有如無邊無際的汪洋大海。」我們應稱頌上帝。沒有祂那至高無上的慈愛，便沒有今日的我們。

一切有賴於憐憫

據此看來,這不在乎那定意的,也不在乎那奔跑的,只在乎發憐憫的上帝。羅9:16。

「憐憫」是羅馬書第9-11章中的關鍵辭彙。實際上,這整個片段的經文,以「上帝將眾人都圈在不順服之中,特意要憐恤眾人」(羅11:32)的話,達到巔峰。與上帝有關的憐憫,在這三章中出現了九次,在其餘的羅馬書中,只提到兩次。

羅馬書第一到第八章,雖然沒有提及「憐憫」這個詞彙,但是其含意,卻充斥在這幾章經文中。保羅指出眾人都犯了罪,理當被治死。然而,上帝為他們設立因信稱義的計畫,他們所要作的,只是接受。

因此,恩典和稱義等概念的基礎,就是上帝的憐憫。由於上帝滿有豐盛的慈愛,人才有得救的可能。祂特意以憐憫恩待世上的男女。結果,正如保羅在羅馬書9:6-13所指出的,上帝不但有權作出自由的揀選或預定,更預定以憐憫為基礎來施行拯救。牽涉到上帝的使命和救贖的計畫,無不直接由祂的憐憫而來。

今日的經文,特別清楚的指出,一切無不仰賴祂的憐恤。世人可能希望上帝廣行憐恤,而不是按照律法的字句秉公待人。但不論他們是如何的渴望,或盡可能的打如意算盤,卻不能憑他們的力量強迫上帝那麼作。

引向救恩的,是上帝的憐憫,不是人的力量。上帝的憐恤是自我的選擇。保羅在此用了一個詩情畫意的辭彙——奔跑。這個辭彙用來指一個人在運動場上競走,含有一個人盡他體能的極限,企圖向前邁進的意思。但保羅提醒我們,一切的努力——即使是奮不顧身的力量——也不能使我們免被定罪。一切有賴於上帝的揀選,對那些犯罪的人顯示憐憫。根據羅馬書9:6-13的上下文,即使上帝在處理亞伯拉罕、以撒和雅各的事上,也必須以祂的憐憫來看待,因為每一個人都是罪人。

因此,憐憫不但是羅馬書第九到第十一章的中心要點,更是整本羅馬書和整個救贖計畫的中心。我們當滿心感謝,因為向摩西(和保羅)顯現的上帝,是一位「有憐憫有恩典的上帝,不輕易發怒,並有豐盛的慈愛和誠實」(出34:6)。

一個有關法老王的教訓

因為經上有話向法老說:「我將你興起來,特要在你身上彰顯我的權能並……」如此看來,上帝要憐憫誰就憐憫誰,要叫誰剛硬就叫誰剛硬。羅9:17, 18。

上帝是否真的剛硬了法老王的心,以便彰顯祂的大能?倘若我們仔細讀這經文,那並不是它所說的。但這不能讓上帝擺脫關係,因為舊約聖經令我們無可懷疑的讀到:「耶和華使法老的心剛硬」(出9:12)。這並不是唯一的一句話,類似的話出現在出埃及記10:1, 20, 27;11:10,和14:8等經文中。

但這並不是全部的故事。聖經一再強調,那是法老王在各個災難之後,讓他的心自我剛硬(參閱 出8:15, 32;9:34)。聖經如何能說上帝剛硬了法老的心,同時又說法老王自己硬著心腸呢?

我們必須研究出埃及時,到底發生了甚麼事,才能回答這個問題。首先,上帝差派摩西和亞倫去見法老王,讓以色列人自由並離開埃及,但沒有任何成果。上帝唯有一再降下災難,以便驚醒法老王。但唯一的結果是法老王每次都拒絕了,並硬起自己的心腸。換句話說,法老王的剛愎,導致他違背上帝給他的神聖啟示。保羅在給提摩太的第一封書信中,稱那種頑固,有如良心被熱鐵烙慣了一般(提前4:2)。根據羅馬書1:24, 26, 28的記載,上帝讓那些悖逆祂的人自食其果。按照這種意義來說,上帝責無旁貸,正如保羅所說的,上帝「任憑」他們自食其果。其後果是由於他們的背叛和罪。上帝本可加以干預,讓那種後果不致發生。但上帝並沒有那麼作。

就是在那種意識下,上帝剛硬法老王的心。剛愎的人,就是那些當上帝提供恩典,卻拒絕悔改的。由於祂繼續讓他們留在那境況中,祂多少要為他們的境況負責。

在面對聖靈感化心靈時,該如何反應呢?我們是否硬著頸項拒絕,或者我們雙膝下跪、悔改,祈求赦免並歸回?法老王剛硬他的心,不是在古代歷史上的一個教訓。那是今日給我個人的一個借鏡。上帝要我向法老王學習,並把那教訓應用在我的人生上。

不敬的泥土

> ✠你這個人哪，你是誰，竟敢向上帝強嘴呢？受造之物豈能對造他的說：「你為甚麼這樣造我呢？窰匠難道沒有權柄從一團泥裏拿一塊作成貴重的器皿，又拿一塊作成卑賤的器皿嗎？」羅9:20, 21。

不喜歡上帝作事的方式？要和上帝爭辯？

保羅發出挑戰說，你認為你是甚麼人？難道不知道自己只是泥，而上帝是塑造者？難道你看不出你只是一團泥，而上帝卻是窰匠？

保羅在用窰匠和泥土的例證時，引用了以賽亞書29:16和45:9的話。在這兩節經文中，泥土質問窰匠憑甚麼按照自己的意思，搏弄權力。這兩節經文，在保羅之羅馬書上下文中，尤其妥貼，因為它們涉及上帝把以色列人，塑造成一個民族，用祂無可懷疑的權力，按照祂所認為最適當的方式，來處理這個民族的事。

上帝有絕對的特權，按照祂自己的情況，來處理人的事，這正是保羅在羅馬書第九章，所要討論的問題。掌管的是上帝，而不是以色列人或任何其他的人。祂是窰匠，而他們是泥土。倘若祂選擇對外邦人存憐憫的心，那是在祂的權限內的事。倘若祂決定把祝福賜予外邦人，那是祂的特權。沒有任何人，不論具有甚麼宗教或種族血統，對上帝有任何制衡的力量。而且沒有猶太人或任何其他的人，能逃脫背叛的後果。倘若選擇犯罪，他們便成為敗壞的器皿。人不能因他們生為猶太人，便自動成為貴重的器皿。也不因為是外邦人，便成為不光榮的器皿。上帝是至高無上的統治者，於是定下規律和條件。

這並不意味著我們不能向上帝發出問題。畢竟，保羅在整本書中，不住的發出問題。布魯斯指出，「保羅命令閉嘴不問的，不是那些感到困惑而尋求上帝的人，而是一些悖逆和藝瀆上帝之輩。」

羅馬書第九章，絕不是基督徒容易了解的經文。但當我們根據其上下文，看出保羅所應對的對象是誰，和他們的義務是甚麼時，這一章便能幫助我們看出上帝的偉大，因為祂施展的憐憫，是多過某些教友所敢期望的。我們「知道」我們是配得祂的恩寵的，但至於「其他的人」呢？針對諸如此類的問題，保羅有一個答案：讓上帝作出一切的判斷。正如窰匠與泥土之間，有無窮的距離；同樣的，我們與我們的創造主之間，也有無盡的差距。

上帝無垠的大愛

倘若上帝要顯明他的忿怒，彰顯他的權能，就多多忍耐寬容那可怒預備遭毀滅的器皿。羅9:22。

這是相當長的一節經文。但保羅針對這一點，言猶未盡。他繼續在第23和24節説：「又要將他豐盛的榮耀，彰顯在那蒙憐憫早預備得榮耀的器皿上。這器皿就是我們被上帝所召的，不但是從猶太人中，也是從外邦人中。這有甚麼不可呢？」

註經者認為這三節經文，是保羅所有書信中，最晦澀難解的。即使是這樣，其中仍有幾個要點，向我們揭開。首先，就是那些背叛的人，照理來説，應當被毀滅，但上帝似乎對他們有無窮的寬容。祂本早該一口氣將他們滅絕，但祂在此選擇憐恤他們，正如彼得所説的，祂「不願有一人沉淪，乃願人人都悔改」（彼後3:9）。上帝的部分特性，是那無窮的恆久忍耐。但無論如何，正如保羅和新約聖經的其他作者所指出的，時候將到，上帝要消滅罪和一切懷抱罪的人。即使是甚麼時候，也是出自上帝單獨的選擇。

羅馬書9:22-24向我們揭開的另一個要點，就是上帝本著他的憐憫，定意向「那蒙憐憫早預備得榮耀的器皿」，顯示他的恩惠。主上帝在蓄意拯救世人的事上，沒有留下任何空間。上帝已極盡一切的能事，盡量預備一批人來承受榮耀，雖然有些人仍然固守帶來滅亡的生活方式、習慣和態度。倘若他最後必須滅絕，並不是未盡自己的力量來拯救他們。

第三個顯然的要點，是上帝計畫「預備得榮耀」的選民，將包括猶太人和外邦人。當然，這點是保羅在羅馬書第九章的中心主題。

這一章把焦點集中在：耶和華有權作為上帝，並揀選將拯救之人。羅馬書第九到十一章的中心要點，在於指出上帝渴望憐恤眾人——猶太人和外邦人。我的朋友，倘若你願意讓祂在你身上施展大能，祂也要憐恤你。

上帝列入外邦人

> ✴這器皿就是我們被上帝所召的，不但是從猶太人中，也是從外邦人中。這有甚麼不可呢？就像上帝在何西阿書上說：那本來不是我子民的，我要稱為「我的子民」；本來不是蒙愛的，我要稱為「蒙愛的」。羅9：24, 25。

在這幾節經文中，保羅引用何西阿先知的話，作為他在羅馬書第九章的中心論據。那就是上帝「不但是從猶太人中，也是從外邦人中」，揀選「得榮耀的器皿」（羅9：24, 23）。上帝的應許並沒有落空（第6節）。祂召集猶太人，使他們有得救的機會。那呼召仍然開放，但並不只限於他們。那位定意揀選亞伯拉罕和雅各，並向他們顯示憐憫的上帝，也讓外邦人蒙憐恤。

接著，保羅從舊約聖經引經據典，來證明他的論點。它們可分為兩組：第一組（第25, 26節）是引用何西阿先知的話，來證明外邦人蒙悅納的事；第二組（第27-29節）是引用以賽亞的話來證實，那呼召不只是包括所有的猶太人。

第一組的引言，引用何西阿書2：23和1：10的話。何西阿這本書的背景，是北國的十個以色列支派，已離道叛教，墮入最殘暴無道的拜偶像之風，包括獻兒童為祭和淫亂的處境。那種情況下，何西阿是一位審判的先知，定一個荒淫無度和救恩無關的民族有罪。因為以色列已厭棄上帝，於是上帝拒絕了他們，而他們很快就要在主前722年，為暴虐無道的亞述人所擄掠。

上帝藉著這位先知的淫婦妻子歌篾，和他們的兒女：羅路哈瑪（就是不蒙憐憫的意思），和羅阿米（就是非我民的意思），來指出以色列人的不忠。

然而上帝繼續發出應許，祂會扭轉那些兒女名字所含的拒絕。祂將本著祂的恩典，把他們收回，正如何西阿接回歌篾一樣。在那時，那些不是祂子民的，要成為祂的子民，那些不蒙愛的，要稱為蒙愛的。

何西阿把那教訓用在以色列人身上，但保羅更進一步的引用在不是祂子民的外邦人身上。上帝憑著憐憫，要收養和愛惜他們，成為「永生上帝的兒子」。真的，上帝的憐憫，是何等的寬大。

以色列的餘民

✠以賽亞指著以色列人喊著說:「以色列人雖多如海沙,得救的不過是剩下的餘數(餘民);因為主要在世上施行祂的話,叫祂的話都成全,速速地完結。」羅9:27, 28。

保羅就在今日的經文,把外邦人列入天國的行列中(引用何西阿的話為證),並把許多猶太人擠出圈外。我們在評估這位使徒的爭辯時,必須記住當時的猶太人,絕大多數沒有接受基督。因此,很可能認為保羅的話一定是錯了。他們可能推論說,倘若耶穌是基督,上帝的子民——以色列人——便會心悅誠服地接納祂。由於那種事並沒有發生,保羅的話顯然是錯了。當然,那種爭辯是永無休止的,只不過是說宗教上的多數便是真理。

使徒保羅所要粉碎的,便是這種邏輯。他為了建立他的據點,於是回到猶太人認可的舊約聖經,引用以賽亞書的兩節經文。

第一個引言(今日的經文)摘自以賽亞書10:22。那經文指出以色列成為一個大國,那是直接預表上帝實現了給亞伯拉罕的應許,他的後裔要像天上的星那麼多。當然,以色列人樂於讀到他們作為選民的身分,得著證實。說真的,他們確實相信自己是上帝的特殊子民,而這特殊性,確保在天國佔有一席之地。

但保羅說:絕不是這樣!他回到他所強調的,得救的只是「剩下的餘數」。雖然以賽亞書第十章的經文,是指亞述的擄掠而言,但保羅引用到以色列人拒絕基督的事上。

保羅的第二個引言(羅9:29),摘自以賽亞書1:9,這位先知在經文中指出,倘若上帝沒有為以色列人稍留餘種,以色列人便會像兩個不復存在的所多瑪和蛾摩拉一樣。但以色列人不致這樣。保羅暗示說,必有一群餘民,因信接受耶穌為主和救主。

基督徒將在此找到一個教訓。我們太常認為自己是屬於某個教會,或有外表上的順從,便會在上帝的眼中被看為正。絕不是這樣!任何人都能屬於某個教會。但一個人若要成永恆的子民,必須與祂保有一種活潑信心的關係。

親愛的主啊,今日我要重新獻上自己,更新現代屬神子民的身分。

顛倒性的義

⁜這樣，我們可說甚麼呢？那本來不追求義的外邦人反得了義……但以色列人追求律法的義，反得不著律法的義。羅9:30, 31。

我們如要了解羅馬書第九章所強調的事項，那麼，第30到32節便是其關鍵所在。這些主題包括：上帝的主動、預定、揀選、上帝的旨意、祂所揀選的人有亞伯拉罕、祂「剛硬」法老王的心等。許多人錯誤的認為，保羅在此所講的是，一切的事都操在上帝手中，世人是那麼的被動，有如上帝手中的泥土，甚至在他們出世以前，上帝便不計他們在一生中所要作的任何選擇，預定他們有些會升上天，而另外一些則下地獄。

保羅在這三節經文中，否定了這種論調。他在此向我們指出，世人在上帝的計畫上有其分內的工作。正如伊梅爾．布魯諾所指出的，其答案不在於「上帝那奧祕的命定，預備某些人得救，而令其他的人被定罪，」卻是由於人對基督的響應。

使徒保羅在此陳列一幅顛倒性的圖畫，一邊是那些對公義不感任何興趣的外邦人，卻不計他們的無知而找到了義；另外一邊則是那些極力尋求公義的猶太人，不論他們是如何的努力追求，卻失敗了。

為甚麼？這個問題的答案，讓我們回到保羅在羅馬書第一到第八章的爭辯。外邦人所以得著義，是由於他們憑信接受耶穌。猶太人卻想藉著遵守律法來賺取，他們失敗了，因為他們「得不著律法的義」(羅9:31)。

世人在救贖的計畫上，有其分內的工作。不是由於極力追求遵守律法上的完全，而是憑信降服於耶穌基督，信靠祂為他們所作的犧牲，接受他們自己是軟弱的事實，並看出上帝恩典的充足。

猶太人的悲劇，不在於喜愛上帝的律法。保羅自己便非常珍惜。他們真正的問題，在於想將律法作為攀登天庭的梯子，但這不是上帝制定律法的本意。倘若他們能看出律法的真諦——上帝的本意——他們仍然可以愛它。但當他們失敗時，那種失敗能驅使他們就近基督，尋求祂的恩典和赦免。因為唯一的一種義，是因信稱義，這是保羅在羅馬書中，不厭其詳一再重申的主題。

出自信心和絆腳石

✠（以色列人）正跌在那絆腳石上。就如經上所記：「我在錫安放一塊絆腳的石頭，跌人的磐石；信靠祂的人必不至於羞愧。」羅9:32, 33。

保羅已來到極端有力之章的盡頭。他在這章中列舉例證，指出上帝選擇對每一個人彰顯憐憫——猶太人和外邦人兼顧。這並不意味著上帝對以色列人的應許落空了（羅9:6）。相反的，祂的憐憫顯得比「教友」（猶太人）所想像的更加寬大，因為上帝已作出決定，讓所有選擇相信基督的人得救。

但並不是所有在教會裏的人，對這種方案感到舒服。某些人認為公義所以有價值，是由於在人與律法的關係上有所成就之故（第31, 32節）。

保羅在今日經文中所指的，便是這種人。他們在那「絆腳的石頭」上絆跌了。這位使徒為了使他的重點更加凸顯，於是引用了以賽亞書四句簡短的引言。第一和最後的引言，摘自以賽亞書28:16：「我在錫安放一塊石頭作為根基」和「信靠的人必不著急」。中間的兩句來自以賽亞書8:14：「跌人的磐石」和「絆腳的石頭」。

保羅採用這四個摘自以賽亞書的片語，證實上帝立下一塊穩固的盤石。當然，那塊盤石是指耶穌基督而言。正如他向哥林多教會的信徒所指出的：「那已經立好的根基就是耶穌基督，此外沒有人能立別的根基」（林前3:11）。而耶穌更是毫不猶豫地將以下的話，用在自己身上：「匠人所棄的石頭已成了房角的頭塊石頭」（詩118:22）和「匠人所棄的石頭已作了房角的頭塊石頭」（太21:42）。

保羅在今日的經文宣稱，有人會因基督而感到「羞愧」。「羞愧」這個辭彙，源自希臘文的 skandalon，譯為英文的「scandal」，意即醜聞或羞辱的意思。保羅把它用在哥林多前書1:23，告訴我們「釘十字架的基督」是「猶太人（的）絆腳石」。

其簡潔的事實指出，當我們遇見基督時，祂對我們來說，成為兩件事情中的一件。對祂那代為犧牲的信，如不是成為信心的根基，便是一種令人反感的教訓，而終致令我們加以拒絕。人們時常喜歡在得救的事上依靠自己，或至少參與有分。但接受這種教訓，無異是絆跌在上帝那因信而來之恩典的簡潔教訓上。保羅說：「信靠祂的人必不至於羞愧。」

像上帝一般的禱告

> 弟兄們，我心裏所願的，向上帝所求的，是要以色列人得救。羅10:1。

倘若你是保羅，你會有甚麼感受？保羅成為基督徒之後，猶太人的領袖便真實的多方為難他。他們不但阻擋他的努力，而且令他遭到肉體的折磨和監禁。他們其中一些人，想盡辦法要奪走他的生命。仇敵視他為不共戴天的世仇。

你會如何應付這種人？或許回答這問題的最好方法，是自省如何應對那些拒絕我們的人——就是那些當我們企圖伸出援手，卻向我們吐口水的人。我不曉得你會怎麼作，但我可能這麼說：「我已盡力幫助他們。他們為似乎喜歡自誤，自甘墮落。我想唯有讓他們受一次教訓，才能學乖。」或者你可能想讓這些冥頑不靈的人自食其果。（而當然，他們罪有應得——其實，他們該多受報應。）

保羅本可以對當日的猶太人領袖，作出這種想法，但今日經文的主旨，指出他不這麼想——或即使他有這種想法，也不會讓那種情緒，勝過他的信仰。他告訴他們，他由衷為他們禱告，使他們可能因而得救。

那就是愛。倘若要按照耶穌所說的，我們要像天父一樣完全（太5:43-48），必須有這種愛。同樣的這份愛，讓上帝在我們還與祂為仇的時候（羅5:8,10），便差派耶穌來為我們死。

這是具有能力的。上帝的愛就是基督教教義，切勿忘記，祂要我們像祂一樣。

保羅不但沒有把仇敵交給地獄，反而為他們的永遠得救而禱告。實際上，他祈求在天國有機會和他們比鄰而居。

我的朋友，你今天的想法如何？你是否具有同樣的愛心？我們聽到許多有關品格完全的話，但保羅的中心要義，是如何使你品格達到完全的地步。

天父啊，今天幫助我，有更像你的願望。幫助我有愛心，尤其是對那些對不起我，或對我不利的人。阿們。

一個狂熱的人是……

我可以證明他們向上帝有熱心，但不是按著真知識。羅10:2。

為上帝大發熱心而不具有知識，等於狂熱。歷代以來，教會少不了諸如此類的人。事實上，保羅曾一度是這種痼疾的受害者。他自稱：「從前我自己以為應當多方攻擊拿撒勒人耶穌的名，我在耶路撒冷也曾這樣行。既從祭司長得了權柄，我就把許多聖徒囚在監裏。他們被殺，我也出名定案。在各會堂，我屢次用刑強逼他們說褻瀆的話，又分外惱恨他們，甚至追逼他們，直到外邦的城邑」(徒26:9-11)。他又說：「我又在猶太教中，比我本國許多同歲的人更有長進，為我祖宗的遺傳更加熱心」(加1:14)。

保羅深深體會在一群狂熱的團體中，極端熱誠的危害。正如西克．巴雷特所指出的，「沒有任何其他的民族，有如以色列人，對上帝表現出那麼恭敬和堅忍的熱誠。」拉比猶大．迪馬栩栩如生描繪那種心態說：「務要剛強如斑豹、迅速如鷹隼、敏捷如羚羊、威武如獅子，來推行你在天之父的旨意」(Aboth5:20)。

但屬世所有的熱誠，若缺少知識來引領他們，是沒有任何益處的。約翰．加爾文指出：「正如奧古斯丁所說的，一拐一拐地走上正路，好過盡你的全力奔跑在錯誤的方向上。」

具有熱誠而沒有知識，是一種瑕疵而不是一種美德。每一個會眾中都有一些諸如此類的人。他們有如諺語中的公牛，耀武揚威地陳列在磁器櫃中，以他們的自義傚法早期的保羅。

但他們缺少了甚麼知識呢？就如保羅早期所匱乏的：我們完全有賴於耶穌基督拯救的功勞，而並非是自足的知識。這種理解，帶來認識自己軟弱與罪的潛能，更看出上帝那大而可畏的能力，因而存謙卑火熱的心。

馬丁．路得指出，那些自以為有知識的人，帶來無窮的禍患，但是「一位看出自己是無知的人，卻柔順並自願被引領。」

上帝願意我們大發熱心。但它必須是一種充滿知識的熱心——一種看出在人面前代表上帝的不足，更重要的是，我們需要祂的感化和賦與恩典的知識。

腦筋受損的義

❖因為不知道上帝的義，想要立自己的義，就不服
上帝的義了。羅10:3。

有一個故事，提及一隊美國士兵被擄，被監禁在一個戰俘集中營。他們身無分文，於是從事以物換物的交易，由一位士兵滿足另一位士兵的願望。然而，這只是一種畫餅充飢的作法。

但是有一天，一件裏面裝有大富翁遊戲的包裹送到了。那些士兵相當高興，但不是由於有得玩，而是因為其中的錢。他們很快的平分了，每個人都有同等數目的500元、100元、50元、20元、10元、5元，和1元的紙幣。因此，他們的交易簡單多了。

任何一個遊戲的組合中，至少都有一位資本慾望強大的人。不久之後，一位士兵幾乎囊括了營中所有的紙幣。

就在那個時候，有一次換俘的行動，那些戰俘被空運回洛杉磯。我們這位資本家戰俘下了飛機的第一件事，就是到本地的一家銀行開個戶口。他在填完了應有的表格之後，便撲通一聲投下2,325,413元。那位出納員看了大富翁的那些紙幣一眼，便把銀行的經理請來處理。在她的眼中，那位士兵顯然是腦筋受了損傷。

這故事的重點，在於指出那些大富翁的紙幣，可能在遊戲時，或在集中營裏有用，但在現實世界卻毫無用處。

公義也是如此。教會中有太多的人，正在玩公義的遊戲。但如不是過於無知，便是「腦筋受損」的義，而不自知他們的義，雖然令他們沾沾自喜，自以為高人一等，但只是紙上談兵和畫餅充飢，一無是處。

保羅關心他的猶太同胞；有兩個原因：（1）他們對上帝的義，茫然無知，一心一意只想憑自己的能力來獲取（2）他們沒有降服在上帝公義的大能之下。

保羅指出這兩種理由，是構成當前教會大半由外邦人組成的原因所在。其問題不是由於上帝的應許（羅9:6），或上帝的恩典使然，而是因為猶太人的無知。或許，人最深層的無知，莫過於靈性上的自義。而那種無知，無不趨向靈性上的自傲。

天父啊，請幫助我真正看出我所需要的，和你的憐憫的偉大。

基督，律法的總結

✖ 律法的總結就是基督，使凡信祂的都得著義。羅
10:4。

基督，律法的總結，那是甚麼意思？這節經文有許多譯法。其中之一是宣稱上帝的律法已作廢，於是基督徒現在可以為所欲為。

保羅已在羅馬書3:31指出，信心是堅固而不是廢除律法，因此否定了那種說法。接著，他再次在羅馬書第七章提醒他的讀者，指出律法是聖潔、公義、良善、屬乎靈的（羅7:12, 14），他將在羅馬書12:8-10，再次指出基督徒有義務遵守律法。當耶穌指出祂的來到，不是要廢棄而是要成全律法，而且「就是到天地都廢去了，律法的一點一畫也不能廢去」（太5:17, 18）的時候，祂似乎和保羅有同樣的看法。

第二個可能的解釋，而且肯定配合羅馬書第十章上下文的說法，是基督的義總結了律法。這是千真萬確的事實。保羅一再強調，稱義是來自信心而不是遵守律法。事實指出真正的基督教義，意味著一切律法主義。因此他在羅馬書10:3指出，基督徒是由於降服於上帝的義，而得著義。除此之外，沒有任何途徑，可以成就義。

雖然這種解釋法是正確的，但可能不是羅馬書10:4的全部意義。那譯為「總結」的原文，同時帶有「目標」或「實現」的意思。因此布魯斯指出，「基督是律法所瞄準的目標，祂是完全公義的具體化……既然基督是律法的目標，又由於律法在祂裏面完全實現，因此，在上帝面前的公義的身分，已為每一位相信祂的人而預備，並暗示律法功用的終結（真正和想像的），作為獲得那種公義身分的媒介。」當約翰·季斯勒指出，耶穌實現了「給予亞伯拉罕的約」，並因此為「所有相信祂的人，為上帝的子民打開了救贖之道」時，他是指基督是律法的目標而言的。

個人不論以甚麼角度來看今日的經文，基督徒是那些從基督得著公義的人。因為祂實在的實現了律法的要求，並讓所有相信祂的人，得著祂的義。

一條得救的死胡同

❖摩西寫著說：「人若行那出於律法的義，就必因此活著。」羅10:5。

保羅以今天和以後幾節的經文，舉例說明因信稱義的道理，並非是某種新的概念，而是上帝接納人的方法。他藉著收集一些舊約聖經的經文，來證明他的觀點。

他的第一個引言，摘自利未記18:5。照他的看法，這節經文指出，一個人若要藉著守律法來建立公義，他必須按照律法的所有條文，和每一細節來生活。那就是，他必須逐字逐句的順從。任何少過這種作法的，意即沒有救恩，因為律法沒有附帶絲毫的恩典或憐憫。

雅各說過類似的話，並指出「因為凡遵守全律法的，只在一條上跌倒，他就是犯了眾條」（雅2:10）。因此，倘若一個人除了只在一個細節之外，能遵守全部的律法，他或她仍然受到律法的定罪，有如犯了所有律法一般的淪亡。

在心中存有這種認識之下，我們必須記住，保羅引用猶太人的聖經，指出他們都犯了罪，虧欠了上帝的榮耀（羅3:9-20,23）。因此，在他們最好的表現下，即使是最刻苦己身的人，根據律法來說，他們所能產生的，只是不完全和不被接受的義。而在上帝的眼中，這種「義」根本不算是義。

當然，有些猶太人自欺欺人，認為他們十全十美，或幾近完全。例如那富有的年輕官長，毫不猶豫地自稱，他在少年時已完全遵守了上帝的律法（太19:20）。但當耶穌指出，那人缺乏關心他的鄰人時，揭露了那掩耳盜鈴的勾當。

保羅在整本羅馬書中，為律法的義定下了一系列的原則：（1）一位藉著遵守律法來尋求救恩的人，將根據他的努力來受審判；（2）除了基督以外，沒有一個人能毫無瑕疵的守全律法；（3）結果，所有的人都被定罪。

保羅更不住地一再強調，上帝是藉著因信而來的恩典，施行祂的救贖計畫，作為世人可賴以得救的唯一選擇。他在這個主題上所以投下那麼多的時間，是在指出行為帶來公義的心態，如何根深蒂固扎根在人的心中。

一個無遠弗屆的教訓

> ■你不要心裏說:「誰要升到天上去呢?(就是要
> 領下基督來;)誰要下到陰間去呢?(就是要領基
> 督從死裏上來。)」……這道離你不遠,正在你口
> 裏,在你心裏。羅10:6-8。

人們有一種奇特的劣根性!我們都想要得著我們所得不到的,和輕看那似乎可輕易得來,或甚至是免費的東西。我們喜歡費些力量,來爭取我們認為有價值的東西。

記得在研究所讀書時,我比那些有名望的教會子弟來得貧窮。我最大的樂趣,就是走到我家附近的一間舊書店,並「垂涎」地注視著那些當時買不起的巨著。當然,偶而我能掏一張十元的紙幣,來滿足那壓倒性的慾望。但絕大多數的時候,我只能以眼看手不動的方式來自我滿足。

接著有一天,危機出現了。那書店受迫關閉,每本書以25分錢的低價清倉。忽然之間,我買得起那些書了。但同樣的在突然之間,它們在我眼中失去了價值。如今它們成為「廢物」。

人們重視那些高價,或必須極力賺取之東西的特質,從物質的範圍越牆而過,轉向屬靈的領域。人們不遺餘力的從事朝聖江,或投身聖戰,抑或放棄一切所有換取屬靈目標,是多麼令人感到困惑。那種功勞主義,充斥在歷史之中。

若有人告訴我們去攀登天庭,或深入地底,抑或成大功立大業,我們會非常興奮。那種犧牲——某些值得我引以為榮的事物,某種我可著書自吹自擂的東西,某樣我可以在會眾面前分享的好見證。那種成就在我們腐化的眼中,具有重大的價值。

相反的,只憑信接受基督,聽來是那麼的平凡,那麼的沒有價值,那麼的沒有值得自我誇耀的地方。

但那毫無矜誇的得救之道,正是保羅所要告訴我們的唯一道路。我們不須攀登埃佛勒斯峰,或游渡英吉利海峽,才能得到。所要作的,只是接受上帝的恩賜。所需要的,已幾乎為我們所有,它就在我們心靈的深處。我們所要作的,只是加以接受——就在今天。

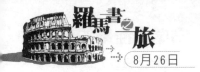
內心和外在的宗教

> ✜ 你若口裏認耶穌為主，心裏信上帝叫祂從死裏復活，就必得救。羅10:9。

承認和相信是外表和內心的雙重表示。這兩種理念的結合，絕對是基督教義的中心要素。新約聖經沒有給人留下絲毫的疑念，指出真正的宗教是內心的事。外表的宗教，是假冒偽善者或演員的特色。當耶穌指出法利賽人「好像粉飾的墳墓，外面好看，裏面卻裝滿了死人的骨頭和一切的污穢」（太23:27）時，祂便斥責他們就是這樣的宗教。

內心的感受是首要的，但新約時代的基督教義，內心的經驗並不孤立。內心的狀況，在外表的行為上表現出來；內心的相信，激發外在的行動。

對這位使徒來說，承認基督是一種嚴肅的宗教行為。早期的基督徒，在受浸的儀式上，可能採用一種口頭承認的形式，類似我們從今日經文所讀到的，雖然那麼作可能為他們帶來危害。當基督徒被帶到有權柄者的面前，像是在猶太公會的面前，這種承認法也是重要的。當然，在那種境遇中，一個人時常面對不承認基督的試探。

承認的內容是重要的。公開承認耶穌是主，對外邦人和猶太籍的信徒來說，意味著斷然掙脫過去的行為，因為它指向基督的神性。這對猶太籍的基督徒來說，是非常分明的，因為希臘文版本的新約聖經（七十士譯本），超過六千次用「主」這個辭彙來稱呼上帝。此外，在外邦人的世界，這個辭彙被用來指一位神明，或指一位有如神般被敬拜的皇帝。因此，承認基督是主，就是宣稱祂是聖子上帝。

這種承認的第二層面，涉及基督從死裏復活，保羅同樣認為是極其重要的。這復活將上帝的印記，蓋在基督生與死的作為上。正如李恩·莫理士所指出的，「那復活是極其重要的。上帝是在十字架上，完成祂的救贖大工。保羅所相信的，不是一位死的殉道者，而是一位永活的救主。」

保羅在其他的地方告訴我們，這位永活的救主將要再來，並隨身帶來救贖的全部福氣。一位在內心和外表上與基督有關係的人，「就必得救」。

暗中的基督徒：不可能的事

因為人心裏相信，就可以稱義；口裏承認，就可以得救。羅10:10。

昨天我們指出，真正的基督教義，包括一種內心的宗教經驗和外表上的表達。那不但是相信耶穌是復活的主，而且承認那種信心。我們知道內心的感受，自然而然會在外表的形式上顯露出來。今日的經文承續那種理念。

在心存這種意念之下，我們要問一個重要的問題，就是人能否成為一個暗中的基督徒。這個問題之所以被提起，是由於記載於約翰福音12:42,43的話所引起的，其經文指出，猶太人的「官長中卻有好些信祂的，只因法利賽人的緣故，就不承認，恐怕被趕出會堂。這是因他們愛人的榮耀過於愛上帝的榮耀。」

讀這節經文時，可能感受到壓力。或許我們大多數的人，親身領略過這種經驗。相信是一回事，但讓人知道你的信仰又是另一回事——尤其是在社交的場合中，那種相信可能不符眾望，或可能令我們付出犧牲地位的代價，和諸如此類的事。

因此約翰福音中，看到某些暗中的基督徒。在有關羅馬書10:10的脈絡下，約翰時代的猶太人領袖，為我們提供了一種有趣的實例研究。他們每人終必面對一種抉擇，就是人不可能作為一位暗中的基督徒。某些人會因暗中的祕密，而抹煞了作基督徒的身分，而另外有一些人，作基督徒的身分消滅了暗中的祕密。但兩者不能永遠停留在緊繃的壓力下，因為暗中的基督徒，在字眼上是不相容的。

尼哥底母發現了那種不相容的事實。首先他在「夜裏來見耶穌」（約3:2）。但那次的會面，在他的心中蘊育出對耶穌的相信。在接下來的場合中，我們發現他在暗中為耶穌辯護，令人看不出他開始相信祂。但即使是那種慎重的辯護，也令他付出某些代價，因為某些人指控他也一定是跟從耶穌的人（約7:50-52）。最後，就在基督被釘的那日，作基督徒的身分終於戰勝了暗中的祕密。尼哥底母於是公開承認相信基督。然而，其他的法利賽人讓他們暗中的祕密，抹煞了他們作基督徒的身分。

今天早上我的情況如何？正如一般青年人所說的：「我是否知行合一？」我的外表是否和我的內心配合一致？

在基督裏合一

> ✝ 經上說：「凡信祂的人必不至於羞愧。」猶太人和希臘人並沒有分別，因為眾人同有一位主；祂也厚待一切求告祂的人。羅10:11, 12。

保羅是一位熱愛上帝話語的人。他不但愛它，也認識它，同時為證明自己的觀點，經常引用作為憑據。他在羅馬書10:11所用的經文，同時在9:33加以引用，但他在此加上一個小小的字，卻帶有重大意義。他提及那些「必不至於羞愧」的人時，加上了「凡」字。它概括普世性的上帝子民。當來到救贖的主題時，是沒有猶太人和外邦人之分的。所有相信的人，將眼見上帝的拯救。

保羅看出得救的道路唯有一條就是信。正如他以前所指出的，在罪的事上沒有猶太人和外邦人之分（羅3:22），他如今說在得救的事上，也沒有彼此之別。就在這種理念下，他回到第九到第十一章中的重大主題——就是上帝已定意向所有的人顯示憐憫。

猶太人與外邦人一視同仁的論調，一向是整本羅馬書的主題。保羅在羅馬書1:16，為整封書信立下主鍵，指出救恩臨到一切相信的，「先是猶太人，後是希臘人。」接著他在羅馬書2:9指出，兩組中的個人，會因作惡而遭受患難和困苦。他在第10節中指出，兩組的個人，將因行善而得著榮耀、尊貴、和平安，「因為上帝不偏待人」（第11節）。保羅再一次在羅馬書3:9指出，所有的「猶太人和希臘人，都在罪惡之下。」

因此，當保羅在羅馬書10:12，回到猶太人和外邦人都站在同一立場時，他指出猶太人和外邦人，只有一條得救之道，因為在他們之上，只有一位主上帝。

我們在此為今日的人，找到一個教訓。歷代以來，種族與倫理的不同，將世界和教會，摧殘得四分五裂。在屬世的世界上，這種情形是可理解的，因為它仍然在那位分裂者的統治之下。但對教會來說，卻是出賣了其信心，正如在保羅的日子，猶太人與外邦人之間的互相傾軋一般。

讓我們面對這種事實——我們都同樣面對罪的問題，上帝也為我們留下相同的解決方案，而我們也有同一位主宰。上帝今日要我們這些在基督裏面的人，過著有如兄弟姐妹般的美好人生。

凡求告主名的

▓ **凡求告主名的，就必得救。羅10:13。**

你是否相信，「每一位」和「凡求告主名的，就必得救」？至於耶穌在山邊寶訓中，提及的那些受誤導的人，又如何呢？當然，他們曾不住的求告主的聖名，然而，他們卻不能得救。請聽耶穌親自針對這主題的說法：「凡稱呼我『主啊，主啊』的人不能都進天國」（太7:21）。

我們是否在保羅和耶穌所講的話中，找到互相牴觸之處？倘若我們研究這兩段經文的上下文，便可看出並非如此。耶穌清楚的指出，不論他們行了多少神蹟或其他的奇事，唯有那些遵行上帝旨意的人才能得救。換句話說，他們必須相信祂是主，並且在外表上配合祂的旨意。

羅馬書的上下文，已證明了同一要點。我們已從前幾天的經文中，知道內心的相信和外表的承認（羅10:9），兩者需要攜手並行，互為裏外，而且人不能在一段長時間內，具有一點而缺少另一點。

羅馬書10:13的「凡求告主名的，就必得救」的人，就是那些符合保羅在第10節之教訓的人。事實上，是那些接受保羅在整本羅馬書教訓的人。他們看出自己都在律法的定罪之下，不能作任何事以拯救自己；基督為他們死，已付出了贖價；基督的復活保證他們的復活；他們的浸禮，預表舊人生的終結，和按照上帝旨意與耶穌同行的開始；他們完全是憑信而來的恩典而得救；他們擁有火熱的希望，承認基督是主和救主。羅馬書10:13的「每一位」和「凡（是）」的人，就是那些在內心和外表上，對耶穌有信心的人。

所有這樣的人，都將毫無例外的「必得救」，因為他們全心全意求告主的聖名。「求告主名」這個片語，是句重要的話。它指出基督的重要特質，以致保羅在哥林多前書1:2用它來描述基督徒。基督徒是「所有在各處求告我主耶穌基督之名的人」。

不可或缺的傳道

❌然而，人未曾信祂，怎能求祂呢？未曾聽見祂，怎能信祂呢？沒有傳道的，怎能聽見呢？若沒有奉差遣，怎能傳道呢？羅10:14, 15。

今日經文所提出的四個問題，令我們回想起前一節經文，指出「凡求告主名的，就必得救」（羅10:13）。因此，保羅看來好像是在說，罪人如果要得救，必須求告主名。但那話引起這位使徒，接二連三的發出一系列的問題。

問題一：「人未曾信祂，怎能求祂呢？」這預先假定，對上帝必須有一種事先的認識。

問題二：但是，「未曾聽見祂，怎能信祂呢？」人們需要先聽見有關上帝的事，才能相信祂。

問題三：「沒有傳道的，怎能聽見呢？」在有大眾傳播媒介之前，傳令通報者（以上譯為「傳道」）所扮演的角色，是非常重要的。在古代的時候，傳達消息的主要媒介，是靠傳令通報者在城中的廣場，或其他的公共場所，當眾公開宣告。顯然的，如沒有聽眾，便不需要有傳令通報者。

問題四：「若沒有奉差遣，怎能傳道呢？」「差遣」一詞，是從譯為「使徒」的同一個字演變而來的。上帝信息的一位真正傳令通報者或傳道者，是一位奉上帝差遣的人。那位傳道者的使命，是傳達上帝給祂子民的信息。

約翰・施德特建議說：「倘若我們將這段經文的六個動詞，倒置其先後順序：基督差遣傳令通報者；傳令通報者傳揚信息；世人聽見；聽者相信；信者求告；那些求告者得救。這麼一來，保羅爭辯的真諦，便昭然若揭。」在這種邏輯脈絡下，這位使徒為基督徒的佈道立下根基。佈道的對象是甚麼人呢？猶太人和外邦人兩者兼顧。但是，根據羅馬書第九到十一章的上下文，毫無懷疑的，保羅的這些經文，是針對猶太人而說的。實際上，雖則絕大多數的猶太人選擇拒絕福音，其實他們已經聽見。

但這問題的另一方面，仍然適用於各時代。上帝仍然差遣男男女女，傳揚福音的信息。倘若他們要聽命前往傳道，他們仍然先要傾聽。甚至時至今日，或許上帝有一個信息，要你個別傳給某個人。祂可能就在這一時刻呼召你。

佳美的腳蹤

> ✜報福音、傳喜信的人，他們的腳蹤何等佳美。羅 10:15。

保羅的這個引言，是簡略摘自以賽亞書52:7，其全文如下：
「那報佳音，傳平安，報好信，傳救恩的，

對錫安說：你的上帝作王了！

這人的腳登山何等佳美！」

根據其原先的背景，這段安慰的信息，是指以色列人從巴比倫被擄之地歸回的肯定保證。這位使徒把它用來指他所傳的福音，使人從罪的奴役下得著釋放。採用這節經文，暗示人若因聽到從巴比倫被擄之地歸回的好信息，而歡喜快樂，那麼他們將因福音的信息，而更加雀躍莫名。

在有電子郵件、電話、和其他形形色色的現代電訊交通媒介之前，一位可靠的快遞傳信者，時常親手傳達信息。人們時常爭取榮譽，要成為第一位將某大戰得勝的好消息，親自傳給君王。在另一方面，沒有人願意接受，把壞消息傳給一位東方君主的「榮譽」。壞的消息，可能令傳信人的腦袋搬家。

但是，「報福音、傳喜信的人，他們的腳蹤何等佳美！」我們這些現代的人，或許會希奇以賽亞這位先知，為何會特別用腳來描述。這個片語不會令保羅時代的人感到吃驚。好的消息跟著信使的腳蹤而傳達。一個傳達信息的人，在經過長途奔跑之後，他可能污穢、惡臭、襤褸，但對那些等候好消息的人，在看到他的腳迅速越過田野時，時常是一種受歡迎的景象。每一個人都喜歡好消息。

而又有甚麼消息，能好過救贖的福音呢？

你最近是否多想那為你帶來救贖福音的好消息？或許那可能是個佈道士、一位平信徒、家中的成員、一位教員、一位牧師、或這幾位的組合。不論這個人是誰，他們為你帶來好消息。不論他們是誰，何不就在今日，寫一個短簡，或打一通電話，表達你是如何的感激他們。誰知道，你的卡片或電話，可能在他們最需要的時刻及時送到。那麼，你的腳蹤也是何等的佳美！

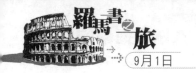
並非每一個人都喜歡好消息

只是人沒有都聽從福音，因為以賽亞說：「主啊，我們所傳的有誰信呢？」羅10:16。

在兩千年前，有一個人選擇跟從一位才華出眾的偉大領袖。他和其他的一小群人，在這位領袖的門下三年，不但向他學習，更和他一起生活。

但跟著時間的流逝，這位學生對他老師的幻想破滅，於是把他賣給他的仇敵。接著，他醒覺了自己的所作所為，但醒覺導致沮喪，沮喪導致自暴自棄，自暴自棄導致失望，失望終於令他走上自殺之路。

這位學生的名字是猶大，他的老師是耶穌基督。不是每一個人都會接受福音的大好消息。但即使是耶穌，也有失敗的時候。實際上，祂所傳講的對象，大多數的人沒有成為祂的跟隨者。他們所喜愛的是神蹟、餅和魚，但當處境不順遂時，他們便向環境低頭。他們飛也似地溜回他們的安樂窩，不再有獻身於基督的生活。

那種劇情在隨後的兩千年間，沒有多大改變。不論是外邦人或猶太人，不是所有的人都接受那好消息。但耶穌在那時藉著天國的比喻，告訴我們事情正是如此。

耶穌在馬太福音第十三章教導我們，有關佈道問題的根源，不是在於上帝。畢竟，祂已作出萬全的準備，將福音傳給形形色色的人（泥土），但並不是所有的人都以同一的方式來回應。有些人容許那惡者，將真理的種子從他們的心中奪走（馬太福音13:19中，落在路旁的種子）；有些人滿心喜樂的接受，因眼見所要付的高昂代價而放棄（第21節，落在石頭地上的種子）；有些人聽了，但卻因今生的思慮，阻礙了他們對來生的興趣（第22節，落在荊棘裏的種子）；但是其他的人接受了祂的道，並結出基督徒的果子（第23節，落在好土裏，結出三十到一百倍的種子）。

這比喻為我們留下兩個結論：（1）唯有一小部分接受真道的人忠心到底，和（2）其他形形色色的接受，並非是上帝的錯。祂提供各種機會，但結出果子有賴於人的回應。基督的時代和我們的日子，沒有甚麼兩樣。

我們的工作並非無所事事的坐著，擔心人的反應，而是穿上平安的福音鞋（弗6:15），以便在預備使人相信上帝之道的事上，成為祂的代理人。

普世性的使命

可見信道是從聽道來的，聽道是從基督的話來的。羅10:17。

保羅的猶太同胞，是否有一個相當公平的機會，聽到福音的信息？或許他們之中的許多人，所以沒有接受的原因（參閱 羅10:16），第一是由於他們根本沒有真的聽到。而沒有聽是一個根本的嚴重問題，因為「信道是從聽道來的」，聽道是由傳講福音而來（第17節）。或許猶太人的這種反應，是由於他們對基督而來的得救主題，根本一無所知。

保羅在羅馬書10:18面對那問題，因為他在經文中問道，他們「聽見嗎？」他的回答是斷然的：「誠然聽見了。」於是他進一步引用詩篇19:4的話作為證據：「祂的量帶通遍天下，祂的言語傳到地極。」

這位使徒引用這節經文，初看之下令人意外，因為詩篇第十九篇，是以諸天的宇宙性見證，歌頌它的創造主，多過普世性的宣傳福音。保羅相當清楚這種事實。他選擇詩篇，是提及普世性的見證上帝。他所作的，是將那有關全世界見證的有力話語，從形容創造轉移到描述教會，將前者看為後者的表號。

顯然的事實，是福音的信息已傳遍猶太世界的每一個角落。來自全世界的猶太籍朝聖者，都在逾越節和五旬節的時侯，蜂湧到耶路撒冷。

不可否認的，他們之中有相當多的人，聽見那大好的信息（或那為人所樂道的福音），並把那信息帶回旅居之地。因此，福音的故事已「傳遍天下……（直）到地極。」

當然，並非每一個猶太人都聽到福音的故事，但有足夠聽見的人數，令保羅作出那種宣告，並讓他們作出回應。福音的種子已撒下，但大部分卻沒萌芽和生長。

因此，回應重要，使命也重要。倘若信道是從聽道來的，聽道又是從傳揚福音而來，那麼每一個基督徒便有責任，為福音作出個人的見證，同時負有使命感，支持將福音傳到較難進入的世界各地（例如大城市），使人繼續有機會，能對上帝的恩典作出回應。

小心關注你的燭臺！

> ❖ 我再說，以色列人不知道嗎？先有摩西說：我要用那不成子民的，惹動你們的憤恨；我要用那無知的民觸動你們的怒氣。羅10:19。

我們聽見保羅的讀者喃喃自語説：「好得很，我們同意猶太人至少聽見福音。但他們可能不明白。這難道不能作為他們不信的理由嗎？」

保羅再一次否定誹謗者的強辯。他不但強調猶太人明白，更引用兩節經文來加以證明。

他首先引用申命記32:21的話，經文提及由於以色列人的背叛和悖逆，上帝將把祂的恩寵轉移給其他的人，以引起猶太民族，嫉妒一個「不成子民」和缺少認識的「愚昧的國民」。

這段申命記經文的用意，是指當以色列人眼見發生在外邦人身上的事時，將激動他們發奮圖強，汲取某些福氣，據為己有。倘若這在政治的領域上是一件不爭的事實，當然也可適用在屬靈的領域上。

畢竟猶太人並不缺少知識。外邦人可能被描寫為一個「無知的民」，但猶太人卻是一個擁有律法、聖約、和有關上帝之道的知識。有鑑於他們所具有的屬靈特權，他們本應因喪失那種福分而生氣。而這種事實也應激起他們看出自己的需要。

猶太人不但擁有一種有關上帝的優越知識，他們也是上帝的選民，就是上帝起初特選的民族，作為祂特別的百姓。他們本應因那「不成子民」的外邦人，雖然是無知，但卻有機會找到福音，而惹動他們的嫉妒心。

這是一個有必要時常強調的教訓。那些屬於某個教派的人——尤其是一個認為得著上帝特別的呼召，或者自認是上帝的餘民教會——太常以他們自以為「高人一等」的優越知識和呼召，而沾沾自喜。所有的這種教會，都陷入危機中，正如約翰所説的，他們的燈臺有從原處被挪去(啟2:5)，並賜給其他人的危險。作為整體和個別的基督徒，有必要記住，他們雖然可能自以為在屬靈的知識上富足和豐盛，但實際上卻是「困苦、可憐、貧窮、瞎眼、赤身的」(啟3:17)。

一個歷史上的教訓

又有以賽亞放膽說：沒有尋找我的，我叫他們遇見；沒有訪問我的，我向他們顯現。羅10:20。

保羅還沒有說完，他對猶太人藉口沒有接受福音的原因，可能是他們不明白的看法，引用摩西的話以否定那種爭辯（羅10:19）。現在他用以賽亞書，後者更「放膽」的佐證保羅的重點。倘若摩西否定猶太人以無知的藉口，作為外邦人得著福音的台階，那麼，以賽亞更名正言順的把外邦人，納入立約的應許中。

保羅引用以賽亞書65:1的話說：

「素來沒有訪問我的，現在求問我；沒有尋找我的，我叫他們遇見。」

那些熟悉以賽亞這話的猶太人，知道接下來的話，同樣的恰當可信：「沒有稱為我名下的，我對他們說：我在這裏！我在這裏！」

上述之話隨後的兩節經文，對照上帝自動尋找外邦人，是由於猶太人沒有回應上帝的恩典，甚至達到以他們宗教上的悖逆作為，來「惹（祂）發怒」的地步（第2, 3節）。

保羅是在告訴猶太人，指出他們不知道他們的歷史。倘若他們自以為是亞伯拉罕的子孫，便認定是上帝所眷顧的惟一子民，那麼，他們最好回去重讀以賽亞書第65章。

猶太人的拒絕福音，在保羅的時代，並不是第一次。上帝尋找外邦人和他們接受福音，也不是創舉。在以賽亞的時候，上帝便向那些沒有尋找祂的人顯現。保羅警告他的猶太籍同胞，他們有必要回去研究他們的歷史，那麼，他們便能比較知道事情的真象，較為明白上帝目前的作為。對廿一世紀的基督徒來說，這也是個有益的勉言。懷愛倫以真知灼見的話說：「我們對未來無需心存恐懼，除非我們忘了上帝過去如何引領我們，和祂對我們過去歷史的教訓」（生活素描，原文第196面）。上帝在每一世代的子民，都可以從復習上帝在過去如何應對祂的子民和祂的教會，看出他們當前的狀況。

那位伸出雙手的上帝

✠至於以色列人，祂說：「我整天伸手招呼那悖逆頂嘴的百姓。」羅10:21。

保羅以今日的經文，結束他從羅馬書10:16所提出，為何不是所有以色列人都接受福音的爭辯。不是由於他們沒有聽見，而是因為他們確已聽到（第18節），更不是他們不明白（第19, 20節）。追根究底，他們的問題，那是由於他們的「悖逆（和）頂嘴」（第21節）。

今日的經文告訴我們，上帝一再向以色列人伸出祂的雙手。那就是說，祂主動接近他們。不是等待他們來找祂，而是伸出雙手來找他們，有如約翰·施德特所指出的，祂「有如一位作父母的，邀請一個孩子回家，給予擁抱、親吻、發出竭誠歡迎的應許。」

上帝不但向以色列人展開雙手，而且是「一直都」那麼作，意味著堅持對他們關愛的本性。

但是，以賽亞對以色列人拒絕上帝這件事一再提出的建議，有如祂先前定意要眷顧他們。祂終於認定他們是「悖逆頂嘴的百姓」。

「他們隨自己的意念行不善之道。這百姓時常當面惹我發怒；在園中獻祭……這些人是我鼻中的煙」（賽65:2-5）。

我們在研究羅馬書第十章的下半章時，必須同時探討其上下文。保羅在羅馬書首八章中指出，他所傳的福音，是同時給猶太人和外邦人的。但接受的猶太人卻寥寥無幾。因此令保羅不惜長篇討論，指出猶太人的失敗，以及外邦人如何找到進入立約之應許的門戶。第九章則以上帝的憐恤，作為那些問題的答案。祂選擇對接受福音的人，彰顯祂的憐恤。第十章則以猶太人對福音的反應，探討那問題。從全體看來，並不盡如理想。

但希望仍然在，因為保羅深信，「凡求告主名的，就必得救」（羅10:13）。它所以是個好消息，是因為這應許不為種族、膚色或時間所限制。今日和兩千年前一樣的有效。

上帝並不一報還一報

> ✖ 我且說，上帝棄絕了祂的百姓嗎？斷乎沒有！因為我也是以色列人，亞伯拉罕的後裔，屬便雅憫支派的。上帝並沒有棄絕祂預先所知道的百姓。羅11:1, 2。

保羅在今日的經文中，重拾羅馬書9:6開始的線索，他問：上帝給予以色列人的應許，是否因為大多數猶太人和領袖沒有接受福音，因而胎死腹中。

他在第十章結束時指出，問題不是出在上帝，祂打開雙手站在他們面前，但面對的卻是一群悖逆拒絕祂的百姓。有人可能因而這麼問：倘若他們向祂嗤之以鼻，或許上帝會如法炮製──一報還一報。

保羅斷然地排除了那種說法。「斷乎沒有！」是他所能用的最強烈的用語。上帝絕不會食言背約。保羅在作這種斷然的宣稱時，可能想起詩篇第九十四篇的話。它提及上帝審判和懲戒祂所愛的，但同時提及以色列人說：「耶和華必不丟棄祂的百姓，也不離棄祂的產業」（詩94:14）。

使徒保羅接著列舉四個證據，來佐證他的話。今日的經文包括其中的兩項。第一件事實是保羅是猶太人，而上帝並沒有拒絕他。在這位使徒的案例上，證據尤其重要。他曾是迫害基督徒的劊子手，然而上帝仍然向他展開雙手，讓他在傳福音的事上有分。那便是恩典。倘若上帝沒有拒絕保羅，那麼傳揚福音的道路，也一定為其他的猶太人打開。不，上帝並沒有拒絕「祂的百姓」。保羅指出上帝並沒有拒絕猶太人的第二個證據，是祂「預先知道」他們。保羅在此所用的「預先知道」，是指揀選而言。上帝以一種特殊的方式，揀選了以色列人。他們是上帝啟示、律法、和許多福分的承受者。當然，祂也不會把他們隔絕在福音的門外。

以色列人甚至一再向上帝嗤之以鼻之後，仍然沒有遭受拒絕的事實，是非常重要的。它意味著，我們今日這些有如「當面向上帝吐口水」的人，仍然有希望。以色列人正是如此，保羅也不例外，上帝從沒有拒絕他們。那些已犯了不得赦免之罪而心存恐懼的人，必須記住上帝與以色列人關係的教訓。祂不會只因我們的反抗而拒絕我們。

因此，你以為只剩下你一個人

上帝的回（以利亞的）話是怎麼說的呢？祂說：「我為自己留下七千人，是未曾向巴力屈膝的。」羅11:4。

保羅繼續為他的話，就是上帝並沒有拒絕以色列人的斷言作出辯護（羅11:1）。正如我們昨天所看的，他在第1和第2節中，提出上帝並沒有拒絕的兩個證據。接著，他在第2到第4節，從歷史上提出第三個證據。使徒保羅問道：「你們豈不曉得經上論到以利亞是怎麼說的呢？他在上帝面前怎樣控告以色列人說：『主啊，他們殺了你的先知，拆了你的祭壇，只剩下我一個人，他們還要尋索我的命』」（羅11:2, 3）。

我們可從以利亞向上帝投訴的上下文中看出，這是他在迦密山上制勝巴力先知後所發生的事。他在王后耶洗別的恐嚇之下，隨即恐慌地抱頭鼠竄，最後躲入何烈山的一個洞穴中。上帝在那兒找到這位先知，並問他為甚麼躲了起來？那時他提醒上帝，指出以色列人的背叛，而他是唯獨一位忠心的人（王上19:1-14）。

上帝告訴以利亞這位先知，指出他在算術上一無所知。保羅於是問說：「上帝的回話是怎麼說的呢？祂說：『我為自己留下七千人，是未曾向巴力屈膝的。』」

因此，以色列人的背叛，並非是舉族的，上帝尚有一群忠於祂的餘民。祂沒有拒絕祂的子民，相反的，祂為自己「留下」那些忠於祂的人。

然而，以利亞自以為形單影隻而喪膽。我能感同身受。有時候，教會好像真的鬧得一團糟。甚麼，你難道沒有聽到有關某某牧師的事？或者，你知道教會通過怎麼做嗎？教會的空間太常為這些流言所充滿。然而真正的問題是，它們不都是流言，有時確有其事。

在那些時候，我們極易感到失望。我們有如以利亞，自以為是唯一真正忠於上帝的人。但在那些時辰，我們有必要看出上帝計畫的大藍圖。即使憑著有限的知識，和時常有挫折感的情況中，上帝在每一處境中，仍有一群忠貞的餘民，正如以利亞的日子一樣。雖則教會有諸般的問題，但上帝仍然且永遠活著，並積極的在教會中工作。

上帝的餘數（餘民）

如今也是這樣，照著揀選的恩典，還有所留的餘數。羅11:5。

到此為止，保羅已在羅馬書第十一章中提出，上帝沒有拒絕以色列人的三個證據：（1）他本身是個以色列人，（2）上帝已揀選了以色列人，（3）以利亞在歷史上的例證。

現在保羅提出第四個證據：就是「如今……照著揀選的恩典，還有所留的餘數。」正如在以利亞的日子，有一群為數七千的忠心的人，保羅的日子也有一群餘民。這群餘民的數目，並非是憑空捏造的，也不是一個打如意算盤的數字。雖然猶太人的領導層，以及絕大多數的猶太人沒有接受福音，但當保羅有一次到耶路撒冷探訪時，雅各告訴他有「幾千」個猶太的信徒。雅各在此所提到的，似乎是指猶太地和附近的猶太人（徒21:20）。上帝並沒有拒絕祂的百姓。

今日經文其中一個比較有趣的辭彙是「餘數」。舊約聖經指以色列的餘數，是那些仍然忠於上帝的以色列人。因此可以這麼說，他們是以色列人中的以色列人。這也可指歷代以來的教會。自古以來，便有教會中的教會存在。路得採用一種較為不同的表達法。他提及眼見和不能眼見的教會。那些在教會名冊上有名字的人，代表眼見的教會。不能眼見的教會，包括那些「藉著信」和上帝保持活潑關係的人。在任何時候，那不能眼見的教會，便是構成上帝餘數的人。

傑哈·赫西爾指出，聖經以三種方式使用餘數的理念。首先，聖經有時提及一個歷史上的餘數，來指出某個災難之後，虎口餘生的倖存者。第二，就是那些「忠心的餘數」，藉著他們純正的靈性，以及與上帝保持真正信心的關係，與前一群的人有別。保羅在羅馬書第十一章所指的，便是這種人。最後，便是末時的餘數（餘民），包括那些平安通過末時所默示的災難，「並因而得勝……作為永恆國度繼承者的人。」

上帝在啟示錄12:17，提及那些忠心、末後的餘民說：「龍向婦人發怒，去與他其餘的兒女爭戰，這兒女就是那守上帝誠命、為耶穌作見證的。」

主耶和華將在末時，擁有一群餘民。

最大的不相容：恩典與行為

（餘民）既是出於恩典，就不在乎行為；不然，恩典就不是恩典了。羅11:6。

你可以憑想像聽到保羅的某些讀者會說：「好得很，我們這些猶太人，並不是那麼壞的人。我們至少有七千個人，在以利亞的日子得勝了。他們在那麼艱鉅的時代，具有那麼大的骨氣和膽量，真是一件難能可貴的事。各世代以來，都有信心堅強的猶太人。感謝上帝，我們擁有這些靈性堅強的人物。」

保羅在今日經文所攻擊的對象，似乎就是針對這種想法。不然，他便沒有理由插入這一段話。保羅已在羅馬書多次表達這種概念。所以最自然的，是讓他直接提出羅馬書11:7-10。

然而保羅不想讓讀者，對這最重大的要點，存有絲毫的誤解。他已在第5節指出，餘民是受恩典的挑選。今日的經文是擴大那概念，並再一次界定恩典和行為，是互相對峙的，必須有所取捨。

因此，一個人如是靠恩得救，便不可能是靠行為得生，不然，恩典便不再是一種白白的恩賜，而是一種可賺取或可以用折價買來的商品。在另一方面，某些比較不正宗的希臘文文稿，在這節經文加上另一段話：倘若要成為上帝子民的一分子，是根據行為，那麼恩典便必須被剔除。羅馬書11:6在英文欽訂本聖經，反映出這種擴大的讀法。但無論如何，長短兩種經文的意義同樣分明。恩典和行為是絕對不相容的。

保羅深愛恩典的要道，因為恩典是他一生的轉捩點。他知道自己雖然是一位法利賽人，由於他自己的成就，便以為好過其他的人，那時他看不出自己的罪跡斑斑，反而令他自以為義，並蓄意殺害任何在宗教上有不同看法的人。由於那種罪跡斑斑的問題，使他必須面對大馬色路上的經驗。

保羅深知他完全是靠恩典得救。因此，他強調唯有當我們看出自己罪性是如何的深重，我們才能好像使徒保羅，賞識恩典的奇妙。那些對罪的肆虐一無所知的人，才會留在保羅當日身為法利賽人的境界中。

頑梗對比救贖

✠這是怎麼樣呢？以色列人所求的，他們沒有得著，惟有蒙揀選的人得著了；其餘的就成了頑梗不化的。羅11:7。

保羅如今已來到必須對他所說的，作出一個總結的地方。自從羅馬書9:11以來，我們可根據他到目前所反覆討論的，針對猶太人地位的部分，作出甚麼結論？既然上帝沒有拒絕祂的子民（羅11:1），他們真正處在甚麼位置上？

他的回答是：絕大多數的猶太人，並沒有得著真正的義。他指出，這並不是由於他們沒有嘗試。沒有任何其他的民族，比他們更極力追「求」。他們遵守律法的實況，真是非常的奇特。他們在律法之上，增添數以百計的準則和條例。單只在遵守安息日的事上，他們便擬定了1520條附加的規律。在任何人的眼中，那是極力追求的證據。但保羅爭辯說，他們想獲取公義，卻選擇了錯誤的道路。

使徒保羅指出，並不是所有的猶太人，都落入那陷阱中。他們中間的一些人——他稱他們為蒙揀選的人——找到了稱義的正路。

可是，甚麼把蒙揀選的人，和他們絕大多數的猶太同胞隔離了呢？前一節（第6節）的上下文，提供了答案：那互相排斥的恩典與行為的道路。蒙揀選的人，是那些在罪的面前，看出自己的無能為力，而藉著信接受基督的人。其他的人想藉著個人的努力來追求義，但卻失敗了。

保羅告訴我們，第二組人「頑梗不化」。他們如何走上那道路？就是法老王在出埃及記所走的同一條道路，正如保羅在羅馬書第九章所提及的。他們已剛愎自用，但不是由於上帝拋棄了他們——根據羅馬書11:1，祂並沒有那麼作——而是因為他們沒有向上帝的公義降服。正如《基督復臨安息日會聖經註釋》對羅馬書11:8所說的：「當人剛愎的一再拒絕……恩典時，那從不強制人之自由意志力的上帝……會讓人自食其剛愎自用的後果。」

其中的一種後果是「頑梗不化」。在心存這種概念下，莫費特將「頑梗不化」，譯為「落在麻木不仁的情況下」，而古斯畢則譯為「剛愎冷感」。保羅在第8-10節指出，其他的後遺症如：昏迷的心、眼睛不能看見、耳朵不能聽見、眼睛昏矇、時常彎下他們的腰，企圖藉著律法得到公義。在這些後遺症的光照下，唯怪保羅不住地向猶太人，且向所有的人推薦恩典。

失足但不跌倒

> ✠ 我且說，他們失腳是要他們跌倒嗎？斷乎不是！反倒因他們的過失，救恩便臨到外邦人，要激動他們發憤。羅11:11。

我們研究羅馬書到目前為止，保羅顯然是本著一貫的作風，提出一系列的問題，然後以自我回答的方式，繼續對羅馬書作出討論。

今日的經文帶我們面對一個新的主題，也是羅馬書第十一章的第二個主要問題。他在第1節問起上帝是否拒絕了以色列人。他的回答是猶太人從沒有被拋棄，只是他們絕大多數的人，由於剛愎的拒絕上帝的恩典，而終於頑梗不化，只有一小群餘數接受了福音。

但大多數猶太人頑梗不化的情況，在保羅的腦海中，產生一個新的問題：「他們失腳是要他們跌倒嗎？」在此所提出的畫面，似乎托出兩種可能性的其中一種。第一種是他們失足後，再次站起來，拍去腳上所沾的灰塵，然後繼續向目標前進。第二種是嚴重的跌傷，以致無力起身向前走，有如跌下懸崖。

保羅將要在羅馬書第十一章餘下的部分中，舉例說明猶太人的失足，並非不能再康復。他的猶太籍同胞仍然有盼望。他們實在已失足，但並非到了不可挽回的地步。

在其過程中，這位使萬事互相效力，叫愛祂的人都得益處的上帝（羅8:28），從猶太人的失足中，使他們化兇為吉，接受福音。由於他們的失敗，福音便傳給外邦人，因為他們較易接受福音。

使徒行傳這本書，一再反映保羅在今日經文所強調的。書中記載使徒到新的地點向猶太人傳道。但猶太人拒絕保羅的信息後，他轉向外邦人，而他們也時常接受福音。那種事實激動了猶太人。保羅在今日經文中的盼望，是猶太人繼續受激動（發憤），發掘外邦人從福音中所找到的福氣，因而接受福音。

但在教會歷史上，事情並不是這樣發生。李宏·莫理士指出，在太多情況下，基督徒並沒有向猶太人指出福音的好處，反而以偏見、懷恨、逼迫、和惡意來對待他們。他總結「基督徒不應輕忽這個信息（羅11:11）」。身為基督徒的我們，不應敵對上帝而是與祂合作，為猶太人和其他人的福氣著想。

福氣的環鍊

✜ 若他們的過失，為天下的富足，他們的缺乏，為外邦人的富足；何況他們的豐滿呢？羅11:12。

保羅在羅馬書11:11, 12，描繪一條帶有三環福氣的鏈子：（1）由於以色列人的失足，救恩臨到外邦人（第11節）；（2）外邦人的得著救恩，希望能因而激動猶太人的嫉妒（羨慕）（第11節）；（3）倘若那種嫉妒（羨慕）能引起猶太人接受福音，那麼，猶太人的加入與接受，對世界的人來說，其福氣比外邦人單獨接受福音更大（第12節）。

保羅希望所有的人——猶太人和外邦人——都能接受福音。對他來説，任何人被遺棄，都是莫大的損失，因為基督是為眾人而死（羅6:10）。

當然，他在羅馬書第九到十一章的主要目的，是對猶太人多過於對外邦人的關懷。對後者來説，他在對他們佈道的事上，已有相當大的成就。倘若猶太人能加入基督徒社區向外的佈道，他眼見福音的傳播，會有更光明的前景。保羅在羅馬書11:12的用詞，在這一點上表露無遺。倘若因猶太人的「過失」，促使福音傳給外邦人，而為世界帶來「富足」，那麼，他肯定的説，猶太人一旦加入，將帶來更大的「豐滿」。保羅提出福氣的環鍊，就是從猶太人的失足，所帶來的在計算學上之富足或利益，進而因猶太人和外邦人的攜手合作，齊心協力推進福音的國度，而達到幾何學上的富足或利益。

你曾否想起有關福氣的環鍊或幾何學上的利益？大多數的人，會因地方教會教友的增加，而心滿意足。當然，倘若「我們的牧師」為教會帶來一些新的教友，我們會因而高興。但是，假如整個會眾同心立約，向她的社區傳道，又會有甚麼果效呢？倘若有十個教友，在這個月，各帶一人來就近基督，那二十個人在下一個月又各帶來一人歸向祂，那四十個人在第三個月又各自作出同樣的事，而那八十個人……以此類推？

你是否看見一個畫面？一種帶有幾何學福分的環鍊福氣，並非只是保羅所夢想的。當一個教會大多數的會眾，置身於枯枝的接口時，那是可悲的。

請記住，福氣的環鍊，可以從一個人開始。而那一個人可能就是你。

9月13日

製造神聖的嫉妒心

❌ 我對你們外邦人說這話；因我是外邦人的使徒，所以敬重我的職分，或者可以激動我骨肉之親發憤，好救他們一些人。羅11:13, 14。

初看之下，事情看來有些奇怪，一位外邦的使徒，竟然用了那麼多的時間，來討論有關對猶太人的傳道。實際上，他的讀者可能也有同樣的想法。這位在羅馬書第一章自稱是外邦使徒的保羅，竟然用了兩章半的篇幅，向猶太人講話。保羅更用今日的經文，再一次轉向外邦人，告訴他們為甚麼要利用那麼多的時間向猶太人講話。根本答案是在指出，他是在激動猶太人，傚學外邦人的榜樣，以便猶太人轉而能為外邦人帶來福氣。

對保羅來說，他的傳道是一個單元。他因外邦人和猶太人的分裂深感遺憾，同時也在幾個地方指出，這種分裂實在是人為的，因為上帝以同樣的方式——藉著對基督的信——來拯救所有的人。

然而，種族間的糾紛，卻在保羅的日子，繼續分裂教會，且撕裂了保羅的心。但他不是一位坐困愁城，或者甚至認為教會已病入膏肓，無藥可救，那又何必白費心機，或者何苦仍然苦口婆心的規勸？絕對不是！相反的，他作出結論，認為即使是教會的分裂，也有其光明的一面，能扭轉其局面。

他希望對外邦人的服務，能激動猶太人的嫉妒（羨慕）心。那是一件好事嗎？激起某人的嫉妒（羨慕），是基督徒的一種動機嗎？難道這種作法，不是只激發不良的動機？

並不一定是這樣。那是要看他們對甚麼事物產生嫉妒之心。我們可能對嫉妒下這麼一個定義：「希望得著別人所擁有的某種東西。」嫉妒（羨慕）到底是好或是歹，要看他們所希望得到的是甚麼，或者他們是否該得到而定。

倘若想得到的某種東西是好的，有如得著上帝的祝福，那麼，那種嫉妒（羨慕），甚至貪婪，也是有益無害的。人可以說，那是一種神聖的嫉妒心。

上帝要在我們的日子裏，祝福祂的每一位子民（我們），讓所有的世人因而嫉妒猜疑。祂渴望我們專心一致地住在基督裏面，藉著不住的傳揚福音，以激起嫉妒、猜疑、和貪婪的心意，以便帶來我們作為基督徒，所應有的喜樂、平安和完美。

被拒絕或不被拒絕

✖若他們被丟棄，天下就得與上帝和好；他們被收納，豈不是死而復生嗎？……樹根若是聖潔，樹枝也就聖潔了。羅11:15, 16。

好啦，保羅，請你作個決定。你在羅馬書11:1告訴我們，上帝沒有拒絕猶太人。可是，你又在今日的經文向我們說，上帝已丟棄了他們。你是否混亂了，或者是我搞錯了？一個這麼井井有條的作者，怎麼可能在這短短半章的經文中，寫出互相牴觸的話？

這兩種說法都是正確無誤的。上帝已拋棄了以色列人，作為向世人傳講福音的媒介。但有一小群子民，已憑信響應了彌賽亞的呼召（羅11:5,6），而且教會向外佈道，不住地增加他們的數目。

正如保羅在第12節所指出的，絕大多數的猶太人拒絕福音，為他和其他的人打開了門戶，向外邦的世界傳講與上帝和好的信息。因此他們的拒絕，成為一種反面的福氣。

然而保羅為他的猶太同胞，具有一種不屈不撓的關懷。他展望將來，他們中間有許多人，可能對福音的信息作出回應。他們這麼作，便有如從屬靈的死亡中復活。

接著，使徒保羅在羅馬書11:16，列舉兩種並行的例證。他第一個取自民數記15:17-21。保羅指出當以色列人以初熟的磨麵，作為神聖祭物獻上時，從那些神聖麵粉所作的餅，也成為聖潔。第二個例證取自農耕，而將以色列人比喻為一棵樹，倘若樹根是神聖的，那麼，任何長自那根的枝條，也是聖潔的。

在這兩個例證中，他似乎針對族長，尤其是指亞伯拉罕而言。假如他們是聖潔的，那麼，對那隨後而來的猶太後代，便能發揮其必然的影響作用。

保羅的心懷意念，從沒有遠離他的使命──向外邦人和本族佈道的使命。他渴望自己猶太同胞的得救。懷愛倫表達同樣的關懷，於是寫著說：「在傳福音的工作行將結束時，當那為過去被疏忽之人的特別工作將要完成時，上帝期望祂的信徒們，特別注意那些散布在世界各國的猶太人。」（《使徒行述》第314面）。

這兒是我們每日禱告的另一個焦點，我們必須響應對世界另一個領域的佈道工作。

一個值得記住的座右銘

> ✝ 你就不向舊枝子誇口;若是誇口,當知道不是你托著根,乃是根托著你。羅11:18。

保羅在羅馬書11:17-24擴大他在第16節所提出的,聖潔之樹的隱喻。然而他在此指出,它是一棵橄欖樹。橄欖樹不但是近東一帶最常見和最有用的樹,而且舊約聖經一再用它來預表以色列族。例如耶利米書11:16指出,上帝曾一度稱以色列是一棵「青橄欖樹,又華美又結好果子。」為了配合保羅在羅馬書第十一章的例證,一件有趣的事就是,耶利米以預言性的話指出,上帝會送出一陣強風,並放火燒樹,「枝子也被折斷」。

保羅採用橄欖樹的例證作為重點,指出某些原先的枝條(血緣的猶太人)被折斷,而一些野橄欖枝(外邦人)被駁接到主幹上,分享那源自(參閱羅11:16,17)樹根的液汁。因此,正如他在其他地方所指出的,某些外邦人藉著對基督的信(加3:26-29),成為屬上帝的以色列人。

就在這點上,保羅於今日經文中提出嚴厲警告:「不向(那些被折斷的)舊枝子誇口」。外邦人太容易自以為高過猶太人,而生發一種輕視他們的心態。猶太人不但在羅馬帝國的某些地方受到歧視,而且大多數被認為是被上帝所「丟棄」(羅11:15)。

保羅勸告說,這麼一種心態,完全沒有立足之處,因為沒有猶太的根,便沒有所謂的駁接枝條。或者有如威廉・巴克理所說的:「除非先有了猶太教,不然,便不可能有基督教的出現。」基督教會對從其演變而來的猶太教,負有還不清的債務。

保羅對於人不可持有超人一等之想法的勸戒,對今日和兩千年前的人一樣的適用。教會因為有那麼多自視不凡的人,於是出現了太多分門別類的分裂。有些人可能不是歧視猶太人,但他們可能歧視黑人、歧視白人、歧視西裔人種、歧視亞裔人種、或者歧視所有跟他們有不同信仰、或不能和他們共同欣賞某種音樂的人。這種歧視繼續撕裂基督的教會。對那些具有優越感的人,其唯一的解藥,是讓他們在十字架上面對耶穌。

如何能被折斷

✣你若說,那枝子被折下來是特為叫我接上。不錯!他們因為不信,所以被折下來;你因為信,所以立得住;你不可自高,反要懼怕。羅11:19, 20。

今日的經文一針見血的指出,誰能成為橄欖樹國度的成員,誰不能成為其成員的中心問題。我們必須注意到在羅馬書11:19的「枝子」,這一名詞的前面沒有加上冠詞。這意味著不是所有的以色列人都被折斷,只是其中的一部分,以便讓某些外邦人,因而能被接上去。

其所帶來的重大問題如下:某些以色列人被折斷,而有些則仍然留在樹幹上,根據的是甚麼?有些外邦人被接上去,而其餘的人,則仍然留在他們原來的境界中,根據又是甚麼?

這些問題的答案,將我們帶到保羅所傳講之福音的中心地帶,和以色列人復興的祕密,有如第15節的「死而復生」,也就是保羅在羅馬書第11章中所熱切盼望的。保羅從沒有離題顧左右而言他。根據第20節的看法,留在橄欖樹上的,不論是猶太人或外邦人,都是那些具有信心的人。沒有留在樹上的,不論是沒有被接上去的外邦人,或者是被折斷的猶太人,保羅一概把他們列為「不信」的一群。

因此保羅再次強調,他在羅馬書首先幾章所強調的同一教訓,就是唯有一條得救之道,就是相信耶穌基督為救主。

這種思想把我們帶到羅馬書11:20的最後四個字:「反要懼怕」。我們可能會問:懼怕甚麼?害怕由於我們的得救與別人的的淪亡,所引起的屬靈自傲和誇耀的後果。

其對象不但是保羅心目中的外邦人,而且是我們所有的人,都必須心存警惕,慎防屬靈的自滿或誇耀。巴列特針對這一點,給予當頭棒喝說:「外邦基督徒和任何一位基督徒,其所應保持的,是一種『敬畏』的正確態度,因為他必須看出憑著自己的力量,絕對無法取得這種與上帝同在的位置。他一旦生發自傲之心,便即刻失去信心(謙卑的依靠上帝),因而成為『枝子被折下來』的候選人。」

當耶穌說:「虛心的人有福了!因為天國是他們的」話時(太5:3),祂知道祂所講的是甚麼。

與樹保持聯繫

❖ **上帝既不愛惜原來的枝子，也必不愛惜你。羅11:21。**

聖經根本沒有教導一得救便永遠得救的道理。保羅在今日的經文中，嚴厲警告外邦人，指出倘若他們以自己屬靈的特權而自高自傲，有如猶太人一般（參閱羅2:17-29），他們將面對同樣的厄運。那就是他們雖被接上，也能被折斷。

約翰・加爾文在評論上帝「不愛惜原來的枝子」的話時，這麼寫著說：「這是一個最強有力的原因，來粉碎我們所有的自信：因為猶太人的遭拒絕，會令我們在想起這事時，讓我們心驚膽跳，戰兢不已。因為那敗壞他們的……是由於他們依仗所得著的高貴位分，但卻輕看了上帝所指定的。他們原本是天然的枝子，卻得不到愛惜；何況我們是外來的野橄欖枝，倘若我們不知分寸地自高自傲，將有甚麼事會發生在我們的身上呢？這種念頭，一方面會令我們不依靠自己，另一方面卻會令我們與上帝的良善，更加堅決和牢靠地聯結在一起。」

看出我們自己的軟弱，在基督徒的人生上，是一種持續和不可或缺的要素。保羅一再教導我們，除非我們藉著基督，與上帝保持一種信心的關係，不然，我們便不能獲得任何希望、平安或保障。

因此使徒保羅在此向他的讀者，提出一個清晰和毫不混淆的警告，就是不要誤用上帝的憐恤。雖然上帝疼愛我們，為我們成就一切的事，但我們必須記住祂憎惡罪，是由於罪和其結局，摧毀了受造物的平安、喜樂和生命。這位辨別是非的上帝，也必須是一位施行審判的神。祂要一勞永逸的終結罪的問題。心存這種意念之下，保羅有上好的理由，在羅馬書11:20指出，基督徒應敬畏上帝。我們必須因為祂是怎樣的一位神，和祂在末時審判罪的責任，與最終解決罪的問題，而存神聖敬畏的心。

上帝真是一位愛的上帝，但祂的愛，並非有如一位沒有牙齒的老邁祖父，對一切的事情視若無睹。這位真正有愛的上帝，必須斷定罪的摧毀性。祂勸戒我們，倘若我們渴望保留在橄欖樹上，我們必須在我們的生活上，撇棄一切自傲的罪。

平衡憐憫與公正

❌ 可見上帝的恩慈和嚴厲，向那跌倒的人是嚴厲的，向你是有恩慈的；只要你長久在祂的恩慈裏，不然，你也要被砍下來。羅11:22。

教會在許多方面，似乎存有兩種基督徒。一方面，有一群人似乎時常喜歡談起有關上帝的憐憫和慈愛。另一方面，我們看到一群強調審判的人。

那些看到上帝主要特質，是和審判聯結在一起的人，看祂是一位大而可畏的執法者，正等待某些人越過界線，以便下手逮捕。那些站在上帝是愛那邊的人，則認為祂是一位絕不傷害人的神。

何處是不偏不倚的平衡點？保羅有意在今日的經文中，指出這一要點。他把上帝介紹為一位嚴厲和仁慈，兼而有之的神。但這位使徒同時將嚴厲和仁慈，以前因後果的關係來討論。上帝時常將祂的仁慈，賜給那些願意接受的人。祂所渴望的，莫過於向凡是住在世上的人，不論是外邦人或猶太人，分享祂恩典的慈愛。正如有一位作家這麼說：「祂的良善，時常是向那些依靠祂，而不是依仗自己的功勞，或本著自己優越地位的人彰顯。」那些「長久在祂的恩慈裏」的人，一無所懼。

但那些自我依靠，拒絕上帝的恩典和背叛祂的人，會不可避免的眼見上帝嚴厲的一面。這並非是上帝要傷害任何人，而是希望從他們的困境中驚醒他們，或許他們可能因而轉向祂的恩慈，接受祂所要賜給他們的生命。

然而，那些頑梗拒絕上帝恩慈的人，祂最後將把他們「砍下來」。那是嚴厲的話。它們是裁決性的話，意味著橄欖樹在今世所要遭受的命運，在基督復臨時，無分享受將來國度的快樂。

今日的經文清楚的教導，那些和上帝隔離，輕視和拒絕祂的良善和仁慈的基督徒，可能跌出恩典之外，而發現自己被拒於天國之門外。柯倫費指出，「被砍下來」這個片語，是對「虛假和非福音主義之安全感的一種警告。」

我們唯一的盼望，正如那首古老詩歌所指出的，是由於耶穌基督和祂的義。我們每日最重要的工作，是與祂和祂的慈愛緊緊連結在一起。我們唯有這麼作，才不致「被砍下來」。

救恩來自上帝

✖ **而且他們若不長久不信，仍要被接上，因為上帝能夠把他們從新接上。羅11:23。**

事情並非完全絕望！保羅時代的猶太人仍有盼望！失足退後的人有希望！那些從沒有相信的人有希望！歷代所有的猶太人和外邦人有希望！甚至那些「不長久不信」的人也都有希望！

當然，保羅在今日的經文，仍然以當日的猶太人為念。倘若他們轉而相信，他們可能被接回受修剪的橄欖樹。不管他們蓄意背叛、剛愎自用、拒絕基督，他們仍然是上帝的恩典所庇護的。

保羅對猶太同胞的盼望，並不是只基於上帝願意赦免他們，而是上帝確實藉著聖靈，和傳講福音的佈道士，不遺餘力地尋找他們。祂正在透過祂的靈和祂的話，極力地追蹤他們，正如祂在伊甸園，尋找悖逆的亞當和夏娃一般。

救恩來自上帝。保羅針對這一事實，沒有絲毫的懷疑。但他同樣的肯定，救恩必須藉著信心而獲得。因此他指著猶太人說：「他們若不長久不信，仍要被接上，因為上帝能殼把他們從新接上。」接著他進一步宣告，倘若那接到橄欖樹的野枝條能興盛，「何況這本樹的枝子，要接在本樹上呢！」（羅11:24）。

保羅對他的同胞滿存信心。救恩來自上帝，只要他們憑信心回應，他們是可以因而得救的。

上帝在廿一世紀的今日，仍然以同樣的方法操作。救恩仍然來自耶和華上帝，它來自福音的傳講。當我們在離棄上帝之罪這件事上轉回，將我們的信心放在耶穌基督身上，接受祂為救主，且進入祂的約時，便能如願以償。雖然救恩來自上帝，但祂要因罪人相信基督而施行拯救。

上帝恩典的門戶，今日仍然為你打開，因為聖經的應許有話說：「凡求告主名的，就必得救」（徒2:21）。

「以色列全家都要得救」

弟兄們，我不願意你們不知道這奧秘，就是以色列人有幾分是硬心的，等到外邦人的數目添滿了，於是以色列全家都要得救。羅11:25, 26。

保羅在羅馬書11:25仍然向外邦人說話。顯然的，他們之中有些人作出結論，認為以色列人的希望，已到達山窮水盡的絕境。他們拒絕了福音，並轉而傳給外邦人。因此，上帝棄絕了猶太人，而且揀選了外邦人。保羅所反對的，正是這種自傲。

坦白的說，有一部分（其實是絕大多數）的以色列人，因不信而剛愎自用。但這並不是意味著，上帝已關閉了回轉的門戶。事實上，保羅個人對以色列人，仍然存有莫大的希望。一件不可否認的事實是：外邦人當時在教會裏佔大多數，但沒有人能夠忽視猶太人的數目。使徒保羅於是提出「以色列全家都要得救」的話。

最後的這句話，引起了議論紛紛的討論。當保羅說「以色列全家都要得救」的話時，是甚麼意思？有一件事是肯定的——上帝對任何人的得救絕對不會強求。保羅在整本羅馬書中，不住的爭辯救恩是一種自我的選擇，誠心接受上帝恩典的恩賜。強制任何人接受這種恩賜，是違背上帝的本性。使徒保羅並不是在傳講普世性得救的學說。

保羅已表示，他希望「一些」猶太人會因而得救（第14節）。顯然的，他似乎相信那大半的人，將繼續拒絕企圖拯救他們的所有努力。保羅已在第5節提出一種概念，就是猶太人中的一小群忠心的餘數（餘民），已接受福音。基於餘數的概念，並看出救恩雖來自上帝，但仍需要具備信心回應的事實，那麼，在基督教的往後各世代裏，所有將接受基督的猶太人，將構成「以色列全家都要得救」的概念。

保羅對猶太的同胞，帶有一種負擔。現代的基督徒，也應有同樣的認識。懷愛倫寫著說：「在猶太人中有一些像大數的掃羅一樣，是最能講解聖經的，而且這些人將以奇妙的能力，來宣講上帝律法的不變性。以色列的上帝必在我們這個世代實現這事。祂的膀臂並非縮短不能拯救。當祂的僕人們憑著信心，為那些長久被人疏忽被人輕視的猶太人工作時，祂的救恩就必彰顯出來。」（《使徒行述》第315面）。

上帝是信實的

✠ 因為上帝的恩賜和選召是沒有後悔的。羅11:29。

上帝是信實的，言出必行。大多數的猶太人，一腳踢開那由耶穌所傳講的福音，並不意味著上帝已拒絕了他們（羅11:1）。那些拒絕祂所提供之救贖恩典的猶太人，可能成為祂的仇敵，但上帝仍然愛他們，為他們一切的好處著想，尤其是有關他們得救的大事。究竟，「他們為列祖的緣故是蒙愛的」（第28節）。祂沒有忘記賜給他們的恩物（例如作兒女的名分、聖約、和律法〔羅9:4, 5〕），也沒有忘了祂揀選他們作為特殊的子民（羅11:29）。上帝並沒有撤回給他們的應許。而有如第30-32節指出的，祂仍然憐恤他們。

這便是恩典。不管猶太人為基督教會帶來多大的問題，不論他們為傳揚福音的工作，帶來多大的攔阻，不計他們在釘死基督的事上，是罪魁禍首，上帝仍然向他們的內心發出呼籲，懇求他們接受祂的憐恤。這樣的一種心態，是世人所不能想像的。上帝所賜給他們的，不是他們所配得的。祂所賜的，乃是他們所迫切需要的。這就是恩典。

這是一種絕不放棄的愛。上帝疼愛悖逆的子民，不計他們那自我破壞的脾性。即使每一個人都可能不信，並拒絕祂的恩賜，祂仍然保持祂的良善。

上帝渴望我們這些世人，能回應祂的良善。祂渴望我們不但選擇接受祂的恩典，而且將它傳給我們每一天所接觸的人，即使他們所配得的，除了迎面一拳之外，別無其他，也不例外。上帝渴望我們像祂一般。祂渴望我們，不但成為憐恤的吸收者，而且分享這種存在於每一個地方的資源。

我們應為上帝在祂的仁愛和恩召上，保持信實而感激祂。倘若祂像我們一樣，一切早已煙消雲散，我們的地球已被一位忿怒的神明砸得粉碎。祂本可以憑著祂的公義說：「夠了。這種一塌糊塗的事已作得過分了，現在該是快刀斬亂麻，一舉解決『世人問題』的時候了。」

但這並不是上帝的手段。祂對自己應許的信實，已為長久忍耐這個辭彙，給了一個深厚的定義。祂並不因所賜的白白的「恩賜和選召」而後悔。生命之道，仍然向所有願意接受的人打開。

給眾人的憐恤

✥ 因為上帝將眾人都圈在不順服之中，特意要憐恤眾人。羅11:32。

「**特**意要憐恤眾人」！眾人又是那些人呢？有如這麼一節經文，很容易令一些人作出結論，認為上帝最終將向「眾人」顯出憐恤，意即所有曾一度來到世上的人。但這麼一個解釋法，不能配合新約聖經的上下文。保羅在羅馬書教導說，將有一個「忿怒……震怒」的日子（羅2:5,8,9），等待那些怙惡不悛的人。他的立場和耶穌的教訓一致。後者一再將那些要被帶進天國的，和那些要被留在黑暗中咬牙切齒的人，分門別類（太25:31-46；7:13-27）。因此，「憐恤眾人」並非是一個普世性得救的道理。

正如許多經文中，其承先啟後的上下文，才能為保羅「憐恤眾人」的含意，提供答案。保羅自從羅馬書1:16以來，便不住的爭辯，猶太人和外邦人都犯了罪，但兩者都能藉著相信福音而稱義。接著，保羅在羅馬書第九章開始剝繭抽絲，詳細講解上帝如何能憑著祂至高無上的選擇這麼作，令兩方面的人都能蒙憐恤。現在，他以羅馬書11:30-32的話，總結了他在羅馬書第九到十一章的爭辯。上帝憑祂的憐憫，將拯救這兩類的人。他在說「眾人」這個辭彙時，心中所想的，不是每個人，而是猶太人和外邦人這兩種人。每一種人的得救之道，是藉著由上帝而來，人所不配得的憐恤（恩典）。

使徒保羅在描繪「憐恤眾人」的圖畫時，採用了「圈（監禁）在不順服之中」的比較法，指出所有的人都被幽禁在牢獄裏。這座有如銅牆鐵壁的牢獄，是那麼的牢不可破，於是柯倫費形容說：「他們無法逃出那固若金湯的牢獄，唯有上帝的憐憫才能釋放他們。」

保羅在羅馬書11:30-32，四次使用了「不順服」的字眼，不是一件偶然的事。使徒保羅在羅馬書的首三章中，舉例說明猶太人和外邦人，不順從的普世化劣根性。

但對保羅來說，他的決定性的字眼，不是「不順從」。他同時在第30-32節，四次提及「憐恤」。那主題，一向是保羅自羅馬書3:21以來，直到現今這結論，所反復討論的大前題。憐恤眾人是羅馬書其中一個中心主題。憐恤眾人是上帝的恩典，制勝罪的牢獄。憐恤眾人，為所有曾一度來到世上的男、女、老、幼，打開了一條康莊大道。最後，憐恤眾人，是我們唯一的指望。

給予奮不顧身之人的豐盛

❖深哉，上帝豐富的智慧和知識！祂的判斷何其難測！祂的蹤跡何其難尋！羅11:33。

保羅用了十一章的篇幅，為他的讀者，提供了一個概括性的記事，指出人的處境，以及上帝解決問題之方案——「福音」就是「上帝的大能，要救一切相信的，先是猶太人，後是希臘人」（羅1:16）。

他按部就班地引領他的讀者，逐一討論有關普世性的罪，上帝因信稱義的解決方案，指出基督徒應當過著一種怎樣的人生，並在有關上帝憐恤的事上，猶太人和外邦人，處於同等地位等問題。

保羅已探討了許多領域。現在他已攀登其巔峰。正如瑞士籍的註經家葛雷特所指出的：「這位使徒有如一位旅行家，登上一座高山的巔峰，於是轉身沉思默想。腳下是無底的深淵，但一波一波的光芒，卻把它們照耀得如同白晝，讓周圍無垠的視野，盡收入他的眼中。」

當保羅綜觀救贖計畫時，他不由自主地寫下記在羅馬書11:33-36的偉大讚美詩。他所能作的，唯有歌頌上帝所作的一切豐功偉業。一般的筆墨不足以形容其萬一。上帝所成就的無比大事，令這位使徒懍然敬畏。「深哉，上帝豐富的智慧和知識！祂的判斷何其難測！祂的蹤跡何其難尋！」

「豐富」是保羅的一個重要辭彙。他在羅馬書2:4提及，上帝「豐富的恩慈、寬容、忍耐，」他又在羅馬書9:23，述說上帝「豐盛的榮耀，」在羅馬書10:12指出，上帝「厚待一切求告祂的人」。他更在其他地方，有如以弗所書2:4，提及上帝有「豐富的憐憫」，並在以弗所書3:8提起，「基督那測不透的豐富」。

保羅神學的最主要思想，是有關這位有無窮豐富的上帝，竟然將祂的財富，就是世人沒有任何法律根據可以索取的寶藏，白白的賜給他們。上帝寬宏大量的奇妙，從沒有令保羅停止希奇其奧祕。上帝如何會呼召一位有如他那麼可恥且逼迫教會的人，澆以諸般的福氣，包括救恩的洪福，使他絕口不談其他的事，唯有滿心稱頌祂的奇妙？他不曉得為何上帝要那麼作，但他卻是迫不及待的接受並由衷感激。對保羅來說，基督教甚至可稱為奮不顧身之人的宗教。

給微不足道之人的一個教訓

🔳 誰知道主的心？誰作過他的謀士呢？誰是先給了
祂，使祂後來償還呢？羅11:34, 35。

生物學家威廉‧畢比（1877-1962），喜歡述說他到羅斯福總統在紐約長島的家，探訪他的故事。兩個人都非常健談，也都愛好自然界的美景。在夜幕遮蓋大地之前，他們會走到戶外，探索星空，直到他們在那雄偉無比之飛馬星座的左下方，找到一個暗淡的光圈。接著，其中一個人會朗誦說：「那是仙女星座的螺旋星系。它大如銀河系。它是億萬銀河系中的一個。它擁有一百億個恆星（太陽），個個比我們的太陽還大。」

就在他們那種儀式進行到這一點時，另外一個人會這麼響應說：「我想我們只不過是滄海中的一粟！讓我們回去休息吧。」

那故事令我想起詩篇第八篇的話說：「我觀看你指頭所造的天，並你所陳設的月亮星宿，便說：人算甚麼，你竟顧念他？世人算甚麼，你竟眷顧他？」（詩篇8:3, 4）。

以銀河系（天雲、星雲）的辭彙來說，人只不過是在銀河系中，一個幾乎不能眼見之微粒（地球）上，一個幾乎不能眼見的微塵。然而，上帝卻將那豐盛屬天的財寶，傾降在我們每一個人身上。祂差派祂的獨生愛子，來拯救這個背叛的星球。為甚麼？那是由於祂的愛！但又有誰能明白那種愛呢？

保羅的回答是：「沒有任何人！」我們只能稍微窺探它的深長和偉大於萬一，但卻不能完全領略其深恩。

那種結論，令人看出自己相當微不足道。我們大多數的人，太常喜歡告訴上帝如何在地上操作，如何執行救贖的計畫和最後的審判。但在最後分析下，我們唯有退避三舍，讓上帝成全祂的旨意。

同樣的，不論我們如何殫精竭慮，我們不能對祂的豐盛，加上點滴之功。正如保羅一再指出的，我們不能作出任何努力，購買我們的救恩，或加上任何的功效。我們所能作的，唯有謙卑接受祂的豐盛，每日懇切祈求，使我們學習如何與祂更無間的同行，尋求祂改變我們的人生，使我們能逐步更像祂。那奧妙中的奧祕，就是上帝雖然在高天之上，卻同意在我們之中，活出祂的美意。

無窮的頌讚

> ✛因為萬有都是本於祂，倚靠祂，歸於祂。願榮耀
> 歸給祂，直到永遠。阿們！羅11:36。

保羅在羅馬書11:33所開始的頌讚，就在此結束。

這頌讚分為兩部分。第一部分是有關神學上的確信，指出我們為何全然依靠上帝。「因為萬有都是本於祂，倚靠祂，歸於祂。」不論「萬有」是指創造或救恩，並沒有甚麼差別，因為這兩種奇蹟——伴隨其他一切的東西——都是「本於祂」的。正如約翰‧施德特所指出的，「倘若我們問，萬有起初從何處而來，而今日仍然從何而來，其答案一定是『本於上帝』。假如我們問萬有如何出現，而今日仍然繼續存在，我們的答案也無他，那是『倚靠上帝』。如果我們問萬有為何出現，和它們何去何從，我們的答案一定是，『為祂和歸於祂』……上帝是創造主、生命的支托者和萬有的繼承者、包括其根源、媒介與終結。祂是阿拉法和俄梅戛，和其間的所有字母。」莫費特的翻譯，掌握了今日經文的要義：「一切來自祂，一切藉著祂而活，一切以祂為歸宿。榮耀永遠歸與祂，阿們！」

保羅最後以一句「願榮耀歸給祂，直到永遠。阿們！」的頌讚，總結了第十一章的經文。由於上帝是萬有的根源，一切榮耀唯獨應當歸給祂。

世人由於自傲，企圖把榮耀據為己有。因此，尼布甲尼撒王越過其界線說：「這大巴比倫不是我用大能大力建為京都，要顯我威嚴的榮耀嗎？」（但4:30）。

自傲使我們表現得有如上帝，或者有如一位作者所說的：「趾高氣揚的走遍全地，有如我們擁有遍地，拒絕承認我們歸屬上帝，把萬物看為非我們莫屬，因而剝奪了那唯獨屬乎上帝的榮耀，企圖據為己有。」因此，自傲就是敵對上帝。

我們在心存這種事實的意念下，不難明白到目前所討論的羅馬書為止，保羅為何那麼關切自傲的問題：在我們對救贖作出的人為努力上，所表現的錯誤自傲；在上帝藉著基督的十字架，為我們成就的事上，所表現的正確自傲。

所有的榮耀，無不屬乎上帝。那便是羅馬書第一到十一章，所不住流露的神學結論。我們稱頌上帝，因為我們知道祂為我們成就了何等大的事。

羅馬書之旅

第六階段

活出上帝的愛

（羅12:1 - 15:13）

九月廿六日

至

十一月廿七日

在第六階段中與保羅同行

❖「所以」。羅12:1。

「所以」是一個重要的連接詞。保羅以這個連接詞,不但表示他要改變主題,而且指出新的主題,和羅馬書前十一章所討論的,有直接的關係。到目前為止,我們已用了幾近九個月的時間,在羅馬書與保羅同行了五個階段。第一個階段(羅1:1-17),使我們認識了保羅、他的使命、和這封書信的讀者。第二個階段(羅1:18-3:20),讓我們了解罪的無遠弗屆。在過程中,保羅告訴我們,所有的人——猶太人和外邦人——都犯了罪,並落在刑罰之下。

第三個階段(羅3:21-5:21),為我們安排一次長途的旅遊,藉著基督的十字架,和我們通過信接受基督的義,介紹了上帝醫治罪的療方。第四個階段(羅6:1-8:39),帶我們走上敬虔之道,以及何謂本著上帝的原則,與耶穌同行。第五個階段(羅9:1-11:36),向我們指出猶太人和外邦人,如何雙雙配合了上帝「憐恤眾人」的救贖計畫(羅11:32)。

「所以」(羅12:1)表示開始了第六階段的同行。保羅已陳明他的神學主題。現在,他已準備討論倫理的問題。這個「所以」的連接詞,指出我們如何生活,在乎我們所相信的是甚麼。首先是救恩的來到,接著是對那救恩作出回應。

因此,在某種意義上,這位使徒仍然掛心因信稱義的問題,對他來說,這是一個基本的問題,因為一個稱義的人,不可能過著好像不用悔改的生活。保羅已在羅馬書第六到第八章,提起這問題,但現在他作好準備,幾乎用盡接下來的三章篇幅,來討論這主題。

他已作好準備,談論那重大的副題,就是在整封書信中所概括的:「信服真道」(羅1:5;16:26)。律法主義者揚聲說:「你先作這些事而後活。」但保羅卻說:「你先活而後作這些事。」對保羅來說,神學應居倫理之先,救恩當站行為之前。人因已經得救,而在上帝的律法下與基督同行。對這位使徒來說,這種程序是一種基本定律。有太多的人,在沒有得救之前,先企圖順從。其結局是律法主義、卑鄙、屬靈的自傲和淪亡。

活祭

所以弟兄們，我以上帝的慈悲勸你們，將身體獻上，當作活祭，是聖潔的，是上帝所喜悅的；你們如此事奉乃是理所當然的。羅12:1。

這段經文包括幾個有關鍵性的字句和片語。第一個是「弟兄們」。保羅現在越過了前三章所討論的猶太人和外邦人——天生的樹枝和駁接的枝子——的區別，進而稱呼所有的信徒，是上帝大家庭的部分成員。所有的人，沒有國籍和種族的區別，都有同一責任，成為聖潔、獻身、謙卑、親善、正大光明的器皿。大家都有義務活出上帝的愛，有如弟兄姊妹般的相親相愛，克己待人。

第二個關鍵性的片語是「慈悲」，就是我們在羅馬書第一到十一章所討論的。上帝期待我們活出祂的愛，因為是由於祂的慈悲，使我們在同一的信仰下合一。

第三個辭彙是「身體」，這可能令某些人感到希奇。沒有任何希臘人會這麼採用。在他們的眼中，身體是一個必須撇棄的牢獄，以便讓靈魂存活。但基督教義則沒有這種看法。一個基督徒的身體是非常重要的。那是聖靈的殿（林前6:19），並將在末日復活（林前15）。聖潔的生活，包括我們如何在肉體上（羅12:1），和在靈性的領域裏生活（第2節）。

第四個關鍵性的片語是「活祭」。初看之下，它看來格格不入，在辭彙上有互相牴觸之嫌。畢竟，在保羅的日子，祭物是人帶到聖殿的一種祭牲，在某種儀式舉行時被殺。建議基督徒應當成為活祭，是一幅栩栩如生，刻骨銘心的畫面。

我時常想起一個問題，就是為基督而死，比為祂而活來得容易，雖然死是一件艱難的事，但那到底只需鼓起一時之勇氣，接著，一切便成為過去。但作為一個活祭，意味日復一日，在我有生之年，不住的獻身歸與基督。根據保羅和耶穌的看法，這種獻身所牽涉的，是一種持續不斷釘死自我的意志力。它有求於我繼續獻上自我的一切，將我的一切所有歸於上帝。我們必須有每日的恩典，才能過每日作為活祭獻上的人生。

但保羅在那種人生之上，毫不猶豫地加上一句話，就是當我們看出基督為我們所成就的，那種犧牲便是「上帝所喜悅的」和「理所當然的」。

成為一隻蝴蝶

> ✖不要效法這個世界，只要心意更新而變化，叫你們察驗何為上帝的善良、純全、可喜悅的旨意。羅12:2。

「變化」。

多麼有趣的一個辭彙。它來自兩個希臘字，第一個字的意思是「由此邊到彼邊」，而第二個字的意思是「形像」。因此，變化的意思就是從一個形像改變成另一個形像。簡言之，就是一種蛻變。

但蛻變又是甚麼呢？那是一條蛞蝓般的毛蟲，變化成一隻蝴蝶的過程。對我來說，那是對一個人遇見耶穌時，所將發生之最動人的例證。

上帝從我們以自我為中心、驕傲、自我事奉的道路上找到我們，接著，祂掌管和改變了我們。這是一個神蹟！或許是神蹟中一個最大的神蹟。

上帝要教導一個有如蛞蝓的我，騰空而飛。上帝找出色澤單調的爬行物，給予五彩繽紛的裝飾，並賜給它們翅膀。

這是一件大好的信息，因為祂能作到。感謝上帝，祂要改變我。要使我在品格上像祂。祂要改變我，使我成為某個本來不是我的人物。祂渴望根據耶穌的形像，把我造成一個新人。

保羅不是唯一提及這種變化概念的人。耶穌把這種概念形容為重生（約3:3,5）。接著，保羅又在哥林多後書5:17，提及基督徒是新造的人。他們拒絕「效法這個世界」。腓力士把今日的經文，譯為：「切勿讓世界按照她的樣式塑造你，而是讓上帝改造你，令你整個思想上的心態，有截然不同的改造。因此，你將以實際的行動，證實上帝的旨意是……良善的。」

柯爾‧巴特把成為一個基督徒，形容為「一種攪動」，因為「人的行為，最終不可避免的為上帝的作為所攪動。」成為一個基督徒，牽涉到人生每一層面的改造。基督徒的價值系統和世界的價值觀完全相左，因此基督徒不能效法現今這個世界的價值觀和生活方式。上帝已改造了一個基督徒的心思意念，而他或她要按照那種新的意念，引導每一個和所有的活動。保羅在羅馬書12:3-15:13，針對各種領域的基督徒活動，將變化人心的福音，應用在每一日的生活上。

變化人生的教訓之一

✖我憑著所賜我的恩對你們各人說：不要看自己過於所當看的，要照著上帝所分給各人信心的大小，看得合乎中道。羅12:3。

「**看**自己過於所當看的」，似乎是世人與生俱來的本性。正如雅各·鄧理所指出的，教會中的每一個人，都需要接受今日經文的勸戒，因為「在他自己看來，每一個人在某種意念上，都認為自己是世上獨一無二的人，而且也時常需要具備來自上天的大恩（智慧），看出別人的真象，才能保持道德上的平衡，」衡量我們與他們互相間的關係。

羅馬書12:3-8，對過著一種變化的人生，就是在作為活祭的生活上，論及的第一個教訓。那種變化的人生，有一部分牽涉到，在教會與她的佈道事工的脈絡下，正確的評估我們自己。根據保羅的看法，基督徒再也不能本著他們在就近基督以前的那種態度，自視不凡的看待自己。他們不能再效法世界的那種模式，而必須讓上帝藉著祂的靈來改造，具有一種純正基督化的謙卑。

今日的經文讓我們記起，保羅在腓立比書2:5-7的話，他勸勉腓立比教會的信徒，「當以基督耶穌的心為心：祂本有上帝的形像，不以自己與上帝同等為強奪的；反倒虛己，取了奴僕的形像，成為人的樣式。」我們既然以基督的心為心，便能令我們不致自滿，並讓我們清醒有理智，本著我們完全依靠上帝，讓祂裝備我們，並負起傳揚福音之責任的角色，來評估我們自己。

保羅有作使徒的恩賜，而正如他在羅馬書12:4-8所提及的，其他的教友也有與傳道有關的其他恩賜。溫諾斯·貝斯特指出：「其危害之處，是他們由於所擁有的那些恩賜，而極其興奮，於是因而自滿，並不用來利及他人，反而用來收集人的欽羨。因此，保羅要他們務要記住『心意更新』的意念（第2節），並警戒他們要『合乎中道』地評估他們自己。」

別人的自傲是多麼令人厭惡，但在那種自傲的弊病上，我是如何輕易的泥足深陷而不自知。今日經文的勸戒，是我們每一位每日所必須記住的。

在差異中合一

❌ 正如我們一個身子上有好些肢體，肢體也不都是一樣的用處。我們這許多人，在基督裏成為一身，互相聯絡作肢體，也是如此。羅12:4, 5。

馬丁路得曾經指出，世上不可能有孤立的基督徒，正如不可能有單獨的行淫者一般。

作為一個基督徒，意味著成為基督之身體──教會──的一部分。當我們與基督有了某種關係，我們便同時和其他的人，有了一種互相間的關聯。當信徒們成為上帝的後嗣時，他們便和其他的人，構成了互相間的繼承人。就是因為這個緣故，基督徒時常互相稱兄道弟。他們都過繼進入上帝的大家庭。

這個「大家庭」運作的直接環境，便是教會。保羅在給以弗所教會的書信中，把教會比喻為基督的身體。教會的合一團體，便是我們所說的一個有機能的身子。

羅馬書12:4, 5強調一種事實，就是並非所有的教友或身子的肢體，扮演同一的角色。因此，保羅在此所說的，不但談教會的合一，而且同時提及她的差異。教會的目標是合一，但各個不同的教友，本著他們個別的特別恩賜，作出不同的貢獻。

因此，眾多的教友，在一個身體的大前題下，構成一個健全的教會。在教會的每一層面，合一和差異的因素，都是很重要的。如果一個教會的每一個人，都具有和我一樣的氣質和才幹，那將是一個枯燥無味的地方，而且也將是一個相當沒有作為的地方。作為基督徒，必須重視在基督裏，作為弟兄姊妹的合一，同時看重使我們有功效的差異。實際上我們可以界定，一個成功的教會，是在差異中合一。當然，健全的合一，必須是在基督裏的。

在差異中合一，是給予羅馬信徒的重要信息。究竟，羅馬地處帝國的十字路口，羅馬教會的信徒，除了大多數是猶太人和外邦人之外，尚包括其他種族和膚色的人。這些教友有必要學習如何同心協力，同時認明如何使用他們的差異，以便更有效地向周圍的社區佈道。

現今第廿一世紀的教會，面對同樣的挑戰。今日的一項最大需要，就是盡量提高合一和差異的有益效能。

教會需要我

✠ 我們所得的恩賜，各有不同。羅12:6。

感謝主！祂需要我們所有的人！教會所需要的，不只是我的恩賜，或者你的才幹；倘若教會要成為一個完整的個體，它需要我們每一個人，和我們所有的人。

保羅在今日的經文，和在哥林多前書第十二章的上下文中，針對這一點，為我們提供了某些奇妙的真知灼見。他在哥林多前書第十二章寫著說：「就如身子是一個，卻有許多肢體；而且肢體雖多，仍是一個身子；基督也是這樣。我們不拘是猶太人，是希臘人，是為奴的，是自主的，都從一位聖靈受洗，成了一個身體，飲於一位聖靈。」

「身子原不是一個肢體，乃是許多肢體。設若腳說：『我不是手，所以不屬乎身子；』他不能因此就不屬乎身子。設若耳說：『我不是眼，所以不屬乎身子；』他也不能因此就不屬乎身子。若全身是眼，從那裏聽聲呢？若全身是耳，從那裏聞味呢？但如今，上帝自己的意思把肢體俱各安排在身上了。若都是一個肢體，身子在那裏呢？但如今肢體是多的，身子卻是一個。眼不能對手說：『我用不著你；』頭也不能對腳說：『我用不著你。』不但如此，身上肢體人以為軟弱的，更是不可少的。身上肢體，我們看為不體面的，越發給他加上體面；不俊美的，越發得著俊美。我們俊美的肢體，自然用不著裝飾；但上帝配搭這身子，把加倍的體面給那有缺欠的肢體，免得身上分門別類，總要肢體彼此相顧。若一個肢體受苦，所有的肢體就一同受苦；若一個肢體得榮耀，所有的肢體就一同快樂」（林前12:12-26）。

這個故事的中心要點就是：教會需要我和我的特別才幹。

天父啊，請就在今天幫助我，讓我更完全地發掘你所賜給我的屬靈恩賜。此外，請同時幫助我將它們歸還給你，並找出門徑，用這些恩賜來為別人服務。感謝你。

使用你的恩賜

⌘或說預言，就當照著信心的程度說預言，或作執事，就當專一執事；或作教導的，就當專一教導……憐憫人的，就當甘心。羅12:6-8。

在世界第二次大戰的早期，英國首相溫士頓．邱吉爾爵士，曾對美國總統富蘭克林．羅斯福說：「只要給我們工具，我們將完成工作。」

當然，邱吉爾爵士所講的工具，是指戰爭的物資而言。但是在教會中，屬靈恩賜所扮演的角色，類似英國領袖當日的需要。教會也正在從事一場殊死戰，以徹底消滅邪惡的國度。保羅在羅馬書第十二章和其他經文所列舉的屬靈恩賜，是供應教會，以從事它宇宙性戰爭的工具。這事有如上帝從天上的寶座，為我們接通一條天線，並對我們說：「我已賜給你們工具（聖靈的恩賜）；現在，完成那大工。」

羅馬書12:6-8列舉七種恩賜。某些恩賜，例如說預言，似乎比其他恩賜更令人羨慕。其他的雖沒有那麼顯赫，卻具有同樣的重要性。但由於人的常情，常因自己的自視不凡，而洋洋得意，因此，難怪保羅在討論屬靈恩賜時，加上一段警戒的話，勸人不可高估自己。正如耶穌所告訴我們的一件可悲事實，就是甚至有人因施捨，或自以為他們的禱告多麼動人，而自高自大（太6:1-8）。

教會中的人常因互相比較他們的恩賜，而產生問題，此狀況也在哥林多前書第十三章中提及。保羅在該經文中告訴他們，若缺少了真正相親相愛的心，任何其他的成就，便顯得無關重要。

除了說預言之外，保羅還列出其他的六種恩賜：執事、教導、勸化、施捨、治理、和憐憫。大多數這些恩賜，在教會和周圍社區的日常生活中深具意義。它們並非舶來品，而是日常的職責。

其中最大的危險，是我們作為基督徒的，沒有使用上帝所賜的恩賜。因此，保羅特地敦促我們使用每一種才幹。人們太容易在善惡大鬥爭上，成為觀眾而不是戰士，有如我們坐在恩賜之上。上帝今日所給你的命令，就是使用你的恩賜，讓上帝使用你的恩賜並使用你，來榮耀祂的聖名。

或許今日的經文，最後以「甘心」作為結束並不是偶然的。最無趣的，莫過於只盡「一己之責」愁眉苦臉和執拗的人。雖則羅馬書12:8的甘心，是特地指憐憫人而言，但在使用所有的恩賜上，都非常重要。上帝要我們笑口常開地為祂服務。

改變人生的教訓之二

✖ 愛人不可虛假；惡要厭惡，善要親近。羅12:9。

保羅在羅馬書12:1, 2告訴他的讀者，他們既然身為基督得救的子民，便需要作為活祭過有改變的人生。接著，他提出新造人生的第一個教訓。它牽涉到每一個人，當他或她在教會中使用上帝所給的恩賜時，必須存謙卑的心。

在第9節的時候，我們來到第二個教訓。它將保羅書信裏其中一個最重要的字——愛，陳列在檯面上。正如在哥林多前書第十二和十三章中所提及的，保羅從屬靈恩賜的主題，轉到愛的主題上。這位使徒在加拉太書5:22，再次將愛列為聖靈果子的首位。保羅以今日的經文，開始陳明如何過愛的人生。那項任務一直延續到羅馬書15:13。

我們研究羅馬書到目前為止，已看到博愛（agape）在十字架上彰顯出來（羅5:8），注入我們的心中（第5節），並堅決地不讓我們和它隔絕（羅8:35, 39）。如今，保羅開始在基督徒作為門徒的職責上，指出博愛（agape）的意義。正如約翰‧施德特所指出的：羅馬書第十二到十五章，是一種支持性的勸戒，讓愛統管和塑造我們一切的關係。

保羅在今日的經文中，強調基督徒的愛之三種特點。首先，那必須是一種完全真誠的愛。但希臘原文的真正措辭，正如今日經文所指出的，愛「不可虛假」。希臘文的虛假，是指作戲的演員，戴上假面具，以遮掩他們真正的身分。那就是，他們沒有心存真誠。但正如保羅所指出的，愛時常是真誠和透明的。那是一種排除自我的愛，其目的是施多過於受。

第二，愛的天然本性是厭惡邪惡。愛是以戰戰兢兢的態度看待罪。而愛是一個感情滿溢的字眼，因為愛具有熱情的屬性，它的原則是處處為他人著想。因此，它必須厭惡或排斥那些足以破壞人生品質的事物。

第三，愛是擇善固執的。在此所用的字眼，是指膠液而言。它意味著那些具有上帝博愛（agape）的人，將固守那些帶來生命與健康的事物和原則。

當我們的人生充滿了上帝的博愛（agape）時，這種人生將不是局部，而是完全的改造。因此，我們的家庭和教會也不例外。

一種煥然一新的倫理

❖愛弟兄，要彼此親熱；恭敬人，要彼此推讓。羅12:10。

最近我讀到馬太福音7:12，有關金律的兩個有趣的變化譯文。第一個是「在人怎樣對待你們以前，你們先怎樣對待人。」第二個宣稱：「他本身便是金律」。

或許，金律可能並不是真的新穎或獨特。一件顯然的事實，就是它們自從亞當和夏娃向東遷移以來，金律便控制了世上的居民（創3:24）。

基督教義徹底改變了這一切。正如保羅在羅馬書12:2所指出的，基督徒的人生，是一種有改變的生活。而過著更新的生活，意味著把我們愛自己這個焦點，轉移到愛上帝和愛別人上。而跟著那種變化而來的，便是那真正金律的開始操作，成為支配我們人生的特色：「無論何事，你們願意人怎樣待你們，你們也要怎樣待人」（太7:12）。

那是一個基本的倫理，但它卻是天國的倫理。同時保羅在今日的經文告訴我們，那也必須是教會的倫理，教會中的教友彼此之間，應存有一種「愛弟兄」的感情。保羅所採用的字，是家庭性的字眼。基督徒相親相愛，是由於他們屬於同一個家庭。他們有上帝作為他們的天父，於是他們是主內的弟兄姊妹。基督徒彼此之間，並非是陌生人。他們是同一個家庭的成員。正如威廉·巴克理所指出的：「基督教會不是一個集合相熟之人的團體；甚至更不是一群好友的團契；她是在上帝裏的一家人。」

既然如此，教會的教友，有必要活出家族之愛，不然，他們便落入保羅在羅馬書12:9，那種「虛假」之愛的陷阱中。活出那種愛的部分作法，就是要「彼此推讓」。

有故事提及一位重要卻謙卑的人，當他出席某次聚會時，一進場便受到一陣如雷的鼓掌歡迎聲。他即刻退後一步，讓後面一位先走，然後加入鼓掌熱烈歡迎的聲浪中，卻不知那是為歡迎他而發的掌聲。他認為那是給別人的歡迎。

教會所迫切需要的，便是那種精神。一種看別人高過他或她自己的精神。太多難受的感受，是因為得不到人合理的感謝或正式的稱讚，而產生的。我們作為基督徒的，應趁早開始過基督化的人生，看別人比自己強，不計較那些微不足道的傷害或敏感的事件。上帝要我們開始活出祂的愛來。

三種博愛的特質

殷勤不可懶惰。要心裏火熱，常常服事主。羅 12:11。

我們從今日的經文發現，保羅正為日常一般生活列出十八個原則的清單。它們似乎都在強調第一個原則：「愛人不可虛假」（羅12:9）。

愛不但要（1）不可虛假，而且要（2）厭棄惡，（3）親近善，（4）愛弟兄，要彼此親熱，（5）恭敬人，要彼此推讓。

我們在過去兩天中，已研究了這五種特質。今日的經文，提出基督徒純正之愛的另外三種特質。首先，殷勤不可懶惰。愛是熱烈而不是懶散的。甚至對人類的愛來說，這也是至理名言。我記起追求我妻子的事。我在迎面看見她的時候，很難只是走向她。我會連跑帶叫，給她一個熱烈的擁抱。在人性的層面上，愛甚至是一種感情橫溢的經驗。它是難於抑制的。

那種熱烈的愛，帶來今日經文中第二種真正之愛的特質，就是要心裏火熱。「火熱」來自一個意味著沸騰、激昂、或起熱泡的辭彙。熱烈的愛有如煮沸的水，其氣體是不能被壓制的。基督教義不是爐子中的後爐眼。聖靈以奮發的熱心，充滿人的靈。正如威廉·巴克理所寫的，「復活的基督所不能容忍的一種人，就是那種不冷不熱的人」（啟3:15,16）。或者有如應斯迪·卡希曼所指出的，「根據啟示錄3:15的話，不冷不熱是最壞的過犯。如果沒有燃燒的火，根本沒有光。」內心為上帝的靈所駐紮的人，會出現一種無比的熱誠。一顆火熱的心，促使那人為基督發出熊熊烈火。

今日經文指出愛的第三個特質，就是「服事主」。「服事」（實際上，是奴隸的意思）這個動詞，讓我們回想起希臘文羅馬書的第二個字，那個字告訴我們，保羅是上帝的奴隸。如此，每一個基督徒也不例外。我們並不是因恐懼，而是由於愛而成為奴隸；那種愛驅策我們，服侍那位賜給我們一切的上帝，那種愛在內心燃燒，並藉由熱誠而形成。

對基督徒來說，服侍基督並不是一種令人厭煩的職責，反而是一項可喜的特權。這種特權。不單包括一個人在基督裏的弟兄姊妹，還包括敵人在內。這一點不久我們即將討論。

博愛的其他特質

**✖ 在指望中要喜樂，在患難中要忍耐，禱告要恆切。
羅12:12。**

到羅馬書12:9-11為止，我們已探討了基督徒之愛的八種特質。保羅如今又為我們提供另外三種特質。

第一種愛是在指望中有喜樂。有一位作家指出：「人生沒有所謂失望的處境；唯有人對自己失去盼望。」但生發失望之心並非基督徒的作風，因為我們的指望，並非靠我們自己、或我們的力量、或我們的朋友、或我們的處境、而是依仗上帝，因為祂足夠滿足我們的需要而有餘。

從外表的形勢看來，早期的基督徒可能沒有甚麼值得盼望的事。但他們卻能「常常喜樂」（腓4:4）。在基督徒的經驗上，喜樂和指望有如紅花和綠葉，相得益彰。這兩種特質和愛，是保羅書信的中樞。他在列舉聖靈的果子時，將仁愛和喜樂列為第一和第二種果實（加5:22），而他在哥林多前書第十三章，把盼望和愛心緊緊地湊在一起，列為三大要素的兩項。以定義來説，基督徒是以真誠的愛及它所流露出的盼望與喜樂為其特質。

羅馬書12:12基督徒之愛的第二個特質，是在患難或逆境中有忍耐。一個基督徒與上帝的關係，將令他或她振作起來，並帶領他通過患難。而且患難是不可避免的。有人指出苦難有如顏色，點綴了所有人的一生。但基督徒能選擇其顏色。他們以盼望和喜樂所撐起的忍耐，來面對患難。

但以理書記載，沙得拉、米煞、亞伯尼歌被拋入烈火窯中的故事。那事令尼布甲尼撒王感到很驚奇，因為他們似乎一無所傷。他向那些把三個人拋入火窯的臣宰指出並宣稱，他看見有第四個人出現在火窯中，「相貌好像神子」（但3:24, 25）。威廉·巴克理在敘述那故事時指出，「當一個人和基督共同面對患難時，他能抵抗任何事。」

今日經文所列舉的純正之愛的最後一項特質，就是「禱告要恆切」。恆切禱告是保羅個人的人生和傳道要項。任何尋求純潔之愛而生活的人，必須具有這種特質。他們不計環境如何惡劣，會因心存盼望而喜樂，並在患難中忍耐到底。這些特質因禱告而得以維持。

好客的基督徒生活方式

■ 聖徒缺乏要幫補；客要一味地款待。羅12:13。

保羅在今日的經文中，繼續談論基督徒所流露之愛的特質。新生活版英文聖經，將保羅的這節經文，譯得非常個人化：「當上帝的子民有需要時，你務必是第一位幫助他們的人。並養成一種習慣，邀請客人回家用晚餐，倘若他們需要住宿，就安排他們過夜。」

我們首先要注意的，是基督徒應提供教會內弟兄姊妹的需要。但那不應是一種上對下的賙濟，而是出於愛的真誠流露（羅12:9）。

使徒保羅在其他地方，指出基督徒照顧別人，應包括父母和其他的親人。他對這種義務的看法，是那麼的堅決，於是宣稱説：「人若不看顧親屬，就是背了真道，比不信的人還不好，不看顧自己家裏的人，更是如此」（提前5:8）。

那些話聽來非常嚴厲，但卻似乎是需要的。甚至時至今日，我們仍然發現有自稱基督徒的人，漠視他們父母和其他親戚的需要（感情上和經濟上）。

除了親戚之外，保羅也按照舊約聖經的傳統，在提摩太前書指出，基督徒也有責任照顧那些「真為寡婦的」（提前5:3）。他在陳明這種需要時指出一種事實，就是基督徒必須慎重，不可造成不健全的依賴性。在此有一條纖細的分界線。基督徒的責任是供應別人真正的需要。對有些人來説，那是眼前經濟上的幫助。對另外一些人來説，卻是提供知識和鼓勵性的話，讓他們開始走上自足的道路。

保羅以身作則，為猶太地貧窮的基督徒募捐，證明他關心赤貧的人。我——我所屬的地方教會——是否反映同樣的關心？

今日經文的第二個勸戒，與好客之風有關。當有許多基督徒，因逼迫而必須離鄉背井，而又沒有方便的客棧（或至少有一個安全的地方）時，安頓他們之事顯得尤其重要。世界的情況是改變了，但分享我們的餐桌或是我們的家，這個需要仍然不變。

忽略他人的需要，是一件非常輕易發生的事。但是，當我們一旦作到時，卻會為我們和我們的賓客，帶來莫大的福氣。例如，請人共用安息日的午餐。在這個基督徒之愛顯得相當平凡的時代，有多少陌生或孤單的教友受到忽略？

基督徒當拒絕「常理」

逼迫你們的，要給他們祝福；只要祝福，不可咒詛。羅12:14。

這並不合乎一般常理！我們的第一個念頭，是希望那醜陋的某某人，馬上得到報應，他們便不會再那麼對待我們。

但誰能說基督教義是合乎常理的呢？不是保羅！更不是耶穌！他們兩人都高舉一種不合乎常理之愛的倫理。耶穌甚至把「不合乎常理」與「像上帝」連結在一起。

我們大家都熟悉，耶穌在馬太福音5:48的勸戒，指出基督徒要完全，好像他們的天父完全一般。我們大多數的人，把那節經文加以刪改，為我們自己立下「完全」的定義，並列出一系列當作和不當作的事，來幫助我們達到完全的地步。

但那是閱讀聖經的一種病態。唯一健全的方法，是根據一段經文的上下文，來開始閱讀聖經。對馬太福音5:48來說，要從第43節讀起：「你們聽見有話說：『當愛你的鄰舍，恨你的仇敵。』只是我告訴你們，要愛你們的仇敵，為那逼迫你們的禱告。這樣就可以作你們天父的兒子；因為他叫日頭照好人，也照歹人；降雨給義人，也給不義的人。你們若單愛那愛你們的人，有甚麼賞賜呢？就是稅吏（不好的人）不也是這樣行嗎？」(太5:43-46)。

你是否仔細的讀了耶穌所說的話？如要像天父，就要為逼迫我們的人祝福和禱告。這便是馬太福音5:45「就可以作你們天父的兒子」的要義。聖經為馬太福音5:48的「完全」所下的定義，並非只是過著無罪的人生，而是甚至愛我們的仇敵（比較路6:36）。

當耶穌被掛在十字架上時，祂為那些殺害祂的人禱告。司提反在臨死前，為那些用石頭把他打死的人代求（徒7:60）。他們中間有一位名叫掃羅的人，後來成為外邦人使徒的保羅。無可懷疑的，司提反的禱告，是促使保羅歸向基督的其中一個因素。正如奧古斯丁說的：「教會將保羅的悔改歸功於司提反的祈禱。」

你最近是否為你的仇敵禱告？如果沒有，為甚麼沒有？現在正是一個恰當的時候，來作某種不合乎常理的事。我們何不現在就跪下來，祈求上帝祝福那些最不配得的人。

打開自私的牢獄

❖與喜樂的人要同樂；與哀哭的人要同哭。羅12:15。

施都特‧布理斯克指出：「世人賦有很大的、給予和接受愛的潛能。即使最剛愎的心，也會在一個天真無邪幼兒的微笑下融化，或在小狗和羔羊的滑稽表情下消失。但這種愛心、同情、和心領神會的潛能，卻被拘禁在自私的牢獄中。」

同樣的，有太多時候，我們時常為我們自己的私心、自己的俗務、自己的成就、自己的得失所纏繞，使我們雖不致憎惡，但卻難於和「喜樂的人要同樂」，以及與「哀哭的人要同哭」。

但是一件奇怪的事是：我們大多數的人，常較易於「與哀哭的人同哭」，而不是「與喜樂的人同樂」。許多世紀之前，早期教會的教父科理梭斯頓，曾評論這段經文說：「人需要有一種較高尚的基督化氣質，才能與喜樂的人同樂，而不只是與哀哭的人要同哭。由於這種天性完全兌現，所以人不致於那麼剛愎，而能和那些陷入禍患的人同聲一哭；但對另一項來說，卻需要具有一種非常崇高的精神，才能避免嫉妒，甚至會與受人敬重的人同樂。」

簡單地說，一般我們較易同情那些落入傷心和患難的人，卻較難因人的成功而向他們道賀，尤其是在那種成就使我們感到失落之時。只有當我們的「自我」死了，當我們從「自私的牢獄」中被釋放出來，我們才能因別人的成功而喜樂，正如我們為自己的成就高興一般。

今日的經文指出，純正之愛（羅12:9）自我流露的另一種方式。為了向「別人」表同情，我們必需付出時間和感情的代價，但它反映了上帝對待我們每一個人的方式。上帝並不是一位遙不可及的「別神」，祂反而分享我們的喜樂，分擔我們的悲傷。祂之所以這麼作，是向我們指出我們的重要性——我們是寶貴的。

上帝在這件事上，給我們每個人預備一個事工。今日，祂將把某人安置在我的道路上，讓我可以和他同聲一哭，或讓我和他一同快樂。狹義上，在我幫助他們時，我能成為「上帝」，讓他們能看出他們並不孤單，他們的喜樂和憂傷是重要的。

天父啊，請在今日幫助我，讓我更加活出你的大愛。

十字架前的土地是平坦的

> ❊要彼此同心；不要志氣高大，倒要俯就卑微的
> 人；不要自以為聰明。羅12:16。

最後，我們終於來到保羅所列清單的末頁，指出一個基督徒應如何表達他那純正的愛。到目前為止，他已提出十五個要素，他將在今日的經文，提出另外三項。

今日經文的第一要項，是要基督徒「彼此同心」。其基本的概念，是基督徒應有同一的心意。既然所有真正的基督徒（與所有的教友有別），都有變化的心意，他們便享有一個共同的基本信念、價值觀和關懷。正如保羅所指出的，一個更新的心意，受了愛的感化與引領，將幫助基督徒「彼此同心」。倘若所有的教友，同時達到保羅心目中基督徒的境界，他們也將與上帝同心。

第二，基督徒不應傲慢自高。他們的謙卑應引導他們，和身為社會各階層的教友和睦相處。在十字架前，我們都站在平等的地位。我們所有的人，都唯獨本著恩典得救。一個驕傲的基督徒只徒具虛名，沒有表裏一致。

雅各舉例說明保羅所列出的原則。「我的弟兄們，你們信奉我們榮耀的主耶穌基督，便不可按著外貌待人。若有一個人帶著金戒指，穿著華美衣服，進你們的會堂去；又有一個窮人穿著骯髒衣服也進去；你們就看重那穿華美衣服的人，說：『請坐在這好位上』；又對那窮人說：『你站在那裏』，或『坐在我腳凳下邊。』這豈不是你們偏心待人，用惡意斷定人嗎？……你們若按外貌待人，便是犯罪，被律法定為犯法的」（雅2：1-4, 9）。

保羅最後的勸戒，是要基督徒不要自以為聰明。再也沒有甚麼能比一個自以為聰明的基督徒更可憐的了。

倘若所有的教友，都奉行和實踐羅馬書12：9-16所提及的，愛的十八種特質，教會將成為一個何等奇妙的處所。

有一個好消息，就是你不需要等待其他的教友才起步走，你今天便可以開始。保羅在此對你發出最後的勉勵。倘若你「成功」了，切勿自滿傲慢，而要將一切榮耀歸給上帝。

改變人生的教訓之三

❖ **不要以惡報惡；眾人以為美的事要留心去做。羅
12:17。**

羅馬書12:17，我們已來到如何「改變」人生的第三個教訓，就是有關第1、2節所提及的「活祭」。第一個教訓（第3-8節）有關每一個基督徒，當他或她在教會中工作並使用上帝的恩賜時，需要存心謙卑。第二個教訓（第9-16節）是有關純正之愛的特質。

保羅的第三個教訓（第17-21節），把焦點放在基督徒應如何對待那些苦待他們的人。由於每一個人與生俱來自我保護的本能，很自然的，一報還一報的念頭，出現在每一個人的心中。保羅已在第14節探討那個主題，並指出基督徒要祝福，而不是咒詛那些逼迫他們的人。但那種理論說來容易，要作到卻困難重重。結果保羅在第17-21節，回頭探討同一主題。

他的第一個勸戒是基督徒不要以惡報惡。原因有多種，其中一個是報復要付出慘重的代價。

狄爾·卡內基提及一次參觀黃石國家公園的故事。那時遊客能親眼看到公園看守人餵養成群灰熊的景緻。那些灰熊不容忍任何競食者，牠們會以咆哮的恐嚇聲，趕走任何想分享食物的動物，也就是所有的競食者，只有一種小動物例外——臭鼬！顯然的，雖則那些身體巨大的灰熊，對冒犯牠們的臭鼬憤憤不平，並極想對那些有條紋的小動物採取報復的手段，但牠們卻沒有採取行動。那是為甚麼呢？因為報復的代價實在太大了。

施登·布尼韓評論說：「聰明的灰熊！聰明過我們中間的許多人，因為這些人用盡無數憤憤不平的白晝，和眾多輾轉不能入睡的夜晚，處心積慮的想盡報復的方法。那些憤怒、痛恨、和報仇的情緒，大大摧殘了你的肉體、精神和情緒……其代價是無比的高昂並深具破壞性。」

其底線是基督徒應過著一種愛的人生，即使受到苦待也不例外。那需要恩典。你看，恩典不只是為饒恕而預備。它也用來改變我們的態度，加添我們力量來彰顯愛。我不曉得你的看法如何，但在今日經文的啟迪下，我此刻有必要祈求額外恩典的賜下。

內在的鱷魚

若是能行，總要盡力與眾人和睦。羅12:18。

「與眾人和睦」是一種奇妙的理想。但是這種理想可能成為事實嗎？它是如何操作的？

實際上，它並不是常常能如願以償。我們的經文立下兩個條件：（1）「若是能行」和（2）「總要盡力」。

讓我們面對事實，在罪惡的世界上，脾氣暴躁的人，能令其他的人不能和他們和平相處。就是因為這個原因，保羅加上「總要盡力」的字句。雖則我們不能控制別人，我們卻能自我抑制。這便是我們責任的所在──不論我們面對何種處境，讓我們作為一個能與別人和睦相處的人。

不幸正如保羅在羅馬書第七章所指出的，基督徒並非完全聖潔。有一個故事提及，一個家庭搬到一個新的市鎮居住。家中年輕的兒子因為覺得很孤單，於是決定帶他的寵物出外散步。他希望藉此找到一個朋友，然而他卻碰到當地幫派的打手。

那幫派的打手想對這位新來的人樹立他的權威，便恐嚇那孩子，倘若不加入他的幫派，便要給他顏色看。接著，他注意到那孩子的寵物，便說：「這是我所僅見的一隻最醜陋的狗！黃色、珠子似的眼睛、長鼻子、短尾巴、和粗短的腳！倘若你明天不加入我們的幫派，我會命令我這隻名叫『殺手』的狗，攻擊你的寵物。」

第二天，他們又碰上了，但那個新來的孩子拒絕加入他們的幫派。就在那時，那位打手解開他那頭巨大的杜賓犬，並喊叫說：「殺死這隻醜陋、黃色、珠子似的眼睛、長鼻子、短尾巴、粗短腳的雜種狗！」那巨犬繞著那較小的寵物，走了幾圈，然後向前衝去。但那新來孩子的寵物，一下子張開牠的大嘴巴，一口把殺手吞了下去。

那幫派的打手非常吃驚。最後，那幫派的領袖問那新來的孩子說：「你這隻到底是甚麼狗？」

那孩子回答說：「我不曉得，但我們在切斷牠的尾巴並著上黃漆以前，牠是一隻短嘴鱷魚。」

不論我們是否喜歡，我們作為基督徒的，仍然存有多少短嘴鱷魚的秉性。因此，倘若要和每一個人和睦相處，我們必須祈求上帝進入我們的生活中，指出我們的過失、使我們平靜、又賜給我們恩典，活出上帝的愛來。一隻黃色、珠子似的眼睛、長鼻子、短尾巴、粗短之腳的鱷魚，卻冒充基督徒，沒有一件事比它更糟了。

伸冤屬乎上帝

✣親愛的弟兄，不要自己伸冤，寧可讓步，聽憑主怒；
因為經上記著，主說：「伸冤在我；我必報應。」羅
12:19。

啊，那古老一報還一報的衝動，如何輕易的發作。路易斯深深體會那一點，於是寫著說：「每一個人都說饒恕是可愛的理念，直到他們面對需要饒恕的某些事物。」就是那需要饒恕的某些東西，讓我們的眼睛充血。

馬丁·寧莫勒牧師，述說有關他在拉掃納粹集中營的經驗。他是營中的一位政治犯。絞型台就架在他的窗外。他眼見成千上萬的人，走上死亡之路。他指出，那些人有的咒罵、有的哭泣、有的禱告。

寧莫勒自我問道：「當他們把你帶上絞台，讓你面對考驗的那日，將有甚麼事發生？當他們把繩子繞上你的頸項時，你的最後遺言是甚麼？你那時是否會喊叫說：『你們這些罪犯、渣滓！天上有一位上帝！你們將得到你們的報應！』」

他質問說：「倘若耶穌說出那些話，將會怎樣？倘若祂呼出最後一口氣時，對那些兵丁和猶太公會的人喊著說：『你們這些罪犯、渣滓！這是我天父的世界。你們將得到你們的報應！』那又會怎樣？」

「將會有甚麼事發生？沒有！只有另一位可憐的罪人死在那兒，既孤單又為人所遺忘，也沒有甚麼事情會接著發生。」

倘若耶穌咒詛祂的劊子手，要求還祂公道，或爭取祂的權利，那麼，沒有人會感到意外，正如施登·莫尼韓評論說：「祂會好像另一位破碎、有瑕疵、和以自我為中心的世人，在可憐的境況中死去。祂的名字，絕不會為祂世代之外的人所紀念。」

耶穌明白伸冤不屬於我們，那是屬乎上帝的責任。祂知道上帝最後將在最適當的時間，伸張正義。保羅如今告訴我們，上帝將在末時，把一切的事糾正過來。但並非採取一種毫無意義的伸冤，有如半斤的罪，得著八兩的報應，而是以一種適當的方式，公平對待每一個人。

我們身為基督徒的，有必要學習耶穌所實踐，保羅所教導的。那不是一件輕易可汲取的教訓。那短尾的鱷魚，仍然在我們良知之下潛伏。那被解開的鱷魚，最終不但會摧毀其他的人，而且要吞滅豢養牠們的主人。上帝已為我們預備一個較好的方法，來應對那些得罪我們的人。在接下的一節經文中，保羅要介紹那較好的方式。

「甜蜜的伸冤」之取捨

> ✖所以，你的仇敵若餓了，就給他喫，若渴了，就給他喝；因為你這樣行就是把炭火堆在他的頭上。羅12:20。

我們對一位傷害我們的人，所能採取的行動只有三種。第一種手段就是漠視那個人，但解決不了任何問題。

第二種，從一個「正常人」的角度，用最自然的方法，就是本著我們所受的，連本帶利「加在那人的身上」。報復看來似乎非常甜蜜，然而卻產生反效果。它只帶來永無休止的冤冤相報。

美國最長和最殘暴的家族之爭，證明了這一點。沒有人知道它如何發作，但我們都毫無懷疑地看出其後果。

某些權威界指出，黑費爾與馬柯耳這兩大家族，在肯搭基和西維吉尼亞兩州之間的爭執，是在1860年代點燃的。雙方為了一頭走失的豬，和一個價值1.75美元的小提琴起了紛爭，而且愈演愈烈。慘劇終於在1882年爆發，那時馬柯耳的三個兄弟，殺了愛迪生‧黑費爾，原因是後者辱罵了他們。

黑費爾的族長捉住了馬柯耳的三兄弟，把他們綁在離他們小木屋一箭之外的樹叢中，然後將五十發子彈，射進他們的身上。接踵而來的，是一命換一命，有時更以兩三命換一命。

在幾近半世紀的互相仇殺之後，根據有記錄的死亡，雙方一共死了將近三十人之多。那是為「甜蜜的伸冤」所付出的慘重代價。

倘若漠視其情況或報復都解決不了問題，那麼，當有人得罪了我們的時候，我們該怎麼作？保羅提出了第三種似乎不可能的建議，就是以德報怨：他們如果餓了，就給他們喫，他們若渴了，就給他們喝，等等。他接著說，這無異把「炭火堆在他的頭上」。莫費特領會了「炭火」這種隱喻的表號，於是把這段經文譯為：「你一旦這麼作，將令他生發一種燃燒般的羞愧感受。」

第三種方法不一定會贏得了仇敵的心，但卻是唯一可以達成這個結果的途徑。這是那麼的「不尋常」，會令那人目瞪口呆地問道：「這是怎樣的一種人，竟然以善報惡？」其答案是這個人，是一位表現真正愛的基督徒（羅12:9）。上帝以同樣的方式，在我們還是祂仇敵的時候，便差遣耶穌，來替我們死，彰顯了這種愛（羅5:8, 10）。

以德報怨

你不可為惡所勝，反要以善勝惡。羅12:21。

你看，她迎面來了！我將給她顏色看！倘若她攻擊，我會雙倍的報復！我要給她一個一生永不忘記的教訓！

當有人傷害我們時，這種念頭自然的流入我們腦海中，我們甚至不須加以思考。它們就在那兒──有罪人性的一部分。

但是保羅告訴我們，作為一個基督徒，必須是「不正常的」人。他必須帶著一套不同的價值觀重生。這套價值觀，使他甚至願為他仇敵的最大益處著想（參閱太5:43-48）。

在前個世紀初期，一位受僱的殺手赫理‧奧查，在愛達荷州的州長住家前，暗殺了州長。這位前科累累的兇手，介入資本家與勞工之間的爭戰，是一位兇暴殘忍，難以應對的殺手。

倘若你是這位前州長的遺孀，你會有甚麼感受？你是否想本著你天生的權利，以「甜蜜的報復」為快？

我們有幸知道她的感受。她既是一位基督復臨安息日會的信徒，便為奧查禱告，她不只為他禱告，更在牢獄裏和他一起禱告。她真的親身到監獄，懇求殺她丈夫的兇手，把他的心獻給上帝。

那種反應令赫理目瞪口呆。他期待的是給他迎面一掌──他知道如何應付那種場面。他更知道如何以眼還眼，增強戰鬥。但他根本不知道如何應付愛心。

最後，他終於為愛所勝，把他的生命獻給上帝。在他有生之年，他在監獄裏奉基督的名為其他人服務，甚至拒絕最後的特赦。

「你不可為惡所勝，反要以善勝惡！」這便是上帝在基督裏，為我們所作的。祂並不一報還一報，把我們所當得的，加在我們身上。祂反而將我們所不配得的恩典、赦免、永生，賜給我們。凡看出那種恩賜之價值的人，會把它轉送給其他的人。唯有那些因上帝的恩典，而白白稱義的人，才能體會愛的大能，也唯獨他們才能為上帝所用，以德報怨，把愛轉贈他人。

今日有如任何其他的日子一樣，是開始作「不正常」之人的好時機。

主啊，請幫助我，藉著你的恩典，學會如何「以德報怨」。阿們。

改變人生的教訓之四

✕ 在上有權柄的，人人當順服他，因為沒有權柄不是出於上帝的。凡掌權的都是上帝所命。羅13:1。

自從羅馬書12:1, 2以來，保羅便一直探討在現實世界的日常生活中，如何過有改變的基督徒人生。

到目前為止，保羅已討論了忠心而謙卑地使用上帝的恩賜（第3-8節）；純正之愛的特質（第9-16節）；基督徒對那些傷害他們的人，所應保持的關係（第17-21節）。保羅不斷的介紹一種迥然不同的生活方式，就是要以善勝惡，尊重別人過於自己。這些態度，正是屬天的姿態。它們反映了一個重生基督徒，在心靈、思想和生活上的變化。使徒保羅在提及一個基督徒作為「活祭」時，並非開玩笑或使用修辭學。他是就事論事，述說困境對一個基督徒所存在的意義。他提及他們既因恩典而稱義，便應有一套新的原則，引領他們走向一種新的生活方式。

保羅於是在羅馬書13:1-7，提供了我們改變人生的第四個教訓。這次所提及的，是牽涉到一個基督徒與屬世政權的關係。

今日經文中一個最明顯的教訓指出，基督徒順服屬世的政府是一種天職，因為上帝首先設立這種政權。我們可從這段經文中，明顯看出保羅的立場，認為即使是最壞的政權，也好過沒有政府。

這個中心要點，似乎也是士師記的主要教訓。士師記第十九到廿一章，記載了聖經中一些最壞的故事。一位身負「聖職」的人任意妄為，它同時記載凶殺、淫亂、和數不清的傷風敗德的事。你若有時間，不妨加以閱讀。但當你讀的時候，心中務必存有如下括號中的同一意念：「那時，以色列中沒有王」（士21:25；19:1）。士師記21:25在提及以色列中沒有王之後，繼續加上一行強調的話，指出他們「各人任意而行」。

屬世的政府可能不很完全，但卻比無政府狀態較好。上帝為人自身的好處，設立屬世的政府。若沒有地上的政權，生命將為叢林的法則（弱肉強食）所轄制。

我是否應時時順服？

所以，抗拒掌權的就是抗拒上帝的命；抗拒的必自取刑罰。羅13:2。

保羅的話，沒有比這個更清楚的了。由於地上的政府是上帝所設立的，因此根據其定義，凡抗拒這種政權的理當受懲罰。修訂版英文聖經，非常淺白的翻譯這節經文説：「任何抗拒這種政權的人，便是反抗上帝所設立的神聖組織，而那些抗拒的，理當為他們所要承受的刑罰，存心感激。」

這是否意味著，反抗屬世的政府常常是錯的？至於我的老師，在第二次世界大戰時，偷走了納粹的打字機，又如何呢？

被侵略之前，他正幫助編印挪威文的時兆月刊。那時基督復臨安息日會的報社剛買了六部新打字機，預備為上帝的子民傳揚祂的信息。在被侵占之後，侵犯的勢力以「交易」的方式，用六架古舊的打字機，換走了那六架新的機器，以方便他們打報告回伯林。

當戰爭繼續挺進時，我的老師和他在時兆報社的同事，被編入民防部隊。當空襲時，除了那些操控高射炮和民防部隊的成員外，所有的人都要躲入地下防空洞。

在一次空襲的高峰，六位報社同仁，抬了三個擔架和三條毛毯，出動執行救災的使命。他們從德軍的辦公樓，「救出」了六架簇新的打字機（每個擔架上躺著兩架用毛毯蓋住的打字機）。在餘下的戰爭期間，那些機器不斷出產屬靈的信息。

但是，他們在戰時如何得到紙張的供應？簡單得很。當停電時，車輛必須熄燈行駛。有時運載政府紙張的卡車在路邊翻覆；有時卡車司機通知我的朋友。很自然的，他和他的朋友，樂於「幫助」德國的紙張流動。當然，他們用「解放」的紙，來印基督教的信息。

是否有抗拒政府的適當時候？如果有，根據甚麼為準？

那些不是學術性的問題。在大部分的世界歷史上，和絕大多數的人群中，它們一直是日常生活的中心問題。或許你從來沒有在那種處境中生活過。但將來你可能身臨其境。那時你要如何同時事奉上帝和屬世的政府呢？

進一步探討屬世的政府

✖ 作官的原不是叫行善的懼怕，乃是叫作惡的懼怕。你願意不懼怕掌權的嗎？你只要行善，就可得他的稱讚。羅13:3。

真的是這樣嗎？那些循規蹈矩的人，真的不必對屬世的政府，心存恐懼嗎？屬世的政府，真的會時常嘉獎他們嗎？

至於但以理的三個朋友又如何呢？當他們拒絕向尼布甲尼撒王的金像跪拜時，他們所作的事是正確的。尼布甲尼撒王作了甚麼事？嘉獎他們嗎？不，他把他們拋入烈火窯中。如此，保羅如何能說：「作官的原不是叫行善的懼怕」？

論到早期的基督徒殉道者，他們在羅馬皇帝李希奧斯和李歐克理先的手下喪生，那又該怎麼說呢？羅馬皇帝以死作威脅的命令，要羅馬公民有如神一樣的敬拜他們。一位基督徒所要作的，只是向皇帝的像下拜，並咒詛基督。那是由羅馬政府直接下的命令。宗教與愛國不是合而為一嗎？作為帝王的凱撒，已來到一個地步，相信人民的忠於政府，是一個國家富強的中心要義。難道這種理論是錯的嗎？人民若不愛國，政府如何能穩定呢？

我們有必要對今日的經文，提及兩件事。第一，保羅的用意，並非企圖概括每一個政府的每一種境況。畢竟，猶太和羅馬的政府，難道不是因保羅的信仰，而聯手逼害他嗎？並且在他悔改之前，猶太的官長不是利用他作為工具來逼害基督徒嗎？

使徒保羅並非一網打盡，泛指每一種可能的情況而言，而是指一個有理性的政權，在一種健全的情況中，對它的屬民提出合理的要求。在一種健全的時期，保羅的話是對的。政府稱讚那些奉公守法的人，並處罰那些作惡的人。因此，保羅對象中的基督徒，應順服那些對他們提出合理要求的政府。

這種說法引起第二個問題。甚麼是合理的？誰界定甚麼是對的或甚麼是錯的？誰斷定甚麼應得稱讚，甚麼行動應受懲罰？保羅是否說政府有絕對的權力？

斷乎不是！但他卻提醒我們，每一個基督徒對他或她生存所在的政府，都有一分當盡的責任。一個基督徒對其政府的順服，並非是一種有選擇性的責任。正如曼生所指出的：「抗拒有理性的權威，即使是有理性的行為，也是錯的。」

希特勒的心愛經文

> ✖因為他（統治者）是上帝的用人，是與你有益的。
> 你若作惡，卻當懼怕；因為他不是空空地佩劍，他是
> 上帝的用人，是伸冤的，刑罰那作惡的。羅13:4。

阿羅夫·希特勒有兩段他特別喜愛的經文。第一段經文是羅馬書13:1-7，第二段經文是彼得前書2:13,14：「你們為主的緣故，要順服人的一切制度，或是在上的君王，或是君王所派罰惡賞善的臣宰」（彼前2:13,14）。

這兩段經文的其中一段，每年要在德國第三帝國（1933年至1945年的納粹德國），每一個教會的講台上傳講。而且「觀察員」必須確定，這些經文要被「正確的講解」出來。

希特勒是上帝的「用人」或僕人，這是一個非常有趣的概念。他要所有的人知道，他有直接從上帝而來的權柄可以「佩劍」，上帝已委派了他，而他是上帝的代理人。因此，這種理論廣為傳開，他所作的一切都是正確無誤的。

這話聽來似乎有說服性，但這並不是經文的原意。保羅是在說上帝設立屬世的政府（羅13:1），作為祂的用人。因此，地上的統治者並非至高無上，而是在受委託的權力下操作。他們是上帝的僕人，如此而已，並非如他們自以為的有那麼超然的權柄。根據保羅的看法，政府的首長並非一位可以為非做歹的代理人，他們的天職，是作出對人「有益」的事。當然，那種「有益」的事，必須根據上帝的角度，而不是有如尼布甲尼撒、凱撒、拿破崙、希特勒、史達林、或美國總統布希的看法。

李恩·莫理士指出，統治者是上帝之僕人（字面上是「執事」）的用意，是「令上帝其他的佣人，負起完成上帝旨意的工作。」因此，這些領袖有義務作出負責任的工作。保羅在寫信給提摩太時，便有這種想法。他說：「我勸你，第一要為萬人懇求、禱告、代求、祝謝；為君王和一切在位的，也該如此，使我們可以敬虔、端正、平安無事的度日。這是好的，在上帝我們救主面前可蒙悅納。祂願意萬人得救，明白真道」（提前2:1-4）。

屬世政府作為上帝用人的其中一項任務，就是制定律法和設立制度，使福音得以傳揚。作為基督徒的我們，有必要每日為我們的統治者禱告。

當上帝與政府意見相左時

所以你們必須順服，不但是因為刑罰，也是因為良心。羅13:5。

基督有一個很出眾的教訓，是記錄在馬太福音22:21：「這樣，該撒的物當歸給該撒；上帝的物當歸給上帝。」

雖則這節經文，沒有要求把教會和政府分開，卻為這種分治立下一個根據。世界的歷史直到那時候，社會時常將宗教和愛國主義混為一談。猶太人只要住在一個猶太主義的國家中，對那種認識便沒有問題。但他們如今在羅馬人的統治之下，他們應如何與一個異教的國家互相配合呢？

基督便是在這個地方，成了一位革命性的改革者。祂宣稱即使是羅馬政府，也有其當有的權力，即使政府在宗教的觀點上有所差錯，基督徒仍然有一分當盡的責任。保羅於是在羅馬書第十三章，重溫耶穌的教訓。使徒保羅提醒每一個基督徒，對他或她的國家，都有一分當盡的義務。

但基督同時在馬太福音第廿二章，有如保羅在羅馬書第十三章，指出政府的權柄並不是絕對的。在屬世政府的管轄權之外，有一個領域是屬上帝的。

基督教導教會和政府，是兩個分開的領域，而每一個基督徒，對雙方都有當盡的責任。但祂並沒有說這兩個領域是平等的。而祂也沒有在馬太福音第廿二章，指出那一個較重要。但祂卻指出基督徒對羅馬政府有當盡的責任——這對保羅的讀者來說，實在是一個問題。

但是，你可能會這麼想，倘若我對上帝和政府都有當盡的責任，那麼，當雙方的要求有衝突時，我該怎麼作？門徒們一早便面對那問題。五旬節之後，他們傳的道已遍滿整個耶路撒冷。猶太人領袖極其不悅，因此，他們把為首的使徒捉拿監禁，並禁止他們傳道。

然而就在第二天，又看見他們傳講基督。他們再一次被拉到猶太人的領袖面前，並被責問為何在受警戒不可那麼作之後，仍然引起紛爭。彼得回答說：「順從上帝，不順從人，是應當的」(徒5:29)。當政府的法律和上帝的律法相牴觸時，基督徒的責任是明顯的。

雙重國籍的公民

❖你們納糧，也為這個緣故；因他們是上帝的差役，常常特管這事。羅13:6。

基督徒在他們所住的國家，應成為良好的公民。

根據你的看法，那根本不是一件革命性，或值得鄭重一提的事。但對保羅的某些讀者來說，卻非常重要。

他強調順服政府，是一件極其重要的事，因為猶太人一向以叛逆性著稱。在第一世紀的時候，巴勒斯坦的叛亂前仆後繼。那最終的領袖，是來自奮銳黨的成員（狂熱的猶太教信徒），他們深信猶太人除了上帝以外，沒有其他的王。

奮銳黨人拒絕向羅馬政府納稅，並鼓吹以暴力推翻羅馬政府。他們為抵抗而活。他們以佩刀者之名為人所周知。他們獻身從事恐怖活動，甚至不惜謀殺那些向羅馬政府納稅的猶太同胞。

保羅追隨基督向該撒納稅的命令，他對羅馬政府有一種迥然不同的觀點。對他來說，羅馬帝國負有一種上帝所託付的重任，避免世界陷入混亂之中。沒有這個帝國，地中海周圍的世界，會落入四分五裂的割據局勢。實際上，那是由於羅馬統一的平安，令保羅和早期的基督徒佈道士，能自由的從一個地區到另一個地區，以至在短短的幾十年內，福音便傳遍帝國之內的大半地區。羅馬政府在這種意識上，成為上帝的用人，使福音得以傳播。

屬世的政府並不完全（而且有些壞過其他的），但它們卻比叢林的法則（弱肉強食）好更多。它們不但使人民安居樂業，同時提供許多其他的服務（例如垃圾的處理、供水、警衛等等）。若是人人各自為政，這些事便不能成就。保羅沒有絲毫的懷疑（即使最後異教羅馬政府釘死了基督，置祂於死地），政府的體制是一件好事，因此，基督徒有責任敬重屬世的政權。

我們這些處身第廿一世紀的基督徒，可在此找到我們的教訓。我們是兩個國度的公民——上帝的國度和我們所居住的國家。因此，我們不但有責任容忍屬世的政府，而且盡量為她的興盛，作出積極的貢獻。

再提納稅的問題

�凡人所當得的，就給他。當得糧的，給他納糧；當得稅的，給他上稅；當懼怕的，懼怕他；當恭敬的，恭敬他。羅13:7。

我們在讀到今日的經文時，不由得想起基督面對猶太人的領袖時，他們向祂提起有關納稅給羅馬政府的問題。馬太告訴我們，法利賽人希望憑著「耶穌的話陷害祂」。他們在那種存心下，處心積慮想出一個陰險的問題：「請告訴我們，你的意見如何？納稅給該撒可以不可以？」（太22:15-17）。

那個問題為耶穌帶來一個真正進退兩難的處境。倘若祂說不該納稅給該撒，他們便可以馬上向羅馬當局告發，那麼祂被逮捕只是轉眼之間的事。另一方面，假如祂贊同應納稅給該撒，祂便會在族人心中喪失其影響力。猶太人固守唯有上帝是王的觀點，那麼，納稅給任何屬世的統治者，無異是承認那人的王權，並因而褻瀆了上帝。其所帶來的結果，不論耶穌如何回答祂的誹謗者，都將為祂帶來麻煩。

我們也可從法利賽人和希律黨人，在那一問題上狼狽為奸聯手對付的事實，看出其處境的艱巨。在猶太人對政治的觀點上，這兩組人站在相對的立場，一般情況下，他們會不遺餘力互相攻擊。強硬的正統法利賽人，因羅馬政府向他們強徵稅收而憤怒，而希律黨人則與羅馬政府合作無間。

耶穌的回答既獨特又聰明。祂要求他們拿出他們的一個硬幣，並在他們承認其上有該撒的肖像時，說出那句有關行為的準則，就是該撒和上帝，兩者都該得到所應得的。那奇妙無比的回答，結束了那次的攻擊。猶太人的領袖隨即看出，耶穌已巧妙迴避了他們所精心設計的陷阱。

耶穌不但迴避了那陷阱，更為往後兩千年的基督徒制定一個教訓，指出他們與屬世政府所應保持的關係。那教訓在羅馬書第十三章，為保羅所汲取並擴大，把作為可敬的公民和誠實繳納稅款這兩件事，看為是基督徒的宗教義務。

這種觀點，並非易於持守。例如作為基督徒的，在太多情況下，輕易的東切西砍削減一些稅款——直到他們記起耶穌和保羅的話。當他們看出即使是屬世的政府，在上帝的眷顧下，也扮演著重要的角色時，一切才各就其位。

改變人生的教訓之五

凡事都不可虧欠人，惟有彼此相愛，要常以為虧欠；因為愛人的，就完全了律法。羅13:8。

我們就在羅馬書13:8，來到變化之人生的第五個教訓。實際上我們可發現，第8到第10節是改變人生的真正根基。那個根基是上帝律法的中心要義——基督徒愛的美德。

較早在羅馬書12:20告訴我們，要愛我們的仇敵，把伸冤的事交在上帝手中。保羅如今在羅馬書13:8-10，回頭討論愛的主題，但把重心放在愛我們鄰舍的事上。

保羅在羅馬書第十二章結尾和今日經文之間，探討屬世政府所扮演的角色，就是作為上帝的一個代理人，來刑罰那些作錯的人（羅12:19-21；13:4）。他以基督徒有納稅的責任，總結了他對屬世政府的討論（羅13:6,7）。

欠債的這種理念，有幾次在羅馬書中浮現。羅馬書1:14提及，我們欠了分享福音的債，羅馬書8:12-17暗指，基督徒欠了聖靈的債，來過著一種聖潔的人生，而羅馬書13:6,7指出，我們欠了向政府納稅的債。

他從那種欠政府的債務，隨即轉到我們欠我們人類同胞的債。保羅在此從公事上的債，轉到私人的債。在這兩種債務之間，存有一個重大的不同點。稅款是有限的。我們收到一張繳稅單，當我們繳納後，我們無債一身輕。那是債務的完全償清，直至接到下一次的賬單。

但愛的債務卻是無限的。我們絕對沒有完全還清的時候。基督徒絕不能停止愛某人，並說：「我愛你已經足夠了」。正如保羅所指出的，愛是永遠還不清的債。那話令我心感到不安心。我要一筆勾消我的債務，使我能放鬆心情，並作真正的我。我想知道其界限。例如，當我知道對那實在可惡的教友，作到了我配額的愛之後，然後讓他或她自食其果，那該是多麼好的一件事。

對這種願望，保羅的回答，正如當彼得問甚麼時候可以停止愛他的鄰舍時，耶穌給他的答案。其答案是從沒有這種時候。正如上帝對我的愛是無窮無盡的，同樣，我對我周圍之人的愛與照顧，也是沒有終點的。

上帝啊，請你賜我恩典，讓我活出你的愛來。阿們。

律法背後的眾律法

✠ 因為愛人（鄰舍）的，就完全了律法。羅13:8。

我絕不會忘記，當我發現十條誡命，不是真的律法時，我所經歷的震撼。實際上，在永恆之宇宙性歷史的脈絡下，我們可以看待十條誡命，是一種事後的演變。例如，就拿第四條誡命來說。它清楚的指出，上帝賜下安息日，是作為創造地球的紀念日。每天24小時的七日週期，指向地球和太陽系的受造，作為十誡中安息日的決定性要素。

你想上帝需不需要告訴天使，不可和他們的鄰舍犯上奸淫的罪？或者要孝敬他們的父母？他們甚至是否真的有父母？

懷愛倫建議說：「上帝的律法在人受造以前便存在。天使們受著它的節制……亞當犯罪和墮落之後，沒有從律法中取掉甚麼。十誡的原則，在人類墮落之前便已存在，而且配合著人類神聖秩序的情況」（屬靈的恩賜，卷三，原文第295面）。她在另一個地方指出律法的原則，在亞當犯罪之後，「受到明確的調整，以配合人類墮落後的情況」（信息選粹，卷一，原文第230面）。

顯然的，上帝在亞當墮落的時候，首先把律法重整為我們現在所擁有的那種負面的形式。耶和華上帝有必要一一告訴有罪和自私的世人，甚麼事是錯的。由於他們那墮落的人性，祂有必要指示他們不可貪戀鄰舍的配偶、不可偷竊任何人的財物、孝敬他們的父母。那些事情根本不是未墮落之天使的問題。但律法的原則，對他們和我們來說，都一樣重要。

但那些宇宙性的原則是甚麼呢？當耶穌被問起有關最大的誡命是甚麼時，祂清楚的指出：「你要盡心、盡性、盡意愛主你的上帝。這是誡命中的第一，且是最大的。其次也相倣，就是要愛人如己。這兩條誡命是律法和先知一切道理的總綱」（太22:37-40）。我們可從耶穌的話看出諸律法背後之律法，就是為十誡帶來意義與形式的律法。

十誡與那律法的關係

✖像那不可姦淫，不可殺人，不可偷盜，不可貪婪，或有別的誡命，都包在愛人如己這一句話之內了。羅13:9。

基督徒的品質，不只是一種舊人生的改良。那是一個人在思想上、言行舉動上、生活上的一種完全的變化。不但是基督徒在基督裏面；而且藉著聖靈感化的大能，有基督在他或她裏面。當耶穌愛的原則在我們生活上，化為一種引導性的原動力時，我們才能知道我們在祂裏面有平安。

針對這個主題，我有一個心愛的經文是約翰福音13:35，耶穌說：「你們若遵守安息日為聖，眾人因此就認出你們是我的門徒了。」

我有一次以那節經文講道（我用上述變體的經文，來例證我證道的中心要點）。事後有一位新的復臨信徒來找我，並興奮的對我說：「牧師，我的聖經在約翰福音第十三章，沒有找到那節經文。請告訴我在甚麼地方可找到這節經文？」他是在尋找聖經證明基督復臨安息日會信徒的基本經文。他在狂喜的情況之下，忽略了我所強調的實際經文：「你們若有彼此相愛的心，眾人因此就認出你們是我的門徒了。」我如何對待我的鄰舍，是基督教義的試金石。

我愛我的鄰舍，是由於我愛上帝。保羅告訴我們，對上帝和鄰舍的愛，和十條誡命，有一種直接的關係。

●因為我愛上帝，我不要羞祂的聖名。
●因為我愛上帝，我愛我的同胞。
●因為我愛我的鄰舍，我不會偷竊他或她的財物。
●因為我愛我的鄰舍，我不會以他或她作為我取樂的性愛對象。
●因為我愛我的鄰舍，我要他或她分享安息日的喜樂。

愛上帝和鄰舍，是基督教義的主題曲。它反映了那概括上帝許多律法的那個律法。

一件真正可悲的事，就是許多人企圖遵守律法，但沒有將上帝那獨一的律法放在心中。例如，我曾眼見某些遵守安息日的人比魔鬼更壞。當人們擁有律法，卻缺少那使律法生發意義之愛的原則時，這種行為便發生了。

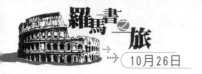
完全與律法

✖愛是不加害與人（鄰舍）的，所以愛就完全了律
法。羅13：10。

「愛是不加害與人（鄰舍）的」。這話聽來盡善盡美，無以復加。一個活出這種原則的人，實在成就了律法的真諦，在我看來，似乎是完美無瑕的。

一件有趣的事，在對鄰舍的事上，把完全和愛鄰舍相提並論，這是新約聖經的一個重要教訓。例如，就以耶穌在馬太福音5：48教導我們，每一個人要像天父一樣完全。人們對有關完全一事，因不根據這節經文的上下文來說，於是對它有著千奇百怪的講解方法。我記得我個人的實例。當我成為一個基督徒時，我向上帝作出應許，要成為自從耶穌以來，第一位完全的基督徒。我由衷地立下這麼一個志願，因我認為我知道其他所有教友出了甚麼差錯。他們作得不夠好，但我能作到。由於我對上帝的應許，我很快的為自己列出無數的條文，指出我甚麼不能作、甚麼不能吃、甚麼不能想。在這過程中，我爬進了中古時代的完全主義中。

不幸的是，我越想藉著不作所有的那些事物，來達到完全的境界，我就越令人厭惡。我以自我為中心，因自己的成就而驕傲，並難於和人相處。畢竟，倘若我完全了，那不是其他人都錯了嗎？而假如他們都錯了，我便有必要告訴他們，因為那是上帝交給我的責任。我因此在周圍的人中，變得「自以為是」。

後來我才明白，耶穌勸我們要像天父一樣的完全是甚麼意思。那勸戒的上下文，自馬太福音5：43開始，耶穌在此告訴祂的聽眾說，他們在過去受教要愛他們的鄰舍，但要恨他們的仇敵。祂接著說：「只是我告訴你們，要愛你們的仇敵，為那逼迫你們的禱告。這樣就可以作你們天父的兒子。」那麼，上帝像甚麼？祂為那些愛和不愛祂的人的土地祝福。

聖經中的完全，是活出上帝的愛來，因為「愛就成全了律法」。但我有必要捫心自問：「為何我會愛蒙古人，易過愛我周圍的人？或許那是由於我不必和他們同住的緣故。」

主啊，請幫助我，學習如何像你一樣真正的愛人。請就在現在幫助我，讓你的愛，繼續在我的心中和生活上茁壯。請就在今天，幫助我在我的家庭、教會裏、工作場所、和左鄰右舍中實踐出來。

改變人生的教訓之六

�再者，你們曉得現今就是該趁早睡醒的時候；因為我們得救，現今比初信的時候更近了。羅13:11。

到目前為止，保羅已在羅馬書第十二和十三章中，寫下稱義的人，應過怎樣的人生。他們應謙卑地使用上帝所賜的恩賜，以一種敬重屬世政府的態度，並以基督化的愛，來表現成為活祭、有改變的人生（羅12:1,2）。

但為甚麼要這樣？首先，那是因為他們白白的因上帝的恩典而稱義（羅1-11）。第二，由於耶穌就要再來。英文腓力士譯本聖經，妥貼譯出其中的聯繫：「為何這一切都在強調行為？因為……每一天把上帝的救恩帶近一步。」改變人生的第六個教訓，是有關活在基督復臨的盼望中。因此我們認為，羅馬書13:11-14的經文具有激發作用。我們有必要儆醒振作，因為生命不只限於今生。

當羅馬書述說救恩時，它提及它的三個層面。第一層面的稱義，是指過去的事。第二層面的榮耀，是指未來的事。而第三層面的成聖，則是現今的事實。雖則有人以為羅馬書是一本有關稱義的書信，但保羅卻用了很多篇幅（第六到第八和第十二到第十五章），長篇討論成聖的人生——過著釘十字架的人生（羅6:1-4）和有改變的人生（羅12:1,2）。

羅馬書的成聖人生，是根據兩種事實而來，就是一個人已被稱為義，確信最終必得著榮耀。伊梅爾·布魯諾將這一點描述得淋漓盡致：「謹記上帝藉著耶穌基督而來的憐憫，讓我們產生一種有力的動力，去過新的人生；另外一種和這事有切身關係的，就是期待祂將為我們成就的事。信靠基督而展望將來，便會帶來盼望……而未來已在發生……信心，不外是生活在即將臨到的光明中。」

基督徒生活在兩件大事之間。第一件是上帝國的開始，那是基督在開始佈道時所宣告的（太4:17）。第二件是國度的完成，那時基督要再來，救贖我們的身體（羅8:23），並親自將信徒帶回天家。保羅宣告說，那件大事，足以激發我們去過有改變的人生。

興奮或責任？

✠黑夜已深，白晝將近；我們就當脫去暗昧的行為，帶上光明的兵器。羅13:12。

趁早睡醒！保羅在羅馬書13:11這麼警戒我們。雅各‧鄧理指出，基督徒的人生不是睡覺，而是戰鬥。正如使徒彼得所說的：「務要謹守，儆醒。因為你們的仇敵魔鬼，如同吼叫的獅子，遍地遊行，尋找可吞喫的人」（彼前5:8）。這位使徒看出，我們正處身於一場善惡之爭的殊死戰中，而每一個人的心思和意念，在某種形式上，是善惡之爭一個微小又具體的戰場，代表基督和撒但之間的宇宙性善惡大鬥爭。

基督和保羅有一項最大的恐懼，是基督徒不但不儆醒，反而落入打盹與瞌睡中，因而在基督復臨時措手不及（太25:1-13；帖前5:1-11）。

為那大事作好準備，並非因眼見「時兆」的應驗，坐聽新聞的報告而興奮。不！那是魔鬼的一個詭計。基督一再強調，由於沒有人知道復臨的時辰，祂的跟隨者不單只是儆醒（太24:42；25:13），同時必須在等候時使用他們的才幹（太25:14-30）。他們必須特別關心那些比較不幸的人（第31-46節）。

基督和保羅所強調的，便是在那段等待的時候，過基督化的生活，而不是當我們收聽新聞報告時，所具有的那種喘不過氣來的興奮。基督將在我料想不到的時候復臨。而當祂再來的時候，祂將發現許多所謂的跟隨者，在那兩件值得興奮的大事中沉睡，而不是照祂在馬太福音24:32-25:46所說的去做。

有多少期待基督復臨的信徒，是從時兆感到興奮，而不是從保羅在羅馬書第十三章和基督一再強調的那種服務中，得著他們的興奮？馬太福音第廿四章和羅馬書第十三章討論基督復臨的事時，一再強調基督徒有責任過愛的生活，不是一件偶然的事。活出祂的愛來，將是審判的分水嶺（太25:31-46；歷代願望，第647面）。

現在正是趁早睡醒，穿戴上帝全副軍裝的時候，並忙碌工作，以便當祂再來的時候，能找到祂忠心的僕人。倘若我是魔鬼，我要令對基督復臨有興趣的基督徒，興奮度日而不履行生活上的責任。我能藉著那種作法，一舉達成我引誘他們走入迷途的目的。

以罪的污水坑，交換上帝的筵席

❌ 行事為人要端正，好像行在白晝。不可荒宴醉酒，
不可好色邪蕩，不可爭競嫉妒；總要披戴主耶穌基
督，不要為肉體安排，去放縱私慾。羅13:13, 14。

即使時至今日早晨，保羅也能寫出這段經文。這個世界所盛行的
罪，仍然沒有多大的改變，改變的只是人。同樣的罪，只是由
不同的人來做，甚至變本加厲。

當然，你（身為一個基督徒）可能虔誠的想，我不會做出諸如
此類的事。那可能是真的。但誠然是真的嗎？請再想一想。我知道
有許多人不會真的從事淫蕩、酗酒、或嫉妒的事。

不，女士！不，先生！他們絕不會用一根十尺長的竹竿，碰觸
那些罪。他們是手潔心清，並作好準備等候耶穌再來。只要問問他
們，他們便會告訴你，他們是多麼的良善可親。當然，他們不會做
出那樣的事。他們只是從電視上，和從帶入家中的錄影帶上看到。

他們說：「是的，女士，是的，先生，我是潔淨的。我不會作
那些醜陋的事。我只以取代式找到那種刺激，並稱之為娛樂。」但
怎樣的一種文化，會將那充滿謀殺、虐待、敗壞、不忠、和淪落等
有關家庭倫理情感為主題的連續劇，稱為娛樂呢？唯有在病入膏肓
的社會和世界中存在，它需要主的復臨，來潔淨它所作的破壞。

保羅警告我們這些「良善」的教友要趁早睡醒。我們必須摒棄
一切我們列為娛樂的那些有害的事物，並披戴救贖的兵器。今日基
督徒面對一個最嚴重的問題，就是魔鬼已滲透我們的家，並以那低
賤、殘忍、毫無價值的東西，迷惑了我們。

我們有必要在現今，藉著上帝的恩典，作出徹底的更新。我們
必須堅守我們在靈、智、體等方面的健康。我們必須摒棄此世的一
切廢物，並披戴基督。

保羅揚聲呼喊說：「現今就是該趁早睡醒的時候；因為我們得
救，現今比初信的時候更近了。黑夜已深，白晝將近；我們就當脫
去暗昧的行為，帶上光明的兵器」（羅13:11, 12）。

我們的上帝啊，請您就在今日幫助我們，以罪的污水坑，交換
您的筵席。阿們。

要餓斃邪惡或要餵養它

總要披戴主耶穌基督，不要為肉體安排，去放縱私慾。羅13:14。

邪惡的慾望似乎伸手可及，無孔不入。一個人可能無所事事，但卻在突然之間，一個不很好的念頭，不請自來。你根本不須要多加思考、鼓舞它、或甚至歡迎它。它根本就在那裏。正如懷愛倫栩栩如生地描述說，我們在「本性上有一種行惡的傾向」（教育論，第27面）。自從亞當墮落開始，人心已失去它的良善和完整，而換來的，則是走向不健全的人生。

好得很，你可能這麼想，我知道你的重點。我們具有乖僻的心意。我們不必去求邪惡的念頭——它們就在我們的心中，無意識的自然發生。那又怎樣呢？

這是一個好問題。在今日的經文中，當保羅告訴我們「不要為肉體安排，去放縱私慾」時，他心中便存有「那又怎樣」的意念。

他知道你不須要挑撥那種私慾。他在羅馬書第七章的後半章已清楚指出了。

但保羅同時知道，你在看出有不良的慾望出現時，可以作出以下兩件事情中的一件。第一，你可加以扼殺，並把它拋棄。當然，邪惡的慾望有如九命貓——它們一再死灰復燃。禱告就在此發揮其作用。我們可以求告上帝的恩典，窒息那邪惡的小東西，並讓我們把心思意念的焦點，放在某種比較有建設性的事物上。你可以一再為那事禱告，甚至到「七十個七次」。

第二個處理邪惡慾望的方法，是加以蘊育和滋養。當我們一旦那麼作時，它們終會根深蒂固，形成必須日夜餵養的耽溺。

雅各一箭中的的寫著說：「各人被試探，乃是被自己的私慾牽引誘惑的。私慾既懷了胎，就生出罪來；罪既長成，就生出死來」（雅1:14, 15）。

切勿加以餵養！反而要餓斃它！但千萬不可藉著自己的力量來餓斃它。在我們與罪掙扎的事上，唯有上帝的恩典才能引領我們走上勝利之路。

天父啊，從今日開始，請幫助我更加親近你。阿們。

改變人生的教訓之七

✠信心軟弱的，你們要接納，但不要辯論所疑惑的事。羅14:1。

羅馬書第十四章開始，保羅用最長的一段勸勉，來討論如何過有改變的人生（羅12:1,2），也就是建立在愛之律法上的人生（羅13:8-10）。那個勸戒的中心要義就是，教會中對得救要道之外的其他觀點抱有不同見解的人，不可加以論斷。

保羅在羅馬書的開始，便不住地為他的讀者準備這一章。他在第一章中提起，教會裏猶太人和外邦人的問題。接著他在第二章，責備他們互相非議的事。他指出那些論斷別人的，無異是在論斷自己（羅2:1）。

羅馬書第十四章所提出的問題，對各時代的教會，都具有重大的意義。正如李恩・莫理士所指出的，「教會的成立，並非為同一種族，同一社會地位，同一知識才能，或同一思想的人而設立的俱樂部。基督徒並非複製品，在各層面如出一轍。教會時常面對其中一個問題，就是她的教友包羅萬象，富有的、貧窮的、才華出眾的、無一技之長的、來自社會各階層的人、老年人、青年人、成年人、幼童、思想保守和急進的人。」

世上有一件最自然的事，是我要教會中的每一個人，和我有同一的思想和作為。因為我是對的，而且至少有一節經文或十段引言來證明它。因此，事情已成為定論！

那正是保羅在羅馬書第十四章所指出的態度。這一章開宗明義指出，我們有必要承認那些「堅固」和「軟弱」的人，都是教會中的教友，而保羅對雙方面的人，都給予明確的訓勉。雖則他自認是屬於「堅固」一方的人（羅15:1），但他卻對那些「信心軟弱的」（羅14:1），存有很大的認識和同情。

羅馬書14:1同時清楚的指出，不是所有的教友，所持有的每一種信仰，都具有同等的重要性。保羅界定某些信仰只是一種「意見」（標準修訂版），或「可爭辯的事」（新國際版聖經），或「可疑的爭辯」（欽定版）。當我們認定我們所相信的，都具有同等的重要性，並更進一步強迫別人接受時，問題便產生了。

務必寬容

喫的人不可輕看不喫的人；不喫的人不可論斷喫的人；因為上帝已經收納他了。羅14:3。

不能容忍，是教會中最可怕的罪之一。倘若我是魔鬼，我會唆使各個教友，互相批評論斷，彼此吹毛求疵。我會策動某些信徒，對那些在這事或那事上顧慮太多的人嗤之以鼻；而我同時利用那些會顧慮的人，指責教會中沒有按照他們所做的去做的人——以「我比你更神聖之姿態」，輕看教會中其他的人。而我可能同時促使雙方，宣稱上帝絕不能祝福教會，除非「對方」達到一定的標準、有正確的信仰，並過著正確的人生。

正如我們所看出的，在整個教會的歷史上，撒但一向非常忙碌。不幸的，他向來不只是非常活躍，而且相當的成功。魔鬼一向非常成功地擄掠了教會，令人把注意力從中心主題，轉向無關重要的表面話題。保羅非常關切這種態度，於是不惜用了羅馬書第十四和十五章，長篇討論那個問題。

今日的經文，把焦點放在論斷或責備那些在食物上與我們有異的人。我們必須注意到這種論斷，有一個非常肯定的來龍去脈。羅馬書14:2指出，「有人信百物都可喫；但那軟弱的，只喫蔬菜。」

不，保羅的對象，不是針對基督復臨安息日會的信徒，或對那些因健康的原因而吃素的人。實際上，他心中所想的，根本不是有關人的食物的問題。食物只不過是用來作為一個比方。

他在這個比方中，並非譴責素食主義，而是那些因錯誤的原因，而放棄肉食的人——那就是，他們的信心軟弱。我們不能確實知道羅馬教會有甚麼有關飲食的問題。但我們肯定知道在哥林多教會，那些吃祭過偶像之肉和不吃祭肉的人，雙方起了很大的紛爭。在那種情況中，某些因不能肯定肉是否祭過偶像，因而拒絕吃任何肉的人，被視為「信心軟弱」。保羅認為那是件無關重要的問題，因為一位信心堅強根深蒂固的基督徒，知道偶像根本是無中生有之物。

羅馬教會的問題，和哥林多教會的問題不完全一樣，但可能有所關聯。保羅在羅馬書14:3的重點，是教會必須停止不能容忍他人的譴責和自傲。

最嚴重的罪

> ✠ 你是誰，竟論斷別人的僕人呢？他或站住，或跌倒，自有他的主人在；而且他也必要站住，因為主能使他站住。羅14:4。

你是誰，竟敢論斷別人？非常好的問題！尤其是在緊接今日這一節經文之前，那句「上帝已經收納他」（羅14:3）之話的提示下。我是否能當得起，某位已被上帝接受和稱義之人的審判者？如果能夠，誰立我為審判者？我是否能根據我所吃或所不吃的，來判斷別人？

當然不能！保羅用了那麼多的時間，從羅馬書第一到第五章來教訓那些人，無異給予他們當頭一棒。不論我們認為自己多麼的好，或者我們實踐怎樣的生活方式，我們都是罪人。又由於我們是罪人，都可得著我們所不配得的，就是倘若我們願意憑信接受，我們都可以因恩典而白白得救。而且上帝接納每一位願意接受祂恩典的人。

在十字架下是一片平坦的大地。沒有一個人超越其他人。大家在過去，曾一度是罪和撒但的奴隸。如今，所有的人都藉著從基督而來的上帝恩典，成為上帝和公義的奴僕（羅6章）。又倘若我們都是奴隸，我們共有一位主人，唯有祂才配施行審判。

論斷其他的基督徒，是一種最嚴屬的罪，因為它讓我們扮演上帝的角色，看自己高過其他的人，是一種徹底的自傲。那是論斷上帝已經收納的人，而且是藉著個人而不是上帝的標準來判斷。

羅馬書的主耶和華上帝，已立下收納人的唯一標準——在基督裏面因信接受祂的恩典。

然而，歷代以來的教友，不住的想為他們的弟兄姊妹，設定新的標準。其中一個不斷出現的準則，是有關食物的問題。飲食對健康有切身的關係，但保羅很清楚的指出，「上帝的國不在乎喫喝，只在乎公義、和平，並聖靈中的喜樂」（羅14:17）。我們將要在未來的幾天，討論更多有關這個重要的問題。

在其間，我們要趁早開始嚴肅地接受保羅的看法。

我們的職分，是在教會中作一個忠心的僕人，不論斷上帝已經收納的那些人。

天父啊，請就在今天幫助我，學習羅馬書14:3,4的教訓。幫助我不致篡奪你作為審判者的獨特職分。

合一之中的差異

> ✖ 有人看這日比那日強；有人看日日都是一樣。只是各人心裏要意見堅定。守日的人是為主守的；喫的人是為主喫的，因他感謝上帝；不喫的人是為主不喫的，也感謝上帝。羅14:5, 6。

食物的問題，不只是唯一分裂羅馬教會的主題。教友還為遵守或不遵守某些日子爭執不休。

保羅雖然沒有明顯的指出是那些日子，但顯然不是指每週的安息日而言，因為安息日是十條誡命其中一條，而保羅已在羅馬書幾個地方，提及十條誡命在基督徒人生上的重要性（參閱 羅13:8－10；7:12, 14, 16；3:31）。

那最可能構成爭辯的日子，是猶太人的節日和每年的安息日。猶太籍和外邦人基督徒，針對有關猶太人的儀文律法的爭辯，已促使保羅和猶太籍的基督徒領袖舉行雙邊會議，如使徒行傳第十五章所記載的。我們也曾讀到保羅在加拉太書4:10, 11，和歌羅西書2:16, 17的其他場合中，處理有關特別日子和節日的問題。在上述的第二段經文中，有如今日的經文一般，保羅必須處理某些教友，在有關食物和有爭論性之節期遵守等問題上，論斷其他信徒的事。但他在那經文中一清二楚的指出，爭辯中的節期和每年的安息日，只是「後事的影兒」。那話顯然的是指儀文上每年的安息日而言，也就是指向基督的表號。但十條誡命中的安息日卻相反，直接指向上帝創造的大工（參閱創2:1, 2；出20:8－11）。

在心存這兩種截然不同情況的意念下，雖則羅馬教會和歌羅西教會所存在的問題有所不同，但是保羅告訴他的羅馬讀者，那些具有信心，能把所有儀文律法中的節期，一下子拋諸腦後的人，不應歧視那些信心沒有那麼堅強的人。同樣的，後者也不應指責那些已放棄猶太節期的人，因為他們看出所有的慶典，有如逾越節，都是指向基督。

保羅在有關節日的爭論上，於羅馬書14:5, 6，為所有的基督徒發出重要的教訓。每一個人要按照他們所信的來行，上帝正在引領每一位願意被領導的人。但不是所有的人都具有同樣的背景，或以同樣的速度前進。每一個基督徒具有信心是一件重要的事，但同樣重要的，是那些信心必須來自主基督。保羅提醒羅馬的信徒，在非重大的事上，教會不能期待所有的教友，都採取一致的步伐。

在一切的事上與上帝同工

■我們沒有一個人為自己活，也沒有一個人為自己死。羅14:7。

「沒有人是個孤島」，我們無時無地不和其他的人接觸，影響他們的人生與抉擇。但這不是保羅在今日經文中所想的事。

保羅心中所想的，是我們所做的一切事，必須和上帝有關係。這話實在是羅馬書14:5,6的延伸，就是不論人們吃或不吃，他們是否遵守猶太人的某個節日，一切要「為上帝而作」。這是一件千古不變的事實。因為他們是本著對上帝旨意的了解，而有這種確信，他們應為自己一切的作為而感謝祂。

保羅在今日經文所要傳達的信息，就是我們從未與上帝隔離。那不只是針對有關爭論性食物或守節期的問題，而是基督徒所做的每一件事，一切要「為上帝而作」。正如葛雷罕·馬歇爾所指出的，「一個基督徒整個生存的目的，不是為自己的快樂、他自己的慾望，為『自我』而活；而是為祂的榮耀、祂的旨意，『為上帝而作』……他的一生，直到最後的一刻，都是屬乎上帝的。」

而在生命本身之外，每一個基督徒在將來的某個時候都「要將自己的事在上帝面前說明」（羅14:12）。每一個人將來，「都要站在上帝的臺前」（第10節）。

我們身為基督徒，一生所做的都是與上帝同工並為祂而作，這個事實是一個強有力的據點。它無所不包地概括一切，正如保羅寫給哥林多教會說的：「所以，你們或喫或喝，無論做甚麼，都要為榮耀上帝而行」（林前10:31）。

簡單的說，那是基督徒與上帝的關係，指揮他或她的每一個作為。一個基督徒是一位為上帝而活的人。一位基督徒從沒有告假的時候。停止盡基督徒的本分，無異是「假冒偽善」的同義詞。

今日，你是否願意和我，把我們的一生再次獻給上帝？我願意在一切所作、所說、或所想的事上為祂而活。我要我的一生，浸泡在祂國度的原則下。我要過著保羅所一再強調的有改變的人生。我要過有愛的人生，那正是基督徒倫理的精髓（羅13:8－10）。

耶穌是主和救主

❈我們若活著，是為主而活；若死了，是為主而死。所以，我們或活或死總是主的人。羅14:8。

耶穌是救主！沒有任何基督徒曾否定這種事實。沒有基督作為救主，基督教便不能存在。

但耶穌是否也是主？這是一個重大的問題。

耶穌是救主，意味祂救我們脫離我們的罪。祂赦免了我們，使我們稱義。但耶穌是主，意味著祂是我們的救主，而我們是祂的僕人。有太多的基督徒，忘了耶穌是救主也是主，兩者必須相提並論。

保羅在羅馬書的第1節，開宗明義聲明自己是耶穌基督的僕人時，提出了那要點。接著他在第六章，把奴僕這個類比，應用在每一個基督徒身上。他下筆說：「豈不曉得你們……順從誰，就作誰的奴僕嗎？或作罪的奴僕，以至於死；或作順命的奴僕，以至成義。感謝上帝！因為你們從前雖然作罪的奴僕，現今卻從心裏順服了所傳給你們道理的模範。你們既從罪裏得了釋放，就作了義的奴僕」（羅6:16－18）。

基督既然同時是救主，又是主。基督徒不但要隨從祂的旨意，聽從祂的吩咐，而且也要從祂得到前進的命令，這也是保羅在羅馬書14:5--8的一個重點。那是基督藉著聖靈，使基督徒在某一要點上看出他的個人責任（羅14:5）。而當基督徒按照他們所確信的，以實際的行動，「為上帝而作」時，他們便在凡事上感謝上帝（第6,7節）。

保羅在羅馬書第十四章，關心那些要作他們弟兄姊妹之主的基督徒，就是那些要成為主內同胞的心智與良知的人。

懷愛倫和保羅有著同樣的關懷。她說：「凡屬乎良心的問題，則人的心靈必須不受任何約束。沒有一個人有權柄控制別人的心意，為別人作決斷，或指定他的本分。上帝給每一個人有思想的自由，隨自己所確信的去作。『我們各人必要將自己的事在上帝面前說明』（羅14:12）。任何人沒有權柄讓自己的個性合併在別人的個性裏。在一切事上，凡是有關原則性的問題，『各人心裏要意見堅定』（羅14:5）。」（歷代願望，第553面）。

站在審判台前

▨你這個人，為甚麼論斷弟兄呢？又為甚麼輕看弟兄呢？因我們都要站在上帝的臺前。羅14:10。

我是誰，竟然膽敢論斷另外一位基督徒？其答案現在應該是昭然若揭了。我沒有權力定任何人有罪。

最顯然的一件事實，就是我自己在將來的某個日子，也要「站在上帝的（審判）台前」。因此，我根本不足以作別人的審判者，反而是上帝司法下的罪人。

這種意念令我們想起耶穌在馬太福音第七章中的描繪，我們要極其慎重，不可論斷其他的人。根據耶穌的話，我們先要除掉我們眼中的樑木。教會的歷史和當代的教會，充滿著那些眼中有樑木，卻企圖論斷別人的不幸例子。不幸的，諸如此類的盲目眼科醫生，不但在上帝愛的律法鏡子前，看不出自己的實況，反而把許多其他的基督徒，擠出教會大門之外。實際上，就是那些眼中有樑木的人，將耶穌釘在十字架上。那些扮演上帝角色的人，實際上，無異是撒但的代理人。

可幸的，上帝能夠赦免我們這種論斷人的心態，並賜我們克服它們的力量。為了作到這一點，我們有必要來到祂面前，俯伏下跪，要求祂為我們施行眼科手術。

上帝是我們的審判官。你可能因而發問：「但是，為何上帝的子民，要面對最後的審判？耶穌不是說過，基督徒已經『出死入生了』，有了『永生』，並且『不至於定罪』了嗎（參閱約5:24）？」

那些話都是正確無誤的。凡是繼續接受基督的人，將不至站在「定罪」的審判台前（約5:24），但保羅在今日的經文中清楚指出，將有一次最後的審判。

但以理為同一要點作證。但他相當直接地指出，上帝的審判，是針對「至高者的聖民」而說的（但7:22）。實際上，基督徒接受審判，只是向宇宙發表一個合法的宣言，指出他們已接受上帝的恩典，因此有權承受不朽的生命。對一位基督徒來說，審判是好消息的一部分。

你對我的看法並不算數

經上寫著：主說：我憑著我的永生起誓：萬膝必向我跪拜；萬口必向我承認。羅14:11。

我時常提及那些批評我的人，和一些論斷我不真心關注他們意見的人。但我更強烈感到興趣的，是上帝對我的看法，和祂對我的審判。

使徒保羅引用以賽亞書45:23的話，來支持他對有關將來每一個人要受審判的觀點。在末了的時候，不但每一個人要站在上帝的審判台前，而且要心悅誠服地承認上帝的審判，是秉公處理的。

保羅有如耶穌在馬太福音第七章所記載的，沒有蓄意迴避最後審判的話題。他寫著說：「各人的工程必然顯露，因為那（審判的）日子要將他表明出來，有火發現；這火要試驗各人的工程怎樣」（林前3:13）。

他再次這麼寫：「我被你們論斷，或被別人論斷，我都以為極小的事；連我自己也不論斷自己。我雖不覺得自己有錯，卻也不能因此得以稱義；但判斷我的乃是主。所以，時候未到，甚麼都不要論斷，只等主來，祂要照出暗中的隱情，顯明人心的意念。那時，各人要從上帝那裏得著稱讚」（林前4:3－5）。

雖則每一個人最終將站在上帝的審判台前，但是我們作為基督徒的有一個好消息，就是我們不致單獨站立。正如威廉‧巴克理所指出的：「我們與耶穌基督一同站立。我們不需要被剝奪一切。我們有機會披戴祂的功勞出庭。」倘若我們一生與基督同活，祂必在審判時陪伴著我們。

我們甚至可在上帝施行審判這件事上，稱頌祂的恩典。我們若缺少祂那湧流不斷的恩典，我們將一無所望。究竟，如果眾人都犯了罪，祂有絕對的權柄定我們為有罪。但祂已藉著基督的生、死、復活、和在天上的服務，為我們預備了一個脫離的方法。上帝通過基督，不是定我們的罪，反而是赦免我們的債。祂吩咐我們以同樣的態度，對待我們主內的同胞信徒。當我們住在上帝的愛裏時（太6:12；18:21－35），我們絕不是成為他們的法官，而是將上帝的赦免，轉達給他們。

天父啊，謝謝你賜給我們審判的好消息。謝謝你自願站在我們的左右。幫助我緊緊的依靠你，作為我的指望和救主。

一生的最後審核

❖這樣看來，我們各人必要將自己的事在上帝面前說明。羅14:12。

商業、慈善機構以及政府部門，定時有查賬員上門審核賬務。查賬員的工作，是定期審查各組織的會計記錄，以證實各該組織一切賬目的正確無誤。簡單的說，凡是處理金錢的行業與其他機構，必須對他們的營業有所交待。一件不可否認的事實就是，審核的工作能令某些主管和官員較為誠實。

但讓我們面對一件事實，就是一位詭計多端的人，使出各種手法來作假賬，使賬簿看來好像正確無誤。人間的查賬員，是可輕易被蒙蔽的。

保羅告訴我們，上帝對每一個人，也會舉行一種審核或交賬的工作。我們每一個人（包括保羅自己），「要將自己的事在上帝面前說明」。但神聖查賬員和其他的稽查員之間，存有一種很大的不同——祂是不會作錯的。祂不會受人的欺騙。沒有人能在祂面前作假賬。正如智慧人說：「敬畏上帝，謹守祂的誡命，這是人所當盡的本分。因為人所做的事，連一切隱藏的事，無論是善是惡，上帝都必審問」（傳12:13, 14）。

但請記住，最後審核的底線，並非單單在於我們是否遵守上帝的誡命，而是在於我們是否接受基督作為我們的主和救主。唯有在信仰關係之脈絡下——也唯有在那種關係之內——遵守誡命才具有基督教價值。

到目前討論羅馬書第十四章為止，保羅心目中有一條特殊的誡命，就是勸戒人停止論斷他們的鄰人。一件不幸的事就是，那些誠心遵守十條誡命的人，太常忘記不可論斷的命令。在那種遺忘之下，他們實在違背了十條誡命，因為他們這麼作，無異篡奪了上帝的權限，扮演了祂的角色，違犯了第一條誡命。

傾耳而聽！保羅是這麼說。我們只有一位審判者，而你們每一位自以為義的人，在未來的某個日子，將要為了你的最後審查而站在祂的審判台前。

其教訓是：停止論斷，開始效法上帝的愛。論斷唯帶來拆毀，效法卻帶來建造。交賬不但是一個嚴肅的信息，而且是重要的信息。

不可論斷的第二個理由

✠ 所以，我們不可再彼此論斷，寧可定意誰也不給
弟兄放下絆腳跌人之物。羅14:13。

到目前研究羅馬書第十四章為止，保羅為不可論斷我們主內的同胞，只提出一個理由——那種論斷（審判），唯獨屬乎上帝。因此，人們不須互相交待，唯獨須要對上帝交賬。論斷別人是自居上帝的地位，因此這第一個理由極其嚴肅。

保羅在今日的經文中，為我們提供停止論斷別人的第二個動機。這第二個原因來自基督徒之愛的引伸。信心堅強的信徒，由於他們的愛，將會對教會中那些較軟弱的鄰舍，就是可能分不清救贖和非救贖主題的人，抱著體恤與寬容的態度。於是保羅在羅馬書14:14－23強調，那些由於他們的信心和愛心而較堅強的信徒，要運用他們的關懷，不觸怒那些較軟弱的。

實際上，保羅在此開始發出一種爭辯，暗示即使有作出任何斷定的需要，也不應流入批評的情況中，而是決心不引起別人的失足或跌倒。

這位使徒在此所用的「跌人之物」，是相當有趣的字句。他在今天的經文中提出兩種。一個被譯為「絆腳……之物」，這語詞也在哥林多前書8:9出現，但被譯為「絆腳石」，同樣是警告有關食物的問題。他在提出那是有關祭神的食物之後，指出那事實不應構成基督徒的問題。他繼續說：「你們要謹慎，恐怕你們這自由（吃那種食物）竟成了那軟弱人的絆腳石。」這個語詞背後的主要意義，是指一個人用腳踢到某種東西，因而失足跌倒。

第二個字的原本意思，是指鉤在圈套上的餌，較後被用來代表陷阱或羅網。保羅對這個詞句的用法，是建議基督徒，不應作出那些足以引起偏見，或構成某種障礙，以致使人絆跌之事。

因此，一個基督徒必須循規蹈矩的生活。基督徒雖則有各自的自由，但卻應避免作出任何足以傷害弟兄或姊妹的事，包括論斷和定別人的罪。那種思想令我們想起基督耶穌的話，提起凡傷害那些軟弱的人，「倒不如把大磨石拴在這人的頸項上，沉在深海裏」（太18:5，6）。

對照上下文是非常重要的

**✚ 我憑著主耶穌確知深信，凡物本來沒有不潔淨的；
惟獨人以為不潔淨的，在他就不潔淨了。羅14:14。**

今天的章節是一段非常有趣的經文。新國際版英文聖經，把今日的經文譯為「沒有任何食物是不潔淨的」。雖則在希臘原文聖經中，沒有出現「食物」這個名詞，但卻在下一節經文中出現，因此，保羅心中所想的，顯然的是有關食物的問題。

但是，我們有必要發問，保羅心中所謂不潔淨的食物，到底是甚麼食物？我們當然沒有百分之百的把握，但有一件事可以肯定，就是他所說的，不是指申命記第十四章，和民數記第十一章所禁止的不潔淨的食物而言。我們如何知道呢？從對照其上下文便可知道。保羅在羅馬書14:1, 2所提出的，不是有關吃不潔淨和潔淨肉食的問題，而是有關吃不潔淨的肉和完全不吃肉的題目。

當然，自從十字架以來，沒有食物在儀文律法上是不潔淨的。但並不意味著所有的食物都是健康的。在十字架之前那些不健康的食物，今日仍然對身體有害。

席赫茲·駱德的話，在這一點上對我們有幫助，他指出人將保羅的教訓當作「凡物沒有好壞之分，而是人的想法使然。」是不合邏輯的。保羅不是在教導，每一種食物都適合人食用，或者不健康的飲食方式，是一個人幻想中虛構的事。

研究其上下文對羅馬書14:14的理解，是不可或缺的。保羅不是在討論猶太人在申命記中所禁戒的食物，而是針對在羅馬基督徒的團體中，對食物所發生的爭論。正如我們從以上看出的，其問題大約牽涉到祭過偶像的肉食，通過某種管道流入市場。對保羅來說，那種可能性並不構成問題，因為一個偶像根本是無中生有的東西。如此，保羅既是一個「堅強」的信徒，他根本不須重視諸如此類的問題。

但並不是每一個基督徒，對這主題和保羅有共同的看法。有些人斷然認為吃那種食物是錯的。即使保羅認為他們的想法不對，但他並不譴責他們，反而尊重他們在良知上的看法。

我們在此找到一個可作借鏡的教訓。我們有必要尊重別人所相信的，正如我們希望別人以同樣方式對待我們一樣。雖則我們可能不完全同意，但我們仍然可以在一起生活。

倘若教會遵循保羅的勸告，她將是個更愉快的地方。

存心尊重他人

❌ 你若因食物叫弟兄憂愁，就不是按著愛人的道理行。基督已經替他死，你不可因你的食物叫他敗壞。不可叫你的善被人毀謗。羅14:15, 16。

我們今天所處理的這兩節經文，事關重大。威廉‧巴克理總結保羅的勸戒説：「基督徒的責任，要面面俱到，不要只關心對我們自己的影響，同時也應顧慮到別人的感受。」

那種關懷代表了基督徒之愛的一個重要層面。我們要在某種意識上，成為我們弟兄姊妹信心的看守者。我們所作的，在在對我們周圍的人，發出一種影響力。

保羅在此繪製一幅圖畫，描述一位步步小心一絲不苟的基督徒，容易看出並認為別的教友做錯了。越是一絲不苟的人，就越有「神聖可畏的感受」。別人的作為會深深的傷害了他或她。似乎某個與他或她有親密關係的人，已犯了重罪，而且不把它當一回事。在這種情況中，那些基督徒會把每件事情看為和得救有關，反而可能成為屬靈上迷失的人。或者更糟的是，有樣學樣，但卻在良心上受譴責。這種結果對基督捨命來拯救之人的靈命，具有莫大的殺傷力。因此保羅勸戒「較堅定」基督徒，自我抑制某種行動以表示其愛心。

但等一下，是否信心堅定的人，必須時常對一個信心較軟弱，在所做的事上受良心責備的人，抱寬容的態度呢？究竟，在這麼一個萬花筒的世界上，根本沒有甚麼事是你我會做，而不受到某些信徒反對的。在大多數的問題上，都會有信徒持正反兩方面的見解。雅各‧布維思針對此事這麼説：「倘若我們要聽從所有其他基督徒所説的，並企圖按照他們的標準來生活，那麼，我們不是落入一種新的律法主義，便會在我們的行為上，因企圖與數以千計互相牴觸的意見保持平衡，而變得瘋狂。」

威廉‧巴克理針對這一點對我們説：「保羅在此並不是説，我們的言行舉動，必須時常受到其他人的觀點——甚至是偏見——所左右或轄制；儘管有許多是有關原則的事項，但一個人在面對這種事時，必須有自己的主張。然而有許多其他的事，是中性且無足輕重的」，它們不是我們人生或品行不可或缺的部分。「在這種情況下，保羅的意見是我們沒有權力，觸怒比較一絲不苟的弟兄。」

保羅對上帝國度的定義

因為上帝的國不在乎喫喝，只在乎公義、和平，並聖靈中的喜樂。羅14:17。

當食物的問題，是我信仰的中心要旨的那些日子裏，這節經文曾一度令我感到生氣。慢慢的我看出，食物和健康雖然是平衡信仰的媒介，但我們不應把它和信仰混為一談。食物和健康是引向結局的一種方法，而不是結局本身。但由於那些對結局和手段混淆不清的人，於是有很大的混亂籠罩了整個教會。

保羅相當肯定信仰的中心主旨，「在乎公義、和平，並聖靈中的喜樂。」「公義」是羅馬書最重要的辭彙之一。保羅用這個名詞，總結由耶穌而來的救恩。在他心目中，通過基督而來的義，是基督教的唯一中心與靈魂。倘若缺少藉著信，把基督的公義納入心中，那麼，基督教義便根本不能存在。保羅非議那些企圖把飲食列為信仰中心要旨的禁慾主義者。但另一方面，只要那些企圖離棄猶太傳統之禁忌的人，不把那些禁忌和信仰混為一談，他願意多方退讓，盡量不觸怒他們。

在保羅心目中，和平是公義的果子。他在這封書信中，指出兩種和平：與上帝的相和，以及上帝所賜的平安。我們已在羅馬書5:1討論過第一種和平，他在那節經文中這麼說：「我們既因信稱義，就藉著我們的主耶穌基督得與上帝相和。」他在腓立比書4:6, 7提及，「應當一無掛慮，只要……將你們所要的告訴上帝。上帝所賜、出人意外的平安必在基督耶穌裏保守你們的心懷意念。」

公義的第二種果子是喜樂。人生一件不幸的事實，是許多基督徒看來愁眉苦臉。人會希奇他們信仰的中心要旨在那裏。相反的，保羅即使在逆境中，也不失喜樂。為甚麼？因為耶穌是他的救主和主。

保羅對信仰三種層面的定義，都有同等的重要性。有太多的人，想得和平、喜樂、而不是公義。但它們唯有藉著與上帝保持一種正確的關係，才能一一得到。

上帝呼召使人和睦的人

▓ 所以，我們務要追求和睦的事與彼此建立德行的事。羅14:19。

耶穌說：「使人和睦的人有福了，因為他們必稱為上帝的兒子。」（太5:9）

和睦在羅馬書中，是一個重要的辭彙。保羅在開始問候的話中，以恩惠和平安（和睦）的話（羅1:7），祝福他的讀者，而在羅馬書的最後幾節，他指出上帝是一位「賜平安（和睦）的上帝」（羅16:20）。但在羅馬書中，有關平安（和睦）的一件最重要的事，就是每一位憑信接受耶穌之犧牲的人，會與「上帝相和」（羅5:1）。他們既已蒙赦免被稱為義，便不須再對上帝存恐懼之心。其中的隔閡已不復存在。他們知道上帝愛他們，並因而得著自由，來盡心、盡性、盡意的愛祂（太22:37）。

聖經非常清楚的指出，當我們愛上帝時，我們也會同時愛我們的鄰舍（第39節）。一個自稱愛上帝「與上帝相和」的人，卻不能在他和別人和睦相處的關係上，活出上帝的愛來──即使那人在種族、文化、或宗教上與他或她有別──便是出了差錯。

那些遇見耶穌的人，將是使人和睦的人，他們會將那從上帝而來的「相和」傳給別人。這種從和睦而來的事，唯有兩種選擇。我們如不能成為使人和睦的人，我們便將列身在那些使世界和教會產生隔閡的群眾中。

那種選擇把我們帶到保羅在羅馬書14:19的第二個要點上。基督徒必須在「彼此建立德行的事」上有分。建立這個動詞的字根來自建築，當然是指建築物而言。保羅一再把教會比喻為一座建築物。他在羅馬書14:19, 20指出，我們可對那稱為教會的建築物作出兩件事。第一，倘若我們是使人和睦的人，我們將在「彼此建立德行的事」，或高舉教會的事上有分。我們也可以拆毀上帝的建築物，並「毀壞上帝的工程」（羅14:20）。

保羅在羅馬書第十四章所關注的，是那些把食物和其他無關重要的問題，當作他們信仰的焦點，並因而破壞了教會。不幸歷代以來，一直有許多教友，在無關基督教義的題目上大作文章，加以批評和論斷。保羅呼籲停止這種態度。他要我們每一個人，即使與我們所不認同的人相處，都要作一位使人和睦的人。

衛生改良是好，倘若……

不可因食物毀壞上帝的工程。羅14:20。

健康是一件可貴的事。而衛生改良運動，是上帝所賜的福氣之一。在近代的歷史上，沒有一個時期的人，比現在的人更健康，我們要因此謝謝在過去150年以來，所制定的有關健康的原則。

不幸的，不是所有關心健康的人，身體都健康。實際上，有些人在健康上失去均衡。正如保羅的日子，有人對食物的問題，採取「武斷」的看法，在教會歷史上，一直有這種人存在。

懷愛倫在她的日子，同樣必須對抗那些「因食物毀壞上帝的工程」的人。

她寫著說：「有人斷章取義的引用了一些有關衛生改良的陳述，並且把它當作試驗。他們從一些有關食物的文章，摘取了反對某些食物的陳述——就是對個別的人士，所發出的有關警告與勸戒的話，因他們正步上或已經養成一種惡習。他們囫圇吞棗，不但一成不變地採納，甚而變本加厲的加以強化，把自己那希奇古怪令人厭煩的偏見，編入那些陳述中，把它們作為一種試驗，並強力推行，終於達到唯有帶來破壞的地步。

「人們所缺少的，是基督的溫柔與謙卑。節制和審慎是不可或缺的。」

「衛生的改良，若妥善的加以推廣，將能成為一把銳利的楔子，使隨後而來的福音真理，得著顯著的成功。但如不智的推薦衛生改良，反而成為信息的重擔，造成不信者的偏見，進而杜絕了傳福音的門路……

「我們看到有些人不惜精挑細選，刻意從證言中找出那最嚴厲的話，而不考慮那些警告是在甚麼情況下發出，並在每一種案例上，雷厲風行地推廣……時常有一批人，隨時作好準備，牽強附會的使用一些話，來約束一些人，使他們面對嚴峻的考驗，並把自己的意見滲入改革的運動……他們隨意從證言中，找出一些見證來壓制人，於是令人厭惡而不是救人。他們所製造的是分裂而不是和睦。」

上帝啊，當我們使用你的恩賜時，請使我們能保持平衡。

我對你的責任

因食物叫人跌倒，就是他的罪了。無論是喫肉，是喝酒，是甚麼別的事，叫弟兄跌倒，一概不做才好。羅14:20, 21。

保羅在羅馬書第十四章的主題，不是在討論不吃、或不喝、或避免任何其他生活方式的問題。他的目的是指出，每一個基督徒的責任，是不要激怒其他的基督徒。

正如我們在前幾天所注意到的，當前的問題不是吃或不吃申命記第十四章所記載的，那些有關潔淨和不潔淨的動物，而是針對吃肉或完全不吃肉的問題。我們可從哥林多前書，看出有些早期的基督徒，因錯誤的理由而成為素食者；不是由於健康的原因，而是由於怕所買的肉是祭過偶像的。保羅相信這麼一種作法，是出於錯誤的動機，因為偶像根本不是神。因此食用祭過它們的肉，對他根本不構成問題。但為了不激怒那些「軟弱」的人，他在他們面前，寧可不吃那些東西，免得因而令他們跌倒（林前8章）。

正如我們先前所說的，我們不能肯定羅馬的基督徒，所面對的問題到底是甚麼，但有一種很大的可能性，就是在性質上和哥林多教會的問題，有相同之處。保羅在今日的經文中也提出酒的問題，並在同樣的上下文中，和所謂的不潔淨的食物相提並論。再一次的，他沒有告訴我們真正問題的所在，但很可能某些羅馬教會的信徒，因發現市場上所出售的酒，是用來祭奠異教的假神，而感到不安。因此保羅在此不是談戒酒的問題，而是禁戒的錯誤原因。

他真正關注的，是基督徒互相間的責任。他在今天的經文中，勸告那些稱為「堅定」的人。對那些還沒有真正掌握基督信息的中心要義，並因而關心祭過偶像食物和酒等周邊問題的人，他們有責任不成為其絆腳石。

那他們應採取甚麼作為？就是作為一位使人和睦的人。那些較能掌握基督和救贖福音之獨特性的人，不為他們的理解爭辯或誇耀，而是作為他們鄰舍的監護人，並過著不激怒那些信心較軟弱之人的生活。

這種勸勉今日仍然需要。我既身為基督徒，便有必要振興上帝的子民。

有些信心是關乎個人的

你有信心，就當在上帝面前守著。人在自己以為可行的事上能不自責，就有福了。羅14:22。

保羅在羅馬書14:21的話，是針對那些有「堅定」信心的人而講的。他告訴他們，不可做出令信徒中的弟兄姊妹失足跌倒的事。他相當明確地指出，那些對他所討論有關生活方式的主題不太敏銳的人，對那些在信念上較為嚴謹的人，負有某種責任。

但他在今天的經文中，進而向較軟弱的弟兄姊妹指出，他們也負有某種義務。他們不應因他們自己各種不同的信心，而斤斤計較。欽定版英文聖經的譯文，似乎指出他們必須把個人所相信的，限制在自己的範圍內。但那種翻譯法，使某些人在不經心的閱讀之下，可能認為它暗示著他們不須要作見證，因此顯得美中不足。反之，他們要對那些無關要道、有爭執性之問題的信仰，侷限在自己的空間之內。或正如和合版中文聖經所譯的，他們應將那些有爭執性的題目，「在上帝面前守著」。

那就是，他們不要經常提倡那特異的信條，認為這種或那種生活方式，是有關救恩的大事。請想一想，倘若每一個人都遵循保羅的勸勉，不將個人對行為標準的信條，作為每個人的規範，那麼今日的教會，將有何等不同的表現。

雖然保羅告訴那些「較軟弱」的信徒，不可遊說他們的觀點，但他對這些人在與上帝同行的過程中，那麼重視所信的那些事，卻從沒有貶低其重要性。倘若他們真的相信上帝在這些事上，對他們發出指示，那麼，令他們違背他們所信的，是一件不對的事。保羅這麼說：「人在自己以為可行的事上能不自責，就有福了。若有疑心而喫的，就必有罪，因為他喫不是出於信心」（羅14:22, 23）。

我們不可輕易忽視這些話。我們每一位，必須為自己活出我們所信的事，並向上帝交賬。即使它們是錯的，我們也必須忠於職守，直到上帝將較好的道路指示我們。表裏不一致的行動，使我們在自己眼中，成為假冒偽善的人，並有害於我們對上帝的信。

保羅在羅馬書第十四章的教訓，對我們非常重要。保羅的日子，教會中擁有那麼多在各種信條上，具有剛強性格的人，實在不容易和睦相處。今日仍然不例外。而問題的答案，也依然照舊。

你的良知是重要的

凡不出於信心的都是罪。羅14:23。

我們有必要根據這句話的上下文，來領受這經文。正如我們在昨日所看出的，這節經文的前一部分指出，人若相信某件事，而不按照所信的去做，便是有罪。不只是在自己心目中，即使在上帝眼中也有罪。上帝的定罪，不是來自吃或作甚麼東西，而是由於作出他們相信是不對的事；那些人沒有活出他們所相信的事。

英文腓立士聖經的譯法，有助我們看出其要點：「倘若一個人以自責的良心吃肉，你可以肯定他是錯了。因為他的作為並不是出自他的信，而當我們因不信而做，便是犯了罪。」

駱革拉斯‧莫的評語也有所幫助：「保羅在此所標榜的『罪』……是泛指做出任何不配合我們誠心相信之事的行動，就是那因我們基督徒之信念，所應許我們做和禁止我們做的事。」或者有如赫門‧烏理勒博斯所說的：「對一個基督徒來說，倘若不能在他作基督徒的信心上，並因基督在上帝面前所得的自由，而作出表裏一致的事，那麼他所作的，沒有任何一個決定或作為是好的。」我們有必要密切注意我們的良知。但我們同時應審慎研究上帝的話，使我們的良知盡可能從上帝的話中得著造就。

有些解經者認為，保羅這句「凡不出於信心的都是罪」的話，意味著一個人在基督那公義關係之外所做的任何事，不論那作為是多麼的盡善盡美，都是有罪的。這種解釋法，超越保羅的言外之意，不能作為羅馬書14:23的根據。

另一方面，保羅實在這麼教導，相信基督是主和救主，是基督徒人生的唯一根據。保羅的看法是：在基督裏的活潑信心帶來順從。因此，保羅在羅馬書的開始和結尾，談到「信服真道」（羅1:5；16:26）。順服來自信心。在保羅其他書信中，也提及這一事實，指出那些不信基督的人要被定罪。因此在某種意義上，那些沒有具備稱義之信的人，即使好行為也是有罪的。但這不是保羅在羅馬書第十四章的論點。

這一章值得我們額外盡心研究的偉大經文中，保羅為一個健康的教會，提供了一個藥方。其中一部分解決的方策，就是在非關基督教義的題目上，要懷抱互相容忍的精神。

讓壓制人的成為僕人

❖我們堅固的人應該擔代不堅固人的軟弱，不求自己的喜悅。羅15:1。

保羅的勸戒，在每一種文化中，和人類歷史的趨勢，剛好南轅北轍。在每一個地方，幾乎所有身強力壯的人，無不傾向於利用他們的武力，作為一種途徑，來減輕他們的重擔，藉著強制那些軟弱的人，來承擔這些重擔。堅強的人，高居金字塔的頂尖，而軟弱的人成了他們的僕人。實際上，在絕大多數的系統裏，堅強的人認為他們利用自己的力量，是與生俱來的權力。因此他們如此想：「由於我的才幹、我的教育、或我有力的後台，社會應該給我某種權利和特權。」壓迫者這種自以為是的心理狀態，是「常態」人生的核心。

但保羅告訴我們，一個有罪世界的這種「常態」，不應在教會裏出現。他在許多不同的地方強調說，那些真正的基督徒，是本著愛的律法，而不是叢林法則（弱肉強食）來生活（參閱羅13:8－10）。基督徒非但不應根據一個為罪惡世界所接受，「武力就是公理」的標準來生活，他們要本著上帝國度的原則，以更新的心意，過有改變的人生。他們要在上帝的事工上，成為「活祭」（羅12:1,2）。

那便是耶穌的門徒們，最難學習的功課之一。他們中間性格最堅強的人，例如彼得和約翰，互相爭取最高的地位。他們企圖憑自己的力量，取得控制權。基督一個最有力的教訓，就是勸戒他們在這種事上，不要效法世界的模式。耶穌說，他們反而要讓自己被釘在十字架上。新的模式是：堅強的人要作軟弱者的僕人。

這便是上帝國度的作風。當基督再來時，這將是天國的原則。保羅在今日的經文中告訴我們，那些包括他自己在內堅強的人，不但要容忍那些軟弱之人的誤解和弱點，並且要更進一步背負他們的重擔。保羅是一位大有才幹的人，於是獻出他的一生，為那些不如他的人服務。

上帝今日正在呼召我們每一個人，在同樣的工作上獻身服務。

真正行善，使人「得益」

✠我們各人務要叫鄰舍喜悅，使他得益處，建立德行。羅15:2。

保羅在此似乎是對堅強和軟弱雙方的人講的。教會中的每一位教友，都有責任扶持其他教友。保羅如今脫離了那在羅馬書14:3開始的，以消極的方式和冗長的篇幅，告訴那些堅強的人，不可居高臨下輕視那些一絲不苟的軟弱弟兄，而那些軟弱的，也不可對那些不像他們那樣嚴謹的人加以定罪。

這位使徒如今從消極轉到積極。每一位信徒，必須對那些不論同意或不同意他們見解的人，同心合一的工作以便彼此建造。

保羅指出我們應一心一意，為別人的「益處」而幫助他們。他的重點是指出我們作為基督徒的，應時時圖謀別人的益處，而不是自己的益處。

李恩·莫理士宣稱，那並不意味著那些軟弱（那些具有最敏感良知）的人，應控制教會。倘若那些軟弱的人（那些少數人中的重要分子，把焦點放在福音中心以外的枝節上），出現控制教會的情況，便會對教會的健全，構成很大的殺傷力。他們所要作的，只需要對某事表示有所保留，所有的人便會迫不及待加以附合。這並不是保羅心目中所謂的「益處」。實際上，莫理士指出，「那就是意味著教會要永遠被綁在軟弱的境界中，那麼，便會為教會的長進和發展，畫下一個休止符。」

保羅在此並非提及有關控制的問題，而是要立下一個愛心關懷的原則。堅強的人要尊重軟弱的人，相反亦然。堅強的人不可傷害或趁機利用軟弱的人，而是要盡心盡力為他們的益處著想。同樣的，軟弱的也當禮尚往來，為堅強者的益處著想。

當然，在保羅的心中（請記住，他把自己列在堅強之人的群中〔羅15:1〕），他真心關懷那些軟弱（那些具有不成熟之信心）的人，意味著他想堅固他們，帶領他們脫離那不牢靠的顧慮，使他們也一樣堅強。他利用大部分的時間，來扶持和提昇那些軟弱的人，堅固他們的信心和理解力。

保羅在今日經文中對「益處」的定義，帶有扶持或「建立德行」的意義。我們每一個人，對其他任何一人，在基督耶穌裏，都負有堅固他們的義務。

有如耶穌一般的為人服務

❖因為基督也不求自己的喜悅，如經上所記：「辱罵你人的辱罵都落在我身上。」羅15:3。

今日的經文，以基督的一生為中心，但它指出兩種不同的方向。第一，這節經文開始的「因為」這個連接詞，把我們帶回前一節經文，指出「我們各人務要叫鄰舍喜悅，使他得益處，建立德行。」

因此，在如何對待其他人的事上，基督是我們的楷模。請想一想這件事。祂原來可以用另一種態度來到世上，就是本著祂作基督徒的自由，有權力作出祂所喜歡的事。祂根本沒有彼得和其他門徒那些愚拙的軟弱。基督本可以說：「我有我生活的天地。我為甚麼要擔待你的愚拙？我已給了你足夠的指示。」

然而，祂並沒有採取那種行徑。祂一再恆切忍耐地承擔其他人的軟弱。布魯斯說：「祂的道是以關懷人為首要之舉，圖謀別人的利益，並用盡方法來幫助每一個人。」保羅指出「基督也不求自己的喜悅」。倘若祂那麼作，祂的一生便會像其他人一樣。這位使徒的重點，在於指出基督並沒有強調祂的權力。祂把別人的益處，放在自己利益的前面。耶穌自己認同那意念，於是說：「正如人子來，不是要受人的服事，乃是要服事人，並且要捨命，作多人的贖價」（太20:28）。

基督不但是基督徒的救主；祂也是他們的楷模。又正如祂的一生，是以服務別人為主，因此，祂的跟隨者的人生，也不應例外。在我們今日經文的啟迪下，保羅建議我們既有耶穌的榜樣，那麼，教會中那些堅強的人，將不會推行他們的權力，作他們所要作的，而不顧軟弱者的感受，而軟弱的也不致定其他的人為有罪。雙方將朝向合一的道路邁進。

今日的經文，同時向我們指出對上帝的服務。耶穌不但為人的需要服務，祂同時也為上帝服務。這個觀點可從今日的經文，引用詩篇69:9的話可看出。祂來到世上，是為奉行上帝的旨意，並為祂服務的，而不計那種服務，會為祂帶來教會內外的辱罵。

保羅提醒我們，基督那服務的人生，是給我們一種動機，以便藉著上帝的恩典，來服務上帝和我們的同胞。

上帝啊，請在今天幫助我，使我更加像耶穌。但願祂對上帝和其他之人的服務，成為我的楷模。阿們。

舊約聖經的重要性

> ❏ 從前所寫的聖經都是為教訓我們寫的，叫我們因聖經所生的忍耐和安慰可以得著盼望。羅15:4。

羅馬書第十五章，引用了舊約聖經中的一些話。我們就在昨天第三節的經文中，讀到其中的一則，保羅將在第9，10，11，12，和21節，另外引用五段舊約聖經的經文。使徒保羅在今日的經文中，指出他為何常常引用猶太人聖經的原因。

我們可從這節經文，學到有關舊約聖經的幾件事。首先，上帝賜下舊約聖經，來「教訓」作為基督徒的我們。對你而言，這可能是件毫無疑問的事實，但對某些基督徒來說則不然。一九六〇年代時，我在美國德州瓦德堡牧養教會。那時當地一個最大的教會團體，便宣稱上帝已在十字架上使舊約聖經作廢，於是那本「古老」的書對基督徒來說，只有歷史上的價值，基督徒所需要的，只是「新約聖經」。

這種想法遠離了保羅的教訓。在這位使徒心目中，他無可懷疑地認為，舊約聖經對基督徒同樣具有教訓的功用（參閱林前10:11）。

保羅告訴我們有關舊約聖經的第二個功能，就是上帝定意用它來「安慰」我們。但舊約聖經如何安慰（鼓舞）我們呢？以我個人來說，當我看出上帝在整個猶太人歷史上，如何忠實地引領祂的子民時，我發現我的信心受到鼓舞。他們並不時常跟從祂，他們並不時常遵行祂的旨意，但上帝從沒有棄絕他們。雖則他們不忠，祂仍然愛他們。我因這種事實而受到鼓舞，因為我所處的教會，同樣不完全。雖然我們之中有個人和教會整體諸般的過失，但上帝仍然在引領我們。

第三，舊約聖經為我們提供盼望。耶利米先知形容上帝是「以色列所盼望、在患難時作他救主」（耶14:8），而詩人也說：「我的心哪，你當默默無聲，專必等候上帝，因為我的盼望是從祂而來」（詩62:5）。

從世人的觀點看，這是一個毫無盼望的世界，但藉著上帝之話的啟迪，卻使我們充滿指望。正如舊約聖經指向基督的第一次降臨，新約聖經則指出基督的第二次再來。我們必須切記，第二次和第一次降臨同樣確實。

為何每一個人不能像我一般的正確

但願賜忍耐安慰的上帝叫你們彼此同心，效法基督耶穌。羅15:5。

保羅在羅馬書第十五章的爭辯，是非常有趣的。首先，他在第1和2節，呼籲羅馬的信徒要互相扶持。其次，他在第3節引用舊約聖經的話，來支持他的論據。他在第4節講解為何引用這個章節之後，接著就在第5節為他的讀者禱告。

請注意其形式：（1）勉勵，（2）經文的支持，（3）禱告。在我們與別人相處的事上，這是一個值得我們效法的模式。

這位使徒是一位殷勤禱告的人，這事實可從他的書信看出其一般。他在今日經文的禱告中，祈求這位賜下一切忍耐和安慰的上帝，在羅馬信徒同心跟隨基督時祝福他們。

我推測他所以加添上帝是忍耐和安慰之源頭這部分的話，是由於那些品質，正是羅馬信徒在共同生活時所需要的。我不曉得你的反應如何，但我會因和教會中那些所謂的「木頭人」工作，而輕易感到灰心失意。（請注意，那些所謂的木頭人，時常是指別人而言）。他們怎麼會那麼遲鈍？他們怎麼會那麼頑固？為何他們看不出我所告訴他們的「真理」？

簡單的說，我需要匯集所有的耐性與忍耐，來和這些人相處並同舟共濟。當然，在我比較聖潔的時候，我看出他們也需要來自上帝的耐性與忍耐，和我一起工作。（但我不知道為甚麼，因為我時常認為自己是對的。）

保羅對教會的盼望，是讓教會有「同心」的精神。有些英文聖經譯本把譯為「同心」的片語，翻譯為「合一」。但根據羅馬書第十四和十五章的上下文，保羅的用意，是要在一切的事上「同心」勝於「合一」。正如多納．葛雷所指出的：「雖則上帝要我們親如弟兄姊妹，但並不意味著，祂要我們成為孿生兄弟。」

保羅在他所有的書信中，不住地強調教會的多樣化。因此，雖然基督徒都來自一個身體，卻代表各種不同的力量。同樣的，保羅在羅馬書第十四和十五章中，不是在挖掘軟弱或堅強的人，而是要他們互相敬重，使他們能因而同心生活在一起。這仍然是上帝對現今教會的理想。

教會的目的

❖一心一口榮耀上帝我們主耶穌基督的父！羅 15:6。

我們可從羅馬書第十四和十五章中，發現一幅有關教會最有趣的圖畫。顯然的，不同的教友都有各自不同自認為重要的信仰。過去的世代，那些不同的觀點，曾導致教會的分裂，這種看法論斷、責備另一種看法有罪。他們真誠地在他們所相信、對基督徒信仰有重大關係的幾個主題上爭辯。他們之中的某些人，認為必須採取一致行動，但是保羅不同意有那麼重要。另一方面，他也不要他們輕易作出改變，除非他們真的相信必須那麼作。相反的，他勸戒他們要互相容忍。

為甚麼呢？如此，他們便能眾口一心，同聲榮耀上帝。其重點——而且是非常重大的要點——就是他們不需要在那分裂他們的每一信仰細則，或每個有關生活方式的主題上，有絕對一致的看法。他們可藉著互相表現基督徒的愛和寬容的精神，而仍然有合一的心。

倘若他們在有歧見的事上，繼續互相攻擊，他們根本不能在他們的團體中榮耀上帝。但假如他們能在那些無關基督教中心教義的個別觀點上，優雅地互相退讓，他們便能真正的向其他人見證上帝。

保羅呼籲眾信徒之間同心的真正目的，在於榮耀和敬畏「我們主耶穌基督的父」。不幸教會信徒之間持續互相攻擊，除了榮耀撒但以外，不能榮神益人。保羅在此向基督徒，發出動人心坎的呼籲，就是撇棄那些無關他們中心信仰的歧見，照著基督徒應該的方式來生活。

上帝要他們具有基督的品德，結出仁愛、喜樂、和平的果實。然而，倘若他們在一方面要作每一件「對」的事，又要在另一方面過自由的基督化人生，那麼他們向非基督徒所表現的，便不是仁愛、喜樂、和平。

讓凡有耳朵的，聆聽聖靈對眾教會的勸戒。務要將你的歧見撇棄一邊，讓你的人生和你的會眾，真正榮耀上帝，而不是天國的贅疣。

上帝的悅納和我的接納

✖ 所以，你們要彼此接納，如同基督接納你們一樣，使榮耀歸與上帝。羅15:7。

「你們要彼此接納」。保羅以這句話，回到羅馬書14:1所開始的爭辯。實事上，他把那有關堅強與軟弱的冗長而嚴密的討論，以及「接納（他）」（羅14:1）和「彼此接納」（羅15:7）兩種呼聲，貫穿在一起。使徒保羅向羅馬教會的全體會眾，反覆申說這兩種呼籲，首先鼓勵所有會眾，歡迎軟弱的弟兄，接著勸告所有教友，互相接納。約翰·施德特指出，那兩種互相接納的呼籲，在神學的基本理論上，有著根深蒂固的基礎：「要接納軟弱的弟兄，因為上帝已經收納他了」（羅14:3）；所有的教友要互相接納，「如同基督接納你們一樣」（羅15:7）。

保羅已結束了把他的讀者，劃分為堅強和軟弱的話題。我們應看出使徒保羅，親切地指出，他們的互相接納，是由於因信稱義。正如基督藉著其他信徒對祂的信，而接納了他們，同樣的，我們作為主內的弟兄姊妹，也應互相接納。或者，正如保羅在較早時的爭辯：「上帝已經收納他了。你是誰，竟論斷別人的僕人呢？」（羅14:3,4）。當基督接納了某個人之後，我是誰，竟敢不接納他或她，作為主內的兄弟或姊妹？

那些都是重要的問題。它們再次引起那些自居高位，自我任命作教友審判者靈性上的自傲。我們是否忘了我們同樣不配，仍然不配承受救恩？我們是否得意忘形，忘了我們在基督徒團體中的名分，是靠著恩典，而不是由於我們的成就？

我們接納別人，同樣是基於恩典的福音。當然，「那些人」之中有些是令人討厭的。但是，你又何嘗不是！同樣的，我也不例外！基督教不是一個有關「大有來頭」的宗教。屬靈的驕傲根本不能在其中立足。

不！正如上帝本著我諸般的瑕疵接納我，因此，我必須在同樣的根基上來接納別人。基督教義是使人生有改變的宗教（羅12:2），在日常的生活上實踐上帝的恩典和慈愛。倘若我們忘了那種事實，我們無異忘了那要點所涵括的一切。到那時，我們可能已達到吞駱駝而吐蠓蟲的境界了。

回到種族差異的主題

❖ 我說，基督是為上帝真理作了受割禮人的執事，要證實所應許列祖的話，並叫外邦人因祂的憐憫榮耀上帝。如經上所記：因此，我要在外邦中稱讚你，歌頌你的名。羅15:8,9。

保羅又在這節經文中，再次提起自羅馬書第一章以來，所長篇討論的主題，就是存在於猶太人和外邦人之間緊繃的關係。請注意，他相當技巧地從討論堅強與軟弱之間的主題，轉回到猶太人與外邦人的問題。應斯迪‧卡希門針對這事說：「這種事實指出，較早在第十四章所討論的爭端，至少和羅馬教會的不同組合有關，或者更明確的說，它牽涉到佔少數的猶太籍基督徒，和佔多數的外邦人基督徒，兩者之間的關係，」就是有關軟弱和堅強之雙方的人。

因此，那劃分羅馬教會之基督徒團體的分界線，不只是牽涉到神學上的歧異，也涉及祖先、種族、和文化的差異。這一切的因素看來似乎非常新穎。保羅對羅馬信徒的勸告，對今日的我們也一樣適用，正如當日一般。

我們對聖經有重大的認識，就是它所具備的基本原則，適用於普世萬邦。那些牽涉到世人的容貌、姓名和種族的因素可能變換，但存留在個人與群體之間的差異問題，在時間與空間上，仍然沒有甚麼基本上的改變。因此，聖經對那些基本難題的解決方案，也維持不變。雖則那表達獨特時間與地點的特殊性，可能失去其意義和重要性，但是，那存留在上帝聖言中的偉大原則，卻永遠長存。

為了那原因，聖經能千秋萬世向不同文明揚聲述說。這是一件千古不變的事實，例如，雖然我不是彼得，但聖經仍然向我內心的「彼得特性」揚聲。人人都可以想出其他的例證，其中的重點就是，上帝的話在廿一世紀，有為我而預備的信息。而那句話的最大適用性，莫過於我們有必要，接納那些與我們不同的人。不論其差異是在神學上或種族上，都沒有甚麼關係；我們這些住在上帝愛裏的人，有必要獻上我們的心靈，以便祂的愛能在我們日常的生活上顯露出來。

親愛的天父啊，今日我再次獻上我的一生，並藉著你的恩典，撤除那使我和其他種族、文化的弟兄姊妹產生隔離的障礙物。阿們！

四段有關外邦人的引言

▓ 又有以賽亞說：將來有耶西的根，就是那興起來
要治理外邦的；外邦人要仰望祂。羅15:12。

我們在羅馬書15:9－12，看到保羅用這四節經文，強調他在第4節的話。他在這一節經文中，告訴他的讀者，指出上帝啟示了舊約聖經，使我們今日才有盼望。他在9到12節中，從猶太人的聖經，引用了四段充滿希望的引言。他從舊約聖經的四大分類中，至少各引用一節經文。一個引言來自律法書，一個來自先知的書，兩個來自其餘的經典。使徒保羅藉著它們，確定了所有被承認的分類聖經中，都證明外邦人在上帝救贖的計畫中，佔有一席之地。

當保羅逐一引用那四個經文時，出現了肯定性的進展。第一個引言（第9節）是詩人在外邦人中稱頌上帝的話。雖則要找一位稱頌上帝的希伯來歌唱家，是一件很自然的事，保羅卻特地挑選了這一節，因為這個頌讚，從一個受限制之猶太籍的脈絡下，延伸到其他的民族。因此，保羅選用了詩篇18:49，舉例說明不只是猶太人才唱詩讚美上帝。

第二個引言取自申命記32:43，呼召外邦人和以色列人一同歡呼。其原本的經文強調，在摩西呼召萬邦因上帝的偉大和祂打敗仇敵而喜樂。在保羅心目中，呼召外邦人與以色列人一起歡呼，具有重大的意義。正如李恩·莫理士所指出的，「上帝將救贖的福分，賜給雙方的人，因此，他們理當共同歡樂。」

保羅的第三個引言，摘自詩篇117:1，我們看到外邦人在沒有以色列人的場合中，單獨稱頌上帝。

第四個引言取自以賽亞書11:10，其背景回溯到給予猶太人和外邦人的救贖根據。經文提及「耶西的根」，是罪人有盼望的唯一根源。「耶西的根立作萬民的大旗；外邦人必尋求祂，祂安息之所大有榮耀。」當然，耶西的名，將保羅的讀者，領回到偉大的大衛王。大衛是耶西的後代，而基督彌賽亞，來自同一家系。在保羅眼中，以賽亞書11:10所以那麼重要，是因為它斷然指出，彌賽亞不只是猶太人，同時也是外邦人得救的根源。

感謝上帝，在祂的救贖計畫中，我們沒有一位是被遺忘的。

令人有指望的上帝

> ✣但願使人有盼望的上帝，因信將諸般的喜樂、平安充滿你們的心，使你們藉著聖靈的能力大有盼望。羅15:13。

保羅自從羅馬書1:18，開始了一連串的爭辯之後，終於來到了尾聲。他在十五章激烈的討論裏，強調在他心目中，作一個基督徒是怎麼一回事。

現在，他就要準備結束了。但他要如何結尾呢？根據他那有力並合乎邏輯的辯論，他本可以發出勝利的呼聲結束説：「我完全對了，而你錯了。」或者説：「如今，你們終於知道何謂真理了，因此，你們應閉口不再爭辯。」

但使徒保羅的使命是救靈，而不是熱中爭辯。因此，他在基督教的歷史上，以一段最富有影響力的禱告辭，作為結束的話。

他以「使人有盼望的上帝」，這句意味深長的話作為開始。「盼望」表達了一切有關福音的中心要義。基督徒是個有盼望的人。那是根據甚麼而言？艾柏雷特・赫理森指出，上帝是一位「啟示盼望，並將它賜給祂子民」的神。由於上帝是信實的，我們可以相信祂必定實現祂的應許。

保羅祈求「使人有盼望的上帝」，以盼望充滿他的讀者（和我們），讓他們在信靠祂的時候有喜樂和平安。我們在此看到保羅所偏愛的三個辭彙。保羅比新約聖經的任何其他作者，更多使用「喜樂」。我多麼希望今日的教會，能體會那種強調。我所到過的教會，大多數看來像太平間，而不是有喜樂的地方。得救的人，應該有不勝枚舉的理由，值得他們歡喜快樂。他們不但有「喜樂」，而且由於與上帝和好，得著「平安」。基督徒的一切福氣，都與「信」那位本身「有盼望的上帝」有關。

保羅在他那簡短的禱告中，希望那些信靠上帝的人，藉著「聖靈的能力」，心中充滿「盼望」。我們看到在短短的兩節經文中，三次提及盼望。保羅知道在他當日的世界一無所望。人對盼望的需要，超過任何其他的東西。萬事依然固我，沒有絲毫的改變。世界仍然渴求盼望。就是因為這個原因，福音才顯得那麼重要。對那些藉著聖靈的大能，學會信靠「有盼望的上帝」之人，福音是充滿盼望、喜樂與平安的信息。

保羅，我們願意和你同心合一禱告，同時需要為其他人和自己禱告，讓我們可以因而得到被肯定的盼望，並從那盼望所流露出來的喜樂和平安。

羅馬書之旅

第七階段

臨別的勉言

（羅15：14 - 16：27）

十一月廿八日

至

十二月三十一日

在第七階段中與保羅同行

❖ 弟兄們，我自己也深信你們是滿有良善，充足了
諸般的知識，也能彼此勸戒。羅15:14。

今年藉著羅馬書，我們和保羅作了一次長途旅行。這位偉大的使徒在救贖的計畫上，為我們安排了一次技術性的旅行。我們在羅馬書1:1－17，會見保羅和羅馬信徒之後，隨即為我們介紹全人類的基本問題——罪（羅1:18－3:20）。就是那個問題，為他的其他書信鋪路。

保羅在第三階段的旅程中，藉著因信基督的犧牲而來的恩典，帶我們經歷稱義的奇事（羅3:21－5:21）。我們看出因信稱義的道理，對保羅來說，是基督徒一生一切事物和活動的根據。他很仔細的向我們指出，正如每一個人都是罪人，因此，每一個人的唯一盼望，是上帝藉著耶穌而來的恩典。

保羅從稱義之後，帶我們走上敬虔的旅途，或者我們可稱之為成聖的人生（羅6:1－8:39）。此後，他進而指出一個重點，就是救恩是為每一個人——猶太人和外邦人——而預備的（羅9:1－11:36）。最後，他向我們介紹一幅生動的圖畫，指出在我們作為個人、市民、和教會的實際人生上，在上帝的愛中過活具有甚麼意義（羅12:1－15:13）。在保羅心目中，得救的問題，不是和某種私密的宗教領域有關的深奧經驗。相反的，這位得救的人過著得救的人生，它影響到生存的每一層面。

保羅就在羅馬書15:14開始，準備引領我們踏上最後一階段的旅程。他已將拯救呈現出來，如今他就要說出告別的話。在羅馬書15:14和16:27之間，他將為我們提及一些寫這一封信的原因（羅15:14－22），和他將來的旅行計畫（第23－33節），他將要為他在羅馬教會所認識的人，帶來問候的話（羅16:1－27）。

保羅在今日的經文中，熱切地向羅馬的信徒，表達他個人的信心。雖則羅馬的信徒好像其他的教會，有它的問題，但他看出他們有盼望。因此，保羅要他們避開他們的問題和歧見，進入更豐盛的基督化人生。保羅的首批讀者像我們一樣，想與他並肩步入上帝的國度。

迫切需要平衡的見證人

✣但我稍微放膽寫信給你們，是要提醒你們的記性，特因上帝所給我的恩典，使我為外邦人作基督耶穌的僕役，作上帝福音的祭司，叫所獻上的外邦人，因著聖靈成為聖潔，可蒙悅納。羅15:15, 16。

保羅在許多方面，可作為那些忠心傳道者的榜樣。他從沒有話出題外，顧左右而言他。他深知自己的信息是甚麼，於是壯膽傳講，因為他知道那是來自上帝的話。他在羅馬書為真理從事爭辯的過程中，「放膽」強調許多要點。其中最重要的，莫過於他放膽的宣稱罪的普世性、人的努力毫無功效、猶太人和外邦人雙方根據福音而被接納，當然，也包括坦誠處理堅強與軟弱兩者之間的問題。

他本著給予提摩太的勸勉，以大無畏的筆鋒，寫出這書信。保羅既是這位青年牧者的師傅，便告訴他說：「務要傳道，無論得時不得時，總要專心；並用百般的忍耐，各樣的教訓，責備人、警戒人、勸勉人」（提後4:2）。

保羅在今日的經文中，看出他自己在作為上帝忠心僕人的職分上，並沒有缺少必要的膽量，但如今他結束了他的爭辯，承認自己大概踩了每一個人的腳（傷害了每一個人）。

我們可從保羅的承認，看出他作為理想牧者的另一層面——機智。一位真正的基督徒領袖，不但能毫無畏縮地斥責罪和過犯，他或她也應具備那因愛及關懷他所牧養之人而被軟化的機智。

那些為基督工作的人，不論是平信徒或身負聖職的人，都應具備無畏和機智兼而有之的素質（見羅15:14）。我知道有些人具有膽量卻缺少機智，這種人只能鞭策他人而不能贏得他人的愛戴和信任。另一方面，有些人是那麼的機智，以致毫無作為。他們是那麼的害怕得罪任何人，因而不能吹出肯定的喇叭聲。

對保羅的特質作研究，具有重大的價值，因為他在所需要的膽量與機智平衡的事上，成為我們的榜樣。我們可以說他具有機智的無畏精神，和無畏的機智素質。這兩種素質必須融會貫通。

天父啊，請在今天幫助我作個平衡的人。幫助我接受你的塑造，使我能為你成為一位有效的見證人。請幫助我，使我在機智的無畏精神，和無畏的機智素質中有長進。阿們。

保羅的祭司職分

> ❈使我為外邦人作基督耶穌的僕役,作上帝福音的祭司,叫所獻上的外邦人,因著聖靈成為聖潔,可蒙悅納。羅15:16。

保羅在此用了新約聖經其他地方從沒有出現過的概念。他告訴我們一件事,信徒有作「祭司」的責任。

聖經中的祭司職分,在舊約聖經中,是利未支派專有的任務,而在新約中,則是有耶穌為我們擔當大祭司的聖職。舊約聖經中的祭司,是一位站在上帝與罪人之間的人。但在新約聖經的時代,祭司的職分則作廢了。每一位信徒在上帝面前都是祭司(彼前2:9),這意味著他或她,可以靠耶穌直接到上帝面前。既然基督已在十字架上被獻,所有其他的獻祭和祭司制度的職分就都終止了,唯有基督作大祭司的職分存留下來,正如希伯來書所清楚指出的。

倘若祭司的職分已是一件過去的事,那麼保羅說他「作上帝福音的祭司」,又是甚麼意思呢?有如往常一樣,其答案可從上下文找到。保羅在說出他作「祭司」的話時,他指出自己的兩項特殊責任。第一項責任是教導。他有傳揚福音的責任,但他不需要以祭司的辭彙來描述那種責任。

只有第二種任務,看來與保羅採用祭司的文句有關。他告訴我們,他的部分工作是「獻上……外邦人,因著聖靈成為聖潔,可蒙悅納。」

顯然的,保羅是要把我們帶回羅馬書12:1的用辭。他在這節經文中,勸戒羅馬的信徒,「將身體獻上,當作活祭。」因此,他把福音傳給外邦人,讓他們把自己獻給上帝。他們不是為上帝帶來某種動物,而是獻上自己——靈、魂、體——作為一種「屬靈上的敬拜」(羅12:1)。

但他們如何知道,上帝會接納他們的奉獻?因為使徒保羅在今日的經文說:他們「因著聖靈成為聖潔,可蒙悅納」。

上帝是應當稱頌的!當我們藉著基督的犧牲,得著上帝的義時,聖靈令我們為上帝所悅納。救贖的計畫是那麼的重要,以致保羅認為三位一體的真神,都在救贖的計畫上有分。使徒保羅是基督的僕役,把那些為聖靈所潔淨的人當作活祭,獻給天父上帝。

美好的誇耀

所以論到上帝的事，我在基督耶穌裏有可誇的。羅15:17。

今日經文的「所以」，把我們帶回羅馬書15:15, 16。保羅在這兩節經文中，提及他成功的向外邦人佈道，是由於他向他們所傳的福音，使他們把自己獻給上帝。

今日經文中的「可誇」這個片語，似乎和保羅一向的看法不相容。他在整本羅馬書中，一向堅決認為世人根本毫無值得誇耀的地方，他們都是一群絕望迷失的罪人。他們甚至不能誇耀有關他們的得救，因為這一切完全出自上帝的恩賜。

另一方面，他在較早的時候告訴我們，他在上帝裏得著榮耀。如今，他宣稱他因上帝藉著他，為別人帶來救恩的事而誇口。

我們有必要仔細研究保羅如何使用誇耀這一辭彙，因為這個片語帶有正反兩方面的意義。有罪的誇耀著重我們自己的成就，它說：「你看看我是多麼偉大的一個人。」

保羅在前往大馬色的路上以前，所具有的便是那種有罪的誇耀。他寫信給腓立比教會的信徒說：「其實，我也可以靠肉體；若是別人想他可以靠肉體，我更可以靠著了。我第八天受割禮；我是以色列族、便雅憫支派的人，是希伯來人所生的希伯來人。就律法說，我是法利賽人；就熱心說，我是逼迫教會的；就律法上的義說，我是無可指摘的」（腓3:4－6）。

保羅曾是一位高傲、自視不凡的人。但當他在前往大馬色的路上遇見耶穌時，他看出自己實在不值一錢。

當然，在某種意識上，他是錯了。他終於看出我們每一個人，倘若願意讓上帝拯救我們、改變我們、在祂的工作上使用我們，我們都是「很有價值的」。但在這一點上，那配得誇耀或榮耀的，並不是我們，而是那位拯救我們、改變我們、加添我們力量的上帝。就是在那洞察力上，我們看到保羅在羅馬書15:17誇口說：「我在基督耶穌裏有可誇的」。

他不是在自己裏面自誇，而是因上帝能藉著他引領男男女女就近耶穌而誇口。

一位傳道人的記號

除了基督藉我做的那些事，我甚麼都不敢提，只提他藉我言語作為，用神蹟奇事的能力，並聖靈的能力，使外邦人順服……到處傳了基督的福音。羅15:18, 19。

保羅在羅馬書15:17中斷言，他只在為上帝服務的事工上誇口。他在今日的經文中，分析那種誇口的性質。在其過程中，他至少列舉了一位忠心傳道人四個獨特的記號。

第一，他沒有歸功於自己。他沒有誇耀有關他作為一位使徒的任何成就，而是誇口基督藉著他所作的。我們從新約聖經所找到的資料，保羅似乎比其他的使徒，包括彼得和約翰，更有值得誇口的地方。使徒行傳大部分的記載，是有關他的佈道工作，而他對新約聖經的貢獻，比任何其他作者還多。此外，他的佈道旅行，幾乎踏遍整個帝國。他獨特的背景和教育裝備了他，使他能填補猶太人和外邦人文化之間的空隙，這是其他任何使徒所不能勝任的。

第二，他所宣講的，是一個全備的福音。他不但傳講因信稱義的福音，而且強調順從的重要性。因此他得著「外邦人的順服」，這個事實對他來說，是一件非常重要的事。它是那麼的重要，以致他在羅馬書一般性的開場白中，便明白指出這一點（羅1:5）。保羅非常清楚一件事實，就是順服是基督委託給門徒的部分福音使命。他們要教訓人遵守祂所吩咐的使命（太28:20）。

一位忠心傳道人的第三個記號，是有關個人的正直與廉潔。保羅看出他對外邦人的影響，是藉著他的話語和行為。他的一生，言行是一致的。他的信息所以深具說服力，部分原因是由於：他一方面避免過假冒偽善的生活，另一方面則避免表現自義。

保羅所表現忠心傳道人的第四個記號，是他的工作，唯獨來自「聖靈的能力」。基督徒最可悲的一件事，莫過於企圖藉著他們自己的力量來行善。我們今日最大的需要，就是讓上帝的靈，把生命帶入我們為祂工作的事上。

第一位最偉大的國外佈道士

> ✖ 甚至我從耶路撒冷，直轉到以利哩古，到處傳了
> 基督的福音。羅15:19。

基督在升天前最後一項作為，就是向祂的門徒，發出眾所週知的「傳福音使命」。祂告訴他們：「天上地下所有的權柄都賜給我了。所以，你們要去，使萬民作我的門徒，奉父、子、聖靈的名給他們施洗，凡我所吩咐你們的，都教訓他們遵守，我就常與你們同在，直到世界的末了」（太28:18－20）。

幾年之後，基督在保羅前往大馬色的路上攔阻了他，並把一項特別的使命交給他。上帝對亞拿尼亞，就是保羅從猶太教改宗為基督教時幫助他的人說：「你只管去！他是我所揀選的器皿，要在外邦人和君王，並以色列人面前宣揚我的名」（徒9:15）。在較後的日子，當保羅在安提阿時，「聖靈說：『要為我分派巴拿巴和掃羅，去做我召他們所做的工。』於是禁食禱告，按手在他們頭上，就打發他們去了」（徒13:2,3）。

使徒保羅是直接受上帝呼召的一個人。從他在安提阿被按手時，便成了基督的一位國外佈道士。

保羅在今日的經文中告訴我們，他把基督的福音傳給外邦人（參閱羅15:18），「從耶路撒冷，直轉到以利哩古」（第19節）。這節經文的問題是：保羅從沒有向耶路撒冷的外邦人傳福音。而且他也沒有到以利哩古（今日的阿爾巴尼亞，和前南斯拉夫的幾個區域）傳道。顯然，他是指他從一個地方到另一個地方佈道。正如今日有人說，他們從加拿大到墨西哥，遊遍了整個美國。他們說這種話，並不意味著他們到過加拿大或墨西哥，但他們卻走遍了兩地之間的地方。

由於第一世紀的旅行，問題錯綜複雜，保羅的三次佈道旅行，到過土耳其、馬其頓和希臘，實在是一件了不起的創舉。他順從了那偉大的使命和特別的呼召。保羅是一位名符其實的國外佈道士，堪作別人的榜樣。

甚至兩千年後的今日，男女青年（包括年長者）仍然追隨這首位偉大國外佈道士的腳蹤。

建立教會的保羅

> ✠ 我立了志向，不在基督的名被稱過的地方傳福音，免得建造在別人的根基上。羅15:20。

今日的基督復臨安息日會，正有許多令人感到興奮的事情發生。教會紛紛設立，有如雨後春筍——這種事實對有如北美洲和歐洲等地區來説，尤為重要，因為在這些地區，這種事已成了明日黃花。但如今，每年數以百計（甚至世界各地數以千計）的新教會，紛紛成立。在安得烈大學所舉行的SEEDS年度大會，幫助信徒在新的地區設立教會。現在又有SPROUTS的組織成立，加入了這種趨勢，幫助那些已完成播種，進入萌芽時代的教會，擬定和策劃節目。其目的是在為基督奪得新地區。

保羅足以和這種新的運動相提並論。保羅是自從有基督教歷史以來，一位舉世聞名的教會建立者，我們可用「國外佈道士先鋒」這個新的名號，冠在他身上。他的抱負是在基督教仍然沒有進入的地區，傳揚福音。他不希望在別人傳過福音的根基上，建立他的教會。

保羅所以這麼説，是由於他深知不是所有的基督徒，或甚至是基督教佈道士，能扮演先鋒的角色。他看出在上帝的聖工上，有各司其職分工合作的必要。因此他能寫信給哥林多的教會説，有些人耕種、有些人澆灌、有些人立下根基、有些人在這根基上建造（林前3:6－14）。

雖則他歡迎在傳道事工上，分工合作各司其職，但他肯定相信，他所得到的神聖呼召，是以先鋒的身分，進入還沒有基督徒存在的異教世界。當然，他有時也與那些不是由他建立的教會來往。這本羅馬書便是其中一個最好的例證，指出他願意幫助那些已建立的教會之信徒們。

但保羅個人的負擔是作先鋒的工作。他要進入那些從沒有聽過基督名號的地區工作。

這仍然是基督教會今日最大的需求和挑戰。復臨信徒邊境聖工的組織，便是為響應這種需求而成立的。今日讀這信息的上帝子民，當藉著他們的才幹或他們的金錢，在建立教會的工作上有分。你可能是他們當中的一人。

成千村莊的煙霧

就如經上所記：未曾聞知祂信息的，將要看見；未曾聽過的，將要明白。羅15:21。

我們已來到羅馬書引用舊約聖經的最後一個引言。使徒保羅不斷地引用猶太人的聖經，來支持證明他的要點。實際上，羅馬書引用舊約聖經的話，多過新約聖經的任何其他書卷。其次的是馬太福音，計有61個引言。但是，我們有必要指出，馬太福音的篇幅，超過羅馬書兩倍。因此在羅馬書中，引用舊約聖經的密度，大大超過馬太福音。羅馬書所以出現這麼多這樣的體材，是由於教會中猶太籍和外邦基督徒之間，不斷起爭執的原因，於是有必要從猶太人的聖經中，得著充分的明證。在其過程中，使徒保羅也顯出他本身是一位聖經學者。

今日的經文有一則引言是摘自以賽亞書52:15的話。羅馬書15:21繼續論到，保羅獻身為國外佈道先鋒的主題，而這種事必須有舊約聖經的根據：「所未曾傳與他們的，他們必看見；未曾聽見的，他們要明白。」

在我們今日的世界上，仍然有許多人需要看見和明白。扮演國外佈道先鋒的角色，不是一條許多人都追隨的道路，但在過去兩百年來，我們眼見有無數國外佈道士，川流不息地讓基督教義環繞整個地球。

大衛·李文斯敦便是其中的一位，他為基督在非洲中部和東部，作福音的先鋒。當倫敦的差會問這位青年人想到甚麼地方傳道時，他說：「任何地方都行，只要是向前進便好。」在他到達非洲之後，他眼見成千村莊所升上的煙霧時，不禁大吃一驚。

成千村莊和城市的煙霧，仍然不住往上冒。那為回教徒、佛教徒、和印度教徒居住的廣大地土，仍然有無數的人沒有聽見基督的名號。今日的西方世界，雖然處於近代和基督教後期的世代，情形也不例外，對數以百萬計的人來說，基督的名號已是過期的文明。

世界仍然需要有如保羅的人。它照舊需要那些作好準備，把福音傳到地極的人。它同時需要那些願意以他們的影響力和金錢，來支持國外佈道工作的人。

為上帝籌備計畫

✖但如今，在這裏再沒有可傳的地方，而且這好幾年，我切心想望到士班雅（西班牙）去的時候，可以到你們那裏，盼望從你們那裏經過，得見你們。羅15:23, 24。

保羅在他的書信中，來到另一個轉捩點。他在15:14－22中，列出他寫信給羅馬信徒的基本目的。現在，他利用餘下這一章的經文中，列出他的未來計畫。他有意前往西班牙作福音的先鋒，並希望順路探訪羅馬教會。但在成行之前，他需要先到耶路撒冷。不幸這次的探訪，導致他被捕並上訴該撒。結果，他雖到達羅馬，但不是以國外佈道士身分向西進的中途站，而是以羅馬政府囚犯的身分，被押送到羅馬。

在其間，保羅有一個計畫，但卻永遠沒有實現。那種籌劃遭到挫折，引起有關基督徒人生事先計畫的問題。有些基督徒認為預先策劃未來的事，是一種有罪的行動；他們以為上帝會逐步引領他們，而不需要他們直接參與其事。這種人推論事先計畫是一種罪。他們在此和保羅有不同的見解。雖則他聽從上帝的特別引領，但他也相信在企圖完成上帝的聖工上，必須有周詳的計畫。周密的計畫使他日常生活具體化，並為他的未來提供一個前景。

倘若保羅之計畫的第一個特質，是在他的人生中對這個計畫專心一志，那麼第二個特質，便是讓自己有彈性。他的看法是上帝能打開和關閉他一生的門。他籌劃，但他同時隨從上帝的神聖的引領。

保羅之計畫的第三個特質，是他的百折不撓。他在羅馬書15:22指出，他「多次被攔阻」到羅馬，但他還是念念不忘。不論歷時多久，他仍然追求他的目標。他到西班牙的理想也不例外。我們不曉得他是否曾到那裏，但他向西佈道的熱望依舊火熱。

今日的基督徒有必要為上帝的聖工，使夢想成令計畫實現。當然，我們有些夢想可能不會成就。但正如某位作家所說的：「為上帝聖工立下偉大的夢想，即使不能完全實現，也好過於完全沒有夢想。有一件事情是肯定的，除非我們有遠景、有夢想、有籌劃，不然，我們在福音的聖工上，將一無所成。」

主啊，請在今日幫助我們對你的國度和你的榮耀，有夢想、有計畫。阿們。

學習保羅的經驗

✖盼望從你們那裏經過，得見你們，先與你們彼此交往，心裏稍微滿足，然後蒙你們送行。羅15:24。

保羅計畫在前往西班牙的路途上探訪羅馬教會。他想在那次探訪的時候，完成兩項目的：（1）基督徒的聯誼，和（2）援助。當然，我們知道保羅並沒有如願以償。隨後所發生的事，挫敗了他的計畫。

我們能從保羅的經驗學到甚麼？其一，上帝時常按照祂的旨意，而不是我們所期待或盼望的，成就大事。例如，就以古以色列人為例，誰能想到上帝使猶太人成為大族的事，會藉著約瑟的被囚，和以色列人的被奴役來完成？或者誰會揣測到上帝會藉著保羅在耶路撒冷的被捕，把他帶到羅馬？上帝的道路不像我們的道路，我們在事奉上帝的事上，有必要掏空我們的心思意念。

我們同時必須記住，當我們的世界鬧得四分五裂時，上帝會叫「萬事都互相效力，叫愛上帝的人得益處」（羅8:28）。這種事實在上個安息日，以一種新的趨勢讓我徹底領悟。兩年前，我兒子的一位同班同學，在擔任學生國外佈道士期間意外死亡。那是一件悲劇，但不為我們所知的，上帝能利用那件事，驚醒那位年輕女子的祖父。他身為一位不可知論者，但在她的死亡事件發生之後，令他認真考慮宗教問題。那人上安息日在我的會眾中出現，而這種事實，再一次令我深深領略，上帝真的叫萬事都互相效力，叫那些愛祂的人得益處。

那發生在我們人生上似乎是不幸的事，我們絕不能知道，上帝會為那事帶來甚麼祝福。然而我們應像保羅一樣，不計外在的事實，繼續信靠祂的安排。

我們從保羅的經驗所發現的一件事實，就是這位能行神蹟供應祂佈道士需要的上帝，時常藉著祂子民的奉獻來支持他們。我們可從今日的經文看出，保羅希望羅馬的信徒資助他在西班牙的聖工。早些時候，他曾從安提阿的教會得著資助，幫助他在小亞細亞的工作，並從腓立比教會得著資助，幫助他在希臘的聖工。他依靠他的地方教會，幫助他的一切佈道工作。

上帝今日仍然以同樣的方法操作。我們之中有些人前往天涯海角，而其他則藉著禱告和奉獻金錢來支持他們。

最後的審判集中在一焦點上

✠ 但現在，我往耶路撒冷去供給聖徒。羅15:25。

保羅在探訪羅馬教會之前，他必須先到耶路撒冷，將外邦教會所捐贈的一些款項，分給耶路撒冷的貧窮信徒。對保羅來說，那種仁慈的作為，不但對猶太和外邦信徒之間所構成的誤會帶來醫治，同時也表達了他的服務動機。

以仁慈的關懷行動對那些需要的人表達愛，是活出上帝之愛的中心要義。我最喜歡給人的作業之一，是請人讀馬太福音25:31－46，有關綿羊和山羊的比喻。當他們讀的時候，我會請他們計算其中的問號。你看，我們將在上帝最後的審判中，發現許多令人感到驚訝的人。

在這一邊，有那些意外得救的人。他們會驚奇呼喊說：「為甚麼有這種事呢？我們沒有像法利賽人在律法上完全。」實際上，他們承認說：「我們真的有諸般的缺欠。」

耶穌說：「不錯，但是，你們作了那值得稱讚的事。當我飢餓時，在窮人的身上你們餵飽了我，當我坐監時，你們探訪了我。你們把愛的律法之偉大原則內化了。結果，你們將在天庭歡喜快樂。」

差不多就在那時，法利賽人大聲宣告說：「你必須救我們，因為我們遵守安息日、繳納十分之一、吃潔淨的食物。」

耶穌說：「但是，當我有需要的時候，你們棄我於不顧。你們沒有將愛的偉大原則內化。你們沒有專注於那唯一有價值的事。你們在天庭將不會歡喜快樂。」

歷代願望對基督最後審判所作的描繪，提供了栩栩如生的畫面。它在引用馬太福音25:31,32的話之後這麼說：「這就是基督在橄欖山上，向門徒所敘述審判大日的景象。祂說，審判的判決只在於一個要點。當萬民聚集在祂面前的時候，只有兩等人；他們永遠的命運要取決於他們為祂在貧窮痛苦之人身上做過甚麼，或忽略了甚麼」（第647面）。

基督的話所描繪的，不是靠行為得救的景象，而是將所接受的愛傳給別人的景象。關懷別人，是那些看出上帝非常眷顧他們的人，很自然的反應。

團契的合一恩物

✠馬其頓和亞該亞人樂意湊出捐項給耶路撒冷聖徒中的窮人。羅15:26。

或許在保羅的日子，在教會中所存在的一種最普遍的緊張關係，莫過於因為猶太和外邦基督徒的殊異背景，而引起種族和宗教的歧見。我們已看出這兩等人的緊張關係，不住地在羅馬書中一再出現。保羅不厭其煩反覆講解，救贖的計畫如何操作，它如何一視同仁包括這兩組人，它與猶太人聖經、它和先祖有甚麼關係，以及它和舊約律法有甚麼關係。

保羅既身為外邦人的使徒，於是被夾在雙方信徒爭執的漩渦中。他已極盡一己之力，幫助當日的猶太籍基督徒，看出基督教義和因著信本乎恩得救的道理，如何觸及道德與儀文律法。羅馬書這封書信，例證保羅如何應對那具有高度敏感性之緊張關係。

使徒保羅極盡一己之力，在忠於福音真理的同時，企圖使雙方團結一致。他有一個主要的建議，是發動外邦的基督徒，以實質的方式，資助他們的猶太籍弟兄姊妹。在這方面，保羅擬定了一個廣泛的計畫，推動他所建立以外邦人為主的教會，籌款舒解耶路撒冷貧窮信徒的困境。

由於他們的新信仰，那來自猶太組織的資助源頭被切斷了，於是耶路撒冷的基督徒，從一開始便面臨經濟上的困境（徒6）。許多有不動產的基督徒，變賣了他們的產業，設法舒解其困境（徒4:34－47），但那只是一時權宜之計。那些錢一旦用光，他們便一無依靠。

就在那種窮途末路的處境中，保羅推動他的舒困方策。但是使徒保羅的計畫，其目的不只是在解救物質上的缺乏，更為促進教會的團結。因此，這事對存有歧見雙方的靈性健康，佔有舉足輕重的要素。

結果，當保羅提到外邦信徒湊出某種捐項時，他使用了帶有「團契」意義的字根。他的用意是在說，那些恩物並非沒有生命力。相反的，那是表達內心之愛的外在行動，結合基督徒成為一個整體——教會。

一個繼續面對各種內在壓力的教會，仍然需要這種精神。

分享是一條雙向道

> ✠ 這固然是他們樂意的，其實也算是所欠的債；因外邦人既然在他們屬靈的好處上有分，就當把養身之物供給他們。羅15:27。

保羅強調外邦的信徒，「樂意」資助他們在福音上猶太籍親戚的計畫。當然，這位使徒有如他給哥林多教會的書信所指出的，在鼓勵捐款的事上施用了某種壓力。但是，那種勸導並不意味著外邦信徒不樂意伸出援助之手，這可從他們最後終於實現了他們的義務這件事上看出。相反的，這指出了一件事實，就是「團契比享樂更勝，它需要作出某種努力，甚至作出自我犧牲。」

那些外邦人有好理由，為猶太人作出犧牲。究竟，福音是從猶太人傳給他們的。保羅較早在羅馬書已指出，上帝的應許是藉著亞伯拉罕和他的後裔而來的（羅4:13）。此外，正如保羅一再提醒他的讀者，聖經應許救主的來到，甚至是救主本身，也出自猶太人的後裔。以色列真像一棵樹，外邦人被接在其上（羅11:7~24）。此外，正如使徒行傳所指出的，那是由於猶太籍的基督徒社區，主動送出佈道士到外邦人的社會，而且通常是先有一班猶太籍信徒作為核心，成為每一個新教會的基礎。

因此，外邦人從猶太人得益不少。實際上，如沒有猶太人，他們便無從得著福音。在心存這種事實的情況下，不怪保羅率直指出，外邦人欠了猶太人的債。猶太人已將他們屬靈的福氣和外邦人分享。公平的說，外邦人也應把他們物質的豐盛，和猶太人有福同享。保羅堅信基督徒的互相分享，是一條雙向道。

但在保羅心目中，猶太人接受外邦人的恩物，意味著更深一層的意義。基督教會在短短幾年間，已出現了重大的改變。開始的時候，它幾乎是以一個純粹猶太教支派的面貌出現，但由於有了保羅這第一流的佈道士進入外邦人當中，於是教友的人數，很快地以外邦人佔絕大多數。猶太籍的基督徒，從保羅手中接受外邦人在經濟上的資助，意味著他們接受目前的新結構。保羅心存這重大議題，進一步要求羅馬的信徒，在他前往猶太地時為他代禱（羅15:30）。最重要的，他希望他到那地的使命，能帶來和睦與合一。

一件優先處理的事

⚑ 等我辦完了這事，把這善果向他們交付明白，我就要路過你們那裏，往士班雅（西班牙）去。羅15:28。

顯然的，保羅迫不及待地想前往西班牙。他從異象中，看到上帝藉著他，在基督福音還沒有傳到的那些地方，所能完成的工作。顯而易見的，他已為自己的新工作，計畫了一些時候，而且我們可從羅馬書第一章看出，他所以寫出整本羅馬書，為的是要向教會介紹他自己和他的神學，以羅馬作為他西進佈道的基地。

這位使徒不但滿有熱情、目標和能力，他更是一位先知先覺，知道事情輕重緩急的人。他知道去西班牙工作的前景，不論何等重大或如何吸引人，他必須先結束東邊的工作。正如一位作者所指出的，「為未來聖工的計畫，絕不能令現今的傳道工作受損。」

使徒保羅既然知道如何優先處理，便告訴羅馬信徒，他必須先「把這善果向他們交付明白」。那奇怪的表達法，大概跟當日的商業用語有關。例如，我們知道商人會把有如小麥和大麥的農產品打包。當那些麻袋經過檢驗之後，他們便會蓋印交付，以擔保它們的含量。蓋印交付指明一切完滿就序。約翰·諾斯指出，當保羅把款項交給耶路撒冷的猶太籍基督徒，「並眼見那款項按照所期待的精神被接受時，保羅將完成上帝所委託他在小亞細亞和希臘的工作，他使命的『善果』，將被蓋印『交付明白』。」就在完成那要務後，他便能自由繼續西進，接受新的挑戰和創造新的機會。

我們每一個人，都可從保羅的態度學到某些教訓。首先，一個基督徒，必須是一位完成他手中重要工作的人。我們要在我們所承擔的任務上，作有始有終的工人，那是我們對其他人和對上帝的部分服務。第二，保羅的經驗教導有關傳道的教訓。我們太常在一個新教友加入教會之後，便停止為他們工作。但在那時機，那統合他們使他們和新生活化為一體的工作，只完成了一部分。那還不是蓋印「交付」的時候。第三，是有關優先順序的教訓。我們基督徒要服事一位信實的上帝，便有必要平衡地處理我們的優先順序。

天父啊，請在今日幫助我們，為你成為有始有終的工人，就是明白我們任務的工人，弄清我們工作的優先順序。阿們。

再會吧，富裕與健康的福音

❖我也曉得去的時候，必帶著基督豐盛的恩典而去。羅15:29。

保羅，真的是這樣嗎？你如何能說，「你曉得」在你到達羅馬的時候，你「必帶著基督豐盛的恩典而去」？

你難道不知道，將要發生在你身上的事嗎？你難道不明白，你將以囚犯的身分抵達羅馬，且是在你身被捆鎖兩年之後的事？你如何能說，你去的時候，會「帶著基督豐盛的恩典而去」？

在面對那些問題之下，看來好像我們必須調整，我們對上帝之恩典的看法。某些電視佈道家，對「富裕與健康的福音」，不遺餘力加以強調，假如你沒有財富和健康，聽他們之中某些人的傳講，你會有不忠和迷失的感受。

但這樣的教導，保羅並沒有擺在心上。他對基督的順服，令他在經濟和健康上遭受莫大的打擊。由於他對基督的服務，因而被監禁、受鞭打、被石頭打、面對外邦人和猶太人的危險、和許多諸如此類的苦難（參閱林後11:23－27）。但沒有任何外在的問題，能奪走上帝賜他內心的福氣。

相反的，這位使徒寫信告訴腓立比的信徒說：「我願意你們知道，我所遭遇的事更是叫福音興旺，以致我受的捆鎖在御營全軍和其餘的人中，已經顯明是為基督的緣故。並且那在主裏的弟兄多半因我受的捆鎖就篤信不疑，越發放膽傳上帝的道，無所懼怕」（腓1:12－14）。

從這話看來，似乎保羅是對的。他真的帶著上帝豐盛的恩典來到羅馬。你看，上帝的賜福，是內在的事多過於外在的經歷。不論我們外在的境況如何，我們仍然可以在我們的生活上，得著上帝豐盛的恩典。

健康與財富的福音，再會吧！上帝有某些更重要，比金子和銀子更有價值的東西。那更有價值的，就是救贖的福分，和伴隨救恩而來的屬靈福氣。

天父啊，請就在今日幫助我，期待你那最貴重的祝福。潔淨我的心思意念，讓我能與你同行。

禱告不只是無害的小操練

✠弟兄們，我藉著我們主耶穌基督，又藉著聖靈的
愛，勸你們與我一同竭力，為我祈求上帝。羅15:30。

保羅時常在他的書信中，請求他的讀者為他禱告。他寫給哥林多教會的信徒說：「你們以祈禱幫助我們」（林後1:11）；他又寫給以弗所教會的信徒說：「多方禱告祈求」「也為我祈求」（弗6:18,19）；他也向帖撒羅尼迦教會的信徒要求說：「請弟兄們為我們禱告」（帖前5:25；參閱 西4:3；帖後3:1）。

他下筆說：「（我）勸你們」。那是非常堅決的，但他繼續說：「藉著我們主耶穌基督，又藉著聖靈的愛。」保羅認真地指出他們需要禱告。他不是在呼籲一種不冷不熱、形式化的禱告，而是全心全意的祈求。使徒保羅要他們在他的「竭力」上與他有分。「竭力」一辭，本是用來形容運動員的操練，尤其是指有關體育館內的競賽，各個不同的運動員，有如摔角員或拳擊師，竭力互相對抗。

保羅心目中禱告，在善惡之爭的戰事上，是一種犀利的武器。使徒保羅認為，自己已投身在殊死戰中，來抗拒那些敵對福音的諸勢力，而他並沒有錯。他福音的仇敵終於奪走了他的生命。

現代基督徒，有多少人看出禱告乃攸關生死的掙扎？我們大多數的人，可能認為我們在飯前、早上起床或晚間上床、或者在教堂更形式化的禱告，是那種無害的小作為。對我們大多數人來說，那是一種帶有慰藉性的例行公事，而且幾乎是心不在焉的小作為。那正是魔鬼樂於看到的。

但保羅親身體會禱告的力量。就是因為這個原因，他懇求羅馬的信徒，藉著基督之名，又藉著聖靈，與他一同竭力禱告。使徒保羅看出，他是在與超自然的勢力作戰，於是他需要來自上帝那種超自然的大能。

我們作為廿一世紀的基督徒，有必要看清我們有過多的禱告，只不過是無害的小作為。上帝現在正向我們發出呼籲，當我們在對抗撒但，為我們的兒女、配偶、父母、鄰舍等人的永生禱告時，能感受到迫切的重要性。祂呼召我們為祂成為禱告的鬥士。我們的主渴望我們打開宇宙間最有力量的勢力。祂要我們從不忘記，「信心之手所發出的祈禱，可以開啟天上的庫房」（幸福階梯，第58面）。

視保羅如同巴比倫

✖叫我脫離在猶太不順從的人,也叫我為耶路撒冷所辦的捐項可蒙聖徒悅納。羅15:31。

保羅在羅馬書15:30,懇求羅馬的信徒為他禱告。他現在來到他要他們為他禱告的內容。

他特別看出有兩種潛在的危險。第一,那些不信的猶太人領袖,認為保羅是為他們製造麻煩的罪魁禍首,就是一位在整個帝國的前線,不遺餘力傳講他們認為是異端道理的人。人最仇視的,莫過於一位在鬥爭中出賣己方的人。保羅本是一位站在最前線,盡力逼害基督徒的人,但現在卻成為新宗教向外佈道的主腦人。正如使徒行傳所指出的,有些猶太人只要能除去這位製造亂事的首號敵人,甚至不惜犧牲他們的生命。

但保羅也在猶太籍的基督徒中,看出潛在的危險。為甚麼?我們可能這麼問。難道不是他把食物帶給他們?難道他的眾多書信,不是指出他是如何極盡一己所能,為耶路撒冷貧窮的信徒籌款嗎?問題出在甚麼地方呢?

保羅必須處理,教會在往後許多年代所面對的一個問題。根據猶太人的聖經,他確信他的教導是正確無誤的,但在有些保守派之人的眼中,他是一位離道叛教的人,或者可能像我們所說的「巴比倫(製造混亂)」。為甚麼?因為他沒有遵循他們所持守的固有神學。在有些人心目中,他是一位可怕的改革者。因此他們認為,如接受他的資助,無異是被收買或接受賄賂,正如李恩‧莫理士所指出的,「使徒保羅希望他不遵守儀文律法,能取得他們的諒解。」因此,如接受了他的錢,無異核准他給予外邦人的教導。在他們眼中,保羅是在散布「巴比倫」混亂的教訓——他是首號敵人。

當然,保羅知道猶太籍的基督徒,還沒有完全掌握耶穌在十字架上,終止儀文制度的真諦。他希望藉著禱告和信心,他所帶去從外邦人而來的資助,能幫助他們看出,所有的人在抗拒黑暗勢力的大鬥爭中,都站在同一陣線上。

他的經驗對今日的我們有一重大的教訓。我們太輕易把「巴比倫」冠在別人身上。在所有的情況中,首要之務是彼此傾聽互相代禱,並藉著明白上帝的話,為大家帶來和睦。教會仍然需要接受醫治。

基督徒也需要平安

⌘願賜平安的上帝常和你們眾人同在。阿們！羅15:33。

平安在羅馬書中，是一個重要的辭彙。保羅在羅馬書1:7的問候，首先提到這個名詞。他說：「願恩惠、平安從我們的父上帝並主耶穌基督歸與你們！」他在羅馬書中，一共用了平安這個辭彙十一次，加上一次「和睦（英文的peaceably帶有平安與和睦的意思）」。他在羅馬書12:18說：「總要盡力與眾人和睦」。　　平安的概念在保羅心目中，是不可或缺的。在一個出了差錯的世界，一個受罪的破壞性所影響和壓制的地球，平安這個屬性已找不到了。

自從伊甸園以來，世界在每一個世代有一個主要的特色，就是在國與國之間、家庭成員、同工之間、甚至更不幸的在教會裏，缺少了平安。其結果是戰爭、離婚、糾纏、爭吵。

但這不是上帝給我們的旨意。祂期待我們有平安。因此，祂差派耶穌到世上來。祂在髑髏地的犧牲，打開了一條使每一個人能與上帝和好的道路（羅5:10）。由於調停，那些本著信接受基督犧牲的人，能與上帝和好（第1節）。

這便是保羅所傳的福音要義——與上帝和好（平安）。當然，他知道我們一旦與上帝和好，一條康莊大道便為我們打開，讓男男女女能彼此和睦相處（羅12:18）。

保羅在今日經文中指出，主耶和華是「賜平安的上帝」。他在第十五章中，第四次以這話描述上帝。我們也讀到保羅稱祂為「賜忍耐安慰的上帝」和「有盼望的上帝」（羅15:5,13）。一幅多麼美妙的上帝畫像。

賜平安的上帝，今日要把平安帶進我們每一個人的生活中，並因而帶來盼望和勉勵。只要我們加以接受，平安便是我們的。現在，祂要我們放棄那些困擾我們的憂慮、恐懼和仇視。祂渴望我們學會信靠祂。

有一個好消息，就是這位賜平安的上帝，不但要賜給我們平安，並且定意要我們把它轉送給那些和我們一起生活、一起工作、一同到教會的人。祂深願我們，成為使人有平安（和睦）的人。

我們在天上的父，請就在今天幫助我們，有你的平安存在我們心中。並願那種平安，在我們的生活上湧流出來，使眾人能看出我們是你真正的兒女。阿們。

作上帝聖工的一位婦女

> ✠ 我對你們舉薦我們的姊妹非比，她是堅革哩教會中的女執事。請你們為主接待她，合乎聖徒的體統。她在何事上要你們幫助，你們就幫助她。羅16:1, 2。

羅馬書16:1是相當有趣的一段譯文，因為其中一個重要的辭彙，沒有出現在希臘文聖經的原文中。「女執事」這個名詞，沒有出現在原文中，是被加上去的。其原文是diakonos，英文欽定本聖經，正確的譯為「僕人」，有如在腓立比書1:1被譯為「執事」。「女執事」譯法所以錯誤，是因為希臘字的字尾，指出它是男性而不是女性。

現在你可能這麼猜測，婦女在教會裏應扮演甚麼角色，這話題受著熱烈爭論的時代中，今日的經文實在引人注意。非比姊妹是一位「僕人」或一位「執事」？換句話說，她是否擔任教會的職責，或者她只是一個僕人，因為廣義上說，所有的基督徒都是僕人？

雖然有些人爭辯說，根據「堅革哩教會」這個聖經中的片語，似乎指出她是一位教會的職員或「執事」，但只根據這一節經文，實在不能解決這個問題。

我對今日經文所感到希奇的，就是保羅竟然在他問候的話中，把非比列為首位。那種身居首位的安排，可能含蓄意味著她為保羅帶來這封給羅馬信徒的信。

新約聖經敘述婦女在早期基督徒團體中，擔任深具影響性的職分。非比不但把保羅那寶貴的書信帶給羅馬教會，而且「她素來幫助許多人」，包括保羅在內（羅16:2）。

抹大拉的馬利亞聽見基督預告祂那迫近的死亡，反而是所有的門徒，被他們的偏見所蒙蔽。結果，她為耶穌的死亡膏了祂。

再者，那緊靠十字架上之基督的，也是婦女們，反而是大多數的門徒，消聲匿跡不見蹤影。同樣的，婦女成了宣揚基督已復活這個好消息的先鋒。

在歷代教會史上，上帝有如使用男性一般地使用了女性。其中一個最顯著的例證，是有關懷愛倫的蒙召。她用盡了七十年的時光，不遺餘力塑造復臨教會。

上帝今日仍然呼召世上的男女為祂服務。因此，非比這位婦女，不論是「僕人」或「執事」，只不過是那直到末時，要為上帝完成大事的婦女中的一位。

從一系列名單得來的教訓

✖問百基拉和亞居拉安。他們在基督耶穌裏與我同
工，也為我的命將自己的頸項置之度外⋯⋯問我所
親愛的以拜尼士安；他在亞細亞是歸基督初結的果
子。羅16:3-5。

問安的名字在羅馬書的最後一章中，不斷的提起。由於羅馬政權所帶來的「羅馬和平」，在地中海盆地旅行，是相當容易的。因此保羅雖然沒有到過羅馬，但他在當地卻有許多熟人。

他的問安告訴我們有關早期教會的幾件事。其中一件事實就是，婦女在當地一定相當活躍。使徒保羅所問候的二十七個人中，有九位是婦女——非比、百基拉、馬利亞、猶尼亞、士非拿氏、彼息氏、魯孚的母親、猶利亞、和尼利亞的姊妹。在一個男性主導的社會中，這個數目是個顯著的比例。

我們從他的名單中所認識的第二件事，就是它提到家庭教會。當我們在廿一世紀提起教會時，我們會想像到一座龐大的建築物，容納一大群的全體會眾。但在早期的教會並不是這樣。我們所知道首期有記載的基督教會，直到第三世紀才出現。早期的基督徒，通常是在有帶頭作用的教友家中聚會。那種團體不但使教友相親相愛，而且顯然的，為向外傳道提供一個沒有威脅的環境。

自從有教會歷史以來，許多有效的運動，都是由「家庭教會」的各種變化制度而來。那具有顯著功效的衛斯理運動，便是在他們所謂的「分班聚會」制度下成長的。而在我們今日的許多教會，採用「細胞小組」的制度，幫助基督徒團契更加有活力，也令向外佈道更加有功效。

其教訓是：上帝能採用諸般的媒介來施展其作為，而我們中間若有人認為，一種事情只能藉著一個途徑來完成，就沒有完全掌握早期教會如何敬拜、團契、向外佈道的真諦。

保羅在家庭教會之外，他的話似乎指出，羅馬的教會是個合一的團體。事情可能是那樣，但如果真的是，我們手上沒有資料，指出他們如何保持合一，或他們在何處相聚，以達到那目的。

上帝要我們作為基督徒的，敞開我們的心思意念，接受祂的引領。祂在不同的脈絡下，採用各種不同的途徑，藉著祂的子民工作。我們身為基督徒的，必須具有彈性，以便在試驗性的門戶打開時，祂能以最有效的方法使用我們。

身分的神蹟

> ✠ 又問在主蒙揀選的魯孚和他母親安；他的母親就
> 是我的母親。羅16:13。

魯孚！我以前是否在甚麼地方聽過這個名字？

就在馬可福音第十五章。馬可提及羅馬兵丁強迫「一個古利奈人西門，就是亞歷山大和魯孚的父親，從鄉下來，經過那地方，他們就勉強他同去，好背著耶穌的十字架」（第21節）。

這位福音書的作者所以這麼說明，是由於他的讀者認識亞歷山大和魯孚。加上他們的名字，使他的福音更能個別化地扣人心弦。請記住，根據一般看法，大家同意馬可福音，主要是為羅馬的基督徒團體而寫的，於是我們可看出，羅馬書第十六章的魯孚和馬可稱為古利奈人西門兒子的魯孚，很可能是同一個人。

當然，我們不能證明他們是二而為一的關係，而且魯孚是一個普遍被採用的名字。因此，現在的這種推測，只是一時的聯想。

但我們可從魯孚這個名字的兩次被提起，看出上帝個別認識祂的每一個兒女。我們不致在一大群數不清的基督徒團體中被遺忘。上帝甚至記住魯孚這個人，他的父親在基督被釘的事上，扮演了一個有趣的角色。祂甚至想起羅馬教會的這位魯孚。從一個基督徒的觀點，最值得重視的事，不是他們可能是同一個人，而是他們名字被紀念。

正如耶穌某次所指出的，上帝甚至數算了我們的頭髮。我們在祂的眼中有個別的價值。祂一一知道我們的名字，不論那名是有志、有信、有理、或甚至是魯孚。我們每一個人在祂的心目中，都有個別的價值。

保羅告訴我們，魯孚「在主裏蒙揀選」。每一位基督徒都是一樣，因此他一定認為，魯孚對上帝來說，負有特殊的使命。

保羅同時指出，魯孚的母親就是他的母親。我不認為他和魯孚是血緣上的兄弟。而是保羅指出，他們是如何的親近，實際上所有的基督徒，都是屬於上帝大家庭的成員。我們有許多同信仰的兄弟、姊妹、母親、父親、兒子和女兒。正如我們屬世的家庭，我們作基督徒的，對信仰上的親朋好友，負有互相愛護的責任。

部分的好消息是，我們都屬於上帝的大家庭，而你和我在宇宙大君的眼中，都有個別的價值。感謝上帝！

至於聖潔的親嘴又如何呢？

你們親嘴問安，彼此務要聖潔。基督的眾教會都問你們安。羅16:16。

聖潔的親嘴！你上次甚麼時候，在教堂裏得著一次的親嘴？我記起有一次，我在教堂裏被親了一次嘴。那時我正握別離開聖堂的會眾，有一位婦女拉住了我，在我的雙唇上給了我一個相當有趣的一吻。她較後在我所任職大學的行政樓外面，在措手不及之下，我又經歷了一次「特殊的招待」。在那第二次的意外事件發生之後，令我看出她是怎樣的一個人。於是，此後在校園裏的任何地方行走時，我必須左顧右盼隨時提防。實際上，那似乎類似一個「不聖潔的親嘴」。

雖然可能是這樣，新約聖經的書信很清楚的指出，這種聖潔的親嘴，是早期教會一種素常的問候禮節。因此保羅在結束哥林多前書時，訓諭哥林多的信徒要「親嘴問安，彼此務要聖潔。」彼得也在彼得前書結束時，勸戒他的讀者，要用「愛心彼此親嘴問安」（彼前6:14；同時參閱林後13:12；帖前5:26）。

好得很，你可能這麼想，為何我們現在沒有在教會中，實行聖潔親嘴的禮節？有幾個原因促成這種改變。其中一個原因，是由於時間改變了問安的形式。在早期教會的時代，親嘴是一般社會通行的問安禮節。猶大用那風俗，向那群要捉拿基督的人，識別祂的身分。今日的握手、親切的微笑、和最近常見的擁抱禮，取代了早期教會聖潔親嘴的禮節。

正如我們可能會想到的，聖潔的親嘴所以不再流行的第二個原因，是某些信徒濫用了這個禮節。亞歷山大的克里門（大約主後150－215），寫到有人以親嘴使「聲音響遍整個教堂」。接著他指出，「無恥的使用親嘴⋯⋯帶來卑鄙的猜疑和邪惡的報導」。

因此在某些團體中，聖潔親嘴的禮節腐化了，但原則仍然存在。人們在赴教會聚會時，需要得著親切的歡迎。一件最不幸的經驗，就是在赴一個陌生的教會聚會時，沒有得著親切的接待，或甚至沒人理睬。那種經驗令人懷疑，我們是否身處眷顧我們的上帝家中。

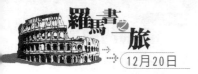

識別「一頭野豬」和一位先知

✖✖ 弟兄們，那些離間你們、叫你們跌倒、背乎所學之道的人，我勸你們留意躲避他們。羅16:17。

羅馬書16:17－20穿插的經文，令我們大感驚奇。在此，就在一系列親切的問候中，我們讀到一段慎防假先知的嚴厲警告。為甚麼？

保羅才在第16節，提及問安的聖潔親嘴，預表教會的合一。但他知道在某些他所設立的教會中，由異議者所引起的問題。他關心羅馬教會，和它可能面對的危險，令他發出第17－20節的激烈警告。他要盡一切所能，保護羅馬的教會。

他在那牧養上的關懷，影響了橫跨廿個世紀教會歷史中的教會領袖。例如，羅馬天主教教皇李奧十世，在十五世紀的早期，頒布了一道教皇訓諭，斥責「一頭野豬」，正在踐踏上帝的「葡萄園」。當然，路得並沒有作出這位教皇所說的。相反的，他更像舊約聖經中的任何一位先知，呼召一個偏離正路的教會，歸回聖經的根基。

但野豬實在時復一時地踐踏了教會。那便是保羅在今日經文所警告的。倘若那是真的，我們必須詢問，我們如何才能識別那破壞教會合一的「野豬」，和那呼召教會歸回真道的先知呼聲？

我們可在今日經文中找到答案。保羅指出製造問題的，就是出自那些不遵循所受教之要道的人。

在此有一個重要的考驗，可施用在所謂的改革者身上。就是他們的教訓，是否與保留在新約的基督教義及使徒教導相符呢？

我所遇見的假教師，不約而同的，不是強調沒有聖經根據的觀點，便是完全和它的教訓互相牴觸。他們中間許多人，只提出少許的經文或引言，便指出教會是離道叛教了。但當我們仔細和不帶情緒化地把他們的宣稱，和聖經的主要真道作一比較，他們便原形畢露令人看出，他們是野豬而不是真正的先知。

在過去的兩千年來，諸如此類的事情，並沒有多大改變。保羅的警告，對今日的我們仍然十分重要。因此，他的解決方案也是一樣有效。

今日仍然有狼潛伏在羊群中

✠因為這樣的人不服事我們的主基督，只服事自己的肚腹，用花言巧語誘惑那些老實人的心。羅16:18。

耶穌警告我們説：「你們要防備假先知。他們到你們這裏來，外面披著羊皮，裏面卻是殘暴的狼」（太7:15）。保羅在今日經文所提到的，也是有關類似的事情。不是每一位自稱認識真道的人，便真正擁有真理。他們之中有些人根本是如假包換的騙子。

今日的經文，指出這類人的一些動機，乃是「只服事自己的肚腹」。這些假教師在外表看來，似乎真誠和無微不至的關懷別人，但他們所關心的，其主體不是基督，而是為了自己的私慾和自我滿足。他們有時尋找的是名聲。在另外一些時候，他們所要的，可能是影響力或經濟上的獲取。但所有這些形形色色的事，追根究底的説，其問題是以自我為中心。

猶大對這種假先知，作出令人噤若寒蟬的宣告：「這樣的人在你們的愛席上與你們同喫的時候，正是礁石（或作：玷污）。他們作牧人，只知餵養自己，無所懼怕；是沒有雨的雲彩，被風飄蕩；是秋天沒有果子的樹，死而又死，連根被拔出來」（猶12節）。

幾年前，美國有一個最為人所歡迎，收視率很高的電視節目PTL。其全名是Praise The Lord（讚美上帝），但在其「明星牧師」被逮捕之前，許多人已開始稱它為Pass The Loot（轉移不法的收入）。這個電視節目不斷呼籲觀眾慷慨解囊，於是捐款源源不絕而來，「服事自己的肚腹」，飽了領袖們的私囊。

保羅不但提及他心目中那些假教師的動機，同時指出他們行騙的伎倆。他們到處行騙，蓄意欺騙那些不提防的人，「用花言巧語誘惑那些老實人的心」。

不幸的，保羅所提及的這種人，從不間斷地在教會中出現。他們無時不想「幫助」我們。他們時常自以為擁有「真理」。他們不斷告訴我們，除了他們自己以外，每一個人（包括教會）都是錯的。他們時常口若懸河，而且深具説服性。他們作出建議，倘若我們能藉著支持他們的佈道而幫助他們，那麼真理必定傳開，耶穌也一定快來。其結果正如保羅的日子一樣，那些誠心、毫不懷疑的信徒，不斷慷慨解囊。

今日的基督徒要具備真知灼見，有如保羅的日子一樣。我們將在奉獻上得著上帝的祝福，但上帝期待我們在奉獻上慎重。

預防勝過治療

> ✖ 你們的順服已經傳於眾人，所以我為你們歡喜；但我願意你們在善上聰明，在惡上愚拙。羅16:19。

我們在本年初開始研究羅馬書的時候，可看出在許多方面，這封書信的結尾，反映了這本書起初問候的話。我們可從今日的經文看出其一斑。這經文稱讚羅馬信徒忠心的順服，而且名聲已經遍傳於「眾人」。保羅已在羅馬書1:8，因羅馬信徒的「信德傳遍了天下」而感謝他的上帝。

顯然保羅所面對的，是一個在基本上相當健全的教會。當然，正如他在給他們的書信所指出的，他們有一些問題尚待處理，但在大體上，羅馬的教會是一群健康的會眾。他們具有信心，而那種信引領了他們順服上帝的旨意，並和基督同行。不論羅馬教會可能有甚麼難題，但那些問題倘未引發嚴重的失衡。

保羅在羅馬書16:17－20所說的，似乎就是指那一點而說。保羅既是一位聰明的領袖，便知道預防勝過治療的道理，就是在問題的開始便加以撲滅，好過問題侵入教會，產生盤根錯節的效應時才來處理。

在平常的情況中，一群會眾或甚至整個教會，會讓問題惡化到不可收拾，只是因為沒有人敢面對它；而且通常有如威廉·巴克理所指出的，「當問題一旦惡化到不可收拾時，再來處理便為時已晚。倘若星星之火在開始時採取必要的步驟，便可一舉撲滅，但若等到燎原，便無能為力。」

使徒保羅在羅馬書16:17－20，為我們提供一種策略，在問題還沒有燎原以前，便加以處理。首先，我們需要了解我們的聖經，並明白其教訓（第17節）。第二，我們在面對那些足以引領我們走入迷途的人時，必須加以鑑定，而不是照單全收（第18節）。第三，我們應謹記，預防在絕大多數的情況下，勝過挽救性的治療。第四，正如保羅在今日經文所指出的，我們需要在適當的情況下，由衷稱讚上帝的子民。有太多的人，不是建設，而是拆毀。上帝正在尋找那些能建設祂教會的信徒。

我的天父啊，請就在今天幫助我，作為一位願意和能夠順從的人，你藉保羅為我們定下的策略來處理問題。請在我與教會以及其他人的關係上，成為問題的解決者，而不是問題的製造者。阿們。

馴良像蛇，靈巧像鴿子？

我願意你們在善上聰明，在惡上愚拙。羅16:19。

今日的經文，在其上下文的脈絡下，進一步勸戒我們，務要迴避撒但的陷阱。這個勸戒讓我們想起，耶穌在馬太福音10:16的話說：「我差你們去，如同羊進入狼群；所以你們要靈巧像蛇，馴良像鴿子。」

聖經在一個比較一般性的原則下，分明指出除非基督再來，不然，基督徒便不能避免受到罪的影響和它的引誘。在那個時候來到以前，倘若我們要「在善上聰明，在惡上愚拙」，我們有必要遵從保羅在其他地方的教訓。他較早在羅馬書告訴我們：「惡要厭惡，善要親近」(羅12:9)。另一次，他寫給腓立比的信徒說：「我還有未盡的話：凡是真實的、可敬的、公義的、清潔的、可愛的、有美名的，若有甚麼德行，若有甚麼稱讚，這些事你們都要思念。」(腓4:8)　　當我們日復一日地作出選擇時，我們同時在塑造我們的品格。人們因今日世界所充滿的暴力事件而希奇。過去幾年來，在美國發生一些校園裏開鎗濫殺的暴力事件。當人們以暴力性的娛樂，和充滿狂暴的競賽運動，作為家常便飯時，為何有人需要因此而感到驚奇？

除非我們憑著良知，拒絕我們所處世代的流行文化，不然，我們又如何能塑造我們和兒女們的品格，「在善上聰明，在惡上愚拙」呢？我們既然身為基督徒，便有必要比較積極的抗拒流行的文化。倘若我們沒有這麼作，我們終會成為馴良像蛇，靈巧像鴿子。

懷愛倫以相對的語氣說：「世界最大的需要是需要人——就是那不能被賄買或出賣的人；衷心正直而又誠實的人；直指罪名而無所忌憚的人；良心忠於職責猶如磁針指向磁極的人；雖然諸天傾覆而仍能主持正義的人」（教育論，第52面）。

那種品格並非偶然發生的。那是我們個人容讓上帝塑造我們，使我們「在善上聰明，在惡上愚拙」。

我是否靈巧像蛇，馴良像鴿子？或馴良像蛇，靈巧像鴿子？這有賴於我每日所作的選擇。

創世記3:15的預言終於應驗

✖賜平安的上帝快要將撒但踐踏在你們腳下。羅
16:20。

這是一句相當有意思的話。賜平安的上帝將踐踏撒但。這話聽來根本不帶有平安的意味。

這節經文的背景來自創世記3:15。亞當和夏娃在伊甸園犯罪之後，上帝向他們發出應許，撒但最終將被擊敗。那節經文是直接向撒但發出的，上帝「要傷你的頭；你要傷祂的腳跟。」

其背後的內涵是，上帝最終將得著勝利，而撒但對祂的攻擊，其結果到後來是無關緊要的。

上帝最終將得勝，那是個好消息，它是福音的一部分。但我們如何能認為一位踐踏（擊碎）撒但之頭的上帝，是一位賜平安的神呢？其問題之答案，是基於上帝最終的目的，要完全消滅那些為我們的世界，帶來分裂、疏遠和死亡的事物。它們都是由於撒但的背叛而引起的。除非直到撒但背叛的功效完全被剔除，世人將得不到真正的平安。除非悖逆的事一勞永逸被剷除，我們就沒有希望可以得到平安。因此，上帝為了期待賜下平安，有必要主動採取積極的行動，以敵對撒但和邪惡的諸勢力。在其過程中，上帝將最終的平安，帶回給一個出了差錯的世界，於是有必要消滅那些破壞平安的諸勢力。

除滅撒但的第一個步驟，發生在髑髏地的十字架上，基督在那裏為世人的罪而死。當耶穌喊出「成了」之時，祂意味著撒但被擊敗，已成了定案。

雖則勝利己經贏得，但尚未竟功。那事將在千禧年結束時發生，那時上帝將消滅撒但和罪惡（啟20:9－14）。就在剎那間，上帝要將「一切都更新了」（啟21:5）。祂「要擦去他們一切的眼淚；不再有死亡，也不再有悲哀、哭號、疼痛，因為以前的事都過去了」（第4節）。最後，撒但將被徹底消滅，於是上帝能重造這個世界，將祂聖德中心的平安賜給我們。

天父啊，我們期待這世界成為歷史的那日來到。我們渴望你所要賜給我們的那種平安。幫助我們在我們的心中，成為使人和睦的人，使我們作好準備，承受你那平安的福份。阿們。

恩典的最後一瞥

✳願我主耶穌基督的恩常和你們同在！羅16:20。

恩典是羅馬書最重要的辭彙之一。我們首先在羅馬書1:5讀到它，保羅用它和他作使徒的職分聯湊在一起。接著，它代表了保羅對因信稱義的了解。今日經文所出現的恩（典），是羅馬書臨別秋波最後一次的出現。

保羅在他書信中的重要辭彙是：信、盼望、喜樂、平安、稱義、順服、恩典。當然，它們都貫穿在一起。信是我們如何個別掌握上帝的恩典。接受的結果是稱義或成義。其他的果效是與上帝相和、在聖靈裏有喜樂、盼望罪的問題得到最終解決。保羅同時清楚地指出，稱義帶來對上帝旨意的順服。

但是，保羅所喜愛的辭彙中，仍然以恩典為最特別。假如缺少了恩典，他喜愛的其他辭彙，將沒有意義和空洞。

恩典是保羅神學的中心要義。它在本質上，代表了上帝白白給人的恩物，要賜給那些受到罪轄制的人，若沒有它，人就沒有盼望。那是上帝對罪的根本回答。若缺少了恩典，每一個人將被片斷的律法定罪。又如果缺少了恩典，未因信接受基督犧牲的人，將永遠淪亡。

但上帝沒有將罪人配得的死亡，降在他們身上。沒有，祂為我們提供我們所不配得的——恩典、永生。那便是保羅所傳的福音。

恩典是那麼的重要，因此我們若不能掌握這辭彙的真諦，便不能了解保羅的用心。它在我們的人生上，有著種種不同的表達法。帶頭前行的恩典驚醒我們，令我們看出自己有罪的狀況，和我們需要基督。稱義的恩典赦免和潔淨我們的罪，以便讓我們在上帝眼中，有如我們從來沒有犯罪。更新的恩典為我們提供一個新的心靈和意念，使我們願意本著祂的原則，為上帝而活；而不是本著撒但國度的原則，為我們自己而活。聖潔的恩典賜我們力量，活出上帝的愛來。而末世的恩典將在末時，救我們脫離這古老的世界。

恩典，恩典，上帝的恩典。倘若你能問保羅，他會告訴你，恩典是羅馬書的總綱。

保羅並不是孤軍奮鬥

與我同工的提摩太……我這代筆寫信的德丟，在主裏面問你們安。羅16:21－23。

到目前為止，保羅已在羅馬書第十六章，問候某些他所認識和住在羅馬的人（羅16:1－16），而他也向他們發出嚴厲的警告，要他們提防假教師（第17－20節）。如今在第21－23節，他為那些在他寫這封信時和他一起的同工，發出問安的話。

我們可從這第二份問候的名單中，看出其中一件事實，就是保羅並不是孤軍奮鬥。在他心目中，傳道有賴於群策群力。從他最早與巴拿巴搭檔佈道，直到他走完一生的路途之時，這是一件不爭的事實。保羅不但經常和其他人一起工作，而且對他們存有親切的感情。

那種親切溫馨的聯繫，許多方面在提摩太身上達到巔峰。他指出提摩太「在主裏面，是我所親愛，有忠心的兒子」（林前4:17）。保羅在傳道時，曾在路司得引領了提摩太和他的一家歸主。不久之後，這位青年人在保羅的佈道工作上，成為他有力的助理佈道士或學徒。

這兩個人具有特別親密的關係，並為我們留下一個非常美好的榜樣，教導我們一位年老的牧師，如何訓練提攜一位青年人。他寫信給腓立比教會的信徒說：「我靠主耶穌指望快打發提摩太去見你們……因為我沒有別人與我同心，實在掛念你們的事。別人都求自己的事，並不求耶穌基督的事。但你們知道提摩太的明證；他興旺福音，與我同勞，待我像兒子待父親一樣」(腓2:19－22)。

哥林多後書、腓立比書、歌羅西書、帖撒羅尼迦前後書和腓立門書，都指出提摩太和保羅是共同的作者。當然，保羅寫了兩封非常特殊的書信，給這位在主內的學徒。

我們在此也可從保羅與他同工的個別關係，看出一件事實，就是他讓德丟執筆，在他口述下寫出這封給羅馬人的書信，加上他親自問安的話。

保羅在傳道上所表現的那種個別、溫馨、親切的感情，對我們來說非常重要。這位使徒並不是一位嚴厲又剛愎自用的人。他不只是一位傳達真理的人或主任牧師。不，保羅是一位非常熱誠的人，他在和基督徒同仁傳講福音的事上，活出上帝的愛來。他的溫暖，是效學耶穌與祂門徒那種親切無間的關係。上帝定意我們每一個人在為祂工作的事上，表現出相親相愛的同工關係。

上帝凡事都能

✠惟有上帝能照我所傳的福音和所講的耶穌基督,並照永古隱藏不言的奧秘,堅固你們的心。羅16:25。

上帝能!

這是全本羅馬書最重要的語詞之一。上帝不只是願意拯救和扶持我們,而且他有能力作到這一點。

他有能力作到這一點的證明,是由於基督復活的大能。基督就在復活的事上,「以大能顯明是上帝的兒子」(羅1:4)。而且基督藉著他的復活,「拿著死亡和陰間的鑰匙」(啟1:18)。他的復活不但保證我們將同樣復活,而且上帝能徹底和完全地拯救我們。

上帝能!而且由於他的大能,我們這些接受基督的人,可從我們所相信的那位得著保證,福音中的每一項應許將能一一實現。

保羅在這封書信中,以有關福音和上帝有能力施行拯救的話作為開始,而他也以同樣的思想,以這最後的讚美詩,結束這封書信。

保羅在這封書信的第一節,用了福音這個辭彙,並以這個辭彙作為整本羅馬書的主題(參閱羅1:15-17)。現在,保羅又在結束時最後一次用「福音」。但正如在第一章一樣,他再次把福音和大能貫穿在一起。上帝有力量能夠成就他所應許要作的。那便是好消息中最美妙的一部分。

但在救贖的大工上,上帝並沒有專攬全職。我們今日的經文,正如羅馬書1:1一般,把天父上帝和基督,與福音的計畫貫穿在一起。正如保羅一再強調的,傳講耶穌佔有首屈一指的重要地位,因為他在軀體地為我們代死。他為我們的罪而死,使我們能得著他的義。他替我們死,使我們能藉著信,得著他的生命。

上帝因基督而能成就一切的事。由於基督的生和死,上帝才能白白地將救贖恩典賜給我們。「因為罪的工價乃是死;惟有上帝的恩賜,在我們的主基督耶穌裏,乃是永生」(羅6:23)。那便是福音。

上帝能!那也是福音。那是好消息中的好消息。

天父,我們今天要將我們的心靈和一生,獻給你這位凡事都能的上帝。請幫助我們,使我們能更徹底的掌握你所要為我們做的,和在我們裏面所要成就的事。謝謝你。

奧祕的顯明

✠ 照永古隱藏不言的奧秘，堅固你們的心。這奧秘如今顯明出來，而且按著永生上帝的命，藉眾先知的書指示萬國的民，使他們信服真道。羅16:25, 26。

保羅指出福音是「永古隱藏不言的奧秘，如今藉眾先知的書顯明出來」。

今日的我們，當我們碰見「奧祕」這個辭彙時，通常會想起是指某些不可思議的事情而言。聖經的用法則有些不同。那不是指某些我們不能理解的事，而是意味著某些以前不明白的事，如今已顯明出來了。

但我們可能問，保羅所說的奧祕是指甚麼而言？根據羅馬書的上下文來看，保羅所指的，顯然是指救人脫罪的救贖福音。

請等一下，你可能這麼想。難道保羅在羅馬書開始的1:1, 2，不是這麼說：「上帝的福音……是……從前藉眾先知在聖經上所應許的」嗎？難道我們沒有看出，整個聖所的崇祀和它的獻祭制度，都指向基督的犧牲嗎？既然眾先知已經加以揭開，我們如何能說福音是「永古隱藏不言的奧祕」呢？

這些問題的答案是：雖然所有的獻祭制度都指向基督，但那只不過是實體的「影兒」。以色列人能從實體的影兒認識許多事物，但許多有關上帝最終會如何實現祂的目的，仍然不為人所知。

當基督真正以實體來到這個世界時，祂澄清了許多奧祕。正如希伯來書所說的：「上帝既在古時藉著眾先知多次多方地曉諭列祖，就在這末世藉著祂兒子曉諭我們」（來1:1, 2）。

基督是福音最徹底的啟示。雖然舊約聖經能以字句指出我們的主所能成就的，但是，當基督被掛在十字架上並喊出「成了」時，祂以具體的行動表彰了上帝已成就的事。

由眾先知所暗示和指出的奧祕，就在那時完全顯露了出來。身為基督徒的我們，正站在十字架真光的普照下。

親愛的主啊，請幫助我們珍惜那光。

再提信服真道

這奧祕如今顯明出來，而且按著永生上帝的命，藉眾先知的書指示萬國的民，使他們信服真道。羅16:26。

「**信**服真道」。較早的時候，我們不是見過這句話嗎？

答案確實如此。保羅在他羅馬書的第一段話中，便用了這個語詞。這位使徒在提及基督時，說他「從祂受了恩惠並使徒的職份，在萬國之中叫人為祂的名信服真道」（羅1:5）。

保羅一再強調恩典，觸怒一些和保羅同時代的人，他們很不高興，認為他是在主張廢除律法和順服。時至今日，仍然有許多人對這主題感到不快。倘若有人談及白白賜下的恩典，他們便低聲發出誣衊的話說：「廉價的恩典」。此外如同保羅的日子一般，他們對傳講恩典的傳道人，採取報復的行動，看待他們有如叛徒。

如今，有甚麼新的演變嗎？自從保羅的日子以來，情況並沒有任何改變，包括對恩典的誤解。

但倘若我們遵循保羅的教導，我們便不需要為任何事掛慮。究竟，「白白賜下的恩典」和「廉價的恩典」，根本是兩回不同的事。廉價的恩典是沒有反應或代價的恩典，但上帝白白賜下的恩典，卻是世上最重價的東西。它不但有求於上帝兒子在髑髏地的犧牲，而且要求那些接受之人，放棄以自我為中心的人生。

這位使徒在羅馬書第六章清楚地指出，接受白白賜下的恩典，意味著我們整個人生的徹底變化——舊我的死亡，並根據一套新的原則，復活過新的生活。

保羅的話是對的。我們不能憑著行為或遵守律法來賺取救恩，但是那些因信而得救的人會順服。他們將信服真道，並愛上帝的律法。

保羅這封論及救贖的偉大書信，以「信服真道」作為開始和結尾，絕不是一件偶然的事。這種概念在他的整封書信中，成為一個重要主題。順服在信心的關係之外，是一無所值的，但在信心的關係之內，卻是無價之寶。

我們要感謝這位先前身為法利賽人的保羅，寫下這封書信。他在這本書中，和我們分享他自己所面對的掙扎。保羅在羅馬書中所提起的這些主題，值得每一位基督徒日夜來沉思默想。

最後的頌讚

願榮耀因耶穌基督歸與獨一全智的上帝，直到永遠。羅16:27。

多麼美好的一本書！

多麼美妙的一種結尾！保羅並不空口說白話，他知道自己所講的是甚麼。他明白上帝本身是基督教義的中心。他的頌讚是把榮耀永遠歸與天父上帝，和聖子基督耶穌。

這兒有個問題存在，我們是否應把今日的經文，譯為「全智的唯一上帝，祂是全智的真神」，或者有如中文和合版聖經的「獨一全智的上帝」。我們在此不能確知保羅的用意，但無可否認的，使徒保羅肯定認為，上帝不但是獨一的上帝，而且是獨一全智的真神。

保羅向他的上帝獻上他最後的頌讚。將榮耀歸給上帝，是結束一本書的最適合的尾聲。那也是每次開始教會聚會的正確方式。當我早上一讀到羅馬書16:27時，我隨即想起一首大部分基督徒所熟悉，Fanny Crosby所寫的一首詩歌「榮歸天父」。

「榮耀歸於天父，讚美祂聖名；祂差遣獨生子來世上救人；被釘十字架上，流血贖萬民，大開生命之門讓人人可進。讚美主，讚美主，願全地聽主聲；讚美主，讚美主，萬民都當歡騰，藉著聖子耶穌，我們親近父，將榮耀歸給主，慶祝大工成。」

保羅最值得嘉獎的一件事，就是他凡事以上帝為中心。上帝在基督裏面為他個人所成就的，無時不存在他的心中。他深知其中心重點何在。我毫不遲疑地看出，他認為要道和生活方式是非常重要的。他所相信的每件事，無不建立在他與上帝的恩典、基督的犧牲、和聖靈不斷感化的關係上。

在保羅心目中，基督教義和自我中心，或那使人把焦點放在自己身上，以及他們為上帝所成就的宗教操練，乃是極端相反的兩回事。在保羅看來，上帝是一切中的一切，甚至世人的成就，也反映出祂在人身上所做的事。

保羅既然以上帝為中心，難怪他在羅馬書的開始，指出自己是基督的一個僕人（奴隸），並以頌讚上帝作為結束。

最後的阿們

✖阿們。羅16:27。

我們已來到羅馬書的最後一個阿們。保羅在整本羅馬書中，一共用了五次阿們（羅1:25；9:5；11:36；15:33；16:27），每一次都用在與上帝有關的事上，和祂藉著基督而來的救贖大工。

保羅以「阿們」總結了整本羅馬書，是最恰當不過的了。阿們一詞，帶有「真實」或「最肯定」的含意。既然如此，保羅在羅馬書中那麼優美地提及上帝和祂的救贖計畫，必定是千真萬確的。保羅以「阿們」作為總結，意味著他所說的，毫無疑問是「真實」和「最肯定」的。我可以加上我自己的阿們。

我們在過去一年中藉著羅馬書和保羅同行，已到了尾聲。在某種意識上，我們與保羅同行的事，似乎只不過是幾天前的事，但在另外某些意義上，似乎多過漫長的一年。

無論如何，我們對時間的看法，是一件微不足道的事。事實上，我們已來到一年的最後一天，而明天是新的一年的開始。我們所面對的真正問題是，我們在與保羅同行的事上，就到此為止，或者要繼續邁進。

在過去的一年中，我們所涉略的，是世界歷史上最富有影響力的一本書。但最終我們要面對一個問題，就是彼拉多向猶太人所提出的：「那麼樣，你們所稱為猶太人的王，我怎麼辦祂呢？」（可15:12）。

我看到你在此躊躇不安，舉棋不定。但是，讓我們面對這問題，因為猶豫不決並不能解決問題。保羅放在你面前有關救恩來自耶穌的問題，你要怎樣處理？你要如何應對有關耶穌的事？

猶太人給彼拉多的回答既響亮又清楚：「釘死祂！釘死祂！」彼拉多照做了。

對我們而言，那仍然是一個活生生的選擇。另外的一個選擇，是讓耶穌釘死我們，並讓我們復活，過一個新的生活。

上帝正在等候我們的回應。祂洞悉我們的需要有多麼深。但祂同時知道祂那豐盛恩典的長、闊、高、深。是否接受，在乎我們的決定。

天父阿，今日感謝你為我們所預備的旅程。更重要的是，我們要將我們的一生奉獻給你，來年在信心的道路上繼續與你同行。

我們需要你的祝福，我們需要你的幫助，我們需要你的引領，我們需要你的救恩——我們需要你。阿們！

羅馬書之旅

Walking With Paul Through the Book Of Romans

作　　者	喬治‧賴特
譯　　者	時兆雜誌社編輯部
發 行 人	卓甫剩
出 版 者	時兆雜誌社
地　　址	台灣台北市105松山區八德路二段410巷5弄1號2樓
電　　話	(02)2772-6420, 2752-1322
傳　　真	(02)2740-1448
網　　址	www.stpa.org
電子郵件	stpa@ms22.hinet.net
出版日期	二〇〇四年八月初版
印前輸出	伊奈特網路印前股份有限公司
印　　刷	旭良文具印刷有限公司
I S B N	957-29162-9-7